AQUARIUS

AQUARIUS

AQUARIUS

AQUARIUS

每個人心中都有一座島嶼，
藉文字呼息而靜謐，
Island，我們心靈的岸。

骨肉
游善鈞

獻給你自己。

〈築〉

燒完的骨頭
全成為如今的石木
搭建於髮尖上的
理智的人叫做閣樓
一些分岔了的叫做
階梯然後你走
一座只有筆直道路的迷宮
我在盡頭守候
拔出一顆顆牙齒
掏空一副如塔
如深井的軀體
你在水面上發光
像是在地獄裡
一棟優美的建築著火

I

一

她關上家門，扭上門鎖，反射性抓起防盜鐵鍊，忽地又想起什麼似的，放了開來，防盜鐵鍊像是毫無預警，被鬆開手的鞦韆吊環，劇烈左右擺晃；或許是受到家中沉悶空氣的影響，像是逐漸縮小的步伐，擺動幅度愈來愈狹窄，鍊子輕輕摩擦門板上凸起的金屬邊框，發出清冷的刮磨聲響。

將浮腫塑膠袋擱在一旁放了樟腦丸的柚木鞋櫃上，她左手撐支冷白壁面，宛如一隻丹頂鶴，單腳輪流站立，脫下土褐色的包頭鞋；重新提起袋子，換上乾爽藺草室內拖鞋，正準備跨進客廳，一不留神勾到鞋櫃邊緣歪斜岔出的鋼釘尖端，啪滋——彷彿一具切剖開來，肚破腸流的肉身，印著賣場斗大標誌，看似牢固的袋子硬生生，撕扯出一個大洞；破裂的塑膠袋插翅似的在半空中飛揚輕飄一如風衣，她沒有驚呼只是怔愣看著裡頭，一大半的東西鬧騰騰摔落在地上：好幾顆洋蔥和蒜頭，兩袋三入的除濕劑補充包，一大罐兩公升家庭號全脂牛奶，一盒十顆售價一百五十元特價一百三十八元的有機農場雞蛋。

幸好只破了一顆——她不禁心想，接著蹲下來，用胸口壓住自己的心臟，將散落在地的東西，按照發出聲音的次序，一一塞回塑膠袋：兩公升家庭號全脂牛奶，除濕劑補充包，洋蔥和蒜頭，最後，剩下雞蛋。她翻揀起塑膠盒，暗黃色汁液從邊緣滲出，沿著包裝盒底部形狀，在地板上勾勒出一圈，幾乎快牽起手來的痕跡。

她仍然蹲著，小腿肚周遭肌肉愈來愈緊實，搭帳篷似的向外撐敞開來，彷彿裡頭有什麼正逐漸成形；她斜傾著頭思索，要是自己方才再有耐心些，再晚一些拾起，就能形成一個瞇細眼幾乎能看見熊熊篝火的完整圓形。

她靜靜壓掩視線，緩緩抬起手，發現蛋液沾上自己的掌心，遲疑半晌，將雞蛋小心翼翼，疊在其他商品上頭以後，上半身微向前傾，潛入湖水一般，俯低頸子，將頭埋進自己胸前再深入自己岔開的大腿間，反反覆覆，反反覆覆深呼吸好幾次，抬起頭的同時，她飽滿的眼白折射出宛如水晶一般萬千瑣碎菱形狀的光澤，索性直截用手掌，將地上那道痕跡一把抹去。

她的嘴唇擰現窗簾一樣的細緻褶皺，抿出既靦腆，又挾帶著一絲幸福意味的笑容，像剛剛踏進家門那樣。

抱起塑膠袋，她巍巍顫顫，站起身，用力打直腰桿瞬間，發出骨骼摩擦的聲響，音質清脆具體，像是有什麼應聲斷折。

她將沾上下顎的頭髮撩至耳後，溜滑梯似的，指尖從耳朵後方的丘陵，緩緩慢慢滑過，覺得自己的行為未免做作，想和方才一樣，只是抿起唇，喉嚨卻不小心摩擦出尖銳打嗝似的笑聲，她渾身猛地一顫，胸前的塑膠袋窸窸窣窣，像是交頭接耳等著好戲搬演。

出乎意料的聲音，震動了她的齒列和身體，把她自己嚇了一跳，甚至來不及回神，來不及做作摀住自己的嘴巴、像夜裡燈塔睜大眼睛往四處探望。

她調整了一下懷裡的塑膠袋，感受乳房的擠壓，前後左右擰動腳踝，將室內拖鞋仔細填滿，耐心套牢，暗暗拄定決心，這一次，真的要往前走了——肩頸肌肉一如鋼筋鐵條一一綑束紮綁，將懷中的袋子抱得更緊更緊，跨出步伐那一剎那，一樣東西刺入眼底，冷不防掐住她乾裂出青瓷細紋的腳後跟，她險些踉蹌往前撲倒，手上的塑膠袋差一點點，就要掙脫拋飛出去。

這想像過於逼真，讓她幾乎聽見了蛋殼全都破碎一齊高喊的聲音，地板濕糊一片。

她撇過頭，看見一樣東西靜置在鞋櫃旁，和鞋櫃之間，剛好留下一道發光的縫隙。她沒有拔腿，立刻追過去，只是逕自凝望，而後眼神如冰化水自自然然漫漶開來，怎麼也記不起自己這一趟，到底都買了些什麼東西——洋蔥開始蛻去一層層皮肉，大蒜默默抽芽，牛奶發酵變成優格並且持續酸腐，除濕劑滲出濃稠混濁的水分，蛋殼擠壓迸現灰銀色裂痕。

她還是走了過去，還是只能走過去。

她停下腳步，挪了挪懷中的袋子，像個小女孩那樣瞇細眼睛、露出笑靨，甚至扭著臉孔設法擠出酒窩。最後，她跺了腳，闔上一本書似的決然彎身撿起那樣東西。

那是一個形狀如鐘如西洋梨，在幽微光線中，散發著弧度柔軟的紫色光澤，金屬一般質地的茄子。

二

白皙手臂內側血管寬扁灰青如褪色緞帶，她從架上取出砧板，將黏膩的豬肉，掏撈出塑膠袋，啪嗒——響亮摔在上頭，俐落抽出菜刀，先將禽鳥瞬膜般的灰白色肉膜小心翼翼剝去，再一一挑斷肉筋，以防待會兒下鍋，肉質因為突然受熱，驚嚇整個蜷縮成一團；手肘隨即一扭拉開抽屜，找出肉錘，鑿礦似的，弓肘揚臂，敲響定音鼓似的，一次次用力捶打肉排，在嫩粉色肉身上，留下一個又一個細小齒痕。

暖黃色的夕光，從正前方的窗子大量照入，伴隨著鈍重的打擊聲響，光影輕盈閃動。不知道捶打了多少次，渾身晶亮淋漓的她，終於靜止下來，用手背俐落輾碎鑲在太陽穴和眉間的汗珠。

六點鐘的鐘聲，從她身後峽谷一般陰暗那條走廊傳來，她很習慣，她沒有回頭，抓著把柄綴灑星雲狀鏽斑的肉錘，注視著面前，密密麻麻布滿咬痕的肉，感覺既像是魚鱗，又像是鱷魚粗礪的外皮，在變得更加紅潤猶如葡萄酒光芒籠罩中，肉身彷彿吸足氧氣，顯得益發鮮豔飽富彈性，而那些痕跡也在無聲無響中逐漸撫平消弭。

鐘聲持續，回響幽微，在一切恢復到起點之前，她伸出手背沾著自己汗水體毛一根根貼黏肌膚的手，蓋住那塊肉，閉起眼睛，逐漸加重力道，甚至下意識踮起了腳尖，覺得柔軟的同時，也感到溫暖，彷彿那些滲出的血水，全逆流入自己的體內。

鐘聲停止的瞬間，家中回到一開始的靜謐，她睜開眼睛，鬆開手，將處理好的肉擱在一旁周圍綴點碎花的骨瓷盤中，抓起那顆先前被自己遺忘在玄關的茄子。

她不是因為討厭而遺忘，剛好相反，她很喜歡茄子，喜歡到即使綽號，被取作「茄子」也能甘之如飴。

討厭茄子的人，是她的兒子。

她放下肉錘，重新持起菜刀，抓穩茄子，刀鋒力道恰巧，輕輕含住茄子的身體。她最喜歡的茄子料理方式，不是魚香茄子、或者茄子鑲肉之類的複雜菜式，而是作法簡易直截的「炸天婦羅」；經過油炸，茄子的表皮會變得異常明亮，簡直像是獨角仙或者金龜子之類的昆蟲甲殼，咬下去外酥內軟，仔細咀嚼回味，還能嚐到茄子特有的甘甜清香。

儘管喜歡，她卻不常做這道菜，因為一般家庭主婦，最害怕的料理方式，就是「油炸」，不僅危險性高、油煙有礙健康，一炸往往就要用上半鍋油；一家三口，哪能吃下那麼多炸物？又不能像外頭店家，將油留下來，隔天回鍋再炸。

因此，今晚若不是託兒子的福氣，她是沒那麼快又吃到炸茄子的。

刀鋒劃破茄子的外衣，汁液從裂縫擠出眨巴一顆一顆小眼睛那一瞬間，她忽地想起一件至關重要的事，不由得輕輕「啊——」了一聲，像是拉住一條發狂癲瘋的狗，著急拽住菜刀。

她將「來不及了」的念頭，藏入心的後方，撥弄百葉窗一般，迅速眨了眨眼睛，大拇指和食指鐵鉗似的掐捏著茄子蒂頭，提起一個頭顱那樣高高舉起，擺在自己蘆葦搖盪一般粉刺失焦朦朧的鼻尖前，鋁製防鏽布滿淺灰色微細刮痕窗框的正中央，一幅永恆的靜物畫。

背著光，那道濕潤的刀痕，像一片輕淺如蝶翅收斂的笑容。

而記憶逐漸轉過身來，面向日光，她會想起你，無論是那個外形如茄子的古鐘，或者那抹若有似無的笑意。

那年，兒子將滿一歲，她和你剛到戶政事務所辦好結婚登記，成為法律上的夫妻，剛組成一個家庭。或許是對她感到愧疚，也同時為了讓她的家人放心，你帶她到日本度蜜月，五天四夜，是她嚮往的京都。

儘管事前多麼興奮，但現在的她，早已經忘了所有細節，彷彿和你同去京都的人，其實不是自己，而是別人。然而她卻清晰記得，一個畫面，某個天空蕩滿血色的下午，你帶她去六道之辻，半途中，她說想買子育飴來嚐嚐，你說提著逛街太重，又怕忘在哪裡，回來時候再買。

你和她，兩人一路，漫不經心走著，即便如此，仍然抵達了目的地，六波羅蜜寺。大概是平日午後的緣故，人潮不多，大多是為了來一睹十一面觀音像的風采，但你用自以為幽默的口吻說：「仿製的終究是仿製的，不過是冒牌貨，有什麼好看啊——」便逕自離開。

她跟著你，遠離蘑蘑菇菇的人群，踏進一棟空氣整齊的建築物，木造建築正中央，懸吊著一口鐘，體型龐大如人正襟危坐；靠近的時候，還能聞到古物的特殊香氣。站在那座鐘的正前方，她可以看見自己倒映在上頭，是自己可卻又不像自己的，隱隱約約暗暝的身影。

不知道為什麼要朝拜這座鐘，她見你雙手合掌，也趕緊跟著照做，見你閉眼喃喃低語，也跟著閉眼胡亂祈求，當她睜開眼睛，發現不知道什麼時候，你已經別過頭，正視著自己，她記得你緩慢咧開嘴巴一如月亮充盈，用一種似笑非笑的表情，對自己吩咐：「要是從今以後，發生的都是好事，那該有多好。」

這種看似積極的話，在多年後的她耳裡聽起來，像是對未來不抱持任何期待的人，才會吐露的心聲。

她曾經這麼想，如果連那座鐘，都徹底忘掉的話，那時候站在你身旁的人，就能真真正正，變成另外一個人了。

但此時此刻，真正讓她在意的，不再是那個必須擁有豐富想像力，才能看見的笑容，而是手中這顆茄子身上，那一個凹洞。

她放下刀，騰出另一隻手，用指尖來回撫摸那個凹洞，細聲嘀咕：「是剛剛塑膠袋破掉的時候，撞到的嗎？」她仔細思索，想知道玄關那邊，存在什麼，能造成這樣的傷痕。

摸著摸著，她掀起自己的衣襬，用殘留著茄子質地觸感的指尖，細細搓揉著自己的肚臍，甚至還摳了起來，接著擠出雙下巴，垂頸瞥了肚臍一眼，又抬起頭瞅著茄子眼窩似的凹洞，她被自己逗笑，細細碰撞的聲音，在色調愈來愈沉重的天色籠罩中，像是撒落一地的碎玻璃，勉強反射出微弱的光芒，啪嗒——

聽見家門打開的那一瞬間，抿起唇，她將碎玻璃一把掃開，漫長的一日終於被斬成兩半。

三

「今天晚餐，吃你最喜歡吃的炸豬排喔。」兒子才踏進廚房，她便迫不及待炫耀。

兒子嘟囔了一聲：「為什麼不開燈？」扳開開關，廚房如常亮起。

她捏起一小撮麵包粉，扔進油鍋裡試油溫，趁著鍋內發出啪滋啪滋的聲響，用比兒子更幽微的音量嘀咕道：「又不是看不見。」

「爸都跟妳說了？」兒子走到她身後，這一回，發出明確的聲音，影子壓住她的肩膀。

她點了點頭，伴隨節奏，後頸脊骨時現時隱，踩放鋼琴踏板似的一連敲破幾顆蛋，喀嗒喀嗒——筷子輕快撞擊碗壁，俐落攪拌起來：「嗯，你爸說你今天中午打電話告訴他。」

「這樣啊。」

她停下筷子：「你不是因為你爸會告訴我，才沒有打電話給我嗎？」尾音上揚，聽起來幽默許多：「其實，傳訊息也可以。」

「又不是什麼大不了的事。」影子晃動，她想大概是兒子，聳了聳那副寬廣厚實的肩膀：「沒什麼了不起。」

「全校游泳比賽第七名耶，當然是一件值得慶祝的事。」喀嗒喀嗒——她又開始攪拌。

「第七名，沒有獎盃，也沒有獎狀。」

「是嗎？沒有獎盃，也沒有獎狀啊……」她的語氣難掩落寞，但旋即撐起肩膀打起精神：

「不過你爸下午打電話給我的時候，聽起來可開心了！畢竟你去年夏天還不會游泳，不是嗎？想起來還真是不可思議。」說著，她抓起體溫猶存的豬排，沾了蛋液，裹上麵包粉，壓實後，準備放入油鍋。

她的動作流暢連貫，像一支優美的單人花式滑冰，眼見就要進入最後高潮，勾手三周跳接菲利浦二周跳——兒子突然開口：「等爸回來再炸吧。」

霎時，她繃緊全身肌肉，掐住豬排，食指和拇指的指尖幾乎快彼此碰觸，指甲長了一寸，麵包粉脫落，落入油鍋中啪滋啪滋作響，讓這一瞬間，不顯得過分寂靜。

方才明明使出渾身氣力，緊緊按壓，麵包粉仍然持續掉落，在一連串細微的掌聲中，兒子又說：「爸不喜歡吃冷掉的東西。」

「我是擔心你餓了。」她側過身子，原本想徹徹底底轉過身，想注視著兒子的臉孔，說出這番貼心的話，但身體旋到一半，卻像是故障的音樂盒，跳針的芭蕾女舞者肌肉僵硬，頻頻抖顫，無論如何，都無法轉過去。

「妳餓的話，就先炸妳的茄子好了。」

「我上次就是先炸茄子，結果被你爸給念了一頓，你不記得啦？他說你不喜歡吃茄子，為什麼還混在一塊兒炸？」說到後半段，她擠壓嗓子像握緊蠟筆，什麼顏色都好——試圖模仿你的聲音。

但兒子沒有笑，而是板著臉孔，一臉認真回答：「反正妳怎麼做，爸總有話說。」

「你也覺得你爸比女人還囉嗦吧？不曉得是不是因為當老師的關係？職、業、病——到哪裡都想給人上課。」她一面揶揄，一面當真切起了茄子。和豬肉溫熱黏膩的感覺截然不同，切斷飽滿身軀的剎那，剖面滲出冰涼乾淨的汁液，不一會兒，她將一整顆茄子，切成好幾個厚度一致的圓塊。

「當初嫁給爸的時候，妳難道不知道嗎？」兒子的語速穩定，連每個字音的力道都很均勻。

「這不就是愛情和婚姻的分別嗎？」沒有停頓，她立刻答腔：「真是老生常談。」接著將麵粉倒進碗裡，打了兩顆蛋拌成麵糊，在麵糊上一連畫了好幾個「8」，感受到兒子的體貼，她忍不住問：「你該不會是交了女朋友吧？」

「怎麼可能，我念的是男校，又沒有去補習班。」兒子說，口氣紋風不動，監視一般，依舊站在她背後。

「你想去補習？」她試探性詢問，用筷子夾起茄子，翻掌裹了麵糊：「你爸大概不會答應吧？」將沾滿麵糊的茄子扔入油鍋，茄子轉眼間，已經被竄出的泡泡吞沒：「你爸覺得自己不管哪一個科目都可以——」

「我沒有說想補習。」兒子打斷她的話。

動作倒帶重播，她將自己嵌入先前的輪廓像副合身的蛹，放入第二塊茄子。製造的聲音比方才小了一些，Practice makes perfect。

「我先去換衣服。」兒子說，她聽見兒子扯動制服空氣產生的拍打聲：「爸應該快回來了。」他轉過身，拉了拉書包背帶，往廚房門口走去。

「啊——」她驚呼一聲，兒子停下腳步，她終於扭頭，終於望向兒子，看見高大挺拔的兒子，她睜大眼睛，像是看見一個陌生人一樣，嚇了一跳，兒子好像也被她的聲音嚇了一跳，怔愣望著她，她回過神來，咧出笑容：「你上樓的時候，順便把我和你爸房間的門關上。」見兒子一臉困惑，她只好補述道：「我早上在窗溝和床頭櫃擠了些滅蟻藥，氣味太重，怕你爸發現，開門窗通風。」

「又有螞蟻了？」彷彿感到困擾的人是自己，兒子抓了抓臉頰上，那顆飽滿到產生反光的青春痘，大概是不小心抓破了，兒子瞇起眼，皺了一下眉頭。

「就是啊，也不曉得那麼多螞蟻，究竟是從哪裡爬進來的？我們家又沒有什麼好吃的。」她調侃自己，促狹笑了一聲，旋回身，停頓半晌，等待兒子發出笑聲，但兒子沉默，於是她兀自說：「我猜一定是你爸放在庭園裡的那幾株盆栽害的，貴又不好看，叫他搬走他還會生氣呢，真想趁他下個月帶學生去畢業旅行的時候，把那些盆栽載得遠遠的，找個地方統統埋起來。」

「妳要是真的那麼做，就算爸脾氣再好，也會生氣吧？更何況——」兒子拖長尾音，像是怕她來不及解讀自己的語意：「妳又不會開車。」

「我這個月去學，下個月剛好能開。」輕巧帶過話題，她繼續炸茄子，但她已經不用筷子了，而是用指尖直截捏起茄子圓塊，戳進麵糊，左沾右裹；攀梯一般，碗裡的米白色麵糊，先是勾住指甲月牙白的部分，接著爬過第一個指節，繼續往上摳抓侵略——她倏然收回手，轉向瓦斯爐，像是打算把自己的手，也一併油炸似的，大幅度伸入鍋內，整個油鍋畫面熱鬧，竄滿細密的泡泡，她情不自禁噘起嘴，跟著嗶嗶啵啵嗶嗶啵啵小聲念著。

「如果螞蟻愈來愈多，還是找人來看一下吧，說不定在家的哪裡築巢了。」她沒想到，兒子會繼續這個話題，她甚至沒有意識到兒子還在現場。

「築巢？」這一次，機器人似的，她動作僵硬，終於轉過整副身軀，舉著被麵糊浸蝕毛細孔全被堵塞的指尖，瞪大眼睛問兒子：「築巢，有這麼簡單嗎？」

兒子抓了抓手肘，白皙的皮膚被抓得一片通紅：「我有一個朋友，也發生過類似的狀況，家裡莫名其妙出現一大堆螞蟻，某天真的受不了，打電話請人來滅蟻，結果一掀開地板，發現下面已經築了一個好大好大的螞蟻窩。」

聽著兒子的說法，她想像自己，一階一階，走上樓梯，走進你和她的臥室，捉姦似的，一把掀開蠶絲被，發現潔白的床墊上，空無一人，只是憑空築建出一個巨大的蟻巢，並且在自己掀開的那一瞬間，成千上萬隻螞蟻，岩漿噴發一般，從那座外形宛如火山的螞蟻窩傾巢而出，從彈簧床的正中央，向自己攀爬過來，甚至不知何時，其中一條支流，竟然沿著被單，從自己指甲和指頭之間的縫隙汨汨鑽入，讓自己枯涸乾裂的身體產生細微震動，她一面想像，一面忍住失聲笑出的衝動。

好不容易，才將哽住自己喉嚨的衝動壓抑下來，兒子離開廚房，她的聲音追趕過去：「記得把我和你爸的房門關上——」

她佇立原地，像是一根外層盡數剝落的火山柱，直挺挺矗立在那裡，望著廚房的入口，後方走廊漆黑一片。

良久，砰——的一聲，她終於確實聽見房門重重關上的聲響。

四

你出現的時候，她正在將白蘿蔔磨成白蘿蔔泥。

她拚命扯動手臂，扯動彷彿和手臂相連的白蘿蔔。

眼見白皙的白蘿蔔一寸寸消失，化作一團爛泥，不知怎地，她忽然就想起了母親，站在狹窄陰暗的廚房裡，一刀又一刀揮舞掄動，將團圓的肉塊，剁成碎末渣子的母親——為了製作父親愛吃的獅子頭，吃素的母親必須狠下心來，將面前的肉千刀萬剮，弄得血肉模糊不可。

一無所悉的你，被她發現的時候，白蘿蔔只剩下一半，她決定留下來熬湯。

在光滑透亮的白蘿蔔身上，她看見你，穿著白色短袖襯衫和鐵灰色長褲，腰際綁著一條黑色細款皮帶，上頭反射的光緞，停滯在襯衫，從左邊數過來的第四道皺褶；儘管你天生一張白淨俊俏的瓜子臉，可過於合身的襯衫，以及追趕時下流行的窄版長褲，凸顯了你這一年來胖了六公斤，腰圍扎實多了兩吋的事實。

「再一下下，再一下下豬排就炸好了，你要不要先上樓換件衣服？」她是想讓你覺得舒服自在，卻沒有意識到，你或許會認為，她是為了讓自己感到舒服自在。

你略微揚起下顎，伸長脖子，解開一顆鈕釦，兩片尾翼似的領子向外翕動，露出內衣的領口：「豬排還沒炸好？孩子不是早就回來了？我不是中午就打電話給妳了嗎？怎麼到現在還沒弄好？都快七點鐘了。」口吻咄咄逼人，聽起來像是在指責某個遺漏訂單的店家。

「說話總是那麼誇張，頂多才六點半吧。」她用你聽不見的音量咕噥著。

「妳說什麼？」

「我說——豬排再一下下就炸好了，你再等一下下喔。」愈說到盡頭，她將語調一一放輕。

「算了，我先去換衣服。」你說。她一一拈去，沾在手心愈來愈乾燥幾乎要產生靜電的麵包粉，明明聽見你走出廚房，忽然間，又從那團沼澤裡，探頭進來：「我那件球衣妳洗了沒？」

「球衣？」她停下拈去麵包粉的手，發問的同時，手探向漂浮在油鍋裡的豬排，像艘黃金打造的寶船，頓時她回過神，才察覺自己竟然打算，赤手撈起熱燙的豬排，連忙縮手抓起筷子，她側過臉，又重複了一遍：「球衣？」緊接著立刻說道：「啊，我忘了，還掛在洗衣間的架子上。」

「是嗎？那我先穿那件好了。」他將頭縮了回去，像躲進殼裡的烏龜。

將豬排夾起，宛如夾起一塊燒紅的鐵塊，擱在墊了三層吸油紙的韓國進口藍底大圓盤上，她將筷子啪嗒——重重壓在桌上，頓了半晌，魔術方塊似的，她平移轉過頭，注視著空無一人的廚房門口，扭回頭身後，附著在紗窗上的灰塵，被風吹得模糊開來，闔上眼深深呼吸一口氣，接著像是擠壓鋁箔包一般，噗哧一股腦兒使勁吐出，指頭勾住窗架，將面前的窗子完全拉開，肩膀劇烈震動血液如彈珠撞碰滾動敲響體腔的同時，俐落轉身，直直走向冰箱，順手拖來一張椅子，緊接著掙脫拖鞋跨站上去，扳開上頭氣窗開關，打直胳臂拉開氣窗的瞬間，用力過猛，啪嗒——窗子和窗框，宛如兩輛迎頭撞上幾近全毀的車，發出震耳嗡嗡作嘔的撞擊聲，意料之外的巨響，讓她猛地抽回手，身子遽然縮了一下晃動了一下，險些沒踩穩，腳掌彈開從椅子上摔下來。

忍住驚呼，擰上瓶蓋似的她扭緊肉身，反射性在椅子上蹲了下來，環扣著自己的膝蓋，降低重心，把自己壓低再壓低，就無論如何也跌不倒了。

「妳在做什麼？」兒子突然出聲，站在廚房門口，穿著藍白條紋相間無袖滑質球衣，露出兩條粗壯結實臂膀，從胸前鎖骨到頸脖一帶，肌肉鼓實隆凸，撐起了球衣肩帶，投射出的陰影讓身形更顯立體。

她扭頭視線被自己飽滿的肩頭遮去一半，看著只剩一半的兒子，她想到幾分鐘前也站在那裡的你，以前身材雖好，卻好不過如今你的兒子。

「沒什麼，想開氣窗而已。」她從椅子上爬下來，像是離開一匹馬，腳掌貼上地板的剎那，突然覺得冷，似乎又往盡頭龜裂了幾寸；穿回拖鞋，感覺自己真的長高了一點。

「叫我開就好，沒事不要爬那麼高。」

她摸了摸耳後的丘陵，手勢蜿蜒輕柔，不知情的人，還以為那裡埋藏一條沉默的礦脈：「這沒什麼，你和你爸不在的時候，我做的事才叫危險。」

「有沒有什麼需要幫忙？」兒子問道，環視廚房一圈，比跑兩百公尺還久。

她搖了搖頭：「不用，可以開飯了。」

「喔，那我先把碗筷拿出來好了。」兒子說著，走到烘碗機前，原本應該抓住門把的手，卻伸進鬆垮垮所有器官都會晃擺的球褲口袋：「啊，對了，這是我剛剛在玄關那邊撿到的，應該是妳掉的吧？」他離開烘碗機，走到餐桌前，掏出一顆個頭嬌小的淺黃色番茄，擱在桌緣，在她和兒子的注視下，超能力一般，番茄往旁邊緩緩滾動過去，他們就這樣，眼睜睜看著無端發起動能的番茄掉落在地，在瓷磚地上富有彈性，彈跳了幾回，逐漸縮小彈跳幅度後，滾進桌子底下。

兒子冷不防趴下來，突然從視線中消失的兒子，讓她差一點點從背上嚇出好幾顆小番茄。

她往地上看，只見兒子高高抬起臀部，壓低上半身，瞇起一隻眼睛，往桌子底下窺探。

原來是想撿番茄啊——她心想，並進一步思索，身為母親的自己，是不是也應該跟著趴下來才對？

正準備凹折膝蓋：「你趴在地上做什麼？」你出聲問道，穿著和兒子顏色配置一模一樣的短袖球衣，短截的袖子，讓你弛垂的手臂更顯臃腫，幾根被擠出的腋毛，質地乾燥粗劣，陰毛一般蜷曲，隨意摩擦一星火光都會引爆似的。

注視著腋毛如魚鉤倒鉤的尖銳末梢，她逐漸相信ㄟ的說法，在這個連男人都迷上下午茶的年代，不只有泡芙女，也有麻糬男——一想起ㄟ那張動個不停的嘴，她感覺侷促不安感覺好像有人一面計算，一面耐心將自己的腋毛，和你的一根一根綁在一塊兒。

「東西掉了。」兒子回答，抿了抿嘴唇。

「你的？」

「我的。」她舉起手回答，但沒有人看向她。

「地上這麼髒，明天掃一掃就出來了。」逕自下了結論，你瞥了她一眼。

她將舉起的手和另一隻手闔起，擺在兩座乳房正中央，接著十指交扣：「說的也是，先吃飯吧，我們今天不是要慶祝你游泳比賽第七名嗎？」

兒子起身，拍了拍嵌入細屑砂石的膝蓋，走向流理臺洗了手，水珠沿著他修長的手指滾動繼而滑落，滴滴答答打濕地板，聲音清脆幾乎打穿，她立刻拿毛巾擦乾。

兒子拉開烘碗機，取出三副碗筷，她接了過來，碗筷沾滿了水，而水中有兒子的溫度。

她打開大同電鍋，熱氣蒸騰瞬間將她的頭俐落擦掉。

她仔細添飯。

「妳該不會忘了買蛋糕吧？」你在她背後說話。

「怎麼可能，早就冰在冰箱裡了，不相信，你去開看看。」她捧著兩碗飯，瞅著你，朝冰箱努了努下顎，目光轉而聚焦在兒子身上：「是你最喜歡的黑森林口味喔。」

你勾住兒子的脖子，拉他坐下，兒子身旁還留著一個空位。

她將兩碗豬排丼擱在兒子和你面前，語帶惋惜說道：「原本應該還要加一小撮鴨兒芹的，偏偏你們都不喜歡那種味道。」

「煩不煩啊。」你皺起眉頭，扒了一大口飯，隨便咬幾口後，喉結一扯，將東西呼嚕往下抽：「妳不要每煮一次豬排丼，就說明一次，不喜歡就是不喜歡，管它道不道地。」

「我是怕你們忘記，這道料理原本應該是什麼樣子。」

你沒有理會她，咬了一口豬排：「這次的豬排還不錯，上次跟妳說太肥，妳又不是不知道，他不敢吃肥肉——這次雖然炸得有些老，不過肉質真的改進了不少。」一面評論，你一面不時瞄了瞄兒子，像是在提醒她什麼。

「你吃出來了？」她睜大眼睛盯著你，笑出兩排牙齒，在兒子身旁落坐，手肘支著餐桌身向前傾，掌肉在臉頰上推擠出一片油光：「上回是里肌肉，這次我特地換了腰內肉，為了怕肉太扎實，我還多添了一些醬汁。」

「妳怎麼還不吃？」說著，你斜睨了流理臺一眼，瞥見那盤炸茄子：「不是跟妳說過了，不要把茄子和豬排混在一起炸嗎？他不喜歡茄子的味道。」

「拜託——在看到那盤茄子以前，你有注意到茄子的味道嗎？」她不禁咧嘴脫口說出。

你沒有莞爾，大概是不知道該怎麼回應，只好用筷子無意識戳弄豬排，將豬排一寸一寸，推埋進迸碎開來的飯粒裡頭。

「好臭。」兒子打破沉默，他的聲音，迴盪在廚房裡，你唇角緩慢上揚的同時，兒子接續說道：「爸，這該不會是你大前天打球穿的那件球衣吧？是還沒曬乾？沒洗乾淨——還是根本沒洗？」

「這幾天天氣不好，放著放著就忘記了。」說著她抿了抿下嘴唇，淡淡笑了，站起身，將擱在流理臺旁的那一盤炸茄子，端了過來。

「晚點我們再去打球。」你提高音量，握緊拳頭，往兒子的胳臂用力敲了一下，他的二頭肌狠狠抽搐了一下，她夾起一塊茄子，將渾身沾滿方才費力磨好的白蘿蔔泥。

五

「全校第七名，五十公尺自由式第七名，了不起，真是了不起，爸爸在你這個年紀的時候，只能勉強游完二十五公尺，你才學一年、喔、不對——學不到一年，就有這樣的成績，真的很有天分。」你興高采烈說著，碗裡空空如也，她將自己一半的豬排分給你。

「只是第七名，除了第七名自己，誰會記得？就跟世界盃足球賽一樣，誰會記得去年的亞軍是哪一國？」

「我連冠軍是哪一個國家都不記得。」她話才剛脫口，你的大腿撞了桌腳一下，擱在餐桌正中央的味噌湯劇烈搖晃，豆腐被撞得粉碎，顏色分明滾褪的蔥花險些就要盛開了出來，她想問你會不會痛？啟齒的瞬間，見你夾起豬排，甚至瞥了泛出銀亮光澤的白蘿蔔泥一眼，她趕緊將小碟子拉近自己，這是她小小的抵抗。

「想像。你要假想一個對手。」你收回目光，放棄白蘿蔔泥，凝視著兒子，正色說道：「也就是『假想敵』，這樣進步才快，爸爸當初就是把你五叔，當作假想敵，整整一年，連冬天都浸在零下四、五度的水裡，游泳才會突飛猛進。」

「你五叔，是當年他們那群孩子裡頭，最會游泳的一個。」和所有溫馨的家庭一樣，她照例補充兒子他爸沒有說完整的部分。

「我怎麼都不知道爸還有個弟弟？」

「死了。」像是怕被她搶先回答，你迅速說道，但這本來就是你的權利，她不禁暗忖，你接著又說：「他比我小兩歲，在我考上大學那年，他死了，車禍意外。」你說起這樁往事，像是在描述別人家的事，除了熟練以外，還有一些些刻板的憂傷。

有時候，回想起那件事，她甚至覺得自己比你還難過。

當然這並不代表，她比你更在乎你弟弟，或許只是因為，她是目睹你弟弟死亡剎那的其中一人。

而也是從目睹那次意外之後，她和母親，終於成為截然不同的人。

她不是全然的素食者，卻再也無法親手剁碎絞肉。

「我怎麼都不知道，你和媽從小時候開始，就認識彼此了？」

你沒有接續這個話題，她自然也不曉得該如何繼續。

她瞄了你一眼，定定看著兒子。

兒子聳了聳肩，繞回最初的話題：「我不知道要找誰當『假想敵』。」

「兄弟姊妹是最好的『假想敵』選擇，關係愈是親密，所產生的競爭意識，往往益發強烈。」你說，她已經吃完茄子，已經對這個局面束手無策；原以為你不想接續那個話題，但你一如既往，終究用自己的方式，讓看似遙遠的兩者，產生關係：「你以前小時候，不是經常吵著要一個弟弟或妹妹嗎？」

兒子沒有回答。

她也是。

她只好用筷子往碟子裡攪拌，滲出灰濁色水分的白蘿蔔泥，散發出一股濃厚的生腥味。

「現在怎麼都不吵了？」你笑著追問，或許是鼻粱過於高挺，讓你咧嘴笑的時候，像是臉上每一個器官，都在跟著笑。

兒子夾起最後一塊豬排，擋開她的筷子，沾了一點白蘿蔔泥：「大概是長大了吧。」他咬了一口，她舉著筷子動也不能動。

「也是，都長得比我高、比我壯了。」你將剩下的豬排塞進嘴裡，蠕動閃閃發亮的雙唇，握起拳頭，再度往他的胳臂使勁一捶，他二頭肌抽搐的同時，她的身體不禁往後一退，被強行拖動的椅子，刮磨出刺耳的聲響，迴盪在廚房裡。

六

你坐在客廳裡看電視，面前攤著一份從學校帶回來的報紙。

將洗好的碗盤一一放進烘碗機，啟動開關，房內亮起機器嗡嗡運作的瞬間，匡啷——一聲碎裂的聲響，讓她著實嚇了一跳。

她轉過身，沒有發現兒子是什麼時候進入廚房的。

瓷磚上散落一地碎玻璃，兒子一臉茫然，像是望著一大片燦爛銀河般，望著閃閃發亮的地板。

「不要動——」見兒子抬起腳，情急之下，她不由得大喊出聲，音量之大，把兒子和自己甚至是整棟房子都嚇了一跳。

你抓著報紙，匆匆來到廚房門口，從外探頭進來問道：「吵死人了，發生什麼事？」

「我沒注意到……沒注意到這個袋子破了……我想找一個袋子裝回收的玻璃瓶。」兒子依舊抬著腳，身子小幅度晃動保持平衡，不曉得什麼時候才能放下。

「玻璃瓶？什麼玻璃瓶？」她追問：「你哪裡弄來的玻璃瓶？」

「裝羊奶的……」兒子說：「今天回收來不及交出去。」

「你什麼時候開始訂羊奶的？我怎麼都不知道？」她頻頻追問，像望不到盡頭的鐵軌。

「我——」兒子試圖解釋，下意識往前跨出腳步。

「先不要亂動——」你大聲喊著，鎮住他們兩人：「你先不要亂動，要是腳被割傷就不得了了。」而後，你的語調陡然一變，看向她，冷冷說道：「妳為什麼會把一個破掉的袋子放在那裡？」

她沒有應聲，將眼睛從兒子身上拔開，轉過身直直走向你，一把推開擋在廚房門口的你，用極低極細微的聲音咕噥了一句：「別在這裡礙事。」走進洗衣間，拿來掃帚和畚箕，再次經過你身旁的時候，她冷不防抽走你手上的報紙。

她圍繞著兒子移動，宛如忠實的星體，將點綴在兒子四周，鑽石一般的碎玻璃，仔仔細細全掃了起來，接著將碎玻璃倒在攤開在椅子上的報紙，不知道從哪裡吹進廚房的風，不斷掀動報紙透薄邊角。

背對著你，她粗聲粗氣說道：「客廳、客廳應該還有報紙吧？你既然連家庭副刊都拿了——」

你走回客廳，沒有踏進廚房，拉長上半身，伸長了手，將剩下的報紙全交給她；將近十分鐘，兒子始終保持單腳站立的詭異姿態，重心愈來愈低，似乎快到極限快支撐不住自己的身體。她將報紙一張一張接續攤平，宛如一條石板路，從兒子腳底下，一路延伸到廚房入口。

「可以了。」她說。

彷彿走星光大道一般，兒子小心翼翼，踩著以報紙鋪就的地毯，從廚房深處一步一步走了出來，而你則像是不離不棄的死忠影迷，熱切擁護，只差沒有把自己放在庭院裡的盆栽，統統抱來送給兒子。

「你的腳沒受傷吧？」你彎下腰，要兒子抬起腳掌讓自己檢查，兒子起先頻頻搖頭說沒事，其間別過頭，朝她望了一眼，她撇開頭，背著你和兒子，俯低身軀，將報紙一張一張收回來。你不肯放棄，最後拗不過你，兒子只好抬起腳，你歪著頭審視兒子沾附著淡淡油墨味的腳底，用手撢了撢。

「時間差不多了，我們去打球吧。」你一把攬住兒子的肩膀，身高懸殊的你，必須大幅度歪著身子才能勉強搆著：「書都念完了？」

兒子點了點頭，你鬆開兒子的肩膀，拍了一下兒子緊實的臀部，率先往外走去。

「我出去了。」

聲音打在她背上的那一剎那，她捏緊手中的那一疊報紙，發出細微並且密集宛如蜜蜂叢聚摩擦薄翅似的窸窣聲。

先是身後的走廊，然後是身後的客廳，宛如成熟的果實燈光一盞一盞被摘了下來，她聽見家門打開復又關上鎖一連串活絡關節的聲響。她緩緩站起身來，緩緩將手中的報紙揉成一團，將紙團擱在擦得晶亮反光四射的餐桌上，她走向櫥櫃，彎身撿起那枚塑膠袋。

她撐開塑膠袋的洞口，用右手指尖捏著，將左手手臂穿了過去，尾鰭一般左右擺了擺，先是順時鐘轉了轉，又逆時鐘繞了繞：「看來非扔掉不可了。」她小聲嘀咕，經過這場波折，破洞變得比之前更大，再也無法利用。

她將無可救藥的塑膠袋打成蝴蝶結，仍覺得佔空間，索性一連打了三個，緊湊在一起看起來感情親暱分不出誰是花誰是花蜜；她拉開櫥櫃，掏出另一個同樣綁了起來的塑膠袋，放開那隻蝴蝶，將那一團滿肚子碎玻璃的報紙，和四隻製成標本的蝴蝶，統統裝進那個半透明的胃袋裡。

拎著那個胃袋，她一面走，一面不時輕盈跳躍，雙腳離開地面的瞬間，簡直像是個準備參加遠足的女孩。

來到廚房出口的時候，她冷不防站定，集中精神，擠出蘭草的香氣，身軀挺得筆直，啪——她用力扳下開關，視線一黑，將整個家瞬間串連在一塊兒。

七

她屈膝坐在水泥階梯上，身旁擱著那包塑膠袋。

夜晚的學校操場，總是出乎她的意料，十分熱鬧。

「真是搞不懂，為什麼這麼晚了，還想把自己弄得滿身大汗……」她小聲嘀咕，扯了扯一旁的塑膠袋提手，像是在扯動小狗的耳朵。

許多人繞著操場或跑步、或健走，有些乾脆一面講手機一面散步，也有外傭推著老人沿著更外圍兜圈子；操場旁空地則散布一叢叢各類團體，例如跳土風舞的中年婦女，練中國養生術的社區居民，或者穿著繽紛跳街舞、進行康樂活動的少男少女；當中最受歡迎的，莫過於操場中央的籃球場。不先來搶佔場地，就只能在界外運球乾瞪眼；或者委屈一些，到一旁架設在觀眾席扶手牆上的籃框，練習永無止境的投籃，彷彿徒勞的薛西弗斯，好不容易推上山崖的石頭，終將一遍又一遍滾落谷底。

此時此刻，兒子和你，和另外四個年輕人，組成兩隊三對三，打半場，先取得五分的隊伍獲勝，然後再划拳，重新分隊；分了三次，你們兩人總是分在同一隊，她想或許是你們兩人，事先約定好了暗號。

打完第四輪，你們又輸了，兒子皺著臉，滿臉通紅，臉頰上的那顆青春痘，受到擠壓，滲出油脂和血液，但兒子毫不在意，索性脫掉球衣背心，隨手晾在籃球架後方，皮蛇一般爬纏斑斕鐵鏽的欄杆上。

兒子全身上下的肌肉，都在喘氣，大幅度收縮鼓脹，讓披在肌表上頭的汗水更顯曲折蜿蜒，豆大飽滿的汗珠像是一個一個凸透鏡，整具肉體在夜色中自成一個發光體，更顯巨大立體。

其他幾個年輕人，原本也想模仿兒子，瀟灑脫掉衣服，但又怕相形見絀，踟躕最後只能作罷；你撩起袖子，用掌心擦去額頭的汗水，拍了拍自己的肚腹，抬舉雙臂掀起衣襬脫去衣服的那一瞬間，她以為自己被發現，趕緊弓起身子別開臉使勁拽緊塑膠袋的袋口。

她聽見肌膚彼此碰撞的聲音，像是直截打進心裡一樣貼近令人發顫，急切抬起頭，新的比賽開始——這一次，你們分在不同隊，你防守兒子，將身材魁梧的兒子，包裹在你的懷裡，同樣赤裸著上半身的你們，身體緊密捱貼在一塊兒，連纖細的汗毛，都彼此拔河，肌膚水亮，光澤煥然，像是塗滿膠水，一旦黏住，除非你們兩人之中，有誰願意皮肉相捨，否則就再也分剝不開。

她一面注視著你們的比賽，一面將雙臂交扣於胸前，抱住自己，當兒子離開你的身體，帶球閃過，將球重重灌入籃框，她猛然站了起來雙腿繃得極瘦極細，捏緊拳頭，忍不住高聲尖叫出來。一旁正仰著頭，專注喝啤酒的男子嚇了一跳，噴出來的啤酒，弄得他全身濕答一片；那男子穿著印花T恤，胸前的卡通圖樣脫落，只剩下半張臉孔，一頭俐落短髮，兩側留有毫無雜毛的乾淨鬢角，扭過頭，嘴巴周圍濕亮，雙頰緋紅表情醺然眼神迷迷濛濛，直望著她，像是花了很長一段時間，才終於對準焦距將槍上膛。

「妳認識他們？」

「那是我兒子和我老公，我們是一家人。」她一面解釋，一面繃緊指節朝遠方指了指，突然覺得見外，不知該拿這隻手怎麼辦，索性縮回咬住食指指甲。

「這樣啊。」男子咕噥著，扭回頭，眼神空洞望向球場。兒子撞開你，球脫手出界砰砰砰砰彈入別人的球賽，男子頓了半拍，將啤酒罐湊到嘴邊，吸吮了一口，才發現啤酒剛剛都已經流光了：「嘖，沒喝到最後一口。」抱怨道，他往旁邊踢了一腳，發出匡噹匡噹——宛如竹子彼此敲撞的空洞聲響。她探頭一瞧，男子腳邊的塑膠袋裡，裝著至少兩手被壓垮的空啤酒罐。

她鬆開雙唇，鬆開濕軟的食指指甲：「不好意思……害你沒喝到最後一口啤酒。」小聲說著，她皺起鼻頭，注視著被口水沾濕發亮的指甲，她想起自己當初，嫁給你以前，為了根除咬指甲的習慣，曾經揣著錢包，特地衝到夜市，買了一罐苦油，時時刻刻塗抹指甲，讓那段時期的自己，頻頻吃苦；想到這裡，一股隱隱約約的澀酸滋味，從舌頭後方，閃電一般迅速擴散開來。

父親曾對她說，舌頭感應苦味的部分，就是舌根；這也是為什麼，藥吃起來格外苦的緣故，而這也是為什麼，她有時候會不禁思索：那麼自己的人生，什麼時候才能從舌根，往舌尖稍稍蠕動過去。

「無所謂。」男子將手中的啤酒罐匡啷——扔在水泥地上，一腳踩扁，同時擰過上半身，對著她揪起臉來：「妳為什麼不下去看他們比賽？坐在這裡最好是能看清楚。」

「我視力好。」不想和男子多拍來回，她立刻粗聲回嘴。

男子突然噗哧——露出一口白牙，放聲笑了出來，還噴出了唾沫。

她睜大眼睛瞪著他，儘管沒有開口，卻像是在質問他：「你在笑什麼？有什麼好笑的？」彷彿聽不見她的心聲，男子繼續大聲笑著，聲音宏亮，壓過了兒子和你吶喊吆喝拍打籃球的聲響。

「你、到底、在笑、什、麼？」她感到耳鳴，雙臂撐住台階，微微提起自己的身軀，提高音量嘶吼出來，脖子繃凸青筋，發出足以嚇到自己的聲音。

男子瞬間止住笑，轉回身，彎腰撿起啤酒罐，塞進一旁的塑膠袋裡。

「我還是第一次遇到沒喝酒就胡言亂語的女人。」

「我也是第一次遇到一喝醉就胡言亂語的男人。」

男子又轉過頭，一臉困惑看著她：「妳老公喝醉都不會亂說話？」男子的身子開始左右晃動，說話口齒不清：「他是喝醉變成柴犬的類型啊？」

她搖了搖頭，又搖了搖頭，最後靜止下來，正視著男子，清晰吐出：「他從來沒有喝醉過。」

男子對她抿出微笑，像是不會再面向她似的，轉回身：「是這樣啊？」他低聲咕噥著，意味深長，宛如被突如其來的颶風，折斷的樹枝，忽地壓垂頸子，將頭埋進自己的雙腿之間：「是這樣啊？是這樣……」

運球聲將他的聲音掩蓋過去，她的太陽穴隨著運球聲陣陣抽搐，她不自覺將身子往前傾，如果可能，甚至希望把自己的耳朵拆下來，磨得更利更尖。

男子突然站起身，一時間，她以為被發現，身子往後一縮，重心往後移，差點仰頭翻了過去。

男子蹬下階梯，她瞥了一眼前方裝滿空罐的塑膠袋，旋即跟著站起身，朝他的背影大喊：

「你忘記帶走了——」

話脫口而出，她才意識到，不知何時，籃球場一片死寂，彷彿所有人全盯著自己，那一剎那，她心中湧現一股想躲開眾人目光、立刻蹲下來的衝動。

彷彿樂譜上註明的漸強記號，彷彿有另一個存在於另一個時空的人，和她產生遙遙遠遠的共鳴，像是一一嘗試，最終拔出正確並且唯一的一把鑰匙，崩潰塌散的孔明鎖，那樣逼真的畫面，讓她渾身逐漸顫抖起來，而這樣的生理反應，進一步令她不得不想起小時候，五、六歲個頭比籬笆還矮的自己，趁夜偷偷溜進隔壁人家的田裡，擠出吃奶的力氣，渾身拚命抖動，咬得牙齒都要崩碎，也非得把那根粗大的白蘿蔔給拔出來不可，心想如此一來，看見自己抱在手中的白蘿蔔，爸爸就會，撫摸自己的頭，甚至咧開一口被檳榔侵蝕殆盡的爛牙，而開心的爸爸，或許就不會，逼自己做那些自己不想做的事了吧？

當運球聲再度響起，人聲再度喧譁轟隆，她感覺停格的畫面開始喀嗒喀嗒走動，自己從水壓極大的深底被一把拉出，鼻翼一抽，深深吸了一口氣，確認自己肺部的極限，急切張大嘴巴，潮濕悶熱的空氣，摩擦蒼白龜裂的嘴唇，她想起骨骼與骨骼摩擦彈指的瞬間——

明明話已經推至喉頭，卻因一時踟躕，被男子搶先一步，朝她身旁的塑膠袋努了努下顎：

「妳也是來偷丟垃圾的吧？」說著，男子挑起眉尾，身子晃動前後踩著碎步，像是下一秒就要跳起舞來，接著頭一撇，往自己的塑膠袋瞄了瞄，望向她，抓了抓胸前那張只剩下半邊臉的卡通人物，瞇眼說道：「既然這樣，我這袋也麻煩妳了——」撂下這句話，男子迅速背過身去，舉起胳臂，風中蘆葦似的擺了擺手，不等她回應便逕自走遠，一階一階琴鍵似的，腳步輕輕快快。

八

男子一步一步走遠，他的背影左搖右晃，肩膀時上時下，像座蹺蹺板；他的背影緩緩下降，最後整個人，被階梯吞沒，後腦杓輕輕擺盪後沉入一樓。

直到男子從自己的視界中完全消失，她才回過神來，想起自己最初的目的。她擺過頭，著急望向籃球場，繞著操場運轉的男男女女不見了；場邊跳土風舞和練養生術的人不見了；跳街舞和玩團康遊戲的少男少女不見了；籃球場上的人也不見了，統統不見了——一瞬間，夜裡的學校操場，只剩下她一個人，下一秒，燈光熄滅，她感覺自己，被捲入一隻巨大的眼睛，然後闔起。

黑暗中，她坐下來，階梯冰涼，更遠的光害勾勒出她側臉的輪廓，感覺自己像眼睫毛，她仔細調整呼吸，接著重新站起來，砂石從褲管脫落，和地面摩擦出乾燥如豆撒的聲響，造成的時間差讓此刻更顯寂靜。

離去前，不知怎地，她還是拎起男子留下的塑膠袋，扭頭一瞥，感覺那些被壓扁的啤酒罐，在昏暗的視線中，彷彿竭盡全力，才勉強支撐出一小塊存在，而在那窄仄的空間裡，摺痕銳利的鋁鐵罐子，看起來像是一大堆層層疊疊，皺起來的人臉。

抬起臉，魚上鉤一般揚竿，她捲回視線，匆匆下了樓梯，宛如睜開眼倉促掉出的淚珠，她繞過矗立著三座ㄇ字形白鐵欄杆的後校門口，一踏上人行道，從馬路另一端，一輛重型機車，輾過亮白色的斑馬線，從她面前飛馳而過，突然炸裂開來的聲音，讓她的脖子縮了一下，冷不防往後退了一步，搖散了自己的髮絲，背脊抵住欄杆的瞬間，她像是被那股出乎意料的冰涼給刺著，立刻彈開，往前踉蹌了半步。

站穩腳步，她閉起眼睛，深深吸了一口氣，感覺摺疊的骨骼全攤展開來，睜開眼睛眼睫毛搧動空氣的同時，她將頭髮撩至耳後，扭頭望向方才，重型機車奔來的方向。

她看見兒子，赤裸著身子、肩上掛著球衣、黑色內褲褲頭緊實綳住腰身，和挽起衣袖拖著蒼白鬆垮手臂的你比肩而行，路燈從你們兩人前方照來你們的影子躺在地上，宛如時針分針一樣直指著她。

注視著她緩緩舉起空無一物的右手，將手指一一舒展開來，而後又緊緊緊緊併攏，用手掌遮住兒子，遠望著你的背影，忍耐不眨眼睛，良久良久，她將手臂往旁邊平移，轉而遮住你的背影，然後左眼右眼兩隻眼睛裡，就都只剩下兒子了。

倏地，她垂下手，決心跨出步伐的剎那，忽然想起一件事：「啊、我的垃圾——」她驚呼，撇頭瞥向漆黑一片的操場，瞪大瞪大眼睛，抬起抬起下顎，踮起踮起腳尖，發現再怎麼努力，依舊連自己方才坐的方向，都無法辨別：「如果、如果是螞蟻的話，就好了呢……」她小小小小聲感慨著，如果是螞蟻，即使什麼也看不見，依舊能按照原先的軌跡，留下的液體和氣味，一小步一小步，躡手躡腳娑爬回去。

像是被魚鉤鉤住，她回過神，猛然別回頭，整張臉壓在柏油路面似的被抹擰開來，聽見脖頸發出喀啦——一聲，眼睜睜看見兒子和你，拐進街角，消失在路的尖梢。

一瞬間，放眼望去，路面乾淨空無一物，社區安靜彷彿能聽見，夜幕輕擺款動的聲音，她不想讓塑膠袋說話，使勁揣著，反倒窸窸窣窣低語糊成一片。

毫無預警，她轉過身，往和你們相反的方向，拔腿狂奔起來。

頭髮被風撐起，在夜裡唰唰唰響著，因她跑動而形成的颶風，將髮絲削得更加纖細一如蠶絲，並且用力刮磨她每一寸裸露在外的肌膚，甚至灌入她的鼻腔撐開她的肺部她覺得自己像是氣球就要飄起來，飄過這片夜空飄著飄著飄著飄回那個時候——

七歲，小學一年級的自己，站在廚房通往客廳的陰暗走廊盡頭，望著坐在門外的父親，坐在長板凳上，面向燦亮日光，背對著自己，俯身抓起地上一根甘蔗，用缺了牙的菜刀，俐落扒下那一層紫青的皮。接著將曝曬在日光之中，肉身潔白的甘蔗，用塑膠袋套住，沿著關節一段一段剁開，然後父親猝不及防扭過頭，睜圓了眼睛，瞅著她，她幾乎是同時背過身，啪嗒啪嗒跑進廚房，沒發現自己和灰姑娘一樣，落了一隻鞋子，粉紅色夾腳拖，在走廊的盡頭——

跑著跑著，她愈跑愈遠。

在幽暗的甬道中，把自己的背影愈跑愈小，把自己的身體愈跑愈小。

成為五歲時的自己。

「你給我死出去——」母親歇斯底里的嘶吼聲，從瘦長走廊另一端的出口傳過來，像是經過深長的隧道，聲音碰撞後，變得格外巨大。

父親一如往常，什麼話也沒說，只聽見家門打開，又重重關上的聲響。

大概是覺得熱鬧，她試圖模仿那個聲響，她將嘴巴張開，撐得好大好大，眨眼的剎那，嘴巴一闔，跟著喀嚓——用力一咬，牙齒和牙齒敲撞，像是落下刀的斷頭台，斬出清亮暢快的聲響，嬌小的身軀，因此扎實震動了一下，覺得有趣，她又張大嘴，做了一次，喀嚓——然後咯咯笑了出來。

「姊，妳在笑什麼？」

這聲音，像是突然從巷口橫衝出來的車，撞上自己，她嚇了一跳，躲在骨骼裡的五臟六腑，全都狠狠抽搐了一下。

她瞪著那個聲音比自己細緻，個頭比自己嬌小，雙頰比自己飽滿紅潤，眼睛比自己更大更晶亮的女孩，情不自禁，伸手推了她一下。

妹妹往後退了好幾步，直到背部抵住冰冷的瓷磚壁面，見妹妹一臉無辜，她想起自己畢竟是姊姊：「不關妳的事。」她刻意壓低聲音。

妹妹果然笑了起來：「姊好會模仿喔，爸爸就是這麼對媽媽說的——」她連笑起來的聲音，都比自己好聽宛如鋼琴，聽著聽著，又一次，她情不自禁朝妹妹伸出手。

「別在這裡礙事。」母親的聲音從上方輾壓過來，讓她的身體瞬間僵硬，母親擠開她不如妹妹嬌小的身軀，走到流理臺前，母親背對著她們兩姊妹，撩了一下頭髮，將面前的窗戶用力拉闔，震動聲響過後，廚房一片死寂，一點兒風也沒有，她和妹妹動也不敢動，母親用力擤了一下鼻子，一手抓起擱在砧板旁的雙人牌菜刀，打直腰桿，另一隻手則攫住豬肋骨，一刀一刀刷著，速度逐漸加快，力道也逐漸加重，刀鋒和骨頭彼此迅速摩擦，發出磨牙一般，乾燥清冷的聲響。

妹妹拉了拉她寬鬆的衣襬，她知道妹妹想說什麼，明明已經將上頭的肉，悉數刮了下來，母親卻遲遲沒有停止動作；她瞥了妹妹一眼，又望向母親的背影，忽地閃過一個念頭，母親的舉止，與其說是刮肉，更像是磨刀。

「媽媽為什麼還要磨刀？那不是最後一根了嗎？」妹妹問，眨巴著慧黠的眼睛，往她的肋骨頑皮戳了一下。

九

又一次，她在兒子和你踏進家門前，搶先一步回來。

她趕緊進門，上鎖，更換拖鞋，瞥了一眼鞋櫃上，那根凸出的鋼釘；將原先拎在左手的那一袋啤酒罐，換至右手，踩著洋蔥切丁一般的小碎步，輕輕快快踏進屋內，一路往二樓跑去。

踏上二樓，她整件黃色素面T恤已經濕透，緊緊沾黏住她的身體，顏色變得好重好重；握住門把的那一瞬間，她聽見一樓門鎖喀嗒——被轉開的俐落聲響，她高高聳起肩膀，用力轉動臥房門把，像是旋緊一道發條，閃電似的竄入門後，樓下門關，傳來一聲悶雷。

她環顧整個房間，啤酒罐敲撞出清脆透涼的聲響：「要藏在哪裡呢……要藏在哪裡呢……」她咕噥，瞄了一眼塞滿各類書籍的書架、擺滿瓶瓶罐罐的梳妝台、掛滿衣服裡頭放了好幾顆樟腦丸的檀木櫃——她快步走到窗邊，拉開紗窗，忍不住忖度，索性把這袋垃圾，往樓下一扔，說不定還能順道砸中庭園裡，你的某一株盆栽。

她按住自己的額頭，關上紗窗，將頭髮撥弄紊亂，嘴裡咬著一大把因汗水而沾黏在一塊兒的頭髮，忽然間她睜大眼睛，靈機一動。

她來到床邊，凹折雙膝，關節啪嗒啪嗒，她跪了下來，壓低身子，從床底下抽出一個瓦楞紙箱，將那幾張臉擠得更皺更緊，在塑膠袋上打了個蝴蝶結，塞進紙箱，準備推回床底忽地又摳住想了想拉回來，再打了兩個蝴蝶結。

她聽見有人上樓，腳步穩健，是兒子，她聽見兒子打開房門，進去，關上房門，她按住木板地，站起身，掌肉印上細紋，木板之間的凹槽，在她的腿上，留下紅腫深刻的痕跡，皮膚日益失去彈性，不若以往轉眼復原。

她側過身，抹了抹臉，聽見你拖著腳步，緩慢上樓的聲音。

她打開衣櫃，迅速抽了幾件衣物，衝向浴室，握住浴室門把的時候，一如既往，她冷不防想起什麼似的，抽動鼻翼，嗅了嗅房裡的味道——你的腳步聲愈來愈近。

她鬆開手，踩著紅蘿蔔切丁一般的小碎步，來到梳妝台前，按下電風扇的開關，驟然揚起的風勢，將黏在她臉上的髮絲吹散開來，她張開口對著風扇：「啊——」了一聲，抿嘴滿意笑了笑，你踏上走道瞬間，她重新邁開步伐走向浴室，當你握住臥房門把，她也握住浴室門把，趁著你踟躕，深吸一口氣她搶先你扭開——

她鎖上浴室的同時，你正巧關上房門，聲音像是彼此抵銷似的，周遭一片寂靜。

她開始脫衣服，和一般人從上衣開始脫不一樣，她習慣先脫下褲子。

她總覺得，長褲將自己包得密不透風，難以喘息，但偏偏小腿足脛上的那道靜脈曲張，讓她怎麼也鼓不起勇氣套上短褲或短裙；ㄟ總問她，為什麼不穿褲裙，ㄟ說自己在家裡都穿褲裙，衣櫃裡疊著好幾件，顏色款式各異。

面對ㄟ熱情的分享，她總是微笑以對，沒有反駁，也沒有認同。

脫下丹寧長褲，隨手披掛在竿子上，她在鋼板琺瑯材質的浴缸邊緣坐了下來，彎腰搓了搓那道靜脈曲張。鐵青色的血管浮凸肌表，宛如皮肉底下埋著乾癟的蟲屍，搓到後來，周遭皮膚紅腫脫皮，但她沒有罷手，反倒開始摳抓，以為那像是結痂的傷疤，成功摳掉後，能獲得煥然一新的滑溜肌膚。

她持續抓著摳著，速度和力道逐漸加重皮膚紅得像快著火——

叩叩叩——

她嚇了一跳，指頭險些插入自己的肉裡，險些失去平衡，往後一仰，倒入一滴水都沒有的浴缸，她注視著自己緊緊抓住浴缸邊緣的手，指頭因用力而腫脹泛白。

叩叩叩——

敲門聲再度響起。

大概是因為她一直沒回應，傳來扭動門把的聲響，她反應過來，你正嘗試打開。

「妳在裡面吧？」揚聲說道，你又不耐煩，叩叩叩叩叩叩——一連敲了好幾下。

叩叩叩——叩叩叩叩叩——叩叩叩叩叩叩叩叩叩叩叩——

「我、在、裡、面——」響了好幾十次，她索性摀住耳朵，一字一字大聲回應：「我、在、裡、面——」

閉緊嘴巴的時候，敲門聲也同時停止，她不確定你是不是聽見了。

「妳真的很會挑時機洗澡。」你平靜說道，你又說：「還要多久？怎麼一點水聲也沒有？在擦身體了嗎？」

想像你雙手撐住門框，將耳朵貼在門板上：「才剛開始洗，頭髮剛沖完水，正在抹洗髮精，柑橘精油無矽靈的那一罐。」她答道，她很明白，人只有在說謊話的時候，才會習慣把所有事情都交代清楚。

「每次都這樣……」你頻頻抱怨：「搞不清楚狀況……」

在你愈走愈遠的話聲中，她一面哼唱起歌，一面脫去上衣，解開胸罩。

她怔怔注視著鏡子裡頭，自己渾身淌滿汗水的肉身，她想起剛出爐的北京烤鴨，附著在皮膚上的那層油脂，讓整隻鴨子看起來青春飽滿，光滑透亮。

「我是跟去跑步的。」

她抿出幸福的微笑。

想起乀曾經對自己，這麼說過：「妳也真無聊，又不會打籃球，跟去操場湊什麼熱鬧啊？要是我，肯定會趁他們不在家的時候，趕緊去看電視——男人啊，在家什麼事都不會做，就只會跟女人搶電視。」

十

洗完澡，踏出浴室，她的上半身，套著寬鬆的衣服，下半身則只穿著一件內褲，方才過於匆忙，竟然沒有拿到睡褲。

她站在腳踏墊上，頂著頭上的毛巾，看見你躺在床上看iPad（Air）。

她明確感受到自己不大開心，想對你說：「你渾身汗臭味，怎麼可以就這樣躺在床上？好歹先換件乾淨的衣服吧？」

但她總會因為想起某件事，而忘記生氣，例如她此時此刻，忽地想起方才ㄟ在自己腦海中說的話，那段話分明才經過不到一年，現在的男人卻已經不必跟女人搶電視了。

又或者，她知道自己，若是真的開口質問，你肯定會從iPad裡抬起眼來，一臉無賴模樣，盯著她悠然答道：「我又沒有躺在妳那一邊。」搞得自己才是那個無理取鬧的人似的。

你擱在肚子上的iPad（Air），聲音響亮，彷彿連你自己肚腹上的贅肉，都因此產生一圈一圈漣漪；乾癟的二次元笑聲，從那台扁平的機器裡，源源不絕傳出來，大概又在看某個沒有營養的綜藝節目吧她心想。

頭髮比現在更長更黑的時候，還一起坐在客廳能聞到肩膀氣味的時候，她曾一面咬著柔軟多汁的西洋梨，一面問你：「為什麼要看這麼無聊的節目啊？」那時候，她其實想看的是旅遊頻道，卻只能這樣暗示你；而那時候的旅遊頻道，也還不像現在這樣，純粹吃吃喝喝，彷彿把某個地方吃淨吮乾以後，就算認識相熟了。

「我也沒辦法，現在國中生都看這些節目，我不看的話，怎麼知道他們這個年紀的孩子，到底在想些什麼？」你回應，目不轉睛。

「是嗎？」她曲起膝蓋，將自己整副身軀塞進沙發裡，清脆咬了一口芭樂：「和對方看一樣的東西，就能夠知道對方在想什麼了？」嘀咕著，她用力睜大眼睛，連嘴巴也不自覺張了開來——「真無聊。」她小聲說著，將蓋在頭上的毛巾抓開，提高音量說道：「我洗好了。」

你沒有回應，沒有動靜。

她逕自走到梳妝台前，拉開椅子，才剛坐下你便起身，彈簧床劇烈搖晃了幾下，藏在裡頭的彈簧，擠壓出詭異的尖銳聲響。

你從自己的衣櫃裡拿出家居服，關上衣櫃門的瞬間，一聲音效響起，你快步走回床邊，撿起方才隨手擱在床頭櫃上的iPad（Air）。

那是LINE的訊息通知音效，用來通知有人傳訊息給自己。

儘管她的手機不是智慧型的，但每次出門，不管公車、捷運或者區間車，超市、大賣場或者傳統市場，到處都可以聽到這種聲音，起初她以為那是某種遊戲的音效，後來才知道那確實是「某種遊戲」的音效。

你滑了好一陣子，她安靜擦拭髮絲。

將iPad（Air）收進床頭櫃抽屜，你難掩笑意，揣著衣褲走向浴室，從她背後走過的時候，你的手肘，擦過她弓起的手肘，她的肩膀震動，手滑了一下，毛巾脫手，往前攤展開來，蓋住她整張臉突然間視線一黑，連她自己也沒有意料到，失控喊出聲來：「那個——」聲音被毛巾遮攔，聽起來悶悶的。

你煞住腳步，別過頭注視著鏡子裡，面蓋毛巾的她，看著看著，你惚恍想起一件無關緊要的事——「喜紅喪白」，為什麼喜事和喪事，兩種看似截然不同的情緒和場合，卻剛好都需要，蓋住某一張臉。

她看不見自己，也看不見你，但她知道你沒有走進浴室，佇立在原地，等自己繼續說下去：「你剛剛，吃晚飯的時候，為什麼、為什麼要和兒子提到——什麼假想敵、什麼想不想要弟弟妹妹的事？」

「剛好提到而已，妳不必這麼敏感吧？」你的聲音傳入她的耳朵，裸露在毛巾外的耳朵，變得格外銳利，你接著又說道：「更何況，哪一個父親不是這樣激勵兒子的？刻意迴避才奇怪吧——」

「刻意迴避？」她倒抽一口氣，氣息吹擺毛巾款動彷彿分岔出萬千流蘇：「我怎麼看，都覺得像是刻意提起。」

你揉了揉手裡的衣褲，悲喜劇一般大聲嘆了口氣或許還聳了聳肩頭也說不定：「妳要這樣解讀我也沒辦法，所以我剛剛才會說，妳、太、敏、感、了。我之前不想戳破，是想說妳可能是最近心情不好，自己調適一下就恢復了——該不會是更年期到了吧？啊，我忘了妳有沒有更年期根本沒差……妳知不知道，妳最近一直、一直、一直這樣，常常只是因為一丁點兒小事，就非得拿出來嘮叨不可。」

「到底是誰嘮叨？」毛巾向外撐開剎那，又旋即掩蓋下來，輕輕拍打著她濕潤的鼻頭。

「我不想和妳吵架。」

聽到這句話，她舉起手，想掀開毛巾，停頓片刻，最終垂下手作罷：「我沒有想和你吵架。」她以為這場對談，會這樣以「沒輸沒贏」的結果告終，你會走進浴室，把自己洗得乾乾淨淨，香氣四溢，然後她就能重見光明，把自己吹乾吹暖吹得平靜：「很多事我一直在忍。」你說，她又一次垂下，準備揭開毛巾的手。

「忍……忍什麼？」她的問句顫抖並且細微，彷彿螞蟻隨時會被空氣壓斷的纖細觸手，在毛巾裡造成小小的回音，卻始終沒有足夠的力道，將聲音推擠出去。

「我剛剛一進房間就聞到了，妳又瞞著我，用了滅蟻藥，對吧？」

「因為——」

「還有，妳為什麼洗澡的時候，不把電風扇關掉？」不等她解釋，你朝梳妝台旁的電風扇努了努下顎，接續說道：「已經不是第一次了。」

說完，你走進浴室。

門關上後，她為自己掀開毛巾，怔愣著，和鏡裡的自己對坐，感覺對方的入射角愈來愈小。

浴室傳來嘩啦嘩啦的水聲，她不再像從前，會聚精會神，捕捉你脫去衣服的每一寸聲音。

「啊——」感到刺痛，她細聲叫了一下，回過神，抽離開來，發現有些嬌嗔的意味，不禁害臊紅了臉頰。

她抬起右手手臂，發現一隻螞蟻，正從自己的手肘，往手腕蜿蜒爬去。

她壓低身子湊近，近到能隱約聞到螞蟻留下來的氣味，她舉起左手，扳直食指，朝那隻穿戴脆薄鎧甲的螞蟻靠近。

叩叩叩——

「進來。」

兒子上半身穿著灰色素面T恤，探進房裡，髮梢濕亮挾帶些微香氣，她垂下指尖發麻的左手，噘起雙唇，用力一吹，將右胳膊上的那隻螞蟻吹飛。

「怎麼了？」只有一瞬間，兒子皺了一下眉頭，對她的舉動表示不解。

「沒什麼，把頭髮吹掉而已。」她立刻轉移話題，揚起笑容問道：「你怎麼了嗎？該不會是想吃宵夜吧？」

兒子搖了搖頭，眼睛骨碌碌打轉，環視房內：「爸呢？他不在房間嗎？在客廳看電視？那我下樓找他。」語畢，兒子準備拉上房門。

「啊——等、等一下——」她叫住兒子，臀部一扭，身子前俯，伸手抓住門把，沒有拿捏好力道，一拉連門帶人將手來不及鬆開的兒子，踉蹌扯進臥室，有那麼一剎那她以為兒子就要撲入自己的懷裡，忽然間意識到此刻的自己，沒穿胸罩，下半身也只穿著一件內褲，她的乳頭就膨脹變得硬挺，宛如剝落的石榴果粒。

不愧是年輕人，兒子很快恢復平衡，站得直挺挺的，手還是抓著門把。

「你爸不在客廳，他在裡頭洗澡。」

「是嗎？我沒有聽見水聲。」

「大概是在洗頭髮，順便按摩頭皮——」她用手支著臉頰，臉頰的肉疊上嘴邊：「你也知道你爸最近這裡愈來愈稀疏了——」她凹起手指，用指節敲了敲頭頂，發出意外清脆、踏實的聲響。

「那我等一下再來找爸——」話聲未斷，兒子魁梧的身軀往門外轉動，緊接著準備跨出腳步。

也不知怎地，大概是一時興起玩心，兒子別過臉的瞬間，她猛然伸出右腳，踩住兒子那隻，比自己大上一寸半的右腳。

兒子懵然看著她，她捏緊毛巾，湧現一股衝動，想用毛巾蓋住兒子的臉。

像是撕開被曬傷的皮，她小心翼翼將腳掌，從兒子血管粗大宛如浮雕的腳背上拔開，若無其事說道：「你手上那是什麼？」

「沒什麼。」

「是要給你爸簽名的吧？」其實打從兒子一進門，她已經猜到是什麼：「是成績單吧？」

兒子支吾著，點了點頭。

「為什麼不給我簽？嫌媽的字不夠好看？」

兒子遲遲沒有回應，讓她的玩笑話，在一片寂靜中，逐漸認真了起來。幸好水聲響起，從遠方一步一步靠近，她一度感覺兒子和自己，是駱駝背上兩座日益消瘦的駝峰。

她感激望了浴室灰白色的塑料門一眼，收回目光的同時，抽走兒子手上的成績單。

「簽名而已，媽以前高中畢業時，領的可是校長獎。」她拉開抽屜，裡頭物品雜亂紛陳，她左翻右攪：「奇怪了……」著急咕噥著。

兒子遞出筆，指著她的太陽穴。

她接過來，拔開筆蓋，攤開成績單，筆尖游移，一行一行仔細閱讀。

「你的數學成績——」

「不好。」

「難怪你今天會提到補習——」

「我沒有想補習，是因為——」

「你爸他都沒有說什麼嗎？他在學校，不就是教數學的嗎？你爸他……沒有想幫你上上課？就像是家教……什麼的——」她打斷兒子的話，絮絮叨叨說道：「我記得你數學以前沒有那麼差的……」

「爸是不是快出來了？」

「沒那麼快。」她迅速回答，繞回正題：「我到底有多久沒看過你的成績單了？」

「兩個月又二——兩個月。」說到一半，兒子頓了一下，發表聲明般，又說了一遍：「兩個月。」

她先是愣了一下，而後無法遏止，笑了起來，笑到兩邊的肩膀都在跳動，臉孔像是以鼻子為軸心，用力扭轉開來：「也太有趣，你的說法，好像、好像、好像是婦產科醫生喔——」說到這裡，像是從甜筒邊緣驟然斷裂的霜淇淋，她忽地垮下臉，將笑容埋回嘴裡，一手使勁壓住邊角翹起的成績單，一手畫符似的，飛快簽名，銳利的筆尖割裂出尖刺的聲響。

她沿著摺痕，將成績單摺回去，她相反的名字透出紙背。

兒子接過去，抓了抓肚子，兩人沉默無聲，不知何時，連水聲都歇止，只剩下兒子的指甲，和衣服人工纖維頻頻摩擦的聲音。

良久，還是只有抓癢的聲音。

兒子將成績單夾在腋下，成績單將袖子往上推，一小撮腋毛擠了出來，兒子俯身，靠近了她，撿起擱在桌上的筆和筆蓋，喀嗒蓋上。

兒子握住門把，扭動腰部的肌肉——

「啊——等一下——」像是倒帶，像是方才的一切並不存在，她製造出同樣的聲音和語調，叫住兒子。

像是早已預料到她的舉動，兒子立刻停下腳步，緩緩轉回身。

她和兒子聽見浴室裡頭，傳來肌膚摩擦衣服的聲響。

她拉開第一格抽屜，裡頭收拾整齊，她從中拿出一罐棉花棒，接著玩積木似的，熟練移動各色紙盒，找出一條藥膏，旋開蓋子，抽了張衛生紙，先擠了些舊時泛著淡淡米黃色的藥膏出來，而後才挑起棉花棒，沾了些許藥膏。

她抬眼，和兒子對上視線。

她一句話也沒說，兒子彎身，彎得很深很深，臉湊近她的手，近得能感受到她的體溫好像是橘紅色的。

棉花棒輕輕啄著兒子的臉頰，沾了藥膏的棉花棒，出乎意料冰涼，兒子抖了一下，她伸手按住兒子的肩膀，她的手勢輕巧力道拿捏準確仔仔細細覆蓋那個小孔，像是抓著一塊肥皂，將某面拔起鋼釘的牆壁修補完全。

「你知道外公和外婆很早就離婚了嗎？」她說道，聲音幽微，彷彿是透過那根棉花棒，傳導至兒子的腦中一般。

兒子下意識想搖頭，她輕聲驚呼：「先別亂動，藥還沒擦好呢。」

「外公和外婆很早就離婚了，在媽媽上小學一年級前就離婚了。」不管兒子願不願意，像果實無可避免從樹梢脫落，她繼續回憶：「小時候，媽媽曾經很慶幸自己跟著爸爸喔，因為班上有一個小女孩，大家都在私底下說，她只有媽媽，是單親家庭，所以總欺負她、看她笑話。但到後來才知道，原來她的聯絡簿，之所以都是她媽媽簽名，原來是因為她爸爸在工地上班，總忙到三更半夜。那些孩子還真是愚蠢，真正單親的人，其實是我才對。」

兒子沒有回應，既無法出聲，也無法確定現在，能不能輕舉妄動。

棉花棒抵住兒子的傷口，逐漸加壓：「不過你們現在，已經不會發生這種事了吧？好像什麼狀態，都有幸福的可能——」浴室門打開的瞬間：「真是太好了。」她說。她收回棉花棒，你看見兒子，在她面前彎著腰。

她發現自己的恥毛，像一件被遺忘，無關緊要的事，從內褲邊緣擠出了一小撮，像用舊的不鏽鋼刷。

十一

她來到兒子的房間。

她直直走向窗子，唰啦——用力拉開窗簾，房間充滿光線。

每次來到兒子的房間，她總是先拉開窗簾。

她瞥了一眼，書桌上的時鐘，八點十四分，第一堂課剛開始不久，要是兩個月又二十二天前，她或許能立刻反應過來，兒子這節上的是什麼課。

日光曬暖她的腳背，腳趾顯得格外白皙纖長，她拉開下顎至鎖骨一帶的弧度，瞥了窗外一眼，街道安靜，空無一人，又悄悄收回來，除了那具鬧鐘外，桌上再沒有其他東西。

她攤平手掌，來回撫摸質地溫潤的木質書桌，最後開始摩擦，加重力道，像是在手背上堆疊一顆一顆砝碼，像是刨刀俐落收放，削柴魚片似的，將木塊削平削薄。

遠處傳來喇叭聲，問要不要補紗窗，換玻璃，她停止扯動，翻過手掌，注視著通紅發腫的掌肉。

喇叭聲消失，詢問的口吻也消失了，站在窗明几淨的房間裡，她感到自己緩慢變得透明，彷彿為了阻止自己結晶一般溶解消失，她拍起手來，像是聽完一場完美的演奏，在白花花的窗前，用力鼓掌，製造出清亮的聲響。

忽地，連僅存的聲音都消失，她十指交扣，一隻手，緊緊牢抓住另一隻手，接著又鬆了開來，重重垂下，前前後後小幅度划動著，宛如晃動的鐘擺終會停歇，她的指尖，完完全全靜止，幾乎要產生靜電似的，手指的汗毛悄悄豎直起來。

最後，指尖抽搐的那一剎那，她反手勾住抽屜把手，一鼓作氣拉開，書桌震動了一下，鬧鐘往前踮了一步，逼近筆直的桌緣。

裡面文具，擺放整整齊齊，一邊是一大疊將廣告單回收利用，訂起來的計算紙；另一邊則用幾個餅乾紙盒，將原子筆、自動鉛筆、考試用的２Ｂ鉛筆、尚未拆封的立可帶和原子筆筆芯分門別類收好。

她撥了撥那些外形圓潤的筆管，啪嗒——猛地收手，用力推上抽屜，咬合的瞬間，書桌又搖晃了一下，匡啷——這一回，鬧鐘終於掉在地上，突兀響亮的聲音，像換新的馬蹄鐵踏入耳底，儘管慢了半拍，她仍然趕緊張口，跟著叫了一下，聲音乾澀，宛如剖開已久的檸檬切面。

她走到書桌的側面，受到衝擊，鬧鐘臉貼向地板像搞自閉，後背蓋子脫落，電池掉出一顆，像是被撞出了一小截骨頭；她眼睜睜看著，那一小截骨頭，緩緩滾向嵌入牆壁的書櫃，她跟著發出乾燥滾動聲響的骨頭，小步小步跟了過去。

書櫃上，依序擺著好幾本相同款式的筆記本，背後都有編號，從一號開始，一路答數到二十三號，她一一戳著上頭的數字，像是中秋烤香腸前，習慣掐著竹籤，啪嗒啪嗒——在上頭戳出一顆顆孔洞。

就像所有關心孩子的母親一樣，她隨意抽出其中一本，編號十五，這些是兒子從國小二年級，開始寫的日記，就這樣一路寫到高一升高二，從社會組轉到自然組的那年寒假，才停止記錄。

她伸手，量了量那些筆記本累積的寬度，掀起衣襬，發現剛好和自己下腹部的贅肉差不多厚。

她提醒自己，不該再放縱下去。蓋住肚子，她戳了戳兒子寫在封面上的名字，字跡斗大歪斜，她跟著歪斜著頭低聲念著，隨即翻開，第一頁，那是兒子國中一年級，開學第一天上課，她清楚記得，上學前一晚，兒子有多麼興奮，興奮到一連吃了三碗飯，即使配菜都已經見底，依舊吃得津津有味——只因為你就在那所國中任教，並且剛好擔任自己的級任老師。

那時候，她才清楚意識到，原來對孩子而言，父母親是可以用來炫耀的，然而相較於在學校呼風喚雨，無所不知的你，她所能做的，似乎就只有把兒子的指甲、頭髮，眉毛甚至鼻毛修剪整齊；把兒子的內衣和內褲，搓洗乾乾淨淨；把制服和短褲熨燙出硬挺銳利，精神抖擻的線條。

墨水顏色很淡，有不少地方甚至暈抹開來，兒子在日記裡頭寫道：「爸爸是我們班的級任老師，也是我們班的數學老師，爸爸和電視上看到的那些爸爸不一樣，要我在學校也叫他爸爸。今天第一堂課，就是爸爸的數學課，我討厭數學，但喜歡爸爸，所以我要把數學學好。今天一進教室、一踏上講台，爸爸就抓起粉筆，在黑板上畫出一個白點，爸爸看著我說，這是一個『點』，然後爸爸，又興奮畫了另一個點——還折斷了粉筆，大家都笑了，爸爸也是，他說這是另一個點，大家都看著爸爸，很專注，但爸爸卻只看著我——爸爸在兩個點之間，搭出一條橋、一條筆直、長長的橋，爸爸說這叫做『線』，兩個點，可以成為一條線。『兩個點，可以成為一條線。』現在回想起來，有些丟臉，當時我在座位上，小聲複誦爸爸方才說過的話，不小心讓隔壁的女同學聽見了，她偷偷笑著，以為我沒有發現，但今天直到放學，我還是不知道她的名字。無所謂，今天記錄的主角是爸爸，那個女生的名字，明天就會知道了吧——爸爸當然不只說了這些，爸爸最後，又畫了第三個點，然後從那個點的兩旁，延伸出兩條線，像是牽手一樣，和先前的兩個點，連接在一塊兒。爸爸告訴我，這就是『面』，只要有一個點，和其餘兩個點，不在同一條線上，就可以形成一個穩固的面。我不是很明白，但是那時候，我忍不住想起了媽媽，想起了我們家，想起了國小三年級的暑假，我們去花蓮海洋公園的時候，爸爸和媽媽，站在我的兩邊，各自牽著我的手，那時候，我一直、一直在確認，究竟是哪一隻手的體溫比較高？我試著理解爸爸在台上，想傳達給我的說法，我想爸爸、媽媽和我三個人，就像那三個點，爸爸和媽媽，先連在一塊兒以後，產生了我、那延伸出來的第三個點，然後我們就成為一個家，一個穩固的面了。」

這幾本日記，她反反覆覆讀了好幾遍，起初她隱隱約約感覺不對勁，很久以後，才明白過來，兒子這種像是在和某個人聊天，對談的舒緩筆調，與其說是在梳理一天的情緒，和自己的內心說話，反倒像是特地寫給什麼人看的一樣。

從這一點內向式的貼心看來，他們倒是真的有幾分相像。

腳底下，再度傳來電池滾動，和地板摩擦的乾燥聲響。

她回過神，匆匆闔上筆記本，將日記塞了回去，尾隨那顆電池，只見那顆電池，就這樣直直滾進床底，她不由得想起昨晚自己，那張被毛巾蓋住的臉。

和昨天藏起那袋啤酒罐的時候一樣，她凹折雙膝，跪了下來，大腿和小腿肚擠壓而出的皺褶，深刻一如海溝，雙手伸入彈簧床底下，深入、再深入，下顎用力抵住床沿，感覺所有躲在裡頭的彈簧，都在和自己作對，她咬緊牙，感覺牙齦腫脹充血，感覺前些時候，剛補好的牙齒將要崩落。

突然她身子往後一倒，跌坐在地，利用自己的重量，拖出一個裝滿雜物的紙箱。

她將裡頭的東西一一拿出來，像是將發霉的米粒挑揀出來一樣，最後她從紙箱的底部，取出一疊筆記本，和那些規規矩矩收在書櫃上的筆記本，是相同的款式；她垂眼，定定看著封面，上頭一樣寫著兒子的名字，但是字跡工整，甚至顯得有些拘謹，她不禁打趣心想，這樣客氣，怎麼搶得到籃板球呢？

她翻到書背，上頭編號為「一」。

她翻回正面，戳了戳兒子的名字，翻了開來。

映入眼底的第一行字，成為她畢生難忘的一句話：「**我的媽媽，並不是我的親生母親。**」

猝不及防，她甚至沒有察覺到自己的舉動，已經下意識用力蓋上。

她不斷深呼吸，卻像是怎麼都吸不進空氣，雙眼圓睜，臉色蒼白，頭髮散亂開來像壞掉的百葉窗，掩住她的耳朵。

她下意識張開嘴，划槳似的緩緩撐大，她想趕緊用手摀住，卻浮現另一股情緒，覺得要是真的強行摀住，未免顯得淒涼，於是她從口袋裡，掏出準備好的西洋梨，用力咬了一大口，香氣四溢的瞬間，迸射而出的汁液，星星點點，扎在起了毛邊的筆記本封面上。

儘管已經過了一段時間，她還是無法跨過那一行，那一句。

她感覺自己，彷彿看見兒子，站在自己面前，用那指節凸出的食指，指著自己，說出——

叮咚——樓下傳來門鈴聲，她嚇了一跳，手裡的西洋梨掉落在地，她趕緊撿起來，匆匆抹去地板汁液，將所有東西一股腦兒收了回去，推回床底，一時之間，叮咚——顧不得找回那顆電池，索性將鬧鐘蓋子直截裝回去，習慣性拍了拍鬧鐘的額頭，叮咚叮咚——門鈴又響又響，缺了一顆電池的鬧鐘，自然不可能走動起來，叮咚叮咚叮咚叮咚——她將鬧鐘擺回原先的位置，拉闔窗簾，踩著馬鈴薯切丁一般氧化快速的小碎步，添了一小撮鹽似的走出兒子的臥房，握住門把的同時，她回頭一望，似乎害怕理應停止的時間，偷偷往前攀爬。

十二

愈到這種時刻，偏偏愈難避免。

那是她現在最不想碰見的人。

她匆匆來到玄關，瞥了一眼，手上那顆被咬了一口的西洋梨，望向廚房，叮咚叮咚叮咚叮咚叮咚——空氣振動形成聲響，而聲響又反過來震動空氣，宛如敲打木琴琴鍵，一連串的門鈴聲，沿著她的脊骨一階一階叩問，她撇開臉，拉開柚木鞋櫃，隨手往裡頭一擱。

「是妳啊——」她打開家門，擠出笑容，就算是歡迎一個人。是ㄟ，她無法假裝不在家，因為ㄟ對她的生活作息，瞭若指掌：「我還在想到底會是誰，按門鈴按得那麼積極。」她撒謊，站在二樓兒子的房間，從窗子往下探，可以看見站在門口的ㄟ。每次看到ㄟ那一頭染成紅褐色的鬈髮，她都會升起一股信心，相信即使ㄟ的臉，被某個恐怖情人潑硫酸或者劃了城門城門雞蛋糕三十六把刀，自己也能辨認出來。

而這一個荒誕短暫的想像，讓她有那麼一瞬間感覺，她和ㄟ的關係，比ㄟ和自己的家人還親暱。

她回過神，連忙衝著ㄟ笑，儘管近年臉龐稍顯圓潤，但和婚後體重逐年遞增的她相較之下，ㄟ的身材勻稱許多；ㄟ穿著一身質料輕薄，白底藍色的碎花洋裝，看起來十分清涼，像是將一道瀑布直截掛在身上似的。

「早安——」ㄟ精神飽滿，像是一顆即將熟透迸破的果實，話音綿延，ㄟ擠開她，逕自鑽進屋來。

她關上門，上鎖，抓起防盜鍊，頓了一下，又放了開來，轉過身時，ㄟ已經脫掉米白色高跟羅馬鞋，隨意踢向角落，連室內拖鞋也沒換，便打著赤腳走了進去，看起來熟門熟路。

ㄟ將身子用力壓入沙發：「妳今天怎麼這麼久才來開門？」勾起嘴角，唇蜜顯得更加閃亮：「門鈴要是被我給按壞了，我可是不會賠的。」

「說不賠就不賠？」她也跟著揚起嘴角，過於乾澀的雙唇咧擰開來，在產生即將龜裂的預感之際，她斂住笑容，走向通往廚房的走道，沒入前，忽地停下腳步，扭頭對整副身軀深陷在沙發裡雙腳搭在玻璃桌上的ㄟ說道：「還虧妳是賣保險的呢。」

撂下這句話後，她榨出一絲笑聲，嘴唇仍然繃著。

她泡了一壺茶，連同兩只乳白色骨瓷杯兩側綴有花朵藤蔓圖樣的鋁鐵盒，擱在托盤上，重回客廳，一踏進客廳，便看見ㄟ蹺著腿，抓著報紙，肆無忌憚展露美好的笑容彷彿面前坐著一個觀眾。笑了好一陣子，ㄟ才注意到她的存在，頓了半拍：「這未免也太好笑了吧——」像是為了補償先前那安靜的半拍，ㄟ單手唧著報紙，迅速甩抖了幾下，用極大的嗓門說道。

「怎麼還有報紙……」皺起眉頭，她小聲嘀咕。

「妳說什麼?妳這種音量，要是和我一樣，必須到社會上『走闖』，肯定會吃悶虧的——」

「我又不用到社會上『走闖』……」

「看吧——」ㄟ挑起纖細的眉尾，作勢吐出一大口氣，將手圈在耳邊，湊近她不耐煩喊道：「又來了，妳到底在說什麼？」

「我是問——是什麼新聞讓妳笑成這樣？」她擠壓胸腔增強音量，似乎不大習慣這樣的自己，她轉移注意力，忙不迭朝ㄟ手上的報紙，努了努下顎，一張黑白照片正對著她，她不得不眼睜睜看見，所幸距離太遠，實在太遠，上頭的臉孔糊成一片；她將托盤擺在桌上，在ㄟ左斜前方的三人座黑色小牛皮庫布斯方格沙發坐下，一面往杯中緩緩注入熱茶，一面繼續答腔：「該不會是某個笨小偷又誤闖警察局長的家？還是某對情侶又把芭樂偶像劇演成了B級驚悚片？」

ㄟ突然收起腿，正襟危坐，一臉正色說道：「芭樂偶像劇和B級驚悚片有差別嗎？」兩人對望，下一秒，同一時間笑出聲來，笑得五官牽手跳起舞來笑得全身發顫，連她手裡的熱茶也從溜滑梯似的天鵝頸壺嘴飛濺出來。

打著赤腳的ㄟ反射性往一旁蜷縮，她將按住壺蓋的另一隻手移開，將茶壺放回托盤：「不用擔心，燙不著的。」

白色煙霧瀰漫開來，遮擋住她和ㄟ的眼神，她索性閉起眼睛，深深吸了一口氣，她聽見ㄟ端起杯子，鼻頭湊近杯緣，熱氣幾乎要把上頭的粉刺全都燙熟，ㄟ說：「味道好香，是花草茶吧？用什麼泡的啊？」

「玫瑰馬鞭草。有機的。」

「喝了該不會拉肚子吧？」

「擔心什麼？」她抓起鋁鐵盒，撕下周圍一圈灰白色膠帶，摳開盒子，裡頭是葡萄乾燕麥餅乾。

「我再瘦下去，就沒有地方裝五臟六腑了呢——」ㄟ一面嘛嘴埋怨，一面先是拍了拍接著左右搓揉最後逆時鐘撫摸自己凹陷下去的腹部。

她揀起一塊餅乾，俐落咬了一口，將盒子推至乀面前，乀順勢攔住，她以為乀會和自己一樣，揀起一塊，乀卻將盒子往一旁推去不聞不問，金屬底部和玻璃桌面，發出一連串摩擦轉折又繼續摩擦的聲音：「才剛吃完早餐。」乀解釋，接著話鋒一轉：「肚子還很撐呢——對現在的孩子來說，爸媽真的不如朋友，我兒子昨天說想吃蛋餅，我今早特地早起煎了——妳也知道對我這種人來說，早起根本是要我的命，結果妳知道嗎？他居然跟我說，昨晚睡覺前，同學LINE他明天一起吃早餐——沒辦法，我只好把他的那一份也吃了。」

「妳老公不吃蛋餅？」

「妳忘了啊？他不吃中式早餐的。」

「不過妳今天這麼早來找我做什麼？」她切入正題，瞥了樓梯口一眼，心想那顆電池還沒裝回去，而那句話，也還沒跨過去：「該不會是因為太早起，才來這裡打發時間的吧？」

「我是這種人嗎？」

「一直以來都是。」

「真傷感情，我們也認識了差不多……差不多有二十……二十——」

「二十六年。」

「對、對，我還記得，那年妳大二，我大一。」

「早知道會認識妳，那時候，就不參加迎新宿營的籌備活動了。」

「怎麼這麼說，我大一的時候還挺可愛的吧。」

「大一的時候是啊，但是從那之後，就是可惡了。」

乀剛進大學時，打扮舉止都十分簡樸清純，看起來就是一副鄰家女孩的親切模樣，受到學長學姊的百般疼愛；然而一個暑假過後，ㄟ完全變成另一個人，不僅挑染、改變髮型，甚至開始化妝、搽香水，連穿衣風格也大相逕庭，裙襬幾乎遮不住大腿。

如果是這樣，倒也還好，雖然教人一時之間難以習慣，但是當成另一個嶄新的人來認識，也不失為一種辦法；真正引起軒然大波的，是「據說」ㄟ到處和別的男學生——無論同學、學長或者學弟，「亂搞」——

起初她也是從別人那裡聽來的，在那樣的年代，被這樣形容，已經是一件值得上頭條新聞的大事了；至於這些事，之所以會散播開來，主要是因為，那些男學生，大多數都已經有女朋友了。女人的嫉妒心，比任何病毒細菌，更具傳染力和毀滅性。

許多朋友都勸她最好和ㄟ保持距離，但不知道為什麼，當時她就是無法狠下心，徹底撇開這樣的ㄟ。

到後來，還聽說ㄟ，甚至和學校的男老師，也「搞」上了。

聽說對方有婦有子還有一條臘腸狗。

整個大學時代，ㄟ都在被排擠、攻訐、言語欺凌的狀態下度過，但從沒有任何人，真正對ㄟ出手，原因是——不知道有幾分證據，也不知道打哪裡聽來，據說ㄟ的父親，是雲林海口一帶的黑道大哥。

很久以後，她才知道，原來這個「流言」，是ㄟ自己放出來的。

當時她已經畢業兩年，在一家規模不大的出版社擔任責編身兼美編，和剛被退學的ㄟ，並肩坐在美式連鎖速食店吃霜淇淋，看著落地窗外的人們，腳步毫不間斷，來來去去：「我爸只是個賣陽春麵的普通老百姓。」將上頭的霜淇淋吃完後，ㄟ冷不防吐出這句話，接著將空空如也的脆皮遞到她面前。

也不知道為什麼，當時的她，還真的接了過來，接受了這個惡作劇。

「別這麼無情嘛——我今天是特地來提醒妳，記得幫妳兒子提出獎學金申請。」ㄟ的聲音，將她的思緒，拉回二十六年後的現在。

「喔，無所謂，反正又抽不中。這種事，妳打一通電話過來不就好了？幹嘛特地跑一趟，我還以為是又要提高保費了呢。」笑了一聲，她持起茶杯，垂頸的同時，屏氣縮了小腹，輕輕啜了一口。

「我記得妳兒子成績很好，有個當數學老師的爸爸真好——我們家那口子，除了英文以外，什麼都不會。」

「他至少會換燈泡吧？」

ㄟ冷笑一聲，撇著嘴，看起來十分不屑：「換燈泡？這也算一項才能？」

她見ㄟ這麼認真，實在說不出口，其實你不會換燈泡這件事。

於是她只好踱回先前的話題：「我記得妳們公司，申請獎學金的門檻並不高，只是個基準而已，不是嗎？」

「就是連基準都達不到，我才這麼煩惱啊。」

「煩惱？妳明明就那麼疼兒子，哪還會有什麼煩惱——」此時此刻，她感覺自己像是從前那個耐心陪伴著叛逆學妹度過對方所有不幸的學姊：「只要兒子平安健康，我們做母親的，就應該感到慶幸了。」

如果說ㄟ的生命中，真有那樣一個決定一生命運的瞬間，她可以肯定，那一定就是ㄟ生下兒子的那一剎那。

「欸，妳知道嗎？」剛產下一子，躺在病床上的ㄟ，不知何時睜開了眼睛，怔愣開口，唇齒間滿是唾液，聲音黏稠。

「知道什麼？」坐在一旁摺疊椅上的她，注視著ㄟ的側臉，也許是過於疲憊產生錯覺，也許是日光燈亮度過於強烈，ㄟ的臉龐看起來格外模糊，像是兩人之間，阻隔了一塊巨大的毛玻璃。

直勾勾看著天花板的ㄟ，眼睛閃閃發亮，白的部分像水晶，黑的部分，則像煤礦：「我覺得自己無堅不摧。」良久，ㄟ一字一字，清晰說出，宛如清脆打在天花板上，反彈重重摜入她耳裡的乒乓球。

那是她和ㄟ認識以來，第一次，第一次在ㄟ臉上，看到那樣堅毅又溫柔的神情。

如果非得生下一個孩子，成為某人的母親，她想那麼，自己永遠不可能，流露出這樣的神情了。

說是「幸福」，似乎太過簡單；但如果不用「幸福」來描述，又太複雜。

不知何時，ㄟ的眼神，從天花板，移到她的身上：「以後，妳以後就會明白的。」對她的過去一無所知的ㄟ，生產時沒有老公陪在身旁只有一個連男朋友都沒有的學姊守在床邊的ㄟ，竟然握住她的手，竟然對她這麼說：「一定會明白的……一定——會明白的，畢竟這是身為女人，才能擁有的權利。」

她只好略微瞇細眼睛，像是深受感動那樣，用力點了點頭。

「真奇怪——是血糖太低了嗎？」ㄟ的聲音，又一次打斷她的思緒，和當時躺在病床上的眼神截然不同，ㄟ精明銳利的目光，忽地掃向她，一臉狐疑：「這真不像是妳會說的話，妳以前明明就不是那麼知足的人。」

「是嗎？」她又啜了一口遠遠超出自己體溫的茶：「平安健康當然很好，但要是能平安健康的同時，又飛黃騰達，不是更好嗎？」

「這才是妳。」ㄟ露出笑容，ㄟ笑起來的時候，會露出小小的虎牙。

她又拿了一塊餅乾，咬了一口，缺口周圍，受到震動的部分，崩裂繼而散落在地，她準備彎身去追——

「可是啊——」突然間，ㄟ又開口，眼神低垂：「要是我選擇，還是平安健康就好。」

她挺直身軀，用拖鞋壓住碎屑，咧嘴笑說：「血糖不正常的人，是妳吧？說話還真是顛三倒四啊——一會兒貪得無厭，一會兒又知足常樂。」

「這一向是我的專利。」

「妳有去申請嗎？」

「一個人，無法同時擁有，所有重要的東西。」

她前後扯動拖鞋，感受餅乾碎屑在腳底下一步步變得更加瑣碎：「妳是不是發生了什麼事？」

她不禁關切，她所認識的ㄟ，不可能無緣無故說出這樣傷感，富有哲理又做作到不行的話。

「他前些時候，騎腳踏車發生車禍。」ㄟ輕聲說道，像擦拭窗子一樣自然。

她知道ㄟ口中的「他」，是兒子，女人一旦有了兒子，老公就會失去「他」的所有權。

「這麼嚴重的事，怎麼都沒有聽妳提起過？多久前的事？」

ㄟ持起杯子，雙手圈住杯身，卻始終沒有啜飲，沉默良久，ㄟ才緩緩開口說道：「這畢竟是自家的事，告訴別人，又幫不上忙。」

她雖然提問，但其實清楚ㄟ的心思，如果是自己，也不會告訴ㄟ這種事；真正的家人，是不會把家人的傷口，拿出來和別家人聊的，時常只是話到嘴邊，和自己的餘光對望。

儘管事實也確實如此，但她仍不免回想起，從前大學時代，每當ㄟ一遇到困難，一聽到別人對她的閒言閒語，就立刻跑來寢室，叩叩叩——叩叩叩——叩叩叩——猛敲房門敲得她室友喝斥咆哮，而門一開，就立刻衝進來挽住自己向自己抱怨控訴甚至咒罵那群管不住自己男人的悲慘女人。

懷抱著這樣的ㄟ的手臂，其實很溫暖，其實比那些悲慘女人的遭遇，更令當時的她感到心安。

「那麼……現在呢？」和先前一樣，她早就知道答案。

「沒事了。」ㄟ答道，ㄟ的眼睫毛細細顫抖：「現在沒事了。」這才啜了今天第一口茶，茶已經冷了。

當然沒事了。

一如所料，答案是肯定的，若不是沒事了，ㄟ打從一開始，就不會開啟這個話題。

「不過也是因為那次車禍……」話還沒說完，ㄟ低垂視線，再度用雙手圈住杯身像攬摟一個人的腰，裡頭的茶左右搖晃，倒映在茶水表面的ㄟ的臉孔，和ㄟ低垂的眼神，不動如山：「讓我發現一件驚人的祕密——」

「祕密？什麼祕密？」她立刻問道。她向來不喜歡人家裝神祕，但因為不關自己的事，她如常假裝熱衷。

「我竟然沒辦法捐血給他。」

「這麼嚴重，還需要輸血？」

「這不是重點——」ㄟ打斷她的話：「重點是我竟然沒辦法捐血給他。我是生他的人耶、是他媽耶，醫生竟然說我沒辦法捐血給他……妳覺得這樣說得過去嗎？他身上的血，最一開始，都是從我這裡流過去的——」

「難怪妳會被退學。」她的語氣，頓時降至冰點，平靜問道：「妳是什麼血型？」

「B型。」

「他呢？」

「O型。」

「那妳當然沒辦法捐血給他，你們兩個人的血，根本不相融。」

「是是是，我知道，妳高中畢業的時候，可是拿校長獎呢——」ㄟ依舊忿忿不平，試圖把她拉進自己的情緒：「就算理智上接受了，但是情感上，我就是無法接受——妳呢、妳是什麼血型？」

「A型。」

「他呢？」

「我不知道。」

「妳不知道自己兒子的血型？」ㄟ張著嘴，險些放開手裡的茶杯，趕緊回過神，用力抓牢，茶水仍然濺出稍許。

她將腳掌從拖鞋裡拔出來，踩在拖鞋上：「孩子他爸知道。」

「那麼要是……要是發生什麼意——」

「什麼都不會發生。」她定定看著ㄟ。

她的語氣斬釘截鐵，ㄟ於是轉移話題，同時轉換情緒：「說到孩子他爸我就不服氣，妳知道到後來，竟然是孩子他爸去輸血——因為孩子他爸和他一樣，都是O型。」

「O型本來就可以捐血給任何人。」怕ㄟ常識不足，她又說道：「AB型則來者不拒。」

「要是……要是遇到這種狀況的人是妳，妳都不會覺得不服氣嗎？」ㄟ不明白為什麼，她可以這麼冷靜？就如同她不明白為什麼，ㄟ要為人類一生下來，就決定好的血型忿恨不已？ㄟ繼續說道：「明明、明明孩子在我們的身體裡，養了將近十個月；明明孩子、大家都說孩子是從我們體內分出去的一塊肉，憑什麼、憑什麼反而是只提供一隻精蟲的男人，可以和他血濃於水、甚至可以救他一命呢——我還是那句老話，男人除了和女人搶電視外，根本什麼事都、不、會、做。」

「或許，妳可以這樣想，除了『輸血』、或者檢查報告書上的基因檢驗結果以外，男人幾乎沒有其他辦法，可以掌握、證明，自己和孩子的關係。」她思索著ㄟ的想法，並且同時催逼出所有氣力，把自己湧至胸口喉頭下顎甚至牙齦的情緒，統統壓到所有意識的後面：「也或許，就是因為有『媽媽』做不到的事，造物者才會創造出『爸爸』來吧？」

聽了她的答覆，ㄟ突然臉色一沉：「既然……既然妳都提到孩子的爸了……有一件事……有一件事我一直在猶豫該不該跟妳說……」

「想說就說吧，妳知道我向來不喜歡人家裝神祕。」

ㄟ上半身前傾，將骨瓷杯擱回玻璃桌上，輕巧的碰撞聲後，ㄟ舔了舔雙唇，唇蜜泛出蛞蝓爬過一般的金屬光澤，緩緩蠕動說道：「上禮拜……上禮拜我剛好到妳老公學校附近拜訪客戶，中午順便在那附近的餐廳吃飯，就是那間新開幕的義大利麵餐廳——我看到……看到妳老公，和一個應該也是他學校的女老師一起……一起吃飯……」

「就這樣？」

ㄟ的雙唇閃閃亮亮：「他們看起來……很親暱……感覺、感覺不大像是普通同事……總之——我只是想提醒妳，如果妳真的認為『爸爸』這個角色的存在，對家庭而言是必要的，或許要注意一下妳老公的交友狀況。」

不發一語，注視著ㄟ的臉孔，事到如今，她才詫然了悟，ㄟ的生活ㄟ的工作甚至ㄟ難得顯露的慈母形象，方才的一切一切，都只是幌子，ㄟ其實，是為了最後這一件事，才會一大清早專程造訪。

「妳平常也是這樣觀察妳老公的嗎？」

「他沒有反過來觀察我就謝天謝地了，家家有本難念的經啊——」ㄟ的笑聲明朗，好不容易止住笑後，繼續說道：「也許對某些男人來說，『媽媽』不是家庭必要的存在，他們需要的，只是『一個女人』；而我們，就是為了不變成『那個女人』，才會選擇在家庭中，以『媽媽』的身分，不斷支撐下去吧。」

十點鐘的鐘聲，還剩下兩聲沒有敲完，她送ㄟ來到門口，不知道為什麼，今天ㄟ的一舉一動一字一句，讓她始終產生一股錯覺，彷彿ㄟ才是自己，而自己成為了ㄟ。

離去前，ㄟ坐在玄關，穿回高跟羅馬鞋，起身的同時，最後一聲鐘聲敲響，ㄟ的手突然伸向鞋櫃。

她渾身一緊，嚇了一跳，險些就要脫口，高聲提醒對方：「妳的鞋不是已經穿在腳上了嗎？」

在未竟的餘音中，只見ㄟ扳直食指，指著鞋櫃上，那根一半以上的身軀，都裸露斜凸在外的鋼釘，悠悠說道：「都已經過了這麼久，這根釘子還是趕緊拔出來吧，看著看著，覺得挺危險的，勾到衣服也就算了，要是不小心劃傷人，那可就麻煩了——」說到興頭上，ㄟ止不住又說：「妳以前也是這樣吧，孩子剛出生的時候，還不大在意，可是一旦開始會爬會走會跳了，我和孩子他爸，那時候簡直跟患了強迫症沒兩樣，不斷反覆檢查家裡每一個角落，就是為了確保，無論孩子探索到家中的哪一個地方，都是完完全全安全的。」

十三

「原來他昨天是這種感覺……」趴伏在地上，她不禁小聲嘀咕了起來，瞇起一隻眼睛，往縫隙中窺探；儘管已經開了燈，儘管躲在裡頭的番茄，應該還是金黃色的，被掩蓋遮擋的地方，依舊漆黑一片。

左手按住瓷磚維持平衡，她朝桌底伸出右手，才愕然發覺自己的手，根本不可能塞進那道縫隙，於是繃住肩膀，手肘僵在半空中。

她輕聲笑了起來，頭髮往前掛懸，貼在她兩側眼角，拉扯出更多褶皺。冷不防，她停止笑，將按住地板的左手收回，下腹部同時繃緊，重心移至腰部，想像自己是一座兩端，彼此角力的蹺蹺板。

右手重新邁開步伐的時候，遲了一步的左手，以更快的速度，追趕上去，最終，她的兩隻手，抵住桌底，宛如從肩膀，延伸出另一雙結實的胳膊，她逐漸加重力道，餐桌似乎踟躕著，發出細微顫聲，就要移動——忽地，她停止施壓，她感覺自己聽見，番茄透薄的外皮陀螺一般扭擰開來，因摩擦而撕裂，露出柔軟多汁的內裡——但那只是一瞬間，一瞬間過後，持續前進的餐桌，推著果實往前滾動，皮開以後，果真肉綻，迸碎的肉末，拖曳出一道蜿蜒曲折的銀河，將瓷磚塗得更薄更冷。

因此她收手。

她用力拍了一下瓷磚，留下灰白色的紋路，右手隨即摳住桌底，借力使勁往身體的方向一抬，左手伸入底下，雨刷似的大幅度左右擺動——

「啊——」她驚呼，同時縮回手，掌心翻上。

血液沿著生命線流動，紋路清淺，很快漫溢開來，滲入周圍的掌肉，在毫無情緒的日光燈照射下，顯得特別鮮豔。

她端詳了傷口好一陣子：「是昨晚羊奶瓶的碎玻璃啊……」這才恍然大悟，用拇指和食指的指甲，眼睫毛細顫，忍住眨眼的衝動，拔出那一枚碎玻璃。

「怎麼了嗎？」站在廚房門口，兒子的聲音，像是從洞外傳來一般：「在找什麼東西嗎？」

她扭頭，抬起下顎，瞅著兒子，久久不發一語，怕自己一開口，就會脫口問兒子：「你難道忘記昨晚的番茄了嗎？」

於是她保持沉默。

她站起身，趁兒子專注看著自己的臉，從長褲口袋裡，摸出一枚硬幣：「沒什麼，剛剛不小心掉了十塊。」

「那是五塊。」兒子應聲的時候，燈光閃了一下。

「喔——」她拉長尾音，揚起頸子，凝視著燈管，悠悠記起，去年平安夜，自己特地買了黑森林蛋糕回來，踩著削落玉米粒一般的零碎腳步，滿心喜悅，踏進廚房：「不要開燈——」被你突如其來的聲音嚇到，她驚呼一聲，往後急促退了兩步，將蛋糕擁入懷中，力道之大，險些壓壞紙盒，擠垮整塊蛋糕。

一瞬間，她不知道你，是從哪裡發出聲音，她找不到你——光線從後方走廊踏碎積水似的擴散過來，她身子前傾，瞇眼拚命搜尋，卻連一雙腳也沒看見：「把燈打開。」你又說，她沒反應，像是無法信任那聲音是真的：「開燈啊，很難嗎？」熟悉的不耐煩語氣，讓她鼓起勇氣，往前跨了半步。

她扳開開關，燈光瞬間亮起，把廚房踹進她的眼底，她看見你的雙腿，懸浮在半空中，距離瓷磚地板，大約是兒子書桌抽屜的高度：「這樣應該可以省好幾十塊錢。」你說，然後她，才回過神來，意識到你的腳掌，好端端貼在椅子上，斂起下顎，由上俯視自己。原來你將原先的日光燈管，換成ＬＥＤ燈。

燈光好端端亮著，遲遲沒有再次閃動，她只好說：「對，掉了五塊。」

兒子依舊站在廚房門口，她回到流理臺前，持起菜刀，將昨晚剩下的白蘿蔔切成滾刀塊，切下時，發出唰唰唰——俐落清涼的聲響，她十分專注，沒發現從掌心流出的血液，將通體白皙的蘿蔔，暈染成淡淡的粉紅色。

倘若她察覺，她會記起，小學四年級的那位級任老師，那位級任老師，或許是覺得自己身材修長窈窕的緣故，總喜歡穿合身的連身洋裝，質料透薄滑溜像尾銀魚，走起路來，彷彿連走廊兩側的馬賽克瓷磚，都會跟著搖擺扭動起來變得更亮。

那位老師，說話刻薄，教學十分嚴格，許多學生不喜歡她，甚至想整她給她一些教訓；某天，那位老師又穿來她最得意的米白色洋裝，幾個同學在她導師室的椅子上，偷偷塗了水彩，後來她來上課，一轉身背對他們，臀部暈染出一塊巴掌大的鮮紅色汙漬。

同學都在笑，笑得兩邊肩膀都快掉了，但她怎麼努力，就是笑不出來，因為每次當她把裙子，染成這樣的時候，總是會被爸爸毒打一頓。

燈又閃了一下，她眨了一下眼睛，並思索若是自己，早半秒鐘眨眼睛，會不會就不會發現，燈又閃了一下。

「啊——」她終於察覺不對勁，白蘿蔔宛如從羊脂玉，變成了粉晶，折射出粉紅色的光芒，將她籠罩在一團幸福的光輝裡頭。

兒子走過來，腳步聲和口吻一樣急促：「怎麼了？該不會是切到手了吧？」

她趕緊扳開水龍頭，沖去血水，急中生智：「沒什麼，剛剛趴在地上撿錢，忘記洗手了。」將洗淨的白蘿蔔擱在碗中，她走向冰箱，經過兒子面前的時候，忽然停下腳步，眼神失焦，怔愣半晌，她伸手往兒子胸膛猛力一推，張牙舞爪衝出廚房，不久兒子聽見洗衣間的鐵鋁門，重重撞擊牆壁引發一小串回音。

十四

「對不起。」兒子站在廚房門口，不敢越雷池一步：「我不小心忘記了。」

「沒關係，我也已經很久沒吐了。」她將排骨和白蘿蔔放入鍋內，捏起一小把香菜，偏頭想了想，拉開紗窗，扔了出去，香菜在半空中散撒開來，細嫩枝葉舒張開展，有那麼一瞬間，看起來像是酢漿草，她按捺不住嘀咕：「我們喜歡，只可惜你爸偏偏不喜歡，你爸不喜歡的東西還真多。」

「因為妳很久沒這樣了……」兒子像是沒聽見她的抱怨，悄聲說道：「今天體育老師請大家喝珍奶吃雞排，因為我們班游泳比賽的成績很好。」

「沒關係。」她用誇張的口型，重新說了一遍：「我說過沒關係。」

「為什麼媽不吃雞肉？除了吃素的人以外，我沒有遇過任何一個，和媽一樣不吃雞肉的人。」她捏了一小撮鹽，扔進鍋中，白色結晶體迅速崩潰、瓦解，溶入宛如舌面般的巨大湯頭之中；她抓起鍋蓋，硬冷的把手，用力抵住她的掌心，掌肉擰得發白，還是想不到該如何敷衍，兒子接著又說：「大家通常都是不吃牛肉或者羊肉，也有少部分害怕腥味的人不吃豬肉，但很少人什麼肉都吃，就是不吃雞肉吧？是因為雞肉注射了賀爾蒙和抗生素的關係嗎？現在有些養雞場，已經不那麼做了，就算還是有，但其他牲畜，不也大多都是這樣？」

她一面計算字數，一面心想，兒子很久沒有對自己一口氣，說過那麼多話；但她還是沒有答覆，用力蓋上鍋蓋，發出響亮的聲音，大概是被嚇著，燈一連閃了幾下，像是有誰惡作劇，頻頻玩弄開關，在兒子闔上嘴的那一剎那，燈徹底熄滅。

那瞬間，她彷彿聽見某樣事物，決然斷裂的聲音。

好長一段時間，廚房一片寂靜，連呼吸聲也消失了，彷彿這裡根本沒有任何人；再等待一段時間，可以聽見細微的聲響，像是從隧道的另一端，逐漸往另一頭相同的光明走近，宛如愈來愈巨大的氣泡，衝撞鍋蓋，她感覺那簡直就像是此刻，自己的心臟劇烈鼓脹跳動，從骨骼內側頻頻擠壓自己這副毫無生氣的肉身。

她聽見兒子舔了嘴唇，甚至是快要將喉結一併吞下的吞嚥聲。廚房往內縮緊了一下，在兒子摩擦喉結繼續追問之前，她率先出聲：「可以去幫我買燈管嗎？要LED的。」

「我去買就好。」又一次，兒子的發言權被奪走，說話的是你。嘩啦——毫不遲疑，指尖戳破水面，她撈起水盆裡的空心菜，束上皮帶似的使勁掐緊空心菜的腰部，振臂甩動，水珠一顆顆離心力脫飛，吸附在前方的瓷磚壁面，火光搖曳中抽動出時隱時現的極為短暫的反光。

「爸，你今天好早回來。」

水珠一顆一顆，開始往下攀爬，舉止猶豫，匯聚在一塊兒後，以出乎意料極快的速度重重下墜。

「今天路上沒什麼車，一路通暢，畢竟是禮拜五，大家大概都在加班吧，晚上才能放縱喝通宵。」你用老派的說法假裝年輕，拉近和兒子的距離。

父子倆，站在廚房門口對話，畫面明亮；反倒她，像是朵蕈菇，遮遮掩掩長大，躲在陰影中偷聽一樣。

「先去買燈管吧。」她將菜一把按在砧板上，撥弄琴弦一般收整好，緊緊抓牢，另一手抓起刀柄，不甘心似的擠了進去：「菜都還沒煮好呢。」她說，想了想，扭頭，望向門口，又補上一句甜滋滋的聲音：「你們應該都餓了吧？」

不知何時，只剩下你站在那裡，她厭惡前一秒鐘的自己。

「我上樓換件衣服就去買。」你說，離開門框。

她倏忽感覺，自己像是一幀無人哀悼憑弔的遺照。

像是自己死在自己的身體裡，死在自己的意識裡。

她轉過身，不知道自己，還能用什麼方式，離開這個和世界隔著一張壓克力板的空間。

在幽暗的空間裡，她睜大眼睛，感覺面前的紗窗，一小格一小格一小格細密如昆蟲複眼的網眼，也愈睜愈大，定定瞅著自己。

瓦斯爐的焰火，靜靜搖曳，靛青顏色森森冷冷，明明是火，卻教她不禁顫了一下。

然後她閉起眼睛，感覺有一隻手，細細癢癢，勾勒出自己腳踝坡度和緩的輪廓，緊接著轉折，沿著腳踝周圍沖積出來的平原，慢慢慢慢往上摩挲，劃過小腿肚，小腿肚像是快抽筋，扎扎實實拽繃了一下然後是膝蓋凹陷的內側，探至谷地，伸出節次分明的勾爪，攀住飛斜的地勢，繼續往大腿——

「嗯……」她發出細嫩宛如小黃瓜絲的聲音，這是她當時所擁有的，反抗的唯一方式。

「怎麼了？」那聲音黏膩，充滿菸味，彷彿和這整個房間連成一體，她感覺自己，彷彿被關入某個人的肺部。

「我……我……」她的年紀太小，小到才剛認識１２３，小到連ㄅㄆㄇ都背不完全。

那聲音笑了笑，肥厚的手掌板擦一般俐落刷過大腿，滑入她的裙子，粗糙的觸感，讓她感覺自己的膚表，豆皮似的被掀了開來，像是被箝制在砧板上，她往後仰，背脊抵住僵硬的木板床：「沒關係……不用怕……不用怕……我知道……叔叔都知道喔……妳爸、妳爸以前……以前不是都這樣……這樣對妳嗎……沒關係……妳爸不在了……不在了……雖然妳爸不在了……在妳媽來接妳以前……叔叔……叔叔會好好照顧妳的……叔叔會用和妳爸一樣的方式……用一樣的方式……好好對待妳的喔……沒關係……不用怕……」

她不知道該不該害怕，因為已經假裝太久，忽略太久。

在種種感官觸發交錯之中，她想起爸爸的臉、爸爸的手，爸爸的、爸爸的——總是在這裡，迷迷糊糊昏死過去。

每當感到害怕的時候，她總慶幸，自己可以恰巧在那段時間中死去，好像即使真的這麼死去，也不會對任何人事物心生怨懟。

甚至可以說，也是因為這一再反覆，片刻的死去，以及其間漫長的復活，讓她愈來愈有信心，自己真的可以藉由這種方式，虛線一般，斷斷續續，順利活下去。

她總是比叔叔早一步醒來，房間昏暗，像撐開一頂帳篷，坐在木板床上，眼見日光從正對面破腐的木門上大大小小的裂縫擠進屋裡，木門咿呀咿呀被風吹得細細震動，晃擰的同時，光線經過鍛鍊似的膨脹長出肌肉，聒噪的蟬聲愈來愈立體鮮明，而那過於逼真的一切一切，助長風勢，又或者相反過來——總之門被推開，外頭一片白燦愕亮，灰白水泥地被烤得燙灼，她的雙眼熱氣蒸騰，抓住濕黏的棉被，一把掀開，顧不得趿上拖鞋，赤腳往外跑去——

往外衝去的她，只差半步就能離開廚房，卻在門口撞見剛好下樓的你：「妳在做什麼？」你問，鑰匙圈套住肥胖的食指，叮叮咚咚順時鐘急速旋轉。

她握緊拳頭，胳臂緊緊貼住自己的身體：「燈既然壞了，我想先把開關關上。」她說，迅速伸手扳下開關。

「早該這麼做了。」你撂下這句話，轉身往外走去。

她望著你的背影，你穿著她從未見過的鵝黃色襯衫，顏色溫柔像一盞燈，像是剛打破蛋殼，色澤飽滿的蛋黃；而那條窄管略微露出腳踝的咖啡色八分褲，同樣是她只在報章雜誌上看過的新潮版型；至於腰上那條藍白條紋相間的皮帶——

「怎麼了嗎？」

兒子的聲音，讓她回過神來，她撩了一下頭髮：「怕危險，先把燈關掉。」

「應該不會有危險吧。」兒子斜傾著頭，搔著頸子說道：「如果徹底壞了，就和打破玻璃一樣，就和一個人真的死了一樣。」

「你的說法真有趣——又從書上看來的？」她笑了一聲，轉過身，快步走回流理臺前，將塑膠袋裡的絞肉，倒扣在玻璃碗裡，卡在邊邊角角的渣末，她伸手摳了出來，一些乳白色的皮脂，塞入指甲縫：「壞了就壞了，哪裡還分徹不徹底；死了就死了，哪裡還分真的假的。」

還沒得到回應，忽然間一道光直直，打了過來，彷彿自己的手，一瞬間被截斷，連同那碗照得豔紅、照得像是要滲出血水的絞肉，被直截端進另一個空間。

她想喊想追趕，卻什麼也沒有挽救，只是順著光束的軌跡她別過頭，視線宛如蜷勾起的鳥爪擦過自己肩頭。

她看見站在廚房門口的兒子，手上握著一隻手電筒，照向自己。

像是在他們兩人之間，一轉眼，便鑿出一條筆直明亮的隧道。

十五

「你從哪裡找來這隻手電筒？」她問。

「三樓倉庫。」兒子立刻回答，像是緊緊跟在自己身後，一扭頭，便會觸碰到彼此鼻尖的人。

「喔——」她低吟一聲，而後拔高音調：「沒想到還能用。」在這之前，她甚至忘了這個家還有三樓。

「剛剛找到的時候，已經沒電了，我換了電池。」一面說，兒子一面抹去上頭的灰塵，彷彿乾冰昇華，一團白茫茫的霧氣，瀰漫在兒子面前。

像是為了驚散濃霧，她倏然用力拍了一下，銳利的掌聲，讓光束從中央，如紅海分離似的，裂開了一剎那：「啊，新買的電池，我放在客廳的櫃子裡——」

「原來是這樣，難怪我剛剛怎麼找，都找不到。」兒子打斷她的話。

她的雙手掌肉，嵌在乳房之間的幽谷，滲出濃膩的油脂，緊緊沾黏相闔，動作虔誠像是一尊被細心擦拭的鍍金佛像，泛出圓潤的光澤；雙唇輕抿，眼睛低垂微瞇，她朝兒子製造出來的光源，努了努下顎，兩邊釋迦果核一般的鼻孔，隨著頭部前後擺盪忽明又暗滅。

兒子恍然大悟，接續解釋：「我先拿我房間鬧鐘的電池。」說著，他敲了敲手電筒，光影細細顫晃。

聽到這裡，她感覺自己，彷彿躺在一寸寸結冰的湖面。

「啊，裡面——」

她想說「裡面少了一顆電池」，卻再度被兒子打斷：「裡面雖然有些生鏽，但還是可以用。」一面說道，兒子一面踏進廚房，表情嚴肅，持著手電筒的手勢，像是持著一把槍，緩緩朝她走近。

「也不急，你爸應該很快就回來了，只是買個燈管而已。」她撕開貼在一起的雙手，卻一時間不曉得該放在哪裡，甚至一臉困惑，像是覺得自己怎麼會多出這一雙手；遲疑片刻，將兩側頭髮塞向耳後，於是雙手，就在耳後，皮膚和毛髮的潮間帶，暫且停了下來，像是一個抱著自己的頭，即將行刑的犯人。

兩人陷入漫長的沉默，像是其中某一個人，縱身跳入深井。

她想喘氣，卻只是略微撐起乳房。

「都已經退冰了，不是嗎？」兒子問道，晃了晃手中的光線，撥弄百葉窗一般，光影斑斕迅速鞭動，到最後依舊聚焦在那碗粉紅色的絞肉上：「到時候壞掉，就不好了。」

「才不會這麼快就壞掉。」她回答，語氣有些倔強，也有些嬌嗔，她的肺部更加飽滿，感覺來不及結凍冰涼的水花，不斷灌注進來。

可是為什麼，墜落的聲響，遲遲沒有現出原形，她感覺有股逼真的速度，衝撞著自己的肌膚，不斷掀動臉頰，以至於頸部一帶弛垂的贅肉——但她遲遲無能捕捉到下墜的恍惚感，只好覺得，那或許是兒子，特地為自己製造出來的效果。

兒子率先跳了下去，卻依舊留在這裡，自己的面前。

手持著那一道光束，她無端想起，臂肌隆凸賁張，攫著閃電之矛的宙斯。

「我餓了。」兒子說。

她終於聽見聲響。

她鬆開手，俐落轉過身，隔阻光線。

兒子往裡頭走，打在她背上的光亮，逐漸增強，她霎時感覺，有人正追著自己，彷彿有人想將自己推下鐵軌，她下意識繃緊，渾身的骨骼和肌肉，下嘴唇咬得通紅幾乎見血，她忍住顫抖，背著光，朝那碗血肉模糊的絞肉伸出手。

兒子來到她的側邊，光再度出現，照亮照開她的活動空間，她的手，碰觸到絞肉的瞬間，絞肉像是突然活過來似的，狠狠咬住她的指尖，將她整隻手掌，往裡頭扯去；力道之大，讓她站不穩腳步，腰側的骨盆撞上流理臺邊緣，撞擊的聲響，在一片明亮中，益發顯得空洞。

她有些訝異，用裸露在外的另一隻手，輕輕摸了摸，方才發出聲響的部位，想起不在現場的你，已經製造了好幾次好幾次好幾次好幾次的聲響，這卻是她第一次，發現自己的身體，可以製造出如此空洞到連回音都無法產生的聲響。

光線動也不動，她又刻意撞了一下，緊接著添了鹽、醬油和白胡椒粉，順時鐘攪和起來。

她踮起腳尖，身子前傾，用上全身的力氣，攪拌的過程，腰部和髖骨不斷摩擦流理臺邊緣，儘管隔著圍裙，但她的皮膚腫脹發燙，速度之快，甚至就要皮開肉綻滲溢出果香：「腥味好像還是有些重。」自顧自低喃著，她停止攪拌，抽了抽鼻翼嗅聞，冷不防彎身，避躲光亮，啪嗒扳開櫃子，抓出寶特瓶，起身的同時，喀啦喀啦扭開瓶蓋，添了稍許米酒。

「也可以——」

鈴鈴鈴——鈴鈴鈴——

兒子話才說到一半，電話突然響起。

一瞬間，她感到困惑，而後才反應過來，鈴鈴鈴——鈴鈴鈴——原來此時此刻，不是原始蠻荒時代，只是燈管失去作用而已。

電話突然響起也不曉得是自己嚇了一跳，抑或是兒子嚇了一跳，她眩暈感覺光線，劇烈晃動了一下，她感覺自己整張臉整具身軀，一瞬間，都給斜斜削去了一半。

「我去接電話——」丟下這句話，兒子帶著光亮離開，像是為人們帶來火焰的普羅米修斯，承受不住宙斯的懲罰，又將火源從人們生命中奪了回去。

鈴鈴鈴——鈴鈴鈴——

漆黑的空間裡，鈴聲持續，其間偶爾的短暫間隔，都像是為了下一次發聲專注攢足氣力；她扭過頭，抬起下巴，盯著黯淡的燈管，不禁忖度，倘若燈管的光能，徹底耗盡以後，就變成這副模樣，那麼當人的心的能量，徹底耗盡以後，會變成什麼模樣呢？

她感到自己正一步一步往那裡靠近。

宛如手機燦亮螢幕上頭，逐漸下降倒數的電池一閃一閃顯示圖樣。

突然間，她的耳朵，彷彿遺失在一座空無一人的廣場，萬物靜寂。

兒子接起電話，她知道，這只是兒子接起電話。

但她無法不想起今天下午，看完泰劇知道女主角最終失去記憶以後，自己蓋著針織薄外套，蜷縮在沙發上小寐片刻；就在夢到五官輪廓極深的男主角即將找到女主角的那一剎那，鈴聲響起，她艱難爬起身子，用力搓揉眼角，歪歪扭扭，來到電話旁邊，抓起話筒，朝另一頭一連喊了好幾聲：「喂喂喂——喂喂喂——」連喘氣聲都沒聽見，才愕然發現發出聲音的，不是家裡的電話。

她拔開話筒，甩著一頭散髮，四顧張望，聲音就從四面八方擁擠過來，但她怎麼也記不起自己，究竟將手機放在哪裡。

就在她感覺自己就快要想起來的時候，聲音消失，她就再也記不起任何後續了。

但這段插曲，倒是令她喚起另一段記憶，她重重掛上話筒，掙脫拖鞋，匆匆奔往玄關，拉開鞋櫃；好端端擱在第一層櫃子上宛如供品的，是那顆早上被她咬了一口，當ㄟ造訪時，她隨手藏在這裡的西洋梨。

原先色彩猶如翡翠一般嫩綠的西洋梨，現在變成了黑色。

她伸出指尖，試探性戳了一下，肥滿的西洋梨，重心偏移前後搖晃了一下，只見融化似的，黑色表層迅速向外攤流，原來覆蓋著西洋梨的東西，不是質變的果皮，而是一大群螞蟻。

螞蟻數量之多，彷彿能聽見牠們擁擠推促身體彼此摩擦的聲響，她順了順髮絲，捏著西洋梨兩側的太陽穴，取下防盜鍊扭開鎖打開門連忙來到你培植的小小天地，滿眼綠意花草，她將那顆腐爛發臭竄滿蟲蟻的西洋梨，隨手扔入其中一個盆栽。

一切完結，她站在盛綠草坪上，任由抽長的草尖扎入腳底，任由日光壓著自己的後頸，將爬上自己肌膚的螞蟻，一隻一隻擦拭牠們的鎧甲以後，仔仔細細捏碎。

白日的陽光，似乎就要從後頸奔竄出來，在連自己的身體，也看不見的漆黑空間裡，想起自己的惡作劇，她覺得格外有趣，於是將手從那團爛肉抽出，用力搓揉自己的嘴巴，脂肪和碎渣肉末，將她自鼻頭以下的半張臉，抹得光亮油膩，濃烈的腥味，讓她無法呼吸，幾乎快嗆著，可她卻專注擔心，突如其來的笑聲，任何多餘的情緒，破壞了此時此刻，平靜均衡的感受。

她維持著意識蹺蹺板的平衡。

她垂下手，收斂下顎，肉渣沾在嘴角，讓嘴唇看起來略微上揚。

她直視前方，望著亮晃晃的走廊，宛如虛線一般結結巴巴往前延伸，她又接續想起，自己赤腳奔向的那片灰白色水泥地，背對著陽光，一名身材肥腴的女人像是扛著自己的上半身，大幅度左搖右擺，朝這邊走來。

即使她只知道１２３而背不全ㄅㄆㄇ，也知道不能和她迎面撞上。下一秒鐘，她立刻轉身折返，往屋裡跑，突然感覺下體涼颼颼的，像是爸爸曾帶自己去的那片椰子樹林，日光被樹葉切成一條一條，她抽走埋在棉被裡的碎花內褲，一旁赤裸的男人，張著嘴像死透的魚，發出潮濕短促的呼嚕聲，幼小的她，圓滾滾的眼睛注視著，將手裡的內褲揉成一團，竟心生一股想要塞住他嘴巴的衝動。

但屋外女人的身影，愈來愈具體，她撇開頭，頭也不回，往後頭跑去。

穿過狹窄的走道，她來到廚房，中午吃飯所使用的鍋碗瓢盆，還擱在流理臺裡，散發出濃厚的酸腐氣味，層層疊疊，宛如袖珍版的汽車廢棄場。

她踩著冷凍豌豆一般的碎步，匆匆跑向流理臺，蜷縮身子，想把自己塞進底下的空間，薄脆冰冷的汙黃色馬賽克瓷磚抵住她的後頸，彎曲向前凸出的灰色橡膠水管則頂著她細瘦海馬一般的脊骨，她恍然發現，不曉得從什麼時候開始，自己的身體，已經成熟到無法繼續藏起。

她索性挺直身軀，將自己拔出來，聽見腳步聲一步步，經過自己的耳朵，往自己的腦中走來；她按住自己小小的腦袋，想蹲下來，卻只是不斷在原地跺腳踱步，像是想掩蓋逐漸朝自己逼近明朗的聲響。

忽地一抹明亮的色彩，吸引了她的注意力。

那是宛如夕陽一般的顏色，她甩動雙臂，狂奔而去。

那是一個方形的夕陽。

她怔愣站著，表情比太陽的形狀更詭異，在她面前，巨大的亮橘色方形水桶裡，漂浮著一大群，沿頸部以上被切斷的雞頭，彼此細長的脖頸癱軟纏繞在一塊兒，有些更為纖細半透明的氣管裸露在外。一顆又一顆雞頭，閉起眼睛的宛如陷入沉思，睜著碎米粒般眼睛的宛如搞不清楚現在是什麼狀況一臉無奈；但無論闔上或者張開，都宛如置身於另一場更巨大的夢境。一張臉一張臉又一張臉，緊緊貼捱著對方，皮肉鬆脫的臉頰，在逐漸升溫黏稠的水中，模糊開來，無聲的吶喊像是傳不過來這個壓克力板另一側的世界，只能安安靜靜拼貼成一大幅煉獄一般的畫。

她聽見腳步聲，朝自己逼近。

不是已經藏起來了嗎——她想她不斷想。

一雙包覆著卡其色學生長褲的腿，在她的眼底如旗桿筆直豎起。

她才意識到，自己在不知不覺中，已經蹲了下來，並用雙腿緊緊鉗住自己的雙臂。

她一一抽去卡榫，演化一般，緩緩站了起來。

隆起的小腿肚，填滿褲管的飽實大腿，略微起皺的褲襠，沒有繫著皮帶的腰際，制服服貼的下腹部，一脹一縮摩擦衣料的腹部，將衣袖腋下一帶繃出銳利線條的胸膛和胳膊，衣領敞開白皙纖細喉結卻粗大宛如樹瘤的脖頸，沿著弧度冒出一些些短髭的下顎，細細顫抖因而益顯紅潤鮮豔的嘴唇，有著些許黑頭粉刺的鼻翼多肉的鼻頭彷彿陡坡的鼻梁最後是眼睛——

她終於看清楚兒子的整張臉。

兒子用手中的手電筒，將自己的臉打得慘白。

她想走過去，戳一下兒子的肩頭，揚起語調對兒子說：「你什麼時候學會這種低級的惡作劇？」卻遲遲無法放輕鬆，挈動拖鞋。

「爸爸死了。」兒子說，聲音像是被強烈的光芒，沖淡似的，她感覺像是在欣賞一幅起初看不真切愈看益發模糊的印象派圖畫。

感覺有成千上萬道折射從萬千角度捅向自己的肉身以及意識，她撩了一下頭髮，卻反而把後方的頭髮都帶到面前她的臉，被披散開來的髮絲割成一道一道一道一道，好想好想對兒子說：「你什麼時候學會這種低級的惡作劇？」

十六

一個女人真正害怕的，不是丈夫突然撒手死去從自己的生命中消失，而是在丈夫的喪禮上，看見一個比自己更傷心的女人。

她不記得你，曾經露出那樣的笑容，規矩的空間，框住三十三歲的你，那時候的身體，比現在結實精壯許多，頸部也還沒有縫合的痕跡。

她站在你笑臉的右邊，將肩膀往後方拉展開來，背脊挺直，宛如荒原上，僅剩的一株樹，困惑一個問題：「這女人，怎麼能夠，哭得這麼傷心？」蒼白人群裡，她看見一個女人施展特技，一個色彩格外鮮豔刺眼的女人不斷抽動自己，窄小的肩膀，彷彿非得藉由如此劇烈的舉動，才能擰出淚來。

一名身材高大的男人，走到那女人身旁，穿著講究黑色西裝的男人，看起來像一隻巨大的獨角仙，衣料反射出金屬一般的光澤；獨角仙男人，伸出他粗壯的足肢，搭住那女人的肩膀。

她沒有意識到自己的肩膀也開始抖顫，但當獨角仙男人側過身，看見那張臉的瞬間，她立刻冷卻下來。

是那個昨晚在學校操場喝酒，醉後和她搭話的男子。

男子的眉毛比記憶中濃，鼻梁比記憶中挺，皮膚比記憶中黝黑，眼神也比記憶中冷靜許多。

「啊……」她想起那些宛如皺起人臉的啤酒罐，仍藏在床底下，但已經不用擔心被誰發現。

抹了抹衣服的褶皺，她朝兩人走去，獨角仙男人先發現她，表情詫異，語氣略顯慌張：「妳是——」

她沒有理會獨角仙男人，注視著那女人，逕自開口：「不好意思，請問妳是哪位？和我先生的關係是——」

「老師——」聲音從後方追迫，兒子跑過來，混著喘氣聲急切說道：「媽，妳忘記啦？她是我國中的國文老師，也是我國三時的導師，和爸是同事，也是爸的大學學妹——我記得妳們見過幾次面。」

「喔——」她沉吟一聲，像是有蟲爬上她的臉龐，雙頰頻頻抽搐，表情扭曲：「的確……的確見過幾次……改、改變真多……我都認不出來了。」

兒子用不像是剛失去父親的口吻說道：「難怪媽會這麼說，上次見到老師的時候，我也差點認不出來，變漂亮好多，好像年輕了十歲。」

那女人伸手，拉了拉兒子的手臂，微微搖頭，眼神無辜，示意兒子別繼續說下去，緊接著那女人眨了眨皺褶明顯的雙眼皮，冷不防望向她，抹著淡妝的臉龐，看起來彷彿光是捧著，就會溢出果液的水蜜桃：「妳……妳好……不好意思……這麼失態……」

「不要緊，畢竟妳和我先生同事一場，又認識了那麼久。」她回答，自己評估算是得體：「請問這位是——」

「是我先生。」

「師丈好。」兒子搶先她喊道，而後瞥向她：「這是我第一次見到師丈。」

「你好。」她說。

獨角仙男人先是怔愣了一下，點了個頭，才應聲：「妳好。」聲音沉穩，聽不出異狀。

「有什麼需要幫忙的地方嗎？」那女人問道，環視了會場一圈。

「謝謝妳，目前我一個人還可以處理。」她回答：「現在的喪禮，和以前大不相同了，死亡不再是需要大費周章處理的事。」

「這倒是真的。」獨角仙男人點頭附和，抒發感觸：「以前的喪禮，程序瑣碎、規矩又多，我記得我爸辦喪禮的時候——」話還沒說完，那女人用手肘頂了一下獨角仙男人毫無防備的側腹。

「家屬也就算了，別在這種場合說那些有的沒的……」那女人側過身窩進獨角仙男人的軀幹裡，擠著嗓子說道。

獨角仙男人一臉困窘，用手背擦了擦嘴唇，一連瞥了她幾眼。

「不過，謝謝你們來，我先生平常在學校，應該受到妳很多照顧。」為了化解尷尬，她重新開啟話題。

「妳這樣說，會讓我過意不去，他也幫了我不少忙……」那女人低下頭，小聲說著。

「妳是指例如換檯燈燈泡那種忙嗎？」兒子揶揄笑道。

「被你看到了？」那女人抬起頭，臉頰緋紅配上那副大眼睛像是金目鯛。

「換燈泡？」她提高音調，甚至一時間克制不住，用鼻子笑了一聲：「你是不是記錯了？你爸只會換燈管，不會換燈泡。」

獨角仙男人冷不防插嘴說道：「沒有人會換燈管，卻不會換燈泡。」頓了一下，他又對那女人說道：「我不是教過妳怎麼換燈泡了嗎？」

「我就是學不會啊。」那女人淡然回應。

兒子自顧自把故事說完：「去年妳生日，我那天一放學，買完蛋糕到學校，走進導師室的時候，剛好看到爸在替妳換裝新的燈泡。」

「這種小事你也記得。」輕聲應和，那女人撩了一下頭髮，收手的時候，順勢撥了一下勾掛在耳垂上鑲著碎鑽的耳環。

她停下原本想撩動頭髮的手，轉換方向，抓了抓鼻頭：「你和你爸，還會幫她慶生啊，難怪你會知道她換了新造型。」

「老師從前年的聖誕節開始，就換了這個造型。」

她瞥了兒子一眼，轉而凝視那女人，接續說道：「我不知道你們這麼熟，因為他們在家的時候，從來沒提起過妳。」

「他們也沒有提起過妳。」那女人泰然自若回答：「畢竟我們又沒有關係。」

十七

有時候，應該說大多時候，她會覺得你死了以後，活著好像才是活著，日子好像才是日子，愈過愈快。

你死後，第八天。

天氣依舊悶熱，蒼蠅好像比昨天又大了一個尺寸。

兒子吃完早餐，出門後，她洗完餐盤，抹了抹手，解開圍裙，隨意對摺，披搭在椅背，走到客廳，將四周的窗簾統統拉上，連一絲光亮也不放過，甚至拿曬衣夾子將窗簾中間，略微敞開來的縫隙一一夾緊，看起來既像是一條一條拉鍊，又像是一道一道縫合起來的傷口。

開啟電風扇，對著牆壁吹拂，像是被含進一張嘴，躲進濃密的樹蔭底下，某隻巨大動物的懷中，她窩在沙發裡，睡了漫長的一覺。

醒來時，從窗簾邊緣，溢出的白光，發霉似的變得米黃，她知道，日子還在原地，哪兒都沒去。

抹了抹汗濕的後頸，她起身，穿過陰暗的走道，來到更陰暗的廚房，圍繞著她，歪歪扭扭縫合的傷口，飄浮在半空中，讓她頓時感覺自己，彷彿被封藏在某個人的身體裡，只要她願意，使勁摳開其中一道傷口，就能看見明天和今天和昨天一樣的陽光。

閉起眼睛，能聽見客廳的電風扇，撞擊在牆壁上的風，反彈回來，掀起更巨大的聲勢，胳臂划開空氣，感受到些微抵抗，她抓起擱在餐桌正中央，靜物畫一般的西洋梨，用力咬了一口。

「啊——」忽地她睜開眼，尖聲嗚咽，像是遭到兩輛車擠壓，臉孔瞬間揪紮在一塊兒。

眼睛滲出汁液，瞇眼仔細一瞧，她才發覺，自己手上攫著的，根本不是西洋梨，而是外形輪廓相仿的芭樂。

「被騙了。」她咕噥一聲，侷促聳了一下肩頭，專注咀嚼起來：「咦——」她伸掌，朝手心一吐，被咬得糊爛的碎末，積聚在掌肉凹陷處，像灘爛泥。

她放下咬了一口的芭樂，指尖戳入沼澤，撥了撥，攪了攪：「在這裡啊。」掐出一小片東西，她吐了一口氣：「又掉了。」

她抽出手機，習慣性瀏覽了一下未接來電欄位，空白一片；接著，進入電話簿，往下按動，停在「陳牙醫」那一欄，壓了一下，沒有反應，心想該不會是按鍵故障了吧加重力道又壓了一下，理所當然撥出的瞬間她反倒嚇了一跳。

她側耳聽著，單調鈴聲扯動耳膜，冷硬的手機螢幕，讓她從臉頰下顎掀起一片拔光草地似的雞皮疙瘩，甚至爬過顴骨，往眼睛蔓延，凸脹的顆粒，碰觸到眼角的那一剎那，她扎扎實實打了個冷顫。

「這裡是陳牙醫診所，不好意思，由於我們目前人在國外旅遊……」對方機械式說著，語調平板宛如念經，好像去的地方通往西方極樂世界。

「出國玩啊……」用力一戳，她切斷電話。

她走到流理臺前，盯視良久，冷不防伸手，緊緊捏住窗簾的臉頰，一鼓作氣拉動，直截扯開窗簾，固定在中央，宛如脊骨間隙的曬衣夾，鐵絲啪嗒脹縮應聲彈飛開來，其中一枚擦過她的臉頰，像蠟筆又像口紅，劃出一道弧度虹霓一般紅色的軌跡，將她塞在耳後的髮絲牽連出來，黏上她的唇角。

沒有絲毫反應，她所有感官，全集中在面前的，這扇四方窗裡，滿滿滿溢的光亮，籠罩了她整副身軀，橙橘色的夕照，逐逐漸漸擴散開來，而擴散開來的同時，顏色也變得清淺，愈來愈白皙，愈來愈透亮。

而在那愈來愈燦爛刺眼的白光中，她的肩膀愈來愈窄，背影愈縮愈小，像一條不斷往遠處延伸收斂卻怎麼也看不到盡頭無能達抵的筆直路徑——

她終於忍不住，抬起手，遮掩幾乎快把眼睛撐破的亮白日光。

那是再過一個多月，就滿六歲的她，她站在長滿雜草的紅磚圍牆邊，頭上頂著今早爸爸幫她綁的兩條麻花辮子，踮起腳尖，手指摳住青苔磚縫，偷偷往那戶人家的庭院裡頭探。

不算寬敞的庭院，養了將近二十隻狗，鐵鍊在水泥地上拖行，發出乾燥清冷的刮磨聲響，穿著白色汗黃T恤的叔叔，一手提著藍色水桶，一手不斷往裡頭撈，一面將桶中的東西掏出來，啪嗒——重重砸向水泥地，一面咧出一口黃板粗牙，笑著對那些狗低吼道：「光養你們這些畜牲，就不知道要花我多少錢——」

狗迅速撲前，鐵鍊鏘鏘作響，伸出爪子，一再摳抓，將那些東西扒過來，埋著頭，用滿口利牙奮力嘶咬，大口咀嚼，她聽見喀滋喀滋、喀滋喀滋——短促清脆的碎裂聲，聲響節奏輕快，甚至琅琅上口，讓她不禁忘記日光的要脅，垂下手，睜著圓滾滾的眼睛，像兩隻光線筆直的手電筒，一逕往彼端投射。

叔叔注意到她，手停在半空中，衝著她笑，她這才看清楚，叔叔餵那些狗吃的，究竟是什麼。

那是一個雞頭，底下連著一小條纖細的脖子，麻花繩似的纏捲在一塊兒，產生螺旋狀的線條，宛如滑水道一般，汁液沿著蜿蜒曲折的軌道流動，滴答——扎在被日光打得死白的水泥地上。

就在汁液刺入地表的，那一瞬間，她覺得那隻雞碎麥粒般的眼睛，折射出銳利的光芒，和自己對上視線，她用力瞠著眼睛，不敢眨眼，怕一眨眼，那隻雞就會張嘴，尖聲啼叫起來。

她立刻背過身去，蹲下來，躲開日頭，將自己藏入圍牆的陰影裡頭。

「妳喜歡看叔叔餵狗啊？」必然的聲音，從頭頂壓來，她無法動彈，叔叔繼續說：「雞頭比那些大賣場賣的狗飼料便宜多了。」

她沒有回應，只是專注扣著自己的雙腿，想像自己此時，其實是躲在家裡的那張床底下，而爸爸在屋外頭，一遍又一遍，大聲喊著自己的名字。

「今天好熱，妳要不要進屋裡來？叔叔拿東西給妳吃好不好？有布丁喔！」

像是拆解機械，叔叔牽起她的手，往屋裡走，她經過那群專注啃食雞頭的狗，黏呼呼的皮肉和脂肪，沾滿那些畜牲的嘴巴。

叔叔拿了顆芭樂，塞進她小小的手，她翻轉著翡翠一般的芭樂，張開小小的嘴巴，咬了一口。她發出細嫩的聲音，吐出一小塊果肉，以及一小顆牙齒。

「啊！牙齒掉掉了——」裝出稚嫩的聲音，用親切的疊字詞，叔叔彎身湊近她，肥厚的鼻頭，填滿她塌陷的鼻梁：「來，啊——張開嘴——」

濃厚的腥臭味頓時竄入鼻腔她心想或許叔叔也咬碎了好幾隻雞頭。別無選擇，皺起臉孔，她張開嘴。

叔叔喀啦喀啦轉了轉脖子，撇著頭，往裡面一覷，猛地急切收頸扭回，彎身撿起那枚，她掉在地上的牙齒，在T恤上用力摩擦了幾下，乳牙在汙黃色的衣料上，割出亮白色充滿細刺高音的痕跡，只見叔叔忽然間，鼓起雙頰，朝旁邊噴出一口痰，用掌心擦去附著在唇角的唾沫後，濁聲說道：「是上面的牙齒耶。」叔叔又一次別開頭，將剩餘的痰吐掉，又一次牽起她的手，包覆在皮肉之中的骨頭，沒有比乳牙堅硬多少：「妳爸爸應該有教過妳吧，下面的牙齒掉了，要扔上屋頂，才會長出來——那麼妳知不知道，要是掉的是上面的牙齒，該怎麼辦呢？」

十八

她不禁忖度，現在回想起來，那顆牙齒，就是從自己體內，分離開來的，第一枚骨頭。

「妳聲音怎麼聽起來怪怪的？」ㄟ一如往常敏銳。

直球，回過神來，她趕緊答腔：「上次補的牙齒掉了。」背對餐桌，她的臀部靠了上去，擠出另一層肉。

「又掉了？」ㄟ的口吻，像是她掉的是錢包，而不是牙齒：「醫生這次應該會叫妳拔掉吧？不是已經補過好多次了嗎——妳該不會是害怕拔牙吧？」

對於ㄟ的調侃，她陷入思索，認真答覆：「也談不上害怕，不過倒是真的已經很久沒拔牙了。」

「不過妳跟我提牙齒的事做什麼？」ㄟ陡然轉移話題，字音也瞬間從八分音符，變成十六分音符。

她怔愣了一會兒，反應過來：「不是妳先提的嗎？」

「喔？是嗎？反正不重要——」宛如踩著鋼琴踏板，ㄟ的餘音漸弱，遲遲未斷，ㄟ將聲音降低八度：「我打電話過來，是想問妳，妳現在……應該……應該沒事吧？」

「應該沒事吧。」她立刻說道，這段時間，面對周遭，種種自以為是的關心，身為受害者家屬的她，時常想不出還可以怎麼應答；索性音準往一旁偏差，悠悠思索另一件事，從今天開始，自己就是所謂的「寡婦」了。

她冷不防思索，在法律上，這種人，通常不稱「寡婦」，而叫做「未亡人」，這詞彙儘管聽起來沒那麼淒涼，可卻又難以忽視當中蘊含的小小期盼。

也不清楚為什麼，突然想起這樣復古的詞彙，或許是因為，從前以為離自己相當遙遠的事物，一轉身一回頭，竟然近到連自己眨動眼睛，眼睫毛就會抵觸，眼眶也跟著痠麻起來的地步：「也只能接受。」她補充一句，想讓自己在別人耳中聽起來，不像是真正沒事，而後下意識，用空出的另一隻手，往面前抓了抓，嘆了一口只有嘴型的氣，心想要是乀打的是家電，就可以一面應答，一面纏捲聽筒的線路了。

「我知道任何人，都無法一時半刻，就接受這種打擊。」乀柔聲說道，像一個真正的好朋友。沉默一陣，她細聲說道：「謝謝妳。」

「我們是朋友嘛！」乀高聲說著，好像她們兩人，從國中時代就認識彼此，討厭同一個科目，討厭同一個老師同一種女生；下課會手勾著手，到洗手間照鏡子梳理頭髮，在隔壁間上廁所也用不著在意過於響亮的尿水聲，緊急時支援衛生棉或者巧克力棒。

甚至喜歡上同一個男生——

那一瞬間，像是受到刺激的河豚，她胸口驟然腫脹，情緒湧上，險些過於感激，咧出一口磨得森白只差沒打蠟的牙齒，擠出滿臉燦爛的笑容，脫口喊出：「要是妳也發生這種事，死了老公，我也一——定會打電話安慰妳的！」

沒有察覺到她的心聲，乀繼續述說自己該講的話：「我還是覺得……覺得很過意不去……那幾天我剛好向公司請假……把之前剩下的年假用掉，和老公去韓國玩……因為是早就安排好的行程，我兒子也和學校、補習班都請好假——」

「我明白。」她打斷ㄟ安排好的話：「畢竟一家人，要同時湊出時間去旅行，本來就是一件不容易的事。」頓了一下，原本想順口補一句「我們家去年寒假的時候就是這樣」，但已經沒有任何意義，於是她追究：「妳有買什麼東西嗎？我上次燙頭髮的時候，看到一本旅遊雜誌，上頭說芥末椒鹽口味的海苔，受到很多觀光客的喜愛，總是一大袋一大袋——」

「海苔？那老早就過時了——妳都多久沒燙頭髮了。」ㄟ打斷她的話，像是渾身汗濕淋淋的屠夫，一刀剁斷雞脖子，聲響薄脆，像是折斷一片洋芋片，以為能漂亮裂成兩半，卻總是宛如細胞增生似的，分裂分裂再分裂，變成無數枚細小的碎骨，穿過指縫，落在地上，輕盈彈跳出乾燥的鼓點，而在那猶如太陽粉身碎骨的溫暖觸感中，像是分岔出去駛入對向車道像是天空增生而出另一個太陽似的突兀，ㄟ突然問道：「喪禮應該還順利吧？」

她踟躕良久，不曉得該怎麼回答這個問題。

對一場「喪禮」而言，所謂的「順利」，究竟是死者獲得，地平線一般筆直靜止永恆的安息？抑或是家屬對於死者的逝去，從不解和怨懟，以至於釋懷和撫慰？又或者，旁觀者藉由此一盛會，得以窺探隱沒於死者和家屬之間，那暗晦不為人知的關係，情感的潮間帶。

「應該算順利吧。」和垂直切斷牛排筋絡的方式不同，她決定順著ㄟ問題的脈絡，借力使力回答。

「有沒有……有沒有……」像是受到電磁波干擾，ㄟ的聲音斷斷續續，她彷彿能看見ㄟ，穿著那件透薄，盡顯纖細身體骨感的洋裝，站在自己的對面，抓在手上貼著鵝蛋臉頰的手機，延伸出一條，充滿反光的線，吊橋似的將彼端兩人，隱隱約約連接在一起。

她看見ㄟ，和自己一樣，背對著流理臺，往後退了一步，臀部靠了上去，擠出一條肉來，

ㄟ掀開衣襬，摸了摸肚臍上的肚臍環，那是ㄟ生完第二胎後，送給自己的禮物，當時ㄟ難得在她面前埋怨老公：「前天晚上，他發現我穿了肚臍環，簡直快氣炸了，我從來沒有見過他這麼生氣。」

「氣什麼？」她好奇追問，語氣天真：「氣妳沒有跟他商量就自作主張？」

ㄟ瞪大眼睛，用力擺了擺頭，那時候的ㄟ，一頭俏麗短髮，和後來一樣，始終走在流行的尖端，氣憤難平說才不是——他的理由是，和我做愛的時候，那枚金屬好像會嵌進自己的身體，在一遍又一遍，反覆的摩擦中，愈陷愈深，咬住他的肌膚上上下下、上上下下扯動，好像有誰拿著一把冰冷的槍，抵進自己的肉裡，稍微劇烈一些的舉動，就會擦槍走火——每次想像自己肚破腸流、血肉噴射飛濺的畫面，就會讓他忍不住打起寒顫，讓那個好不容易挺起的地方，爬到一半，又撤退回去。

聽著記憶中ㄟ的敘述，讓現在的她，感到一陣冰冷，而那觸感，扎實沿著自己骨盆兩側，從腰際往側腹，緩緩爬去，每填滿一個毛細孔，意識就更立體鮮明一些。

她的呼吸，開始急促起來：「有沒有什麼？」頻頻喘息，她催促著ㄟ。

她持續呼吸持續，看見對面的ㄟ，挪了挪身子，臀部摩擦流理臺邊緣，洋裝擰出細緻的皺紋，將她的肌膚貼得更為密實，裙襬微微款動，投映在瓷磚地板上的光影浮掠，ㄟ拉了拉戒指似的肚臍環，像是一把開啟時間的鑰匙，到底鬆弛的皮肉，宛如搭了又拆了又搭了又拆了又搭的帳篷，ㄟ說：「其實也沒什麼，只是隨口問問……想問妳有沒有什麼，特別的人出現……」

終於來了——那一瞬間，她在心中暗猜，沒注意到自己空出的另一隻手，已經捏緊拳頭。

「特別的人？」她好奇追問：「什麼樣的人，叫做特別的人？」

「譬如不認識的人。」ㄟ明快說道，她這時候才發現，ㄟ的左手邊，擱著一顆綠棗，ㄟ一面抓起外形和雞蛋相仿的棗子，一面接續說道：「我老公他爸，就是我公公啦，早在我嫁過去以前就死了——我記得妳們家也是吧？真是鬆了一口氣——」ㄟ笑了一下，她知道ㄟ，十分羨慕自己結婚的時候，不只公公，連婆婆也早已過世，ㄟ捏緊嗓子繼續說：「我之前聽孩子他爸說過，我公公死的時候，他才剛滿五歲，所以和他爸過世相關的記憶，幾乎都是空白一片，但有一件事，卻讓他直到現在，仍然印象深刻——他說某個守靈夜，大家剛吃完晚飯，孝女白琴一如往常，正賣力喊著，彷彿連方才的炸排骨，都要喊了出來，突然，一個女人衝進棚子，甚至差點撞上鐵杆，弄塌棚子，那女人對著他爸的遺照拚命嘶吼，他看得專注，覺得很有意思，可忽然間，那女人啪嗒——扭頭，直勾勾望向自己，一雙凸出的眼睛瞅著他像是要把她的整張臉塞進他的眼底，就在他即將尿出來的那一剎那，姑姑叔伯一大群人，不曉得從哪裡竄出來，立刻圍上前去，熱熱鬧鬧，把那女人趕出棚子。後來他才知道，原來那女人跑錯了地方，認錯了死人。」

「真誇張，怎麼會有人認錯。」她克制不住，冷笑了一聲，聲響硬生生，迴盪在她和ㄟ之間，彷彿深谷中的兩面山壁：「我想那應該是妳老公騙妳的。」

「是吧？一開始我也這麼覺得，但我老公堅持，那件事確實發生過——再說，孩子他爸騙我又沒有什麼好處，我才不會答應他生第三胎——」ㄟ咯咯笑著，聲音脆亮，像是把果核，扔入鋁鐵罐中，用力搖晃，ㄟ將鮮綠色的棗子，舉至大幅度揚起的唇邊，突然止住笑聲：「妳還是趕緊去看牙醫吧，妳的聲音聽起來，真的很不對勁。」

「沒辦法，我常去看的那間牙醫診所，醫生出國玩了。」她頓了一下，為了展現幽默感，趕緊補充：「不曉得是去哪裡，這陣子大家都喜歡出國玩。」

「畢竟快放暑假了，再不把握，錯過時機就貴了。」ㄟ正色回應，小小的臉蛋，倒映在棗子光滑蠟質的果皮上，沿著果實的弧度，散發出淡淡的清香：「還是我介紹妳去我們家固定去的那間診所？」頓了四分之三拍，ㄟ又說：「那醫生技術挺好的，我兩個孩子都很喜歡他。」

語畢，ㄟ咬了一口棗子。聲響清冷乾脆，讓她忍不住緊閉眼睛，打了個結實的哆嗦。

十九

「媽——妳——為什麼——」兒子的聲音，在半空中斷斷續續，她忽然想起自己，小時候一個懷抱已久的問題，湛藍天裡，兩隻比肩飛行的鳥，翅膀與翅膀之間騰出的縫隙，流竄其中的空氣，究竟是以什麼樣的軌跡捲動，或者並肩掠過一朵雲的時候，散開的絲綢又會，朝哪一個方向旋轉。

她在自己身上，懸掛一個隱形的鉛錘，讓自己穩定下來：「你不是喜歡吃雞肉嗎？」

「可是妳不是很討厭雞肉——」

「不知道為什麼，突然不討厭了。」她迅速摸了一下凸出的眉骨，指尖俐落刷過眉毛末梢，捧起裝著炸雞塊的盤子，來到餐桌邊：「晚餐差不多好了，很豐盛喔——有豆豉鳳爪、宮保雞丁、蘆筍雞捲、水晶雞凍、雜糧封雞腿，還有你最喜歡吃的唐揚炸雞，待會兒我把糯米人參雞湯端上桌，就可以開飯了，你要不要先去放書包，換件衣服，上次的球衣已經幫你洗好晾乾，掛進衣櫥了。」

兒子點了個頭：「那我馬上下來。」轉身離開廚房，小跑步蹬上二樓，裝滿課本的書包，伴隨跑動，重重拍擊兒子結實的大腿，發出沉重的悶響。

直到聲響，被房門阻斷，她抽出一張花瓣形狀的隔熱墊擺在餐桌正中央，拎來一瓶米酒，走回瓦斯爐前傾斜添加少許，忽地想起什麼：「啊——」輕輕驚呼一聲，踩著碎步，揀來一根蔥，俐落切出一把碎步一般的蔥花，抓起砧板，刀身斜下，一口氣掃入鍋內。

將雞湯端上桌，填滿最後一個空位的同時，兒子出現。

穿著那件，那晚和你一同打籃球晶亮皮肉相連的背心球衣。

如果兒子知道，那是最後一次和你打球，會不會退開，讓你上籃；或者兒子，會不會堅持要和你分在同一隊，怎麼也不願意成為彼此的敵人。

人生不知道的，終究比知道的，多那麼一點。不管知不知道，她如此作結。

飯已經添好了，添加燕麥的飯，色調乳白，看起來益發柔軟可口；兒子在她對面就座，抓起檜木筷子，即使隔著好幾道熱氣蒸騰的菜色，她還是能清晰聞到殘留在兒子肌膚上尚未褪盡的日光香氣。

她舉起手臂，撇過頭，將鼻頭埋進自己的肉裡，像是狠狠咬下一口似的，深深深深一吸，困惑為什麼同樣，曝曬在日光底下，自己卻依然是，渾身掛滿鉛錘濕濡沉重長滿絨毛的氣味。

沒有察覺她，對自身的試探，兒子抿了抿唇，逕自夾起一塊，外表堅硬的炸雞塊，放進嘴裡，積極咀嚼起來，接著又吃了冰涼爽口的水晶雞凍、燜得軟爛的封雞腿，和著香麻的宮保雞丁一連扒了兩、三口飯；徒手直截抓起鳳爪，豆豉癱落桌面，大聲吸吮，嘴唇塗泛醬香油光；最後，正準備將纏綑厚實、宛如小手臂的雞捲，放入口中的時候，被緊緊裹在裡頭的飽滿蘆筍，擠滑了出來，落在餐桌上，蝸牛般拉出一條明亮的渠道，直直往她溜去，兒子張開嘴巴，臉色惚恍，蘆筍停下的時候，一半身軀，懸在半空中，巍巍顫顫，只差幾毫克重心的偏移，就會倒向她的懷中，橫躺在她的褲襠上。

兒子喉頭用力一抽，將滿嘴被咬得血肉模糊的食物，硬是嚥下，發出聲音：「媽——妳……晚餐要吃什麼？」

「你吃就好，媽下午和朋友吃過下午茶。」一面說道，她一面扳直食指，用指尖將蘆筍推回安全無虞的境地。

「跟阿姨吃嗎？」

「嗯，她剛從韓國回來。」

「這時候去，氣候剛好，而且機票又便宜。」兒子說她好奇兒子怎麼知道這麼多，兒子岔開筷子，試圖夾起鳳爪，卻一再滑落，還是只能選擇徒手抓起，收斂弓曲的手指，指節粗大分明，看起來彷彿另一隻巨大的鳥爪，似乎為了掩飾尷尬，兒子再度開口：「這鍋人參雞湯，就是阿姨帶回來的伴手禮？」說著，他朝餐桌正中央，努了努下顎，凸出的喉結，隨著下顎掀動，時暗時亮，圓月彎刀一般的光澤，猶如鞦韆來回滑盪。

「才不是。」她沒有意識到自己噘起嘴來，聲音也不像是自己的。

兒子大聲吮著鳳爪，將附著在枝節骨頭上，淺薄的皮肉，以及濃稠的醬汁，統統吃乾抹淨，堆在一旁的小碟子上，不一會兒，骨骸層疊而起，她不由得想起你火化那天，那名戴著口罩的男人，蹲在撿骨盆旁，一片一片夾起你的骨頭，放入鍍金雕花的甕中。

還記得，那口罩男人，把你的牙齒從頭骨拔開，丟棄的瞬間，她全身骨骼一抽，腦袋發脹，頭皮發麻，衝上前摳住那男人的肩膀，質問對方為什麼要這樣對待你，但那男人瞥了站在她身旁的兒子一眼，語調平緩回答：「不把牙齒拔掉的話，亡者會吃子孫。」

她甚至因而，記起一段，更加久遠的事，她記起自己，在高中畢業那年，墮掉的那個，不知道是男是女的孩子；如果沒有被自己殺掉的話，那個孩子，脫離自己的身體，剪斷臍帶擁有自己的肚臍，一身濕淋淋，出生的時候，那雙柔軟稚嫩的手，差不多就是這個大小吧。

她短促吸入一口氣，兩片肺葉抽了一下，幾乎嗆著：「今天、今天發生了一件有趣的事。」這是你死後，她第一次提到「有趣」，這個字眼：「我下午去補牙的時候——」

「上次補的地方又掉了？」不等她說完，兒子壓垂頸子，在小碟子上吐出碎渣，叮叮咚咚，叮叮咚咚：「還不到兩個月吧？」

一瞬間，她覺得兒子的口氣，很像你，不曉得你是不是，經由某種方式，片刻借屍還魂。她漫無邊際假設，或許是火化時，你某部分的骨頭，沒有徹底拔除乾淨，才導致這種後果。

「我換了另一間牙醫診所。」她說：「以前去的那家，醫生一家人出國。」

「最近還真多人出國。」兒子答腔：「不過這樣也好，我原本就不喜歡那家診所，那個醫生很嘮叨，每次洗牙，總是扯一大堆道理，護士又粗魯，國中拔牙，打麻醉針，一定是弄錯了劑量，我到晚上睡前，下顎一帶，還是一點知覺都沒有。」

兒子絮絮叨叨說著，密集得像是一條筆挺粗黑的直線，彷彿已經演練過好幾次這段台詞。

像是硬岔出去另一條斜線，她兀自提問：「你知道我在今天第一次，去的那間牙醫診所，遇到誰嗎？」

兒子搖了搖頭，一瞬間她感覺自己，聽到搖動沙鈴的聲音，從前總好奇，那裡頭究竟裝了些什麼才能，發出力道這般恰巧不具絲毫侵略意味的輕盈聲響，她甚至記得，小學放學，自己曾偷偷溜進音樂教室，偷走一支沙鈴，回家後，趁媽媽不在家，拿菜刀劈開——「我不知道。」兒子沙沙、沙沙，忽地，像是終於對準焦距的風景，發出清晰微風吹動葉梢的聲音：「我們認識的人，重疊不多。」盤中的鳳爪所剩無幾。

「猜一下。」她追問，這是你最不喜歡的對話形式之一：「猜一下嘛！」

兒子偏著頭，抬眼注視著，天花板上溫熱的ＬＥＤ燈管，眼神空洞，像隻吳郭魚無意識張闔嘴唇，緩緩吐出一顆一顆，灰白色邊框的氣泡：「國中時，教我國文的那位老師？」

嗶嗶啵啵，嗶嗶啵啵。

她聽了好一陣，終於等待氣泡悉數炸裂。

她注視著兒子，兒子垂下視線，手勢宛如握手一般，捏起最後一隻小手。

兒子察覺她的目光，舉在半空中的小手，在燈光的照射下，骨瘦嶙峋，細細顫動，像是在和她招手。

「我遇到她的先生。」她揭曉謎底，開始不確定，自己還喜不喜歡，這樣結束對話的方式。

二十

她站在兒子的房間門前，陰暗的空間，門即使是木質的，門把即使是金屬製的，也只能勉強照映出她，膝蓋以下的部位。

她伸手握住門把，扭開，以往緊緊拉闔的窗簾，此刻竟明亮開敞，她一手抬起，遮住意料之外的光線，一手從門把鬆開，脫離的剎那，聽見黏膩的聲響，彷彿昨晚鳳爪勾芡的醬汁，仍殘留在上頭。

她走進去，比想像中容易許多。

她想起自己，第一次的失敗。

昨天下午，和ㄟ通完電話，出門看牙醫前，她匆匆到臥房翻出健保卡，找了好一陣子，終於在梳妝台邊，一本上個月的健康雜誌夾頁中找到，才想起當時順手拿來，當作書籤；那一頁，是結合血型、號稱更加精準的星座占卜，上面提到處女座B型，會有桃花運：「根本不準啊……」細聲抱怨，她啪嗒——闔上雜誌，將封面翻轉過來，將那張亮麗明星的臉孔，壓在底下，並想起ㄟ曾大驚小怪，自己不知道兒子的血型。

她翻開雜誌，停在星座占卜那頁，天蠍座那一個區塊，四種血型的預測，被黃色螢光筆滿滿劃記。

怔愣好一會兒，闔起眼睛，她默默闔起雜誌。

抓著提包經過，兒子房門的時候，和今天早上的，此時此刻一樣，她停下腳步，站在這扇木門，以及後面的水泥牆壁之間。

也和今天早上的，此時此刻一樣，她看不清楚完整的自己，她伸出手，她握住門把，她擰動手腕逐漸加壓，兩側鬢角掐出汗珠，又旋即，分岔開來，滲流回去，眼睛發紅精神專注，像是即將扭斷某個決然的關節。

她甚至聽見軟骨摩擦，以極其細微的刻度，切切實實，消耗的聲音。

最終她鬆開了手。

並且感到困惑。

於是又緊緊握住，繃得整扇房門，似乎都要抽筋。

她打從心底困惑，為什麼，當你還在的時候，每一次的躡手躡腳，都是一種光明正大的關心；但當你不在了以後，每一種光明正大的關心，卻都成為千奇百怪提心吊膽的窺探，彷彿這扇門真的是一扇門，而自己就快要不是兒子的母親。

「升上國三的第一天，收到一個天大的驚喜，國文老師竟然成為我們班的級任老師！沒想到爸爸竟然瞞我瞞了這麼久。雖然對爸爸不好意思，但班上同學都很開心，因為大家都說國文老師很漂亮。知道她和爸爸是同一所大學，學長學妹關係的時候，所有同學都嚇了一跳，不過也恍然大悟，難怪她和爸爸那麼熟稔。為了不讓同學發現我和國文老師早就認識了，我趕緊跟著假裝驚訝，但其實這件事，爸爸老早在我國一的時候，就跟我說了。不過，話說回來，我開始認真思索，自己是不是應該開始，多花些心思在國文上了呢？」

她闔上工整一如作文的日記，宛如別過一張臉。

她曾經以為，所有宛如、似乎、彷彿、像是——任何譬喻，最原始最純粹的目的，是為了接近真相，進一步詮釋事物的本質，後來才逐漸意識到，或許根本不是這麼一回事。

她定定注視著，日記米白色封面上頭，兒子的名字，將日記翻轉過來，輕輕擱在書桌上。

杵在書桌角落的時鐘，沒有絲毫舉動，日子彷彿還是三年前的，那個日子，她站在這扇透亮窗子的正前方，沛然日光靜靜寂寂，將她的臉孔，輾得單調平板，也填滿上頭，無數道的皺褶；她用力抹了一把臉，彷彿打磨一面鏡子，雙頰血管海葵似的揮舞觸手搖擺擴張開來，折射出宛如防護罩一般，呈現半圓弧狀的粉紅色光暈。

就在光芒潰塌、渙散的極限處，她急促轉身，以銳利的速度，大步大步離開房間。折返回來的時候，她帶來一連串熱熱鬧鬧的聲響，像是連同自己以外，還帶來一大群願意，跟隨她的人。

她手上，提著一個塑膠袋，看起來眼熟，直到你看到眼底發熱，彷彿眼窩裡一隻松鼠蜷縮，才知道那是那晚，在操場偷看兒子和你打球時，也不管她願不願意，那獨角仙男人硬是轉交給自己，裝滿凹陷扭曲啤酒罐的塑膠袋。

才經過短短一段時間，塑膠袋顯得透薄，裡頭的顏色益發清晰，有幾處甚至感覺，稍微用指尖一勾，便會破裂開口，叮叮咚咚、叮叮咚咚——興奮跳起看似雜亂無章可其中自有靈神扶乩一般的舞步來。

於是她小心翼翼走動，用腳尖，頂開浴室，鐵灰色的塑料門，門立刻往後仰掀，門把撞擊壁面，瓷磚無法留下金屬，包括金屬過於柔軟的力氣。

風水考量，當初沒有設窗，浴室沐浴在陰影裡頭。

在那團無色無味的陰影中，她雙腿岔開，緩緩蹲下，搭起腿足肌肉的帳篷，另一側蚯蚓一般的靜脈曲張宛如擁有自己的小小心臟一樣隱隱抽搐，窸窸窣窣，窸窸窣窣，窸窸窣窣，節奏穩定，甚至想在中間的空白斷續，添加新的和弦，她將塑膠袋上的蝴蝶標本，先是注入新的溫度，一一再殺死一回，再一一解剖開來。

她起身，懷中捧著那包撕裂開來的塑膠袋，抽絲的裂口周圍觸手一般細細搖曳擺晃，裸露在外的鋁鐵罐，反光低調；她來到浴缸旁，瞥了堵塞著的，黑色橡膠止水閥一眼，均勻吸足一口氣，就在臟器和臟器彼此推擠、就要嗆到的那一瞬間，身子前傾，雙臂一甩，將懷裡的罐子，全倒入浴缸，叮叮咚咚、叮叮咚咚——聲音打彈珠台似的，迴旋碰撞產生細小的回響，戳動她的每一寸肌膚，無論是浴缸，或者散發出酸腐異味的啤酒罐，都讓她更靠近懸崖，登時明白，廉價的事物彼此碰撞，無論再如何積極、猛烈，再如何奮不顧身，終究還是只能製造出廉價的聲響。

她扭開水龍頭，水流當真直瀉而下。

垂直的水柱逐漸，匯聚成水平的水面，水面緩慢上升，撐起一個個啤酒罐，罐子載浮載沉，看起來既無辜，又富有喜感，偶爾若有似無觸碰，尖銳的皺褶末梢。

她轉身，來到馬桶前，先是放下馬桶坐墊，又掀開來，按了一下開關，聽了一次完整的沖水聲。

她脫下衣服，連同內衣和內褲。

沒有一一摺好，脫下後，她直截往浴室外拋去。

直到眼前流水聲完全消失，她才意識到耳側的流水聲，仍在持續，她閉起眼睛，在幽闃的空間裡，感受著自己赤裸的肉體，彷彿每一寸筋絡血肉，都是脫下衣服的那一瞬間，才猛然扒上骨頭，糾結竄生出來似的。

她彎身，湊近垃圾筒，撿起一團衛生紙。

像是國中時期發現抽屜裡的紙條，她著急拆開來，一股異味襲入她的鼻腔，抓向她邊框鑲著一圈晶光的眼珠子。

灰白色的衛生紙裡頭沒有祕密，只有暗褐色的乾硬汙漬。

她垂頸，鼻頭埋入，瞇起眼睛深深吸了一口。

她抬起頭，一臉滿意，走回浴缸邊，鎖上水龍頭。

她抓著衛生紙，踏進浴缸。

即使是夏天，巨大的陰暗之中，水益發冰冷，她的肌膚，在碰觸到水面的剎那，像是火焰在油光中，熊熊燃燒一樣，宛如燙傷突起了一大片疙瘩。

她縮著肩頭，將自己浸在水中，像是醃在甕裡的大白菜一般乖順。

無數張扭曲的臉孔，漂浮在她的四周。

在每一張臉孔的反光中，她都依稀看見一些些，自己的碎塊。

像是一支槳，她輕微晃動了一下，一些鋁鐵罐被她擠了出去敲在地上發出冷冽的聲音，一些鋁鐵罐則因為水面晃動而逼近甚或貼觸到她的身體，但無論是哪一種，都教她一次，又一次打起哆嗦。

她緋緊雙腿，使勁撐住浴缸，腰部背脊同時發力，將身子微微抬起，手順勢滑過伸入底下，指甲不小心劃過臀部，像是屬於不同人的兩種部位，她感到陌生不禁：「啊……」細聲叫了一下。

回過神來，她嘴角上揚，抿緊嘴唇，拔開塞子。

感受到自己被一股逐漸增強的，力道往下扯動，她趕緊朝手中的衛生紙，吐了一口響亮的唾沫，暗褐色多角形宛如病毒似的汙漬，像是被滴上聖血一般，轉眼間甦醒，開始擴散活動了起來。

她一手用衛生紙摩擦自己的臉頰，頸子，鎖骨，兩乳之間的凹陷處並且沿著高原一般的肚腹溜過往肚臍滑去；另一手的無名指則鑽入自己的身體娑爬蠕動，感到陌生，像是屬於不同人的兩種部位，歷經漫長的摩擦到底相互結合。

她突然想起兒子提到的，在這個房子，螞蟻可能築起的那座巢窩。

她知道那不只是個可能。

她知道那座巢窩在哪裡了。

開竅的同時，她身上的每一顆每一顆毛細孔，遽然膨脹，形成一個個個個一個個個個一個個個具體堅硬的疙瘩，仔細觀察，才進一步發現那些疙瘩，都是螞蟻的形狀，直到她終於冷靜下來，接受這一切，才終於清清楚楚明白，那不只是形狀。

而是真真正正的螞蟻。

她癢到扭起了臉孔。

身體卻像是故障的水龍頭。

最後一滴水，穿過白鐵柵欄排水口的瞬間，她的身體往下一墜，被緊緊吸附，彷彿一個後現代的裝置藝術。

二十一

走下樓梯的時候，她已經準備好說詞。

如果兒子問她：「為什麼浴室的地板是濕的？」

她就回答：「我幫你洗浴室，已經好久沒洗了，蓮蓬頭都是汙漬，瓷磚也都要發霉生了一層苔呢。」

然後兒子會再問：「我沒有用過浴缸，為什麼連浴缸也要洗？」

她再回答：「就是沒有用過的地方，才更需要清洗。」

排演結束，但她知道兒子，什麼都不會過問。母親對孩子所做的一切，從來天經地義，她從來不認為，有所謂「寵溺孩子」這一回事，因為在孩子的生命中，一定有某些部分，是就算是身為母親，也無法做到的事。

那麼，自己能辦到的，就是在有限的範圍內，窮盡所有一切可能。

她來到細緻疤痕遍布懸浮周身的廚房，陽光從後方照來，記憶中銳利的地方，看起來柔和許多。

她拾起餐桌上的西洋梨，捧在手心上注視，確認這一次，真的是西洋梨而不會再是任何其他事物以後，她閉起眼睛，眼睫毛彼此牽手和解，抵抗空氣張開雙唇，露出嶄新的牙齒，咬了一口。充滿汁液的聲響，曬衣夾子隱隱抽動，脫落了一個，敲在水龍頭上發出嗡嗡細小漸弱的振動，沿著聲響的線條，蝸殼紋路一般旋滑入流理臺。

二十二

「這間診所，明明只有你一個醫生，為什麼需要準備兩張椅子？」躺在其中一張椅子上的她問。

獨角仙男子沒有回應，直直走向她，此時此刻的他，蛻下硬冷的黑色西裝，穿著一身奶油夾心似的白色醫療專用衫。已經不能在心底喊他獨角仙了啊——她思忖好一陣子，有些惆悵，卻想不到任何白色的昆蟲，於是只好在心中喊他。

她跟兒子說她遇到她的先生，卻沒有告訴兒子，她的先生，就是這間診所的牙醫。

她想，這或許就是，在自己的生命中，就算身為兒子的「他」，終於也無法涉足的部分，更遑論「他」，並不是真正，從自己肉體割出去的一部分。

「不好意思，你今天下午明明休診，還打電話給你。」

他戴上口罩，富有彈性的棉繩，打在他耳背上的時候，她的身子扎實，縮了一下；他在她身旁坐下，椅墊擠出空氣，鼻息一般吹動她的裙襬：「沒關係，反正也沒人約我出去，現在這年頭，競爭激烈，連醫生也必須開始講究售後服務了呢。」說著，他似乎笑了，聲音聽起來悶悶的，好像笑不是笑也沒關係。

她想自己也必須，回報一個笑話：「售後服務？我還以為現在這年頭，流行的是另一種。」

「來，張開嘴巴，我看看到底出了什麼問題。」

「不會不舒服嗎？」她沒有妥協，抛出問題後隨即縫起嘴。

他皺起那雙粗濃到彷彿會滲出味道榨出墨汁來的眉毛。

「這裡只有我們兩個人，你可以不用戴口罩。」俐落切斷尾音，她朝他的臉龐，伸出手，趁他還來不及反應過來，一把扯去口罩，拉斷了其中一條棉繩，反彈狠狠鞭在自己的手背上。

鼻梁上的油光，讓他的鼻梁，更顯筆直高挺，她難以想像，在那樣的鼻梁背後，只憑藉一對細瘦的骨頭相合支撐，至於埋在飽滿鼻頭裡的，則是一大塊乳白色宛如糨糊的軟骨。

沒有察覺到她的驚訝，他露出靦腆的笑容：「這樣的確比較舒服。」

搓擦愛玉子一樣，她將口罩細細揉入掌心：「你喝醉和清醒的樣子，真的差好多好多。」

他摸了摸赤裸的下顎，手勢陌生且溫柔，好像那裡原本，並不是赤裸的，她看見他的酒窩：「看我發酒瘋的人，妳還是第一個。」

「你最近，還有去那裡喝嗎？」說著，她突然配合，張開嘴巴。

他沒有立刻回應，配合回去，他的手指探入，她的口腔，猛地一彎用力勾開，像是對待一隻魚，她感到自己哪裡，緩緩滲出血液，她將腿蜷得更為曲折。

無聲無響，他打開燈光，光芒滴滴答答滴滴答答，細細密密扎了下來，她反射性瞇起眼，他俯身湊近，往裡頭看了看：「沒有，從那天以後就沒有去過了。」

聽到他的答覆，她的臉頰肌肉拉扯，嘴巴試圖開闔，舌頭響尾蛇尾巴般迅速抖動，急著答覆，他心生反抗強行拖住，僵持一陣，他鬆開手，她流出口水說：「是參加我老公喪禮那天？」

他頓了一下：「是遇到妳那天。」接著話鋒一轉：「果然是昨天補的地方掉了。」

「又掉了？」

「昨天說過，要是再掉的話，就乾脆拔掉吧。」

「但我沒想到，真的這麼快，又掉了。」

「我也沒想到，但也不是特別意外。」

「為什麼？」

「這顆牙，早就已經被蛀到根本沒有著力的地方。」

「什麼意思？」

「這顆牙現在，只剩下一小角陷在牙齦裡，沒有足夠的面積可以附著。」他又說了一遍：「妳想一想，在一小粒沙子上，疊上一塊石頭，會發生什麼事？」

「一定會立刻倒下來。」她想也不想就回答，彷彿這是唯一的答案，她想起將石頭推上山，又無情滾落的薛西弗斯，這樣老套的說法：「你的譬喻，讓我想到薛西弗斯。」她不知道自己這一次為什麼，會無法克制，把心中想到的，脫口說出。

「照一下X光吧，我看一下那顆牙齒好不好拔。」他說。

她起身，跟著他來到X光室。

他拿了一小片咬翼片：「來，張開嘴吧。」讓她咬著，她咬緊牙關，他忽地幽幽說道：「薛西弗斯很可憐。」

得到共鳴，她很想回應，牙齒卻像是被牢牢焊接在一塊兒似的無法拔開無法動彈。

「薛西弗斯在死後，屍體被自己的老婆，扔到廣場上任人踐踏。」語畢，他砰——關上房門，陰暗之中，什麼事一眨眼就都過了。

門再度開啟，她感到自己，被完全看透，包括X光片裡的骨頭。

她再度躺入椅中，皮革硬冷，先前的體溫壁虎一般迅迅速速爬走，她想起今天早晨，浸在一池冷水中的自己，那些爬滿身體的螞蟻，不是黑蟻，也不是白蟻，更不是紅火蟻，當時不知道該如何命名，腦中現在不知怎地閃現「膚蟻」這個根本，不曾存在的詞彙。

「有些棘手。」

「怎麼說？說到底不就是顆牙齒。」

「牙根很深，重點是生長方向不對。」

「牙齒也分生長方向對不對？」

「如果要拔，必須簽切結同意書。」

他離開片刻，折返後，遞給她一張A４大小的紙張。

她接過來，仔細閱讀。

突然，連她自己也沒有意識到，她流下淚來。

她被自己的眼淚嚇到，幾乎要笑了出來，畢竟從得知你去世，喪禮結束，以至於火化入甕送進靈骨塔的這段時間以來，她都不曾哭過；她感覺自己像是故障的水龍頭，不知道該從哪裡抑制、防堵，才能停止這一切失序的舉動。

「我——妳——妳、妳不用害怕——這、這只是——」他手足無措，像個男孩。

忽然間，她的手一伸，摸住他的下體，摸出他陰莖宛如溜滑梯似的輪廓，一瞬間，他的身子往後縮了一下，卻沒有閃躲。

男孩感動時，還是男孩；但男人感動時，就連人也不是了。

她抽回手，脫下寬鬆的T恤和裙子。

「妳——」

「沒穿內衣內褲？」她接話：「我知道，中學畢業以後，我就沒這麼做過了。」

宛如螳螂銳利的雙臂，她用飽滿的大腿，牢牢鉗住他圓厚的腰部，猛地將他拉往自己的下體，肉一層層層層層疊起像你住進的那座塔，叢叢陰毛受到推擠，往她的肚臍簇擁攀爬；她按照次序，脫下他的白色外衣、襯衫、白色汗衫，速度之俐落，彷彿只是隨手拉下一條拉鍊；她拉住他的褲頭，身子前傾，下顎繞過他的肩膀，嘴唇緊緊貼住他的側頸：「你忘記繫皮帶了喔。」他的耳朵熱燙，宛如燒紅的馬蹄鐵喀嗒喀嗒喀嗒喀嗒——

她脫下他的西裝褲，赤裸的下體，勃起的陰莖被褲頭扯到，跳板似的，上下用力彈盪。

她笑了一聲，握住他的陰莖，一把鑵子似的，鑿入自己的身體。

「那個——」

「不用——」

「我抽屜裡有——」

「我說了不用——」她知道他，想說什麼，關於男人的事，她知道的不比男人本身少：「不用擔心。」她說

「妳在安全期？我想還是用一下比較安——」

「我沒有子宮。」

彷彿被橫擺的沙漏，時間暫停。

彷彿被一把鐵鎚重重敲碎，沙子洩流一地，時間快速飛轉。

他抽出自己，擰動臀部兩塊結實的肌肉，衝向另一張座椅的漱口臺，埋首朝裡頭乾嘔，力道劇烈，只差沒把自己的喉結掏出來，用牙刷清洗乾淨。

他持續嘔吐，看著反應這樣誠實又窩囊的男人，她感到幸福，露出自然的微笑。

「我的爸媽，在我五歲那年離婚。」他彎曲的脊骨，將皮肉拉展開來，透薄一如絲巾，在情緒的末梢，像是早已等待許久，她悠悠往下說道：「離婚後，我跟著父親，而妹妹，則跟著母親。」

他停止嘔吐，小聲說了一句：「對不起。」

她瞥了他一眼，沒有回應，逕自說道：「我爸，腦袋有問題，精神病，那當然是後來才檢測出來的——那時候，在我們那種鄉下地方，一般人哪裡想得到，人的心居然也會生病。我只知道，爸爸打從我有記憶以來，情緒一直時好時壞。」

抹了抹嘴，他在另一張椅子上，躺下來，兩個赤裸的人，並肩陳列，像兩具一同赴死殉情的

屍體。

豎起耳朵，他吐了一口唾沫，握住自己的陰莖，眼睛半闔，搓揉起來，她默許：「爸爸一會兒將我捧在手掌心上呵護，一會兒又踢我、賞我巴掌，甚至——強暴我，對——強暴我——我終於有辦法，使用那個字眼了，我爸爸，強暴了我——」

他加重力道，隆凸的喉結，像是要迸裂開來，感覺自己彷彿，成為了她的爸爸，進入過去的她的身體：「後來，爸爸喝醉酒，在一場爭執中，被小混混刺死了，我不知道自己當時是不是很開心，我想應該是吧？總之，後來，我搬去和媽媽妹妹一起住，好像我們這個家，本來就不存在『爸爸』一樣，我真的以為，從此以後，我們一家人，就能過著幸福快樂的生活。」

他渾身細細抖動，幸福的痙攣。

「還不可以。」她說，她還沒說完，她要他忍著。

他咬緊牙關。

他乖順鬆開手。

他起身，大步來到她的身旁。

下體的氣味濃厚，她感覺有第三隻眼睛，眼眶膨脹開來，正盯著自己。

他抓起鉗子，指節凸出的粗大指頭冷不防，鐵鍬般摳開她的嘴巴。

她還是在說，明明口齒不清，但聽在耳中，卻像是從外頭，直截錘入心底的聲音：「但我想，媽媽應該、不、是一定很恨我吧——媽媽肯定認為，她一個女人，要獨力撫養兩個孩子，是多麼辛苦，所以我知道媽媽、媽媽，一點兒也不希望我回到那個家。」

他將冰冷的金屬器具，塞入她的嘴中，從口腔內緣劃過的瞬間，她想起自己曾經親手，撕開的那層肉膜，她的聲音渙散開來，宛如魑魅魍魎碰觸日光的瞬間魂飛魄散：「後來、後來、後來——我進入中學，開始一段荒唐的日子，跟誰都可以來一、一砲——沒錯，不只是你們男人，我們女人，也是會這麼說的。」

因為笑的緣故，她的臉宛如握起的拳頭向內縮皺，乾燥玫瑰似的嘴唇，含住冷硬的器具，他想移動想繼續深入，另一隻手，則朝她的臉粗魯塗抹去，猛烈的力道，幾乎把她的鼻眼雙眉，像是旋緊螺絲釘一般全都扭擰開來，但她還是發出聲音，彷彿有另一個人，躲在自己的體內，用骨頭相互敲擊，敲出一句又一句密碼說我在這裡我在這裡：「高三聯考前，我不小心懷孕，但、但是根本不知道孩子是誰的，我毫不猶豫、真的、真的毫不猶豫，決定墮胎——現在想起來，也算是一命還一命吧？墮胎前，身體檢查，意外發現子宮有腫瘤，我想留著也沒多大用處，當機立斷，選擇拿掉子宮，感覺自己從前不堪的一切，終於有了藉口，可以一併摘除。」

說到這裡，忽然間，她不再笑了，嘴巴也配合張大了些，他渾身的肌肉，裹了一層蜂蜜似的晶亮，又黏稠的汗水，劇烈起起伏伏，彷彿每一寸血肉之中，都埋著一個，想活下去的人。

他重新固定，她感覺到口腔裡，有某一樣東西，被鎖定、被緊緊咬住了，她知道自己必須，加快腳步：「大學離家北上念書，四年、整整四年，我沒有回過家，一畢業，立刻投入職場，無論肉體或感情，都一片空白，像是前半輩子放縱生活的反撲——直到有一次，有一次，我再也、再也、再也、再也受不了寂寞，上網約砲，甚至有了『乾脆隨便找一個男人嫁了組成家庭算了』的念頭，沒想到那時候，竟然收到妹妹寄來的喜帖——她準備和交往三年的男朋友結婚。」

他的手臂肌肉堅硬隆起，她感覺到那樣東西，原先深深扎釘在自己體內，甚至可能打從一開始，就是從自己體內生長出來的，那樣東西，正被抽離，她瞇起眼睛，像是尋找躲在彩虹外圍再外圍宛如映照於對鏡中色彩倒置的霓光，看起來光彩奪目泫然欲泣：「我回到闊別已久的家，發現妹妹的結婚對象，是我五歲離開家時，住在我們家隔壁的大哥哥，也是我第一個暗戀的對象；我後來才知道、才知道妹妹之所以大學還沒畢業，就急著結婚，原來是因為懷孕了——和我一樣，未婚懷孕。」

他將凹折著的手臂，緩緩往一旁舉高揚起，像是在演奏大提琴，慢慢拉鋸琴弓；她睜大眼睛，以示反抗，雙手卻始終十指交扣，按抵住肚臍，就在即將觸及全曲最尖銳最高音的，那一瞬間，宛如交代遺言似的，她一鼓作氣說道：「沒想到在結婚前一天晚上孩子早產妹妹失血過多難產死掉但是那個人竟然說，說想和妹妹冥婚決定一生不娶打算獨自撫養那個孩子在妹妹下葬的那個晚上我告訴他、告訴他自己願意陪伴他把這一次當作無法生孩子的自己獲得幸福幸福的最後手段——」

如同撕下的肉，再也無法黏回骨頭。

他鬆開手，怔怔望著，滿頭汗濕淋漓的她，而冰冷的器具，仍然塞在她的嘴裡，失去支撐的氣力，重心偏移，像一株被砍伐的樹，緩緩往她的下顎倒塌。

汗水在她雙乳之間的峽谷，匯聚成敏感的河流，她每一次呼吸，就延伸出一條嶄新的支流，分歧的水面，將他的臉孔切割開來：「我問他，問、問、問他，願不願意和我，共組一個家庭，讓我們、我們以『夫妻』的名義，以『父子』的名義、以『母子』的名義，甚至——以『一家人』、『一家人』的名義，組成一個『完整的』家庭。」

「庭」字滑落的末梢，她忽地抓住他，紫青色血管浮凸的陰莖。

他的頭一剎那，以頸子為支點，用力往後仰起，肩頸的肌肉，頓時繃緊像是拉滿的彈弓，喉結遽然凸起，宛如一顆眼球將她的前半生悉數反映，雙臂隨之前甩，伸出勾爪，摳住她兩側鷹架似的鎖骨。

她沒有鬆手，注視著抓在手裡另一隻眼眶濕亮的眼睛，彷彿只是握住門把，把他緩緩，緩緩往自己的懷中拉，讓他坐在自己的大腿上，燈光被他的後腦杓遮擋，她的聲音聽起來，有些許黑色幽默的味道：「所以，你可以答應我，就算只有一次也好，就算我連蛋也無法生下來也好——能在我體內射精嗎？」

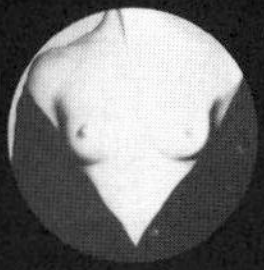

II

A

他喜歡看電視。

喜歡從四方侷限的空間裡，提著自己真實的生活，一步一步，逼近想像。

每一次，這樣想像的時候，他總是能磨利耳朵聽見，自己的腳步聲，甚至可以瞇起眼看見，擦拭烏亮的皮鞋鞋頭，每一次擺動起來的瞬間，都產生一小圈一小圈的反光，睜睜盯向自己，讓自己的身體忍不住，就要唱起那一句「一閃一閃亮晶晶」。

還記得這天晚上，從牙科診所回來，家裡空無一人，他一手提著公事包和塑膠袋，另一手則停在潔白如新的開關上。

他關上燈，又重新開啟。

燈亮的時候，沒有發出任何聲音。

關上燈，又重新開啟。

閃滅之際，有那麼一剎那，他感到眼前忽明忽暗，臉孔忽冷忽燙，心臟忽脹忽縮，耳朵像是攢入一雙拳頭似的隱隱嗚嗚；閃滅之際，他感到自己的面容，宛如便利貼，被一張一張迅速撕下，除了變得更為輕薄以外，竟然說不出，這一張和那一張，有什麼不一樣。

他關上燈，又重新開啟。

如此反覆，這一回，甚至連歌聲都要真的哼了出來。

最後，宛如扣上門栓一般，他緊抿住竹片似的嘴唇，他停下手，像是保留最後一張王牌，或者像是每一個保留最後一張王牌的人。

他將塑膠袋換至另一手，將自己想像成一座蹺蹺板，而後轉念一想，或許天秤更適合成熟的自己。

他斤斤計較往裡頭走，塑膠袋發出細瑣聲響，像是在搓揉著自己，他的指尖刺麻像是起了靜電，裡頭的東西，在有限的空間中，彼此輕微碰撞；他所處的空間，似乎因而膨脹開來，明亮了起來，變得清晰，也變得立體，彷彿那些提在手上的，才是真正發光的燈泡。

將公事包扔在她平日常坐的，那個靠近落地窗的單人座椅上，他在面對四十三吋電視機的三人座沙發上，緩緩凹折身子，坐了下來。

他往後仰，脖子掛在椅背上，將頭倒懸過來，後方樟木木櫃映入眼簾，上頭擱著一管塗抹蚊蟲叮咬的藥膏，被擠壓到摺痕銳利，像是一片片刀片似的鱗片——不知怎地，他忽然覺得，那簡直像極了一隻蜷起身軀，沉睡的龍。

沒有鼻息，藥膏沒有睜開眼睛，當然也沒有開口，藥膏的開頭，沉默指向一個鍍銀的相框；金屬製成的邊框，倒影纖細狹長，四方框裡，三張眉眼錯位的人臉，倒置看著他，表情宛如被披晾在大太陽底下的衣服，日光毒辣，一片熱燙模糊。

直至感受到沙發的溫度，愈陷愈深，他才終於將腦中的卡榫拆解開來；他扳回頭，一切依舊好端端，呈現在自己眼前，他才終於聚焦，看清楚自己身處的地方。

一個生活了將近十七年的地方。

有時候，他會不禁浮現這樣的想法，覺得這棟房子，才是自己真正的孩子。

那麼真正的「她」，又在哪裡呢？

他忖度，並下意識將頭別向，那張單人座椅，鐵灰色的人造皮革，質地光亮緊繃，儘管不至於和亞麻黃柔軟沙發格格不入，可若稍微細心些，便能察覺，這到底是兩組不一樣的家具。

他清清楚楚，記得前些時候，三月底的某一天，天氣乍暖還寒十分尷尬，他搭高鐵到台中參加大學同學會，午餐吃飯店buffet，菜色豐富，主打港口直送的新鮮海產，上檯入口的前一刻都還是活的。

他一連喫嗑了十八尾鼻子大的白蝦、六個巴掌大的生蠔，還有八隻臉孔大的三點蟹；實在太久沒見面，結束後，他們一行人又轉戰咖啡廳，假裝自己還是大學生一樣，他喝了一杯不加肉桂的熱卡布，接著又續點一杯冰君度橙酒，抵達台北已經是晚上八點以後的事。

一回家，他立刻發現，那張單人座沙發不見了，他問她這是怎麼一回事？她坐在嶄新的椅子裡，雙腿交叉，擱在桌上，身子細微搖晃，輕輕摩擦著腳踝，大腿上擺著一本封面滑亮倒映頂上燦白燈泡的八卦雜誌，連眼睛都沒有抬起，泰然自若說道：「坐起來不舒服，丟掉了。」

那一瞬間，他恍然明白，她那「一時興起」的態度，跟她的「那些作為」一樣，肯定都是演出來的；她早有預謀，才會一早醒來，連廚房都還沒進，便皺起眉頭，說月經來頭痛要命，臨時不和自己南下參加同學會。

「這張沙發不便宜吧？」他笑著問，將禮盒擱在桌上。

她翻動頁面，斜傾著頭說道：「是不便宜，剛好和上個月匯進來的股利差不多吧？」尾音那一聲「吧」的輕重拿捏，和他的極為相似。

「他們有問，妳怎麼沒有一起去？」話一脫口，他在語末擠出笑聲。

「是嗎。」她翻動頁面，聲音和刀片一樣銳利。

「我跟他們說，孩子一個人在家妳不放心。」

「是嗎。」

「孩子呢？」

「樓上念書。」她翻動頁面。

「這是台中很有名的銅鑼燒，她應該會喜歡。」他頓了一下，又說道：「聽說冰過以後更好吃。」像廣告台詞。

「好。」

他翻開側背包，像是抽出一張牌，將朋友今天給自己的喜帖抽出，擱在禮盒上頭；醒目的俗豔紅色，終於引起了她的注意力，那瞬間，他彷彿看見從她的頭頂，像是新生的牙齒一般，竄冒出兩枚乳白色的勾角。

「誰要結婚？」她問。

「朋友的兒子。」他感到不應該有感覺的，牙齦隱隱抽搐，他坐入沙發，鬆開領帶，咧嘴露出兩排牙齒說道：「六月中結婚，在后里，聽說才剛當完兵。」

「這麼早結，不怕後悔啊？」說著，她忽地起身，提起桌上的禮盒，喜帖喀嗒——尖銳一聲掉落在地，擦出亮紅色的火花。

她往廚房走去，腋下夾著那本雜誌，他覺得她不會再回到客廳裡了。

他瞥了一眼，簇新的皮革沙發，散發出人造的工整氣味，濃厚的味道，讓他險些喘不過氣來，凝視著她起身後，在上頭留下的，宛如爪痕一般的銳利線條；不知怎地，他忽地錯覺那些中午，被自己壓碎、拆解、分剖，一口接著一口，吞入肚的螃蟹，在自己的肚腹中，又手勾著手，感情融洽重新聚合在一塊兒，化作一隻無比巨大的螃蟹，並且移動那駭人的八隻蟹足，一步一步，往上攀爬，就要伸出巨螯，夾住自己的喉結，就要扳開自己的嘴巴，竄冒出來——

一想到這裡，他就不得不用力，捺緊唇角，用雙手堵住自己的嘴巴，用力將那些還來不及嘔出的東西，統統強行吞回去。

他害怕的不是嘔吐，而是害怕自己吐出的，不是一隻真實的螃蟹。

而是一隻自己根本不曾吞下肚的蜘蛛。

吞了一口口水，巨大的聲響，讓他的肩膀顫了一下，感覺漫長的食道裡，有成千上萬隻，絨毛一般的觸手，海葵似的朝自己的眼底揮舞搔癢——他撐開塑膠袋，攫住一罐啤酒，這會兒才悠悠想起，為什麼自己當初，沒有問她，覺得會後悔的人是誰？

K

喀啦——

聲響清脆像是假的，他拉開易開罐，綿密的泡沫迅速溢出，宛如無數顆細小的牙齒，沿著冰涼的瓶身增長繁殖，輕輕齧咬著他的手指，然後是虎口——他垂頸含住自己的虎口，仔仔細細吮著，神態十分專注，以至於沒有聽見腳步聲。

抬起眼睛，他和站在樓梯口，意料之外的女兒對上視線。

他將嘴巴，緩緩從自己的虎口上移開，虎口濕亮一片，像是附著了青苔的石板路，呈現不均勻的反光。

「妳在家啊？」一如往常，由他開頭。

大概覺得是廢話，女兒沒有回答，只是定定看了他一眼，隨即轉過身，走入廚房；沒有扳開開關，女兒拉開冰箱，就著冰箱幽微的光亮，他看見，女兒的臉上，浮現更多表情。沒有猶豫，女兒抓起寶特瓶汽水，推上冰箱門，螞蟻一般，沿著方才的途徑折返，流暢拐往樓梯，只是省略了「看他一眼」這個步驟。

他原本想喊住女兒，說少喝一些汽水，裡頭糖分多，容易蛀牙，但一想到自己此時此刻，握在手中的啤酒，即使身為父親，似乎也頓時失卻了立場。

「現在的孩子已經不吃這一套了啊……」他嘀咕著，又吸吮了一口啤酒。

他原本以為，她大概又把女兒帶出去吃宵夜，畢竟她們時常這樣，趕在自己回家以前出門；起初他以為她們是不想帶他出門，撞見幾回之後，他才突然明白了過來，她們是不想向自己解釋。

因為她們一次也沒有問過自己，要不要一起去吃。

所以從那時候開始，他每次晚上下班回家，都會買些東西以備不時之需，也就養成了吃宵夜的習慣。

他這才想起自己喜歡看電視，於是打開電視。重播了好幾遍的電影；換湯不換藥的偶像劇；比猴戲更無趣的綜藝節目；最後他只好回到那個旅遊頻道。長相清秀的女主持人，正盯著螢幕熱情講解，這次的目的地，位於東南亞某個偏僻小國，穿著貼身背心的女主持人，滿身是汗，衣服濕黏，似乎一脫下來，連她整張皮也會被一併撕下。

那名女主持人，蓄著俐落的短髮，帶著些學生氣質，再加上一對濃眉，以及深邃的雙眼皮，若只單看臉龐，根本是個大男孩。思忖至此，他愕然發現，自己方才的形容，完完全全，可以套用在女兒身上。

一想到這裡，他忽地很想在那名女主持人的右耳上，別上一枚菱形耳鑽，覺得那肯定十分合適。

螢幕裡，渾身散發出熱氣的女主持人，咧出一口亮麗的白牙，指著某棵樹，態度興奮莫名，像是隨時都會縱身一躍爬上枝梢似的。

那明亮的眼神，讓他不由得想起，不只是現在，打從女兒小時候開始，就時常被誤認為是男生，甚至比班上的男同學都還受歡迎，情人節也經常收到許多巧克力，但不喜歡吃甜食的女兒，總是將那些東西直接扔進垃圾袋。

有一次，他問女兒不拆開來看一下嗎？要是裡面有告白信該怎麼辦？女兒定定看了他一眼，將腳跨進垃圾袋，用力踹了好幾下，俐落綁起袋口的瞬間，他感到自己的喉嚨，像是水龍頭一般，被緊緊緊緊扭上。

在他和她們還會一同出遊的時候，有一次，她一面看著剛沖洗出來的三人合照，一面忍不住調侃，說女兒就像是個生錯了軀殼的男生。她的說法，讓他感到寂寥，但無法準確說出，是為了什麼，只覺得彷彿自己和她兩人間，一直存在著另一個流浪在外的孩子，不吭不響，不吵不鬧，抱著自己的雙膝，耐心等待自己和她發生關係，把自己生回來——於是他立刻答腔，說那麼不如我們兩人再生一個，把另一個生在女生軀殼裡的兒子，生出來。

他以為她會很感動。

「我才不會上當。」她說，一開始的語氣，很像是在開玩笑：「這個家庭的責任，我已經全負完了。」

凝結在壁面上的水珠，蜿蜒滑落，扎入他的食指指腹，霎時間，她的臉孔像是碎裂開來的水珠，迅速分裂再分裂，滲入肌膚，只引起一小片有限的感受。

他喝了一口啤酒，拿出塑膠袋裡的洋芋片，要是給患者知道了，恐怕會指著自己的鼻子，大聲斥責自己是一個騙子吧。

騙子——

多麼美好的字眼，光是想像，就能夠輕易在腦海中浮現出，喊出來的那一瞬間，極為明快、清亮並且銳利的音節，或許是她身為國文老師的緣故，他有時候會產生一些無端的聯想，譬如此刻，他心中所想到的，便是ㄆ本身的發音，就像是一把利刃。

騙子——

在心中重複一次的時候，他不免笑了出來。

聽到笑聲的那一剎那，他扎扎實實，嚇了一跳。

因為很長一段時間以來，他只是笑出樣子，卻不曾真正發出笑聲。

像是進入警戒的動物，他打直腰桿，扭頭張望四周，最後才發現笑聲，是來自電視機裡頭的那名女主持人；他用力捏皺鋁鐵空罐，準備振臂一揮，狠狠砸向那張表情豐富的臉孔。

他及時收手。

他渾身抖顫，咬緊牙關，像是抵抗自己反身入侵的精神病患。

螢幕裡，一名穿著邋遢的村民，捧著一個大缽，踩著小碎步，興高采烈奔向女主持人，獻寶似的遞出大缽，女主持人一接過那個大缽，原本像是樂高一般的繽紛臉孔，立刻塌垮下來；這樣的轉變，讓他忽地充滿感激，身體也因為感動而大幅度前傾，顫抖更為劇烈。

缽裡面，密密麻麻，爬滿數十、甚至是上百隻蜘蛛。

一隻抱持一隻，一隻堆疊一隻，一隻爬過一隻，村民沒有注意到女主持人的反應，伸手捏起最靠近缽口的一隻，湊到女主持人鼻前，蜘蛛像是在對女主持人求救一般，拚命蠕動肥大的身軀，揮舞粗壯、長滿絨毛的腿足；忽地，村民收回手，將那蜘蛛直截塞入口中，喀滋喀滋——用類似這樣的字眼，以及比這樣的字眼，更加明亮的節奏，輕快咀嚼了起來。

如果用跳舞來譬喻，大概類似——想到這裡，他才意識到自己，壓根兒不會跳舞。

他苦笑著，甚至故作姿態搖了搖頭，忽然間，又聽見了笑聲；這一回，他沒有打直背脊，也沒有東張西望，他緩緩躺入沙發，甚至蹺起了腿，他略微揚起下顎，悠悠瞥向電視機——

他猛地怔愣住，因為螢幕裡，沒有任何人在笑，沒有任何人在笑，他看見那名妝已經都被汗水洗脫的女主持人，嘴角細細抽搐，像是失敗的奶油綴花，擠出勉強的笑容，小心翼翼，掐捏著蜘蛛的其中一隻腳；而後，像是有另一個人，強行扳開自己的嘴巴一般，女主持人艱難張開嘴，將那活生生的蜘蛛，放了進去。

至於那些塞在螢幕邊邊角角的村民，全都屏息以待，急切的眼神，宛如在期待那名女主持人，將那隻蜘蛛咬碎、嚥下後，能為他們產下更多蟲卵，孵出滿眼洶湧豐盛的食物。

笑聲還在持續。

但是找不到任何人在笑。

他忽然發現，聲音來自自己。

啪——他拆開洋芋片包裝，聲響清亮像是巴掌。

他逼迫自己冷靜下來，像是GPS一般搜尋定位。

他發現笑聲來自自己的口腔。

發現這項事實的那一瞬間，他感覺到，有成千上萬隻觸手，在自己的口腔裡頭摩擦、拂娑、鼓譟，像是瀕臨極限，不得不打開水閘門洩洪，他使勁張大嘴巴，力道決然，像是想把自己的臉孔，反過來吃掉一樣。

就在他開口的同時，滿滿滿滿的蜘蛛，從他的嘴裡、鼻孔裡，鋪天蓋地竄冒而出，躡手躡腳爬過的地方，毛孔細緻割裂開來，形成更多孔洞，猶如細胞分裂一般，不斷增生下去，感官永無止盡，磨利再磨利，他感到自己，像是一叢茂盛的焰火，在炙熱的末梢敏感的同時，又浮現一切終究消耗殆盡的預感，伴隨餘燼漸行漸遠的溫度，他的視線逐漸模糊，他不清楚，究竟是蜘蛛的數量太多太多太多，還是有一部分的蜘蛛，準備從自己的眼睛，想念爬回那溫暖的巢穴。

Q

他睜開眼睛的時候，發現她正盯著自己看。

她似乎剛從玄關進來，身體還帶著剛脫下高跟鞋的輕微晃動，在漣漪一般擴散開來的餘韻中：「是年紀到了嗎？怎麼會在這裡睡著？」她開了頭，心情看起來很好。

他別開頭，瞥了電視機一眼，方才的女主持人已經消失，現在換上一名穿著藏青色襯衫，身材高大、肚腩略凸的中年男子，在布達佩斯一家高檔的義式餐廳用餐；斜射而入的日光中，中年男子像是一匹馬，壓低了粗壯的頸項，將泛著橄欖色油光、綴點著巴西里碎末的寬扁麵接連吸入嘴裡，在齒間口腔中震動出的回音，讓他感到牙根萌芽一般隱隱抽搐，彷彿自己喉嚨裡也藏著一顆橄欖似的。

她沒有等待他的回應，提著塑膠袋走入廚房，再出來時，頭髮盤紮在腦後，手裡抓著一小盒冰淇淋，嘴裡則含著一根銀製的小湯匙，她的上半部臉孔，倒映在把柄上頭，被拉得又細又長。

她伸出腳，將他的公事包撥落在地，桌子周遭鋪了地毯，沒發出太吸引人的聲響；她舒服塞進座椅，拆開蓋子，挖了一小匙，含入口中，接著像是想起什麼似的，瞥了一眼掛鐘，俯身抓走他面前的遙控器，切換了頻道。

那是某個連他，都略知一二的綜藝節目，比起腥羶色，現代人更需要的是放鬆，也就是「無須思考」的情境；根本還來不及聽清楚，裡頭的人究竟，說了些什麼，她便咯咯笑了起來，那一瞬間，他很想拿一把榔頭，使勁往自己的膝蓋一敲。

他想起中國古代，曾經拿動物的骨頭和甲殼來占卜，如此一聯想，彷彿任意一道裂痕的龜裂方式，都蘊含著意義深遠的預兆；而每一次粉身碎骨，也都能替未來帶來益發重大的影響。

那麼也就同時意味著，沒有任何犧牲，是不具備一絲價值的。

這麼思忖，他感覺自己的心情，也開始好了起來。

他拉開另一罐啤酒，泡沫湧動的聲響，聽起來慵懶，宛如一首爵士樂的前奏：「我以為妳帶孩子出去吃宵夜。」

「她明天有考試。」她說，節奏穩定，她目不轉睛。

「考試啊。」他重複一遍，回想起女兒方才下樓，握住腳踝一般抓著汽水，動作俐落帥氣的模樣，想著想著，回過神他的目光，已經停留在她壓克力板一般的側臉。

儘管大家都說女兒長得像自己，可不知怎地，他總覺得那些，表皮外在的相同，都是可以被輕易刮去剝除的；至於他在她和女兒身上，發現的共通點，那些沒有實際表現在身體軀幹四肢可以摳抓掐捏的共通點，總讓他感到坐立難安。

而後他隱隱約約理解了，那份不安的起源，因為即便女兒擁有自己的鼻子，擁有自己的耳垂，擁有自己的眼睛——擁有自己的所有五官，即便他可以，指著她的鼻子嘲笑她，女兒根本一點都不像妳，終究敵不過她那簡潔一句：「她是我懷胎九月生下的。」又或者那一句近乎低俗、並同時蘊含著雙關意味的玩笑：「她根本不是你『親生』的。」

就從那瞬間開始，別人口中好像好像自己的鼻子耳垂眼睛，都變得極端陌生，他想起那則偷斧頭的寓言故事，就忽地好想好想從別人那裡當真偷來一把斧頭，把那張熟悉卻突然激動哽咽到喊不出名字的臉，狠狠劈砍，並將那些混攪在血肉之中，碎裂開來的骨頭一一剔除出來，仔仔細細觀察，這一切到底有什麼意義。

「剛從學生家回來。」意識歸位的剎那，她瞅著他的臉，大概是沒有料到她會說這麼多話，他一時間沒有靈感。

「我也剛從診所回來。」退冰的啤酒，在喉頭形成一層略帶苦澀的薄膜，讓他的聲音聽起來，像是起了大霧。

「『剛』？你不是已經睡了一覺嗎？」她又挖了一匙，側過身子，將擱在桌上的腿蜷入座椅。她的話，讓他的心臟瞬間，緊繃了一下：「只是瞇一下。」他回答，他在等待，等待她追問自己，今天不是不用看診，為什麼下午要去診所？等待的時候，他想起今天中午，吃完便當，將油膩的紙盒，用有機洗碗精仔仔細細清洗，再小心翼翼擦乾後，擺入回收箱，正準備走出廚房，手機冷不防驚醒過來似的，咧出獠牙，咬住自己的大腿來回扯動。

儘管他是名牙醫，不是獸醫，仍然將頭探了進去，在石井一般黯淡漆黑的喉嚨中，他看見妳按著臉頰，咕噥牙齒好痛，好痛，好痛，想預約下午的時間，他回答不好意思今天休診，妳連忙輕聲道歉，垂眼撇頭，旋即要沉回水底，他從廚房門口望出去，看見坐在客廳單人座椅裡頭，一面捧著便當，一面咯咯對著電視機發出笑聲的她，裸露在粉紅色短褲外的白皙大腿併攏，內在引力彼此相互推擠，摩擦出高頻、難以接受的聲音，他不禁綳出側頸的青筋，垂下一條繩索似的喊住妳，說剛才想起來有事，必須去診所一趟，妳說好，掛上了電話，他感到自己，像是鏡頭陡然一百八十度翻轉，掉入了一口深井裡頭，嘩啦——一聲過後，再怎麼說，都只有自己的聲音。

「買錯口味了。」她垂眼看著胸前的冰淇淋，小聲嘀咕，力道還不如一顆小石子。

「妳去哪一個學生家？」頓了一下，他又問道：「妳不是不當導師了嗎？」

他的語氣平板單調，但他知道自己和她，手勾著手摩擦彼此內側的脈搏一樣，想起同一件事，那是兩年前，她還在擔任導師的時候，發生的事。某天凌晨，她的手機乍然響起，聲音像是一窩凶猛的虎頭蜂，讓他和她同時驚醒，像綳斷的橡皮筋她彈起身，接起電話，神情嚴肅，而後立刻換了衣服衝出家門。

事後他才知道，原來是她班上的女學生，被父親家暴，實在無計可施幾乎想死，才不得已打電話向她求救，至此都類似一般常見的社會新聞，但接下來的發展，就出乎他的意料。

她衝到那位女學生的家中，抄起酒瓶，用力往女學生的父親頭上砸去，甚至還跟對方扭打在一塊兒，把瓷磚擦得乾淨反光，糾纏的過程，她拿出暗藏在名牌提包裡的美工刀，劃傷對方的側腹，直到警方來到現場，架開情緒激動的兩人，才終於平息這場爭鬥。

後來，經過漫長的調解和私下溝通，雙方和解，但在這之前，每次下課，她總是把那位女學生叫到辦公室，勸對方應該趁機擺脫那樣的父親、那樣的母親，甚至是——那樣的家庭，卻因此惹惱了對方父母，揚言要法庭上見。

對方父母甚至鬧來了家裡和診所，於是，他不得不介入處理，要她別再插手，終於勉強達成共識；事情告一段落後，那位女學生，從此在學校裡，和她刻意保持距離，好像她的所作所為，才是破壞她的家庭的真正原因一樣。

而不只如此，那段時間，每次見到他，她總是一臉漠然，彷彿是在埋怨他不站在自己那邊似的。

不久，那名女學生轉學。

那班學生畢業以後，她就不再接任導師。

「那個死了父親的學生。」她靜靜答道。

J

「我們的蜜月旅行，去了日本。」妳跨坐在他的身上，他如此說道，妳全身上下的感官，像是被鉗子緊緊夾住似的，既敏銳，又那樣敏感，妳突然感覺自己像是一尊被精準切割、角度完美，既堅硬可又同時蘊含脆弱質地的巨大水晶。

於是妳回答：「我們也是。」

「妳覺得，這會不會是一種暗示？」他的指尖，沿著妳腰部贅肉的摺痕，緩緩移動，妳覺得有些癢，卻很難笑出聲來，他繼續說道：「或者，一種預示？」

聽到「預示」的那一瞬間，不置可否，妳的心中立刻，浮現「浴室」這個字眼，接著妳的下體隱隱抽搐，尿意突然來襲；為了憋忍住，妳想起一件事，國二那年，隔壁班一個身材頎長、皮膚蒼白的男同學向妳告白，妳拒絕他，他卻不放棄，總在放學後，躲在後校門口旁的土地公廟堵妳。

起初妳感到厭煩，後來妳開始勸那名男同學去追別人，甚至教他該怎麼討女生的歡心；那段時間，他問了妳很多關於女生的問題，其中一個，讓妳印象深刻至今，他問妳女生尿尿的時候，是不是通過陰道？妳笑著回答那樣的話，就會叫做尿道，而不是陰道了。見他一臉困惑，妳又接著說明，月經來的時候，通過的就是陰道。

「做愛也是喔。」妳說，怕態度過於輕浮，妳將句尾的那一聲「喔」，放得極輕極輕。回憶戛然而止，妳的陰道，握了他的陰莖一下，從他的指尖，妳感受到他全身的震顫。

「不用想太多。」妳將身子往前傾，包裹住壯碩的他，妳悠悠想起，那個死去不久的男人，本來陰暗的四周，忽然就明亮了起來，油光遍布，折射出五彩繽紛的泡泡，妳將下顎嵌入他，鎖骨窪地一般的凹陷處，製造出一圈一圈震動說道：「根本沒有什麼所謂的『命運』，我們周遭，每天有成千上萬人生活，擦肩而過或者相遇交識，都不是什麼古怪稀奇的事，也就是說，我們沒有必要去穿鑿附會什麼『緣分』，因為『遇不遇見』本身，就是一件沒有意義的事。」

「妳的意思是，一切都是一種『事後論』？」他略微皺起眉頭，試圖製造出相同的震動，搖晃中妳想起，好多好多年以前，物理老師說明的「共振」原理——這會否意味著，此刻兩人製造出相同的頻率。

「一切都是。」妳勾起嘴角，心想應該換一款新的唇彩：「那只是一個『偽命題』，因為『被討論的當下』，就已經是發生、是決定好的事了。」

妳給出答案。

一切都是偽命題。

那麼弔詭的是，所謂的答案，也就沒有相對應的問題存在了。

「妳說起話來很像『知識分子』。」他語帶調侃，湊近妳的臉說道，眼睫毛幾乎要刺入妳的眼睛。這年頭，「知識分子」和「政治人物」一樣，都被歸入髒話一欄。

「我高中拿過校長獎。」妳說，妳的幽默讓他笑了出來。

妳很少看見男人這樣笑，笑得像是個大男孩一樣——妳其實不大確定，這樣的譬喻究竟妥不妥切，因為妳並不曾近距離在兒子的臉上，見過這種表情。

儘管許多女人總將「男人永遠長不大」這句話掛在嘴邊，然而事實卻是：長不大的女人，比長不大的男人，要多更多。

「那次，去日本前，我們發生了一些不愉快。」換他說話，妳不確定他是不是太紳士，為了讓自己笑出聲來。

「為什麼？」

他聳了聳肩，肩頭上上下下摩擦著妳平常曬不到太陽的部位：「她想去釧路，但是我不喜歡太冷的地方。」

「不喜歡冷，去日本，恐怕很辛苦吧。」

「怎麼說？」對於妳無來由的話題，他沒有嫌惡，反倒是一臉好奇。

「基本上，日本就是個以冷食為基調的國家呀。」妳撇著頭說道，忽地抿住雙唇，心底攀爬起一股恐懼，害怕面對這個男人時，愈來愈多話的自己；然而，一想到自己缺了一顆牙，妳便覺得今晚有這個權利，於是索性開口繼續說道：「想去釧路，她是想去看雪吧？」

「不是。」他立刻否認，下顎摩擦著妳的頭髮，扯動髮絲的時候，妳輕輕咬住牙關，他說道：「她家裡從前生活困苦，所以她一直有個夢想，希望未來存夠錢，能去日本吃帝王蟹吃到飽。」

真是美好的夢想——

妳不禁在心中感嘆。

記起當年，自己到日本的蜜月旅行。妳其實一點兒都不喜歡生食，但為了不掃興，硬著頭皮一連吃了好幾餐生魚片——包括回台灣前一晚，那艘敷排了數十片薄可透光、種類稀有，並且要價上萬日幣的生魚片寶船。

之所以不喜歡生食，是因為妳曾經看過好幾篇新聞報導，提到有人吃了生魚片，覺得身體不舒服，一到醫院檢查，才發現五臟六腑纏附了好幾隻寄生蟲；醫生將寄生蟲取出，在培養皿上顫抖蠕動的寄生蟲，看起來怵目驚心，甚至讓妳把當時正在大口咀嚼的B·A·F三明治全吐了出來。

不知怎地，妳不怕昆蟲，也不怕菜蟲，就是害怕那種從肉裡頭生出來的蟲。

後來仔細思索原因，妳對自己解釋或許是因為自己，害怕那些從肉裡長出的蟲，一旦觸碰，稍一不慎，便會像是找到另一塊熟悉卻更為巨大的肉，回家似的，迅速鑽入體內，盤據佔領，怎麼也驅趕不出，拔除不了，將自己活生生一寸寸蠶食鯨吞。

「後來我跟她說，不一定要到北海道，才能吃帝王蟹吃到飽。」

「也是，就像是不一定要到台南，才能吃到虱目魚。」

「也不一定要到台中，才能吃到太陽餅。」

「也不一定要到宜蘭，才能吃到櫻桃鴨。」

「也不一定要到台東，才能吃到釋迦。」

妳和他兩人，像是小孩子玩接龍似的，一個接著一個舉例，妳在思索該如何把他的肚臍填滿汗水。

「也不一定要到這裡，才能拔牙。」妳冷不防岔開話題，路進了霧一樣陷入漫長的沉默。

「吃完帝王蟹的那一晚，我們到岩美沙灘，就在鳥取那一帶——」他打破沉默，聲音低沉明確，妳繃緊神經，感受到自己身為一座水晶雕塑的必然威脅，妳聽見鐵鎚擺動揮晃，震碎空氣的簌簌聲響，感受到他說：「一到夜裡，沙灘上就會跑出好多螃蟹，真的好多好多，體型不大，腿足和雙螯也十分纖細，呈現半透明狀彷彿隨時都會蒸發，在月光的照射下，看起來像是幻影。」

一切有為法，如夢幻泡影——

妳忽然想起那句金剛經。

想起金剛經裡沒有金剛，帝王蟹裡沒有帝王，太陽餅裡沒有太陽，櫻桃鴨裡沒有櫻桃，釋迦裡也沒有釋迦。

妳感覺自己，渾身上下的每一顆毛細孔，都像是一個隆起的沙穴，無數隻小小的螃蟹，委身其中，隱隱不安摳動著。小小的口器，不斷湧出白色泡沫，在隔了一層壓克力板的月色底下，宛如鑲著銀灰色的邊框，反射出金屬冰冷堅硬的質地；又像是一串櫻桃葡萄似的半剔透眼珠子，叼啣在嘴邊，看起來既慵懶，又隨時都會昏厥過去的樣子，伴隨細小的震動絨毛的刮搔，不斷增生繁殖，眼神的力道益發強勁——

一閃一閃亮晶晶——

妳幾乎就要移動自己的螯，剪斷那些不切實際的想像。

他的肚臍貼了過來，吸吮著妳的肚臍，像是兩塊正反嵌合的磁鐵，感受到整齊細小，冰冷的牙尖，那一瞬間，妳扎實想像，有一隻無比巨大的蟲，從另一副緩慢衰敗腐爛，並且散發出濃厚腥味的肉身扭蠕、趨近，緊接著延伸過來，正往自己的體內源源不絕鑽動。

妳覺得自己應該，感到害怕，甚至索性高高舉起自己，將自己砸碎，抓起一塊銳利的水晶碎片，緊緊拽入掌裡，即便割傷自己的手，也應該要用血色的反光嚇阻對方。

但妳什麼也沒做。

只是略微瞇細眼睛，有一種像是和母親，重新聯接在一起的，安心踏實的感受，彷彿藉由這股錯覺，妳就可以準確回到那個時候，而媽媽會選擇將自己留在身邊，至於自己則會毫不留情，把妹妹推向父親；如此一來，當初死的人會不會就是自己，而現在寄生在他身上的這個人，就是妹妹了——

充斥強烈錯置感的那一剎那，恍恍惚，惚恍恍，妳想起最後，那名男同學，在暑假來臨前，向自己同班，綁著短馬尾的女同學告白交往；從那天以後，他不曾在那座破敗雜草瘋長的土地公廟旁等待自己，妳知道比起見自己一面，現在的他，恐怕更關心那名女同學的陰道。

妳一個人走在那條通往家的坑坑疤疤的道路，期待幾個月後，鋪上嶄新、泛現昆蟲甲殼光澤一般的柏油。

從那時候開始，妳就在心底，向自己提出一個問題：不喜歡的東西，到底該眼睜睜放棄，或者讓喜歡的人任意拿去。

像是往湖中扔下巨石，綜藝節目炸出誇張的笑聲，她手中的冰淇淋，用極為緩慢的速度死去，空氣十分香甜。

捏住啤酒罐，酒液往上湧起，他忍住不打呵欠。

10

她關上電視，客廳剎那間，像是被含入一張嘴似的安靜，她打了一個濕潤的呵欠，站起身來，沾附在冰淇淋盒子上的水珠，沿著盒底凸起的邊緣，像是打方向盤，一會兒順時針，一會兒逆時針來回擰動，日子就這樣，跟著前前後後，最終耐受不住的，將脫離開來，可即便路就這樣，岔了出去，依舊用脫離不開物理學的方式，規規矩矩，合理表達自己的叛逆。

他忽地想起，自己準備結婚的時候，某個收到喜帖的大學同學，曾在電話那頭揶揄他說，他們兩人都是老師，真是理性到不行的組合，感覺連開個玩笑，都要斟酌、斤斤計較十來分鐘，唯恐被對方挑剔沒有邏輯、不合語意，就好比隨口提到「罐頭笑聲」的時候，另一人還會正襟危坐，一臉認真問道：「『罐頭笑聲』，是哪一種罐頭？」

他不由得想起母親，他已經很長一段時間，沒有想起母親。

他曾經以為，幸福的象徵，就是想不起母親。

然而此時此刻，不知怎地，母親的形象格外鮮明，他冷不防想起國小高年級以前，每次中午睡醒，背後時常汗濕一片，他會一面揉著眼睛，一面赤腳踩著冰涼的花崗岩地板走向廚房。

一進廚房，母親會扭過頭，瞇起眼睛對自己笑，接著揮了揮手要自己趕緊過去，他捏著小小的拳頭，小跑步湊近，看見母親捏著開罐器，指尖通紅，身子略微傾斜施力，沿著罐頭擠壓，每一次刀刃切下，邊緣便露出更多獠牙，一口接著一口，最後，母親像是撕掉一張皮肉似的，將蓋子整個掀了開來，周遭布滿鋸齒狀的利牙，像是張開血盆大口的鯊魚，似乎隨時都會擺動透明巨大的尾鰭掀起一股颶風震碎四周玻璃朝他和母親襲來，將兩人吞吃入肚。

母親從裡頭，捏起一片豔黃色的圓形鳳梨片，酸甜的氣味，登時猶如藤蔓一般，迅速攀延過來，母親緩緩撿起另外一片，飽含甜分的汁液，連滴落都顯得特別緩慢並且優雅；母親將手上的兩片鳳梨片舉高，擋住自己的臉，兩隻眼睛，透過兩片鳳梨片正中央的圓孔，直勾勾盯著他看，他至今仍清晰記得，母親那一雙填滿鳳梨片孔洞，彷彿將自己隱身起來，往自己窺探似的眼睛。

晶亮且透明，彷彿往後聯接著的，是一名少女。

他用力眨動眼睛，像是掐下馬表，他感到有時候，特別是不再年輕的時候，耳邊會呼過一陣風，宛如有鳥振翅飛掠，質疑或許只是單純自體產生的旋風的同時，宛如有什麼已經迅速，一幕一幕扯過，意識踉蹌尾隨，而自己就像是搭上了一列重重輾過鏽蝕紅斑鐵軌，震動底下石塊的火車，往前馳奔，既無法靠站，也不知道最終將通往何處。

就只是這樣，不負責任地往前推移。

她從廚房走出，從微弱的回音裡，他聽見她將空了的冰淇淋紙盒，扔入回收箱。他想提醒她洗乾淨，否則又會和上次一樣，惹來一大群螞蟻；她在他眼前站定腳步，頸部以上的部位，沒入陰影裡頭，他想起被黃帝用昆吾劍，俐落砍斷頭顱的邢天，突然竄上一股衝動，想起身腳掌繃緊發力迸射向她，扒下她的衣服，確認她的乳頭會不會滴溜溜轉動，是不是能骨碌碌看見自己。

他沒有說話，只是定定注視著她，穿著黑色貼身窄管七分褲的纖細雙腳，讓他不禁聯想到丹頂鶴，當初她之所以想去北海道，除了帝王蟹，另一個原因就是丹頂鶴——記憶裡，她是如此興奮說道：「欸，你知不知道，中國的奇毒之一，『鶴頂紅』，名稱就是來自於丹頂鶴喔。」她當初音節豐富的聲音，每次一回想，就迴盪在他的耳際，一段一段如同等待火車的鐵軌，而她頸部以下的部分已經消失。

9

她已經睡了。

摸索開關，像是緊閉眼睛，確認某一樣器官還在；他開啟浴室的燈光，背著臥房的黑暗，他感覺自己，像是從龜殼中緩緩探出頭來。

棉被掀動，他反手，將門虛掩，餘光被隱隱約約搔動，他瞥向排水孔，還來不及看仔細，一樣東西迅速竄了進去。

大概是蟑螂。

也只能是蟑螂。

他不禁想像，甲殼反射光澤，肚腹隆鼓膨脹、滿是蟲卵的蟑螂，沿著攀附在水管上頭的黏膩殘渣，一面撿拾啃齧、一面往上娑爬；這樣想著，他連抽動喉頭吞嚥口水，一時間都萬分艱難，彷彿那顆橄欖不再是橄欖，龜裂開來，他聽見水聲，像是諾亞方舟帶來的洪水，浴缸傳來陣陣挾帶細小回音的水聲，他往前往前，用底部卡滿汙垢的塑料拖鞋堵住排水孔，金屬和塑膠來回摩擦，質地的抗衡難以辨別誰是誰的聲響，他看見黑色止水閥像是橡皮艇似的，搖搖晃晃浮盪著，五顏六色的繽紛色彩汩汩湧上，像是在抵抗他身後那一道直直豎起的黑色海溝，他感到自己陷了下去，滑膩陰冷的海藻湧上髖骨，蟑螂的觸角刺穿鞋底，刺穿他的腳掌，纖細富含骨感關節分明的腿足從鞋底四周溢出，緊緊纏握住他的腳踝，他感到自己的脊骨兩側延伸出半透明細細翕動的翅翼，肚子逐漸鼓脹隆凸而起，肌表浮現豆大飽實的顆粒——

匡啷匡啷——

伴隨著鼓掌、禮炮和歡呼聲，清脆聲接連響起，他從二樓探出頭去，上半身被日光刷得亮白，他看見一輛潔白如新的小轎車，在道路的盡頭，後方的保險桿上，綁著一大串鋁鐵罐，邊緣鑲著一圈銀光，一往前駛動，便發出匡啷匡啷——惹人注意的空洞聲響。

穿著粉紅色背心的她，也好奇探出頭來，她手臂上的汗毛，不經意扎上了他的手臂，虛寒體質的她，無論何時，總是乾燥冰冷像一帖中藥，他想起從前到雲林麥寮參加朋友的喜酒辦桌，前菜上了一道生魚片，儘管擺盤不甚講究，卻別有用心，盤子正中央，放了兩三塊乾冰，不斷竄冒清冷白煙，彷彿此刻吃的不是尋常魚片，而是得以延年益壽的人魚刨肉。

「跟我們一樣，是新婚呢。」她悠悠說道，聽到她這麼譬喻的時候，他有些高興，立刻拉回身子，打開冰箱，喀啦喀啦——開了兩罐啤酒。

「在這裡喝很貴。」她縮回身子，扭頭瞅著他，噘嘴說道。

「有昨天去的酒吧貴嗎？」他笑著回應，在榻榻米上盤腿坐下，將其中一罐推向桌沿。

她走向他，同樣坐了下來，抓起啤酒罐，啜了一口，用無名指沾去嘴角的酒液：「那不一樣，都到了六本木，當然要上去看看夜景，我一直很想從那裡看看東京鐵塔。」說完，又仰頭喝了一口。

「妳的說法很微妙。」他斜睨著她纖細白皙的頸子，她沒有應聲，他彷彿聽見冰涼的酒液，滑過她喉嚨的瞬間，驟然一緊，收縮起來，渾身通紅的東京鐵塔猛地暗下：「既像是觀光客，又好像已經來過這裡好幾遍。」

「昨天我作了惡夢。」蹺蹺板的另一端，重重彈了起來，他感受到自己被支撐起來的同時，宛如打開另一個開關，非黑即白，她決然說道。

「很少聽妳作夢。」

「已經很久沒有作夢了。」喀啦喀啦——她輕輕擠壓啤酒罐，上頭留下她指頭的形狀。

「可能是因為出國，突然換了環境，才會睡不好吧？」他合理推斷。

「你不想知道，我夢到些什麼嗎？」

「我也作了惡夢。」他突然說，似乎讓她嚇了一跳，他繼續說：「其實，我也不清楚……那到底算不算是惡夢。」

「是這樣嗎？那麼我想，我們還是都別說了。」她按住桌面，站起身來，拉開冰箱，抓出另一罐啤酒，用腳尖將門踢上的同時，拉開拉環，金屬柔軟，延展開來的弧度，讓人很想舉高手，喀啦喀啦伸展身軀。

明明平平靜靜，沒有絲毫搖晃的啤酒，無端發出嘶——氣泡湧竄的聲響，他以為是自己口吐白沫，指尖一觸，被自己粗糙一如石礫灘的嘴唇驚醒，浴缸裝滿各式各樣的顏色，漂浮於波光粼粼的水面，像是一張一張濃妝豔抹，卻被狠狠沖爛的臉。

他的耳朵，迴盪著空洞的聲響。

匡啷匡啷——那晚，離開酒吧，一名撿拾回收垃圾的老婦人，從他面前經過，拖著大型塑膠袋，營養不良的鋁鐵罐，發出意外輕快、很有朝氣的招呼聲，她哼著歌，跌出門口，搖搖晃晃撞入他的肩膀，他和她手舞足蹈攔計程車回到旅館，她沒有盥洗直接鑽入被窩，他隨便沖了個澡，匆匆將菸味洗去，出來時，看見她一絲不掛躺在床上，像是在誘惑他強暴自己。

白皙細緻、充滿彈性的肌膚，不禁讓他回想起，他和她去年去澎湖參加花火節，漁民釣起並現場料理生食的小捲，觸手蜷曲細細蠕動，他的下腹部充實、堅硬了起來，他小心翼翼，在她身旁躺下，安安靜靜像是一具屍體；他脫下棉質四角褲，很快找到開關，卻像是不曉得該將自己捏成什麼模樣，排射出滿滿灰白色蟲卵的那一瞬間——父親的臉孔，像是長出成千上萬隻腿足，以迅雷不及掩耳的速度，猝然爬入腦中。

他醒了過來，眼珠幾乎要擠出眼眶，知道這是惡夢。

他斜睨了一眼，被晨曦洗成灰白色的窗簾，扭頭注視著枕邊，穿著碎花睡衣的她，想起充滿啤酒氣味的那個早晨，他對自己提出的問題：如果自己只是站在那裡，像是個純粹的旁觀者一樣，站在那裡，目睹一切發生，沒有驚慌，也沒有介入的打算，那麼到底還能不能，算是惡夢呢？

經過女兒存在於這世界的長度以後，他還是沒有答案，只是覺得那晚的夢，像是從那夢裡的夢裡，矗立於六本木街頭的巨大蜘蛛一樣，在自己體內偷偷產了卵，一路尾隨至今，粗壯堅挺的腿足從窗前橫越，在窗簾後頭，四對眼睛滴滴溜溜，映照著彈珠似的祖母綠光芒，他的乳頭骨碌碌凸出腫脹，肚臍頻頻抽搐，只因為母子情深。

8

正中央擱著一鍋熱騰騰的稀飯，四周開了花似的，擺了一盤富有彈性柔軟度絕佳的土豆麵筋，一盤形狀規矩的鮪魚碎肉，一盤骨酥刺軟入口即化的紅燒鰻魚，以及一盤油光曲折口感透涼的脆瓜菜心。

他瞥了一眼回收箱，她捧著一盤周圍綴撒了甘梅粉的芭樂，問你在找什麼？他搖頭回答沒有，她擱下最後一片花瓣，一心五葉，女兒走進廚房，一手拉開椅子，另一手則抓著一本英文冊子，口中喃喃叨念著，似乎正在背誦單字。

「又要考試啊？」他扒了一口稀飯，聲音模糊。

女兒沒有回應。

「這不是廢話嗎？」她笑著說道，夾起一塊鰻魚，從中間斷裂開來，啪嗒——打在桌上像虛弱的尾鰭，聲音卻比今早任何一句話都還清亮，鬆軟的魚肉抹濺開來，抽了張衛生紙俐落擦去，她接續說道：「對了泳衣我昨天中午洗了，晾在妳臥房的陽台上，有看到嗎？」

「有。」女兒的回答，向來和女兒的頭髮一樣短。

「最近的天氣很適合游泳。」語畢，自以為幽默，他夾起一塊鰻魚，停頓半晌，沒有斷裂，也沒有回音，他甚至不確定掀開窗簾打開窗子，後頭會發生什麼。

「我想要買一件新泳衣。」女兒開口，他好奇女兒背到哪一個單字。

「上次提到的英文檢定，如果成績夠好，推甄時應該會很有利，簡章我昨天下午去診所前，放在妳桌上了。」他夾起麵筋，用麵筋包裹住土豆，這舉動讓他想起國小營養午餐，自己經常把空心菜梗當作吸管，用來喝湯，再加上當時體格特別瘦小的緣故，同學總戲稱他為「蚊子」。

「也好，舊的那件已經鬆垮垮的，顏色也洗褪了——」她頻頻點頭，緊接著眼睛一亮：「今天放學後，我帶妳去買吧？」冷不防瞥向他，做出結論：「我們會在外頭吃完晚餐再回來。」

他以為她至少會說需不需要幫你帶什麼回來。

「我知道。」他忍不住回答，推椅起身，椅腳刮磨瓷磚地板，像是要輾出另一條路徑，他詳細交代：「我去二樓看一下，手機鬧鈴好像忘記關掉了。」

他在心中，播放自己鍾愛的那首歌曲，幾乎要繃緊全身肌肉，才不至於踮起腳尖。

「妳想去哪一家百貨公司？」她斜傾著頭問道，伸出手，輕輕按住女兒的手肘。

「都好，看妳哪裡比較方便。」他停在樓梯口，女兒的聲音追不過來。

「都方便啊。」她的聲音充滿笑意，他按住扶手，儘管是木質的，卻如同金屬一般冰冷，他的身體，一寸寸僵硬了起來，不敢撇過頭，害怕看見母親那張蒼白的臉孔，十七歲那年的喪禮，是他有生以來，第一次知道，原來死去的植物，和死去的人一樣，一點溫度都沒有。

「那就去捷運中山站附近那間吧。」女兒答道。

她拍了桌子一下，碗盤細細晃顫，周遭像是招來一場清冷的霜霧：「這樣也好，那裡有一家飯店，很久沒去吃了。」

「是中山站，不是中山國中站。」女兒提醒，她笑著說知道知道，不會再和上次一樣搞錯了。

他不知道兩者的分別，甚至不知道中山國小站的存在，他原本以為女兒，會回答信義區，東區，或者西門町之類耳熟能詳，即使沒去過也能聽見喧騰鬧聲的地方。

現在的年輕人不會去五分埔了吧——懷念從前總找不到路，出來的時光，他踏上花色雜駁斑斕掉了東西也找不回來的大理石樓梯，決定從今天開始，弄掉一樣東西。

有時候他懷疑，說不定連她也不曉得，該如何才能，不發出一絲聲響，扭開女兒的房門。

房間窗簾拉闔，顏色軟柔，像是沐浴在陽光中愈來愈輕盈的韓國草，他感覺自己像是被埋在土裡，褐色拉繩垂掛在側，圓弧的末梢沾上不同的顏色，大概是錯覺，他總覺得即使房間密不透風，拉繩仍然輕微顫晃。

他緩緩別開了頭，玻璃櫃子裡擺著數十具模型，像是女兒自己的軍隊，他不確定那叫做鋼彈、鋼鐵人，抑或是鹹蛋超人；上個月新漆好的牆，後現代似的，拼貼著好幾張海報，他推測大概是獨立樂團，畢竟喜歡看電視的自己，辨認不出任何一張臉孔。

他來到書桌前，那本英文檢定的簡介，被塞到書架裡，封面被其他書用力凹折，他想抽出，卻擔心驚動其他事物；於是他縮回手，垂眼看著椅子上別了一顆巨大黃色別針的書包，以及擱在椅腳邊的麻質手提袋。

他聽見女兒，推椅起身，割裂出不同的軌跡，來到流理臺前，扳開水龍頭，抓緊海綿，筷子和瓷碗敲撞，發出比水流更透明冰涼的聲響。

他聽見食物被切斷，是她咀嚼；他聽見被分明切斷的食物，又被強行貼黏在一塊兒，是她吞嚥，像是從鐵鍋湯底撈起，被滾得蒼白乾枯的巨大雞架子，霎時渾身骨頭往上提撐起，又旋即放鬆下來，宛如一個被鋼釘勾破的塑膠袋，裡頭的東西，一瞬間全掉出來，感到遺憾的同時，卻又不免內疚感到如釋重負。

他想起國小三年級，自己從同學抽屜裡，偷來其中最豐腴的一隻蠶寶寶，藏在綴滿鐵鏽的白鐵鉛筆盒裡偷偷帶回家，瞞著厭惡蠶寶寶的母親，偷偷養在單人彈簧床底下戳了好幾個孔洞的餅乾紙盒中。

他其實可以用母親給自己的零用錢買，但他沒有，之所以選擇這樣複雜的方式，是因為某個週末，他騎著腳踏車，和朋友到附近的堤防玩耍，時近傍晚，回家途中，他在便利商店外看見父親，正想出聲喊他，忽地看見一名穿著學生制服的少女，從後方追上來，一手拿著冰棒，一手則挽住父親的胳膊；向來沉穩的父親，似乎嚇了一跳，往四周張望，他趕緊縮起身子，龍頭猛地一彎，失速岔了出去，輪胎撞上檳榔攤招牌，迷濛燈光登時暗了一下，裡頭身穿亮片背心的女人探出頭來，努嘴瞥了他一眼，又坐回去翻看言情小說。

父親掙脫開來，拐入便利商店旁的巷弄，少女笑了笑，舔了舔冰棒，隨即跟了過去。

他迅速從陰暗狹窄的巷弄前騎過，將腳踏車隨意擱在牆邊，進便利商店用零用錢買了一包雞汁口味的洋芋片，坐在便利商店前的階梯上喀滋喀滋清脆咬著，地板上到處都是檳榔渣漬，彷彿一灘一灘血跡。

在脆亮明快的聲響中，他聽見腳步聲，他趕緊起身，匆匆回到第一階，聽見便利商店自動門叮咚——的那一瞬間，像是聽見槍鳴的馬匹，俐落跑下樓梯，撞見從巷弄中出來的父親，以及父親身後的少女。

他看見少女將皮帶反手藏入，自己的裙襬裡頭，金屬釦的反光，浸潤在昏黃的日光中，意外不那樣刺眼。

「你怎麼會在這裡？」父親的聲音從頭頂壓了過來。

他壓低頸子，看見父親襯衫下襬，散發出香甜氣味的汙漬，晃了晃手中的洋芋片，咧開齒縫卡滿碎屑、雞汁口味的嘴巴答道：「正準備回家。」

「你就是老師的小孩嗎？好可愛啊，讀幾年級了啊——」少女瞇眼笑著，小碎步來到他面前，伸出另一隻手，用力摩擦著他的頭髮，他彷彿在她的手勢中，看見父親的輪廓：「沒想到我今天這麼幸運，居然會在學校外巧遇老師和他的兒子。」

他什麼都沒問。

「別在外面逗留太久，趕快回家吧。」父親雖然注視著少女，他卻覺得那句話，是對自己說的。

「我先回去了。」使勁將塑膠袋揉入，小小的掌心裡，一把塞入口袋，他跨上腳踏車，一顆顆牙齒串聯起來似的鐵鍊倏然扯動，喀喀喀喀作響。

「跟你媽說我馬上回去。」父親明確對他說道，他覺得自己像是騎著風火輪的哪吒。

回家後，他到廚房說我回來了，站在流理臺前，正在剝蝦殼的母親，伶俐捏斷蝦頭，擱入陶碗，準備待會兒拿去熬煮湯頭，扭頭說回來了啊，接著問他手臂上的傷口是怎麼回事？他回答騎腳踏車時不小心摔倒了，母親笑說看起來不像是摔倒的，該不會是和誰打架了吧？一時間他想回答自己和自己打架，還想回答打贏了：「騎腳踏車不小心摔倒了。」

「你爸馬上就回來了。」母親擺回頭說道，將失去頭顱的蝦子，衣服一圈一圈脫了下來，再仔細抽出腸泥：「週末還要上輔導課，現在的學生還真辛苦，競爭好激烈啊——」

他湊到母親身邊，問今晚有什麼菜色？母親說有父親最喜歡的宮保蝦仁，又朝瓦斯爐努了努下顎，說還有父親最喜歡的豆豉排骨，他眨了眨眼睛，追問既然是「最」喜歡的，怎麼可以有兩個？

母親停頓半晌，彷彿一瞬間，脖子被皮帶狠狠勒緊。

就像兩個禮拜前的某天夜裡，他看見父親，對母親做的那樣。

「爸應該快回來了！」他想像自己，擁有同樣一條皮帶，自腰際一環一環抽離，用力綁住自己的喉嚨，肉從孔洞擠出，像是即將迸裂的種子。

母親剝起另一隻蝦子，豆豉排骨的醬汁過於濃稠，氣泡破裂的瞬間，宛如火山岩漿，如此慎重緩慢。

「今天朋友請我吃洋芋片呢。」

「為什麼？」

「因為我打水漂贏了他。」他又說：「不只這樣，另一個朋友還請我吃冰棒喔。」

「為什麼？也是打水漂的緣故嗎？」

「不是。」他說不下去，只好又重複一遍：「不是。」心中益發焦急。

「你該不會吃不下晚飯吧？」

他連忙搖頭：「我最喜歡吃宮保蝦仁和豆豉排骨了。」

那一剎那，像是有誰，抓著一把斧頭，用力往他的頭顱劈下，經過多重包裝以後，他忽地不知道自己，究竟該為哪一樁事更正——或者懺悔；那一瞬間，他小小巧巧的腦袋瓜，突然就抽芽開了花似的，深切意識到，人居然可以藉由這種方式，讓所謂的罪惡感變得瑣碎，也就對自己的所作所為，都無怨無悔了。

女兒踏進房間的另一個時空，他正在自己的臥房裡，透過狹窄的門縫，聽見她開始收拾碗盤，將剩餘的東西全倒入塑膠袋，打了死結，瞥了盤底的油漬一眼，嘛嘴嘀咕著下次應該要用免洗餐具，然後填充泡芙似的，擠出一大坨洗碗精。

他關上門，從短褲口袋抽出手機，撥出電話，像是有人挽住自己的胳膊，電話很快接通，妳說你好請問找哪位？他問妳下午有沒有空？妳說待會兒吃完早餐要出門找工作呢，他心想真是認真的寡婦，問妳早餐吃些什麼？妳說沒什麼，簡單弄了火腿蔬菜歐姆蛋，還有一些通心粉洋芋沙拉，他想問有沒有加一大把起司？腥臭藍紋一如蜘蛛網迅速延伸開來，妳說下午有空。切斷聲音前他最後問，下午以後呢？

妳說：「都有。」

7

他走進學校。

他已經很久沒來這種地方了。

這校園栽種的，大多是朴樹，或者台灣特有種欒樹之類的落葉植物，景貌和自己以前念的中學截然不同。

他還記得中學時期，只要老師一在課堂上，講起無聊帶刺的笑話，總是坐在靠窗座位的自己，便會悠悠撇開頭，從教室往外頭遠眺。紅磚色的行政大樓兩側，以等間隔的距離，栽種多達三、四十棵芒果樹，一年到頭迸滿綠葉，像是忘記收起來的，充滿節慶意味的常綠擺設；而每當夏天來臨，還會結實纍纍，枝頭吊懸著飽滿、牛乳房似的土芒果，彷彿連樹幹都要因此應聲斷折。

上體育課的時候，體育老師偶爾心血來潮，會讓幾位同學，去教室拿擦氣窗的長柄竹竿猛力揮擊，或者乾脆自個兒爬上樹，使勁搖晃樹枝，讓垂掛樹梢、灰綠色的土芒果，手榴彈似的，一顆顆接連墜下，而樹下的年輕學子，紛紛踮起腳尖，高舉雙手急切攫抓。

然而，更多時候，那些土芒果的命運，是在學生專注聽講的時刻中，像是被置於鏡頭之外的道具，自然脫落，就這樣毫無心理準備，啪嗒啪嗒——砸爛在粗礪的石礫地上，迸裂出豔黃刺眼的香氣。

「看到那顆土芒果，終於成熟到支撐不住，不得不掉下來的那一剎那，我真的差一點，差一點就要跳上書桌，跨出窗框。」回想起那瞬間，他必須使勁按住自己的胸口，感受骨頭往心臟擠壓，像是抓著警棍用力抵架住似的，才能把這段話說完。

「你發什麼神經，我們可是在三樓耶。」ㄤ咧嘴說道，嘴裡的飯粒，霰彈槍似的噴散出來，冷不防伸出拳頭，往他的肩頭猛力一捶，他的上半身往後一仰，背脊抵上冰涼的金屬窗框，夾在筷子上的高麗菜脫落，掉在自己的褲襠上，見狀，ㄤ趕緊徒手將高麗菜抓了起來，塞入嘴裡，大口咀嚼起來的同時還伸手往他褲襠拍了拍：「還好，沒有留下汙漬。」

「哪裡還好。」他皺眉咕噥道，用指腹拈去沾上衣領和臉頰的飯粒，放入口中，先是試探，而後仔細咬破的那一瞬間，彷彿聽見血紅色的鮭魚卵，啪滋——迸裂的細緻聲響。

「你要是真的跳下去，就可以成為另一個傳說了。」坐在他前方的另一位男同學，扭過頭說道，手上抓著一隻咬了一口的滷雞腿，夾藏其中纖細的骨頭，映照出一小片反光。

「傳說？什麼傳說？」ㄤ興致勃勃，身子不禁往前傾，睜大眼睛，雙眼皮的褶皺益發深刻。

這令他也跟著感到好奇。

「聽說以前有位學姊，在學校裡自殺。」男同學壓低聲音說道，像是擔心嘴巴一旦張得太大，那位學姊的鬼魂，就會從自己的口中擠竄出來。

「自殺？」他怔愣著，重複了一遍，縮回身子，背後的制服，留下一道橫切深刻的痕跡。那時候，無論「自殺」，或者「他殺」，都還不像現在一樣，那麼普遍。

「怎麼死的？怎麼死的？」只有ㄤ，像是怕有人聽不見似的，放聲問道，引來其他同學側目窺探。

男同學用力拍了ㄤ的大腿一下，ㄤ飽滿緊繃的肌肉，狠狠抽搐一下，將對方的掌心彈了開來，受到矚目的男同學，不再擠壓喉嚨，咬了一口雞腿放心說道：「聽說是從行政大樓的頂樓往下跳。」

啪嗒——

喀啦——

他不曉得哪一種聲響，比較接近當時的模樣。

「聽起來好嚇人。」ㄤ哭喪著臉說道，英挺的眉毛，頓時往兩側斜下拉扯，像是收束起來的窗簾，表情滑稽：「要是我，一定不會選擇跳樓。」

他立刻揶揄道：「畢竟你連爬上芒果樹都不敢。」接著扒了一大口飯。

「你想過自殺？」男同學一臉認真問道。

「多多少少——每個人多多多少想過吧？」聳了聳肩說道，ㄤ的回答，和那張柴犬似的臉孔不大協調：「與其說『想自殺』，我倒覺得，應該說『想用哪種方式死去』比較貼切。」

「哪裡不一樣啊？」他急著提問，險些噎著，感覺每呼吸一口，飯粒就往眼底推擠幾寸。

「我反而覺得你的說法很奇怪。」男同學轉身跨坐，埋入枕在椅背上的雙臂中，思索片刻，用像是在和自己商量一般的口吻，呢喃說道：「因為『想自殺』，是一種『必須』；可是『想用哪種方式死去』，卻是『願望』。」

「這是語意理解不同的關係吧？」他用力眨了眨眼睛，重新跨入話題：「也可以這麼詮釋，他剛才的那番話，先是產生『想自殺』的念頭，接著才進一步考慮『想用哪種方式死去』。」

「我就是這個意思。」ㄤ恍然大悟，一副這才理解自己話中含意的表情，又伸出拳頭，往他胸口一抵，ㄤ凹折而起的指節，益發粗大，像是銼刀，狠狠從他的乳頭刮過，削去其中一角的同時，也使之銳利。

「不愧是國文小老師。」男同學抬起頭說道，似乎覺得這話題，已經告一段落，頓時失去興致，轉回身，繼續埋頭啃食那隻雞腿。

「所以呢？」他斜睨著ㄤ問道：「所以你想怎麼死？」

ㄤ環扣雙臂，胸前的衣服更加緊繃，接著伸出長了厚繭的指頭，摳了摳喉結旁長出的短截鬍髭，將一道選擇題，答得宛如是非題，沉吟半晌才答道：「跳樓是絕對辦不到的，臥軌則會造成其他乘客的困擾，使用一氧化碳可能會害死別人，割腕過於激烈，上吊又好像太戲劇化了——這樣看來，吃安眠藥大概是最好的選擇吧。」

聽著ㄤ的敘述，他同時在心中，模擬ㄤ的各種死法，ㄤ死了一次又一次；然而，無論哪一種方式，他都無法打從心底承認：那確實是最適合你的死法。

「我不認為那是最好的方式。」當他聽見的時候，才發現自己脫口而出。

「為什麼？」ㄤ追問，身體湊近，膝蓋頂住他的膝蓋。

他忍住顫抖，清清楚楚說道：「因為那種方式，與其說是『想死』，不如說是既『沒有勇氣活著』，卻又企圖『逃避想死的念頭』。」

那位男同學忽地，急促轉過身來，顧不得嘴角沾著脂肪，一臉興奮，聲音像是被釣起的蝦子，遽然蜷曲：「我知道——簡單來說，就是『半死不活』。」

在這句話，被說出來以後的，那天夜裡，他作了一個夢。

分明是夢，裡頭進行的，卻是再平凡不過的事——鐘響放學後，教室只剩下他們兩人，ㄤ問他要不要去打籃球，賭一罐飲料，他搶過ㄤ手上的籃球，說再加碼一包餅乾。

他和ㄤ斜背著書包，從行政大樓前的水泥地集合場迅速跑過，再從芒果樹底下摔爛的果漬爛肉間踮步跳過，衝破細小成團飛繞攪亂暮光的蚊蟲，撞開將視界切割成一塊一塊菱形的鐵絲網門，將書包往一旁甩去，啪、啪啪、啪、啪啪——他倆落運起球來，ㄤ脫掉制服和背心，打著赤膊，大喊一聲，隨即快步追上去攔阻他上籃。

比賽結束，他贏了，這一點倒是不大平凡。

ㄤ穿著白色棉質背心，將制服扛在肩頭，兩人並肩走出籃球場，忽然間，ㄤ出聲說道：「我一直在思考，你今天午餐時說的話。」

他扭頭，怔愣望著ㄤ，ㄤ的臉孔，被芒果樹的樹蔭掩蓋。

並且那時候的他，也不知道ㄤ所謂的「今天」，究竟是哪一天。

「然後我終於明白了一件事。」這是第一次，ㄤ的聲音，比自己的臉孔還更明亮，不知打哪來的光芒從不知打哪來的縫隙一閃一閃射來：「在你還活著的時候，永遠擁有充足的時間，能夠好好思考，自己離開這個世界的方式。」

不知怎地，他覺得ㄤ的聲音，悲哀的同時，又充滿感激。

「我——」他試圖開口，那一瞬間，土芒果樹上，所有尚未成熟不應該掉落的土芒果，全都同時從樹梢脫離，狠狠砸落下來——

砰砰砰——

砰砰砰——

砰砰砰——

砰砰砰——

他和ㄤ，站在漫天炮火之中，眼睜睜看著每一顆土芒果，和世界硬碰硬，摔得粉身碎骨。身在其中，卻置身事外。

砰——

無來由地，他好像聽見了真正的答案。

6

巨大的蟬聲，飛鑽入他的耳朵。

他抬起頭，一片葉子颯然飄下，路線蜿蜒，宛如一隻折斷的薄翅，從他的肩膀輕輕擦拂而過，喀——輕巧一聲，掉落在布滿粗大疙瘩的柏油地面上頭。

他先是俯視了好一會兒，忽地彎身，拾起，他小心翼翼，用拇指和食指，捏住葉子的邊框，彷彿那真的連接著某具透明的蟲軀；緊接著，連他自己也沒有意識到，像是下意識，無從制止無從控掌的反射動作一般，他的拇指和食指，磨牙似的，緩緩蠕動了起來。

製造出細瑣的聲響，「自己正摩擦著指尖的葉片」，在他意識過來的，那一剎那，他才發現自己確實正摩擦著，指尖的葉片，像是冒出火星似的愈來愈快，鼻尖忍不住湊上前去，嵌入凹陷下去弧度優美的葉面，他閉起眼睛，眼前理所當然一空一黑，深深吸了一口氣——

他感覺自己，宛如一株落葉植物，肩胛骨猛地往後一縮，被推入秋冬時節，身體無法把持，一寸一寸龜裂開來，增生成更多葉片，或者只是以葉片的輪廓，以身為葉片輪廓的緩慢的姿態剝落，剝落，剝落，剝落，剝落——就這麼無止境持續下去，宛如被狠狠扒下果皮，再被一層一層撕去果肉那樣，逼迫直指核心。

他打了一個扎扎實實的寒顫，像是真的只剩下一副骨頭那樣。

砰砰砰——

砰砰砰——

砰砰砰——

砰砰砰——

一開始，以為是手榴彈。

砰——

砰——

砰——

砰——

後來，以為是土芒果。

知道那是什麼聲響的瞬間，像是歷經漫長等待的蟲蛹，日光終於迫不及待剝開他的眼睛，他感覺蜷縮在自己眼睛下緣的臥蠶，隱隱約約，就要掙脫出來，抱持恐懼的同時，又充盈自信，從此即便世界大空大黑，自己瞎眼盲目，並且喪失勇氣，也足以憑藉本能，摩擦著自己的身體，剩下的部分，不可自拔往微光靠近些許。

啪——

鐵絲網細細震動，他緩緩睜開眼睛，看見眼睫毛一條一條的陰影，從菱形的空格看進去，籃球反彈，彈往赤裸著上半身，被切成一個個菱形的ㄤ的手中。

「你在發什麼呆啊？」

「沒有啊。」他說謊，他的目光，隨著攀附在ㄤ肌膚上的汗水蜿蜒，甚或分岔開來，像是一條一條透明的分割線，將ㄤ的部位清楚劃分開來，益發潮濕的地方，就如同湖水表面的薄冰一般脆弱：「你還不回家啊？」他又說謊。

「回家也是一個人。」ㄤ一面咧嘴說道，露出通紅的牙齦，一面左右來回運球。

他的眼睛，像是鐘擺一樣，跟著籃球左右划動，腦中不自覺響起喀——喀——喀——節拍穩定踏實的聲響。

那一瞬間，他好想回家。

「你在等你爸啊？」ㄤ站定，停止運球，用雙掌壓緊籃球，抵著自己的胸口說道，ㄤ是少數幾個，知道他父親在這所中學教書的朋友：「閒著也是閒著，乾脆進來打球好了？賭注照舊。」咧嘴說道，ㄤ又運起了球：「給你復仇的機會喔——」

「我沒有在等他。」像是怕自己的聲音，被突如其來掉落的，土芒果掩蓋過去，他趕緊重申一遍：「我沒有在等他。」他接著又表明：「我要回家了。」轉身拔腿，跑了起來，應該是啪啪啪啪——啪啪啪啪——的腳步聲，不知怎地，地心沸騰似的，砰砰——砰砰——砰砰——砰砰——不停作響。

他拚命奔跑，拚命奔跑，銳利的風，從岩漿迅速生成可卻緩慢破裂的氣泡尖端頂高頻擦過，宛如一副刨刀，把他的肉體當作柴魚似的，一層一層層俐落削去，薄可透光的肉葉，角度多元，在空中急促旋轉翻飛製造出更多形狀，彷彿有誰含著指頭，漲紅了臉用力吹著口哨。

他拚命奔跑，專注於肌肉的扯擰，像是企圖超越光速一樣，但目的不是回到過去改變轉扭什麼，而是企圖跨越這一切一切一切一切，抵達很遠很遠很遠以後，那個什麼都被決定了的，只能感到無比安心的未來——然而，當他喘不過氣，胸口不得不湧竄浮生一股信心，停下腳步的時候，他發現自己，又回到了那面，布滿菱形的鐵絲網前，以及那些垂著萬千乳房的土芒果樹底下。

他捏緊拳頭，縱然壓著地平線的暮色確實，愈來愈重，但他發現自己，不僅沒有長高，身上沒有絲毫贅肉，甚至連指甲都沒有生長分寸；那時候的他，冷不防，像是被土芒果狠狠砸中後腦杓似的，明白了一個道理——

那就是所謂的「人生」，早已被集體巨大的意識，劃分成好幾個固定的階段，而在任何一個階段結束以前，那一整個「段落裡的人生」，就好比一條莫比烏斯帶，怎麼走，都會回來原點。

怎麼走，都沒有盡頭。

說到底，人都只是在度過被安排好的時間，只能耗竭自己，一開始所擁有的東西。

就好比ㄤ不在這裡。

他轉身離去，空無一人的校園，連樹葉都不再竊竊私語。

就好比——

他感到自己，也許已經逼近，一段時間的末梢，他忽地就停下腳步，拐了方向，突然很想確認一件事，確認那到底是不是自己擁有的東西。

地平線還是靜靜躺著，他往教學大樓後方繞去，那裡種了一排顏色油綠的鐵樹，纖長的葉子宛如翅膀，一片一片舒展開來的羽毛似的，往四周柔軟輻射，愈往弧度盡頭延展，力道益發收斂，宛如爪子一般的末梢，略微向內蜷縮；強韌的葉脈，則泛出金屬一般的光澤，彷彿向外撐展開來，愈往弧度盡頭，力道蘊含愈深愈沉的巨大肋骨，他悠悠想起，去年農曆新年，一家人到日本關西一帶自助旅行，其中一個行程，父親住在大阪的大學同窗，特地開車來到飯店，帶他們一家，前往福井博物館。

路途遙迢，他記得轉了兩次鐵路，天空裡的雲朵一絲一絲；搭上博物館接駁公車的時候，父親友人坐到他身旁，貼住他，一臉興奮向他介紹，這是全日本規模最大，內容最齊全的恐龍博物館。

即使他將眼睛宛如風帆一般，用力撐敞開來，但他早已經不是小孩，總認為博物館裡的東西，全是假的。

因此，他沒有抱任何期待，只暗自埋怨，為什麼連出國旅遊，都非得去博物館不可；然而，一踏進博物館，他立刻被吸引了住，慈母龍、迷惑龍、三角龍、始盜龍——他用力睜大眼睛，一一確認，彷彿那些恐龍的血肉長出，緊緊攀附著骨頭，變得結實飽滿，像是打破自己的眼睛出生一樣；他眨了眨眼睛，像是感覺有碎片殘留在眼軸根部，忽地不禁懷疑，小時候的自己，那份看似直率純真、興奮雀躍的心情，或許才是假的。

不知不覺，他愈走愈快，直直往裡頭走去，脫了隊，和父母親分開道別，終於在一副巨大的骨架前方，才能停下腳步。血肉盡褪的猛瑪象，一身清白，靜靜佇立在他面前；黑黑洞洞的眼窩，凹陷宛如兩口深井，吸引他探頭窺看；遽然昂揚而起，蘊含力道的巨大象牙，宛如從時間盡頭咧開的獠牙，從遙遠深不可測的所在勾起穿出，刺過他喉中的橄欖，他感到自己體內，所有的細胞就要迸裂，鑽竄出成千上萬隻飛鳥。

啪嗒啪嗒——他的嘴裡像是塞滿了羽毛，明明只是一副骨骼，對當時的他來說，卻像是一棟細心講究極端完美的建築，儘管無法遮風，也無法擋雨，可光是想像自己抱著膝蓋，壓低重心，靜靜蹲在其中，任由身旁一根根開花似的骨頭，宛如佛祖緩緩攤展的掌心，又隨時都可能相反過來，蓮瓣一般往中央收斂蜷起，就好像聞到一股清香，感到無比安心。

他屏住呼吸，將所有思緒支撐在胸口，在保健室內側的木格方窗外，停下腳步，窗簾隨意拉攏，剛好剩下一隻眼睛的寬度。

將書包往後一扯，他的雙手拄住大腿，俯低身子，像是玩蹺蹺板一樣，看不見臉孔的，對面逐漸施加力道，他讓自己放鬆渾身肌肉，讓自己的重心，得以安心向前傾斜再傾斜，他的目光就這樣朝傾斜的，方向滑去。

他想起嵌在鉛筆盒上的鋼珠機台，彈出鋼珠後，必須小心翼翼左右搖晃鉛筆盒——甚至一到激動處，連整副身體，都會情不自禁跟著大幅度擺動，像是非得用盡全身氣力，才得以仔細調整，才能讓彈跳滾動的鋼珠，一對一找到相應的位置。

他看見兩副交疊在一起的陰影。

肉體彼此擠挰，皺褶鮮明銳利，像是緊緊扭擰翻絞的窗簾，轉眼間，又閃電一般，劃破那些烏雲。

他感到自己的身體一瞬間，就要被撕裂開來，撕成一條一條一條一條一條一條雨水，成為填滿整座城市，剩下部位的破折號——

他的眼珠，倒映著赤裸的父親，彎身的時候，脊骨浮凸，像是一條斷斷續續的石板路；他的指頭，沿著ㄊ肌膚上，灰白色的分割線緩緩游移，他感覺自己就要，從那些地方龜裂開來，彷彿自己想死，彷彿自己已經趴臥在顫抖震動的鐵軌上，關節塞滿，外殼堅硬明亮的螞蟻，冰冷的軌道真的嵌入，自己的胸口還有膝蓋，而那就是從自己內體破腔而出的，最後一樣武器。

他看見某一部分的父親，從ㄊ的肉身抽離的那一剎那，迸擠出無聲的吶喊，玻璃窗子產生一圈一圈漣漪，薄冰就要碎裂；彷彿扭開寶特瓶的瓶蓋，ㄊ確實轉過身，將某一部分的自己，和父親焊接，從父親的肚臍，延伸出去的強悍力道，表面浮凸而起粗大紫青的血管，細小搏動著，企圖宣示某種可能——

他的眼睛幾乎，可以感受到玻璃表面一寸的寒冷。

他知道那是一條不可能存在的臍帶。

他往後退開。

他淚流滿面。

他不是悲傷。

他喜極而泣。

透明的淚痕將他的臉孔切割成無數塊碎片。

他多想緊緊抓住，其中一塊，放進溫暖的水中，告訴自己，除了自己，再沒有任何人，或者任何方式，可以證明，他們的關係，他們曾在一起。

5

沒有香氣。

意識到這一點，他立刻停止摩擦，指尖的葉片早已經粉碎，質地濕潤，彷彿揉碎的是一隻蝴蝶。

「怎麼可能會有香氣呢……」他嘲笑自己，抬頭望了望上方的台灣欒樹。

夏天過後，就會開始改變顏色。

他邁開步伐，往教室走去。

上課時間，教學大樓靜寂，和安寧病房沒什麼兩樣。

他爬上樓梯，放輕腳步，一步一步，來到女兒的教室。

裡頭空無一人，霎時他想自己是不是慢了一步。

他看了看課程表，下樓時驚醒了一些昆蟲。

「請問先生您是……」從穿堂穿過的時候，忽地有人出聲，攔住了他，是一名年近四十的中年婦女，手上抱著一疊書，大腹便便。

「我是學生家長。」他說出女兒的名字，對方搖頭表示不認識，於是他進一步補充：「我女兒忘記帶東西了，我幫她送過來，請問游泳池怎麼走？」

「室內還是室外？」中年婦女偏著頭問道。

他沒有回應。

「高三的話……我想應該是室內游泳池。」中年婦女微笑說道，像是解開一道難題，不必被吃掉：「室內游泳池往那邊走，你有看到那棟藍色的建築物嗎？就在那棟大樓的正後方。」對方伸手一指，身體自然湊向了他。

他其實可以直接撇過頭，走向自己的目的地，但聞到對方身上的氣味，他忍不住脫口問道：「妳怎麼知道會是室內游泳池？」

「室內游泳池是去年剛蓋好的，設備也是最新的，學校總是給面臨重大考試的學生特別好的待遇。」中年婦女嫣然一笑，瞅著他說道：「您那時候也是一樣吧？畢竟他們可是學校未來的宣傳籌碼呢。」

「我們那時候，游泳課都拿來上數學。」

「我們也是。」被戳破，中年婦女心安理得附和。

「快生了吧？」

中年婦女先是一愣，意會他轉移話題，才趕緊跟上：「預產期是下個月。」

「男的？」

對方搖了搖頭：「女的。」接著又笑著說道：「果然已經有女兒的人，會想要一個男孩啊。」

「我還有一個兒子。」他脫口而出，像是從別人那裡偷來一張王牌。

中年婦女又是一愣，將懷裡的書更貼近自己，當作一面盾牌：「也念這裡嗎？」

「沒有。」換他搖頭，他說出另一所高中的名字：「她在那裡教書，我兒子讀那間。」

「為什麼不在同一間？這樣不是方便多了嗎？你女兒不喜歡那間學校？」對方接連拋出問題。他發現自己必須，認真記住自己說過的話。

「因為國中的好朋友考上這裡，所以我女兒就吵著一定要念這裡。」他像是在造句一般說道。

「小孩就是小孩。」對方即使只是揚起嘴角，也會露出暴凸的門牙，更遑論冷笑。

他壓抑笑意，發抖壓抑想告訴對方，自己是一名牙醫的衝動。

他甚至必須將自己的雙手，牢牢綳緊，才得以忍住，將對方推倒的衝動。

他被自己衝動的感受震懾，悠悠想起自己和她到日本度蜜月，回台灣後不久，某次颱風撲襲前夕，她告知自己懷孕一事。

踏出浴室，看似隨意脫口，但他確實在水聲中演練了幾次，舌肉還被水絲扎出一個一個小孔；他穿上睡衣，一顆一顆，扣起鈕釦的時候，他注視著坐在梳妝台前，往鏡子裡塗抹乳液的她，臉孔光滑濕亮，像是剝了殼的水煮蛋，他問她何不乾脆辭職，專心待產，生下孩子後，還可以直接留在家裡帶孩子。

個性向來直率的她，年輕時更是咄咄逼人，聽到他的話，像是無預警被砸入一顆石頭，水面碎裂，波光盪漾，褶皺向外擴散開來，鏡子裡的她，臉孔像是液化的土壤一般細細蠕動，搖擺失焦眼看就要塌陷下去——她厲聲回絕，情緒激動，甚至雙手一揮，將梳妝台上的瓶瓶罐罐，全都撢落在地，儘管看不出裂痕，汁液確實從罩了一層霧似的朦朧瓶身，滲了出來，將地毯一寸一寸咬濕。

起身下樓前，她撂下一句：「早知道就不告訴你。」可能是覺得太戲劇化，她沒有重重甩上房門。

他抽出面紙，不小心牽連到另一張，其中一張在空中緩慢飄動，他將手上那一張摺疊起來，蹲在梳妝台和雙人床間的空隙，仔細擦拭地毯，忽然間，明白了她的意思。

他在家裡排行老么，上頭有三個姊姊，他和三姊相差近七歲，所以幾乎沒有和她們一塊兒玩耍的幼年記憶。

得知家中成員配置的人，總會調侃他的出生，肯定是一樁意外；母親過世後的某次春節，姊弟四人難得到齊，三杯高粱入喉的大姊，也曾半開玩笑似的，如此說道：「要是你是女的，一定會被墮掉。」

明知道是逢年過節的應景揶揄，那天夜裡，大姊的說法，卻讓他輾轉難眠，突然很想死去這麼一段時間，問問母親，如果自己不是男的，是不是就沒有機會，成為她的孩子？

將濕透的面紙，狠狠揣入掌心，瞬間散碎開來，他獻寶似的追下樓，一心想著只要這個孩子，能活下來，是男是女，是人是妖怪，自己都願意概括承受。

就要降落的面紙，被他掀起的一陣風，再度吹起，變得更薄更薄，幾乎快成了孤魂幽靈——他已經快步衝入客廳，聽見廚房傳來水流的聲音。

他拐過一百八十度，走進廚房，只見她側著身子，一手扶住流理臺，一手緊緊抓著杯子，指腹受到擠壓腫脹發白，宛如一張蹼，她只能是喝水，纖細的喉嚨宛如，就要支撐不住自己的頭顱，抽搐的剎那，宛如攀附在深山石壁上，涓涓爬動的細流，他手肘一冷，瞥見餐桌上擱著兩大罐保健食品。

他頓時鬆了一口氣，也許還略微笑了也說不定，並緊接著思索她肯定，比自己想像中，更疼惜這個尚未成形的孩子。

「怎麼了？」他感到自己的聲音，像是另一盞燈泡。

「口渴。」她靜靜回答。

旋即背過身去，將玻璃杯洗乾淨，甩去水珠後，倒扣在架上，彎身在青蛙造型的擦手布上，抹了抹手，雙手又習慣性交握搓了幾下，將保健食品放回柚木櫥子裡頭，從他身旁走過時，她關上燈，像是一個簡短有效的笑話。

隔天一早，他感到神清氣爽，彷彿吸入肺裡的空氣，擁有兩倍的氧氣。她在樓下準備早餐，他貼心等候，站在窗簾，徹底拉開的窗戶旁，或許是太陽的緣故，遠方的城市看起來，總是比這一邊明亮。

他貼近窗戶，感覺臉頰一陣暖意，想將時間倒轉到昨晚，自己得知她懷孕的那一瞬間。他始終認為，只有「兩個人」的關係，充其量是「婚姻」；必須出現「第三者」，才能被稱為「家庭」。

他不清楚女人究竟是怎麼想的，但是他十分明白，自己或者，絕大多數的男人，會選擇和一個女人，維持穩定長期的狀態，比起「婚姻」，更加令他們在意的，是有沒有辦法和對方，攜手成就一個「家庭」。

想起自己的初衷，他就像是真真正正回到那個瞬間一樣，和逐漸升溫的臉頰一樣，逐漸感到快樂。

那天早晨，他比平常多吃了一碗飯，車速也比平常快上一公里。

甚至連走起路來，節奏都比平常快上八分之一拍，可因為還未滿三個月，他無法和其他人分享這份喜悅；他想像她，應該更難捱，那塊肉明明就在自己體內一秒秒膨脹成長，一寸寸變得益發具體，卻連一個讓她吶喊的地洞也沒有。

4

那天下午，他特地休診，開車到建國花市，買了一盆淺紫色的鳶尾花和一把健康的鏟子；一回家，他脫去藍底素面襯衫，拋向一旁，將公事包的臉一把蓋遮起來，在門前顏色柔軟，適合放牧的草地，挖出一個大洞。

崎嶇洞口四周，噴綴狼狽的碎土，其中挾藏輪廓堅硬的灰白石子，看起來像是施力過當，迸裂的牙齒片屑。

他的牙根隱隱約約抽搐，和天邊的夕陽一樣，看起來如夢似幻，可到底還是有些實際的事，將線性的時間往前拉扯，而有些人事物就不得不，像隻乖順的寵物調頭跟上；久而久之，即便偶爾想起時稍微抵抗，也只能算是佯裝樣子，或者一種自虐式的撒嬌——例如她將瓢蟲亮殼似的紅色小轎車，停在圍牆外，引擎逐漸緩慢下來的時候，他的心底浮現，一股井底即將乾涸的決然的恐懼感，直到她走進來，像是蛤蜊噴出沙粒、激起水花，吐出一句話：「你在做什麼。」輕鬆寫意，她瞅著身上只披穿一件灰色背心，汗濕淋漓的他，接著又說道：「又不是高中生了。」而後扭擺著手上充滿食物香氣的塑膠袋，沙沙沙、沙沙沙、沙沙沙——筆直走向門口。

門在他眼前啪嗒——關上，身後的小轎車，像是一隻真的瓢蟲真的被驚動那樣，隱約竄動就要飛走；踩在他腳底下的韓國草，獸毛一般茂盛濃密，他垂眼凝視著那個，現在看起來意外突兀的洞口，使勁思索為什麼在自己，抓攫手中的鏟子，鏟子金屬部分耗損磨折，以及靠在牆邊的那株鳶尾花出現以前，竟然會以為一切，皆能因此變得截然不同。

沒有下雨，天邊的彩虹或許真的，是一座飄浮在半空中的拱橋也說不定，他佇立在屋外，感覺絨毛一般的觸手，從遠端延展過來，貼心等候晚餐。她沒有問他今天為什麼這麼早回來？他側身提起那株鳶尾花，球根飽滿圓潤，像是一顆洋蔥，他將上頭不同顏色、不同質地的土泥輕輕拍去，上半身前傾，擺入挖好的穴中，周遭安靜得像是她還沒回來；他重新抓牢鏟子，仔仔細細填滿，所有看得見的空隙，驀地，他扔開鏟子，碰撞的聲響被草地吸收，跪了下來，蜷起手掌，雨刷似的來回撥動，但不知怎地，最後剩下的一小撮土，無論怎麼嘗試，都無法勉強耗盡。

又一次，他重新站起身來，站起身來的同時，又一次把握鏟子，木質握柄傳遞一股溫度，他感覺自己牽著一隻手臂，或者虹霓，或者只是一隻寵物，感到安心後，他鬆開手，雙手交疊，拄著鏟子，偏著頭思忖半晌，才恍然大悟，明白那些多出來的部分，就是鳶尾花那小巧玲瓏的頭顱，之所以能在這個家，入土為安的代價。

他放下鏟子。

他拉了拉沾附泥沙的西裝褲褲腳，緩緩蹲了下來。

他將那些剩餘的土，一一收攏在一塊兒，在平原似的掌肉上，堆成一座小小的視線不遠的山丘，忽然間，他的心底浮現，一個念頭，如果可以，自己好想站在那座山丘溫柔隆起的頂端，感受底下細小脈搏跳動的同時，也能竭盡全力踮起腳尖，看看從那位置望出去的，究竟是什麼樣的風景。

地平線被夜色吞沒，他在外頭，待到平常下班的時間，沒有慢一分鐘，也沒有快一分鐘。他身上的背心，變成黑色，質地癟硬，散發出腥臭味，具體到幾乎要透析出風味顆粒；鏟子金屬尖梢沒有剛買回來時銳利，好端端擱在牆邊，傾斜的弧度微妙，好像隨時都會偷偷走動起來躲進隔壁人家；空蕩蕩的花盆裡，裝著那些殘留他體溫的碎土，他又望了一眼，才扭下門把。

他鬆開手。

他掏出鑰匙，開了門。

可無論是在玄關脫下沾滿汙泥的皮鞋。

在陰暗的走廊一步一步緩慢前進。

在寬敞的客廳翻完今天的報紙。

還是在廚房門口見識她帶來的魔術。

「這株鳶尾花，就是妳喔——」他都一直，一直期待那天的到來，他就可以跟躲在她肚子裡的，自己的孩子這麼說。

只是他一直，一直沒有察覺，自己的那種口吻，以及那種譬喻的方式，彷彿比起孩子，這株鳶尾花，以及這天下午一段時間的存在，還更具有意義。

躺在床上，愈是盼望，他愈是輾轉難眠，而她穩穩定定的鼾聲，像是一支沒有盡頭的踢踏舞，不斷踩踏著自己的胸口。他索性翻身下床，下樓，坐在客廳沙發上，將電視打開，讓身子一寸寸下陷，音量維持在只有兩個人，才能聽見的距離，等待她下樓，如此一來，一天就要開始，也就更趨近結束了。

即使到了這個地步，日子還是以自身原本的姿態和步調，一天一天，均勻等速過去，整個世界運行的方式，彷彿一座巨大的加工工廠，品管嚴格，卻不曾在意產出的東西，究竟是什麼，只知道必須將所有快一點，或者慢一點的日子，全都一一挑揀出來，淘汰報銷。

他吃了一碗飯，車速維持在六十二公里，走起路來一秒兩步，除了她的肚子愈來愈大之外，他的生活，並沒有任何差異。甚至連原本大肆報導，可能侵犯的颱風，都臨時轉向，一切波瀾不驚，風平浪靜。他蹲在家門前，對鳶尾花輕聲說道：「妳運氣真好，幸好颱風轉向了。」只是他不確定鳶尾花究竟有沒有長高。

他想著應該買一把尺，他望向圍牆，發現先前擱在那裡的盆栽，消失無蹤。

在這裡，這個瞬間，他找到了她，之外的唯一一個改變。

他站了起來，如玻璃如薄冰一般的夕光，無聲龜裂，產生蛛網一般的藝術氛圍，他感到安慰，感到很想揉一揉眼睛，看見周身靜寂折射出萬千朵剔透泛著淡紫色光芒的鳶尾花，他屏住呼吸，怕一旦打擾一旦搖曳，什麼都要破滅。

一切有為法，如夢幻泡影——

這段經文，冷不防攢入他耳底，腦袋嘰——嘰——嘰——嘰——不斷作響，像是攀附在那些土芒果樹上的蟬，從時間拱橋的末梢，朝這裡橫跨了一大步，同時醒來，同聲尖叫過來，只覺得熟悉，他應該要知道那是誰的聲音。

「恭喜——要當爸爸了啊。」坐在櫃檯的護士小姐，對他說，塗在嘴唇上的唇蜜，讓她的氣色看起來，像是吸入充足的一氧化碳。

一時間，他不知道該如何回應。

只閃過，啊——原來已經過了三個月了的念頭。

那天晚上，下班後，他沒有急著回家，也沒有去建國花市。

他到嬰兒用品店，買了好多東西，當店員笑容洋溢前來推薦寒暄，問他的孩子是男是女？他笑著回答是男是女都好，店員笑容尷尬，抓起是男是女都很好的衣服，他照單全收，好像一個尚未現身的孩子，已經折射出成千上萬具軀殼。

他提著大包小包的紙袋，拐入圍牆，上頭扎刺著幾根顏色銳利的雜草，發現時已經離開視線，看見她從門後探出身子，右手鳥喙似的，叼著一顆爬滿灰綠色黴菌的橘子，日光剪影中，絨毛宛如蘆葦一般輕輕搖擺，空氣撥起漣漪，往草地上隨意一扔。

被輾壓過去的草皮，緩緩扳直身子，很快一切又都復原。

「裡頭都積水了，會生蚊蟲的。」她答道。

他回想自己是不是說了些什麼。

他回想自己一定是說了些什麼。

她轉身，他的話語，像是漂浮在水中的蟲卵，生命的誕生有無，居然可以在如此短暫的時間內決定；而只要能趕在那瞬間，發生以前抹殺一切，所謂的罪惡感，或許就比不上打斷某個人的牙齒。

他捏住拳頭，想問她什麼時候下雨了。

卻只是張著嘴巴，不知道該從何說起，害怕自己一旦脫口問出，她會如此答道：「你沒有看到彩虹嗎？」

但他真正害怕的，是自己之後的回答。

3

「小孩就是小孩。」他重複了一遍中年婦女的話，餘音消失的瞬間，發現穿堂只有自己一個人。

他扭頭，望向走廊，中年婦女走路的背影搖擺，臀部豐腴，讓她的身形看起來有些像是豬籠草。

像是搖動汽水，他晃了晃腦袋，往那名中年婦女，方才指引的方向走去，西裝褲褲腳摩擦皮鞋鞋緣，發出唰、唰、唰、唰，比腳步聲慢八分之一拍的聲響；他步下階梯，似乎企圖讓摩擦聲追趕上去，但腳步聲就是理所當然愈來愈快，他感到徒勞的同時，又聽見一大片鋪天蓋地而來的尖叫。

他停下腳步，聲音同時消止，意外發現，這竟然是唯一的辦法。

他聽見一件東西脫落，想知道哪裡發出聲音，哪裡發生碰撞，他想起好幾年前的中秋，一家三口，曾南下到苗栗二姊家，幾張板凳幾張桌子，兩家人就這樣窩在屋旁的鋼筋停車棚烤肉；烤到一半，他和二姊夫正在談論政治，月亮分明又圓又黃，像是剛片好的新鮮鳳梨，進屋裡拿啤酒的二姊，忽地和進屋裡上廁所的外甥女起了爭執，一推開紗門，像是捅著蜂窩一般，激烈的爭吵聲飛竄而出。

他立刻起身張望；二姊夫撇了撇嘴說又來了，抽出一片吐司放上烤肉架；她捏起剛迸開的蛤蜊，大聲吸吮了起來；女兒則抓著竹籤，緩緩翻滾，一口一口專注啃食玉米。

「我要是妳，絕對不會說這種話——」

二姊停下腳步，扭頭瞅著外甥女，冷笑一聲應道：「這種話等妳當了媽以後再說。」

「妳不要每次都只會說這種話——」

「本來就是這樣。」語畢，二姊拎著一手冰冷刺涼的啤酒，踩著小碎步回到停車棚。

外甥女沒有跟來，用力甩上紗門，二姊拉開啤酒拉環長嘶一聲說不必理她，青春期叛逆和青春痘爛掉一樣太正常，他下意識抬眼瞥了女兒一眼，二姊啜了一口說你女兒不一樣啦，他心想是啊是啊，自己的和別人的怎麼可能一樣？嘴上卻又開始談論政治，口中塞滿吐司的二姊夫胡亂咬了咬連忙嚥下，似乎噎死也必須表述自己的意見，發出像是自己的嗚咽。

他拉開拉環，不禁想起小時候，曾經有過這樣的抽獎活動，會直接在拉環背後印上獎項，儘管記憶裡的回答，總是繼續加油。細密泡沫像是企圖腐蝕他的指頭，密密麻麻包裹了住，他噘起雙唇湊近，正打算吸吮的那一剎那，想像泡沫悉數消失以後，適合觸鍵的飽滿指腹，會不會只剩下末梢尖利的骨頭。

水無聲潑了過來，連濺濕手掌的時候，也沒有發出絲毫聲響：「手手要洗乾淨喔，不然會生病的。」母親的聲音濕潤，像是剛片好的鳳梨。

「幹嘛每次都幫他洗啊。」二姊在一旁嘟囔著：「這樣他永遠學不會，要是我，絕對不會幫我的小孩洗。」

那樣的話，當妳的小孩，一定很可憐吧——不知怎地，當時年幼的他，心中冷不防閃過這個念頭。

但母親什麼也沒說，只是低垂著頭，細細搓揉著他的指頭。

「啊，都流出來了——」二姊驚慌喊道。

他反射性吸吮手指，感受泡沫紛紛破滅後的細緻餘韻，指頭還是指頭。

叩——

他聽見碰撞的聲響，女兒一時失手，將還剩下一整排晶瑩牙齒的玉米，掉落在地，他想起自己小學四年級參加兒童樂隊躲在，定音鼓和大鼓之間拚命甩動沙鈴；他忘記掩低了臉的女兒，當時是用什麼樣的表情面對，他的目光隨著拚命向前翻滾的玉米追趕過去，喀啦喀啦——喀啦喀啦——宛如一輛奔馳失速的馬車，朝月光無法填滿的懸崖直線衝去，相信那就是和自己最短的距離。

他緊緊閉上眼睛。

女兒剛出生的那一刻，他也是這樣。

他緊緊閉上眼睛。

「恭喜你，你的女兒好可愛。」

他睜開眼睛，注視著懷裡，這個被護士稱作「女兒」，四十分鐘前，還不那麼真實的存在。他伸出指尖，觸碰到「女兒」臉頰的那一瞬間，他第一次理解了，原來諾厄當初之所以，帶著一公一母的動物登上方舟，不完全只是為了延續「物種」，或者所謂的「生命」——背後還存在著更重要的理由。

因為那個理由，歷經漫長的行進，他終於有了一種破鏡重圓的感覺。

他多麼想永遠睜著眼睛。

但他忽然想起妳，說過的話：「如果不眨眼睛的話，眼淚就掉不下來。」妳捏起牙探針，魚鉤似的前端，搔搔他的胸膛。

皺起眉頭：「為什麼眼淚必須掉下來？」他挑釁似的反問。

「憋著也沒人看啊。」妳立刻答腔。

他抓住妳的手，將牙探針接了過來，另一手撥開妳往自己墜垂的乳房，頸子彎前，含住妳肩膀突起宛如尖石的一小塊骨頭，反覆咕噥著消毒過了消毒過了消毒過了，而後用尖細的前端，在妳兩乳之間的幽谷，割出一道涓涓細流。

妳沒有皺起眉頭，像是沒有感覺到絲毫疼痛，妳上弦月似的展開雙臂，輕輕從外圍抱攏住他，舉止謹慎，像是在維持一座沙雕。

妳的肌膚沸騰一般，竄冒粗大的泡沫，乳房愈脹愈大，妳忍不住洩氣嗚咽一聲，他鬆開口，不再啣住妳的骨頭，樹梢分岔開來氣味散去，縮起身軀縮向妳身體的重心，臉孔嵌入兩乳之間，河流蜿蜒逶動爬往妳腹部眼眶一般的孔洞，妳感到自己是一座被岩漿背叛的火山，妳像是倏然失去支撐一樣，忽地卸下整副身軀搭掛向他，嘴唇貼上他逆時針旋轉的髮漩，反覆咕噥的同時，也一次又一次，反覆細細親吻。

妳聞到一股乳香，宛如髮漩底下是洶湧的泉眼。

他感到懷念，像是一張摺疊椅，身子愈縮愈小。

周身的黑暗，讓方盤中金屬器具的微光，顯得格外溫暖，有那麼一瞬間，他相信宇宙，或許真的是經由，寂靜的爆炸產生。

砰——

分明如此靜寂，耳膜卻震動刺入聲音。

他睜開眼睛，卻感到某樣東西，零件一樣從眼底脫落，他甚至不敢抬起頭，視線就只能停在從遠端，翻滾過來，最終停在自己鞋尖前的，死去而無聲的蟬軀，他的姿勢恰到好處，像是已經為誰哀悼了無數次剎那。

「念那麼多，又不能成佛。」那時候，自己脫口說出的稚嫩話聲，迴盪在窄仄的佛堂裡，他竟然覺得捏死一隻蠶寶寶的罪過，比這要沉重許多。

2

他彎身，撿起蟬軀，在掌心上掂了掂，連自己都以為下一秒就要拋擲出去，卻只是用拇指和食指緊緊掐住，湊近耳邊搖了搖。

死亡如此輕盈安靜，似乎沒什麼值得畏懼。

身後一大片合唱突然，持續下去，又忽地休止收停，他好奇這隻蟬是男是女，好奇更早之前，發出的萬千音響中，是不是曾提供千萬分之一的力氣——注視著蟬收斂的羽翼和複眼，他沒有翻轉過來，觀察腹部有沒有雄蟬專屬的鳴器；或者拔腿往其中一棵樹衝去，折斷所有樹枝，指甲翻翹迸裂滲血也無所謂，用力摳下一層層樹皮，觀察裡頭到底有沒有，附著細小的蟲卵。

到頭來，他什麼也沒有做。

像是掏出皮夾，他將那隻蟬反身收入口袋，彷彿一旦沒有了生命，那就真的只是一件，收納簡便的「東西」。

他抬了抬頭，日光從葉縫篩落，零零碎碎，像是用鐵鎚敲碎的鈴鐺，他感覺自己像隻慵懶的大麥町，走出樹蔭，又立刻什麼都不是，他穿過草皮之間的石磚路，來到一座外觀簇新，設計感銳利的建築物，四周大片的落地窗矗立，反射燦烈的陽光，若是遠遠觀看，像是一盞巨大的玻璃燈。

他站在巨大宛如全身鏡的落地窗前，由上至下，而後折返，仔細檢視自己的打扮，倒映在上頭的自己，舉起的右手變成左手，他很想動一動左手證明些什麼，右手卻像是搧了自己一巴掌似的，捏了一下拳頭的同時，擠捱出聲音，陽光宛如緊急降落的滑翔翼一般，角度陡然銳利，將鏡子另一側世界的壁面消磨削薄，從外宇宙窺看進去，他看見窗內飄浮著一具一具，洋溢著青春氣息的肉體，耳底突然人聲轟轟喧鬧不已，下一秒，又沉底決然靜寂，母親柔軟挾帶麵粉香氣的手消失，周遭叫嚷不絕，他急著追上母親，宛如淤積的血塊，體格瘦小的他，擠不開任何人，手裡甚至連一顆大蒜，一把青蔥也沒有，一名穿著碎花寬鬆衣裳的歐巴桑貼向他，粗劣絲質衣襬塞住他的嘴巴，他呼吸不過來，往一旁踉蹌了幾步，分岔出去，腳步聲終於有了回響的空間，他抬頭張望，誤闖入陰暗潮濕的鐵棚子底下，倒懸的鐵鉤，像是一個一個顛倒過來的問號，刺穿一隻手肘厚度的骨肉，滴答滴答滴答滴答，四周吊掛無數具開腸剖肚的肉體，顏色猩紅凹凸不平一路沿著嶙峋的地形漲落起伏，裹了一層薄膜似的銀灰色骨頭，宛如琴鍵隱隱約浮現，粗礪崎嶇的石子地，反射著一小面一小面一小面一小面的鏡子，他想穿過，那些赤裸的肉身，卻踟躕該迴避開來，或者索性清清脆脆踏碎鏡面，忽然間發現自己倒映在上頭清淺嬌小的身影，他扎實嚇了一跳，像是被關入四面鏡房裡的蟾蜍一般，一對眼裝載成千上萬個自己，頓時返潮似的渾身濕透像是要化蝕這身皮肉。

一名身材高大的男子，連聲招呼也沒打，便撞碎他的身影，男子穿著白色滑質三角泳褲，材質貼身密合，幾乎動作稍微粗魯些，半邊臀部就要袒露出來；男子側身向他，開始伸展軀體，兩肋旁一小格一小格，宛如馬賽克瓷磚般的菱形肌肉，隨著擺動幫浦似的忽脹忽縮，他想起那些經歷反覆熱脹冷縮的岩石，在某個無法掐準的時間點，超出臨界值，應聲迸裂，彷彿其中自在其宰制無有的神靈。

皮膚黝黑的男子，似乎這才發現他的存在，男子轉向他，皺起眉頭，嘴巴開開闔闔像是活絡雙頰肌肉準備發聲練習，模樣滑稽，讓他險些笑了出來；男子扭頭，大概朝後頭揚聲喊了些什麼，他看見對方頸子挺出青筋，渾身肌肉缺氧似的頻頻吸氣。

他看見穿著制服的女兒在鏡子裡面出現，站在健壯男子旁，比對方矮一顆頭。

他好奇女兒，會從那裡對自己說些什麼？

但女兒什麼也沒說，像是發現自己走錯場景的人，立刻轉身離去，螢幕裡又只剩下那名男子，對方的眉毛濃密，眉骨凸出，幾乎要將眼睛吞噬進去；鼻頭豐滿，幾乎要將上嘴唇覆蓋。

他同樣沒有離開，感覺對方，也在等待自己下一步動作。

如果脫去濕透的襯衫，對方會不會脫下泳褲；脫下泳褲的瞬間，那些背景會不會齊聲尖叫，化作一綹又一綹遽然蜷曲的粗實線條；而從男子下體竄起一把如龍柏一般的黑色焰火，他的手伸向更加陰暗的外焰，他想起自己曾在倫敦可陶德學院畫廊，見過的一幅油畫，裡頭繪了一盆不清楚種類的花卉，以及幾顆西洋梨，由於出自名家，據說要價上億台幣。

記得當初他曾和同行的友人發生爭執，對方堅持畫裡有三顆西洋梨，但他說肯定的只有兩顆，第三樣東西被葉子遮擋住了大半，根本無法確定那是什麼；有人聽聞，立刻佔了先機似的揶揄道：「按照你的說法，從這個角度看起來，這樣東西，也可能根本不是西洋梨，而是水梨了——」說到最後，對方忍不住笑出聲來，指著那顆拳眼瞪向畫外兩人，他原本篤定是什麼的物體。

「你說得對。」停頓半晌，他緩緩說道，坦承自己的錯誤，這對成年後的他而言，是一件極為罕見的事；他的目光，從愕然的友人身上移開，又一次專注看著那幅畫，呢喃說道：「能夠確定的西洋梨，只有一顆啊。」

他感覺有人，正摳抓著自己大腿的邊框，心一驚暗忖，會不會是那隻死去的蟬和自己的身體反覆摩擦後，把自己當作後代又一次活了過來。

「嘰——嘰——嘰——嘰——嘰——」聽見聲響，他別過頭去，站在自己面前的女兒，略微噘起了嘴，發出嘰——嘰——嘰——的蟬叫聲。

他怔愣望著女兒。

「你怎麼會來？」

「妳忘記帶蛙鏡了。」

「我沒有要下水。」女兒頓了一下，側著頭，往游泳池瞥去，裡頭有幾個同學交頭接耳，好奇往這邊打探，那名男子大步走向他們，大概扯著嗓子，喝斥了些什麼，男子背部以至於腰椎兩側的肌肉，緊繃得細細顫抖，甚至可以清晰看出肌肉挾帶油光的紋絡，女兒收回視線，定睛看著他簡短說道：「不方便。」

像是沒有聽到女兒的答覆，他往前跨了一步，將另一步併攏的瞬間，打直胳膊，將裝著蛙鏡的袋子，遞到女兒面前。

女兒接了過去，似乎這麼一來，此時此刻，他在這裡的存在才有意義，不像一齣辜負電視的鬧劇。

他轉身離去，沒有等待女兒多說一句。

「那個——」

他想女兒或許是想告訴自己，校門口不是那個方向。他停下腳步，抹了抹下顎，扭過身，打算從女兒身旁走過，沿著方才來時的路徑，折返回去，彷彿一直以來，這都是自己日常生活，鋪好的眾多軌跡之一。

「上次你說的那個科系，我會去推甄看看。」女兒只是這麼說。

女兒轉身，動作迅速，閃身進了游泳池。

他像是注視著女兒離開後，留下來的空殼，並且懷疑，若是此時毫不猶豫，扭頭看向落地窗，會不會證實自己的腦袋真的，被一根猛瑪象的利牙狠狠刺穿。

如果不是這樣，他怎麼會看見，五年多前，剛踏入國中的女兒，就好端端站在自己面前，先是剪去馬尾，兩年後頭髮甚至一度比自己還短——而和方才女兒存在的輪廓，相減以後，所剩餘的空間，該如何，又該用什麼，才有辦法徹底填充。

他記起女兒國小三年級的時候，綁著麻花辮，像是一格一格柔軟又堅韌的鱗片，映著一小片指甲月牙似的弧狀光亮，每一道勒緊的扭擰和轉折，蘊含著強勁的力道，他可以想起她坐在女兒身後，繃出雙臂的肌肉線條，用力拽住髮絲，一小撮一小撮細髮從指縫竄出，電視大聲轉播新聞，那時候不流行抗爭，卻和現在一樣，總是死很多人；他沒有來到對面，觀察女兒的表情，也沒有試圖從映像管電視的螢幕裡，索窺女兒的倒影，儘管那時候的他不知道，比起一朵鮮嫩嬌滴的水仙，女兒寧可成為一顆擁有獨特風味摳瞎眼也能指名道姓的大蒜，於是他只是深深陷在沙發中，注視兩人帶著點韻律的後腦杓，感覺她們一定十分幸福。

那段晃擺著麻花辮的時光，女兒經常拉著他，問自己可不可愛，每當他回答可愛可愛，女兒又會追問那麼有沒有比昨天更可愛，他總是敷衍帶過，忙不迭應聲說有、有、有當然有，說今天永遠比昨天可愛，甚至險些直截脫口說出明天也會比今天可愛——儘管那時候的女兒，斷然不可能察覺，所謂的「明天」，其實是一個假想的存在，虛偽的命題。

或許是太早意識到這層道理，或許是單純因為這樣的相處方式，也或許是因為「家人」朝夕相處的關係，他一直沒有察覺到女兒的種種「改變」，只是在漫長時間理所當然，過去後的某個日子，猛然回過神來，「發現改變」的當下，看待一種現象似的，感到訝異甚至心驚的同時，決定像是一個真正的家人那樣，概括包容，悉數承受。

A

「下午不用看診？」和他並肩走在騎樓底下，妳偏著頭問道。

他沒有回應，妳抿住唇角，表情淡然一如既往，似乎打從一開始，就知道他不會應聲，所以才提出這個問題。

「吃過午餐了嗎？」他問妳。

當作回答，妳反問道：「你還沒吃？」

「算吃了吧。」

妳不禁勾起嘴角：「這是什麼回答？是吃了，還是沒吃？」

他忽地牽起妳的手，他的指甲從妳的掌肉，擦過的瞬間，妳像是觸碰到冰冷的鐵器一樣，反射性想將手縮回來，抽動掙脫的剎那，冷不防想起質地溫潤的玻璃，困惑為什麼冰冷的，事物總是比較堅硬。

他施力扣牢，指頭穿過指縫，胳膊咬了過來，要妳放心，這地方沒有他認識的人會來，至於妳，呵，極為短促，他笑了一下，則沒有認識的人。妳搔了一下側頸，留下一小片酒精燈內芯色彩似的紅斑，移動西洋棋一般踟躕試圖反駁自己，還有兒子，還有ㄟ，甚至是ㄟ的孩子和丈夫——可一思及這個時間點，連兒子口中最熱鬧的，西門町都可以拔腿奔跑，大幅度划動胳臂，而不用擔心毀損任何事物，撞傷任何人，或許自己就真的誰都不認識也說不定。

妳問他怎麼會帶自己來這地方？

「妳不喜歡這裡？」他反問。

「談不上喜不喜歡。」頓了一下，妳偏著頭，繼續說道：「只是不敢一個人到這個區域。」

「妳在害怕什麼？」

「不知道為什麼……」妳仍然偏著頭，看起來有些羞赧，似乎不曉得該如何解釋，才能讓他明白，最後妳索性坦率說道：「每次只要一個人到西門町，我就覺得好像會被強暴。」

像是早就演練過無數回，他立刻笑出聲來，身子頻頻震動，喀啦喀喀拉扯著妳的胳膊，正在猶豫該不該一起擺動，彷彿當初膠水沾錯了地方，妳感覺整條手臂就要，從肩膀脫落，和另一個人啪——一聲擊掌，快樂得不像是自己的。

妳耐心忍耐，一如既往，沒有人發現妳，抿緊的嘴唇裡頭，含住的牙齒像是刀鋒抵住砧板，妳想思索自己究竟切斷了什麼東西，記憶卻遲遲記不起來，妳試圖多擠出一些表情，甚至試圖張開嘴巴，像是站在一扇久違的門前，只能一一嘗試手上，那一整串走動時，翻動時，都鏘鏘鏘鏘——忍不住發出聲響，卻又走不遠擴散不開的鑰匙。

「其實我也不喜歡一個人到這種地方。」湊近妳，他壓低聲嗓說道，在妳沒有察覺的時候，他已經止住笑。

他的鼻息，他語氣嚴肅的回答，令妳感到意外：「我以為這裡會是男人的天堂。」妳愈來愈像妳自己了，妳反過來扣住他的手。

他縮了一下，沒有繼續往下說，只是扳回身子，說肚子好餓，還戲劇性用另一隻手按抵胃部。

猝不及防，妳拉拽著他，快步走向路邊，一間賣蒸餃的小店，他訝異妳不是和西門町不熟，怎麼知道這麼一間不起眼的店。妳擺了擺頭笑答自己，也不知道這家店好不好吃，只是看這間店，雖然格局小，又沒有招牌，但爐子、桌椅和工作檯都很乾淨，壁面甚至剛重新粉刷過，自己一向喜歡這種素簡，美感節制得有些綁手綁腳的小店。

老闆瞥了妳和他一眼，俐落移動蒸籠，茂盛的熱氣宛如熱帶叢林蔓藤將對方埋掩，戴著圓形鍍銀耳環的老闆娘招呼他和妳在內側的四人座位落坐，妳抬頭望了一眼同樣擦拭光亮的菜單點了兩籠蒸餃，酸辣湯和小米粥各一碗，老闆娘一轉身離去，妳便抽出兩副免洗筷揀了兩個小紙盤問他是不是不常來這種小吃店？他愣了一下咕噥只是太少來這一區並且抓起其中一罐醬料看了看標籤，妳莞爾一笑看向並肩忙碌的老闆和老闆娘，身材圓潤背影如此相像，妳忽地疑惑，或許同床共枕還遠遠不足，夫妻至少得花上更多時間相處，才能愈活外表益發類似，也就無須逢人便急著介紹彼此的關係，好像即使下一秒要將對方的名字倒過來連念三回也不會出錯，老闆娘端著碗側過身的那一瞬間，妳倏然想起，從前老家附近，有一家賣米粉湯的小店，國中時期，每天一大清早上學路過，人客絡繹不絕，妳經常想著總有一天，一定要抽空嚐嚐看味道，但放學後，無論跑得多快，總是錯過營業時間。

那時候的妳，只是懊悔，如果再過幾年，自己不再是現在的自己，而是高中聯考前夕，墮掉了一個孩子的那個妳，鐵定能夠二話不說，狠下心來，蹺掉一整天的課，被揭穿逮住以後，再聲嘶力竭吼道都是這碗米粉湯害的——

只是那時候的妳，只是懊悔，總是站在店家的對街，想像著米粉湯竄冒熱氣的霧濛殘影，看著坐在騎樓下水龍頭前年過五十的老闆，低垂頭專注刷洗廚具，而老闆娘則店內店外來來回回，一會兒擦拭桌椅，一會兒撒蘇打粉用水桶盛水清潔地面；起初妳無法理解，明明隔天又要展開相同的一天，為什麼每天每天，這兩人都能夠不厭其煩，如此大費周章清理？如果是自己，恐怕會三、四天，抑或長達一個禮拜，才會認真打掃一回；妳甚至相信，有許多店家，大概從開店以來，就一直得過且過，抱著開一天賺一天的心態，抱著頭蒙遮眼，不挑不揀經營下去。

這樣積極的兩人，讓妳有時候，不由得心頭一陣刺冷，感到顫慄畏懼，好像站在一面鏡子前，以為照出的可以是，真正的自己，卻在其中，看見自己有能力成為，卻總是提不起勁，一頭用力撞入鏡中的自己。

然後妳離去，就和錯過的昨天一樣，也和即將錯過的明天一樣。

妳抱持著終究會錯過的心情起床，不知道自己有一天可能，後悔當初若是真的嚐嚐看那種滋味，會有什麼樣的心情。那是某次連假結束後的早晨，空氣乾淨到令人吃驚，抱持著終究會錯過的心情出門，妳背著書包，爬上熟悉的緩坡，每爬一步，便多了一分預設落空的期待，期待那些穿著休閒服、運動背心，甚至是棉質睡衣的人，揉著眼睛、抓著臉頰、摳著耳朵、挖著鼻孔，叢聚在那狹窄不足三公尺寬的店門口，等待呼嚕呼嚕呼嚕呼嚕，將那一條條白色滑溜，富有嚼勁無從反擊的米粉，滿足吸入嘴裡，咬下吞嚥的瞬間，一股若有似無的米香，沿著口齒蠕動隨之爬入鼻腔。

但當妳踏上坡尖，鐵錚錚壓入眼底的，卻是漆塊龜裂的鐵門。

妳難掩失落，妳從未在必須上課的日子裡，無法見他們一面；那天放學，妳特地繞了遠路，像是個盡責的悲劇角色一樣，委委屈屈，避開了那個場面，而妳以為這就是自己當時，得以展現的所有憐憫和抵抗了。

隔天，爬坡的時候，妳加快腳步，甚至加重每一步跨出去的力道，如果身上有尺，還可以知道步伐比平常遠了十幾公分，感受從柏油路面直截反彈回來的衝擊，震動骨骼的強烈勁道，妳益發興奮，肌膚的疙瘩遽然膨脹開來，感覺自己可以藉由，這一次又一次的刺激，讓所有人相信，自己擁有一個圓滿的家庭，而那些狠狠捶擊，成為碎塊的童年，一切的一切，都只是為了敲開那漆黑堅硬固執的不堪表面，獲取其中珍貴閃亮的結晶礦物。

鐵門依舊拉下，像是斬斷繩索的斷頭台；油漆比昨日多了幾道裂痕，像是一張逐漸在湛藍天中攻城掠地的銀白色蛛網。

坐在第一排座位，有時候老師叫同學上台解題，見對方侷促不安，半晌寫不出一道算式，妳不禁失神，困惑自己為什麼要花費這麼多時間，坐在這裡，終於忍無可忍，妳索性舉手，承受所有異樣眼光，也非得上台，緊緊捏住慘白一如指骨的粉筆，解出答案不可。

妳的腦中，忽地閃過「死前訊息」這一個詞彙，卻感到荒謬，不知道自己是不是真的快死了，也不知道該告訴誰這個消息，又或者根本不知道是誰殺了自己——

後來妳回家，妹妹問妳怎麼這麼晚才回來，不是比自己早出發嗎？妳虛應過去，洗了洗手，倒了一杯開水回到客廳，在矮凳上坐下，翻開報紙，妹妹有一搭沒一搭和妳說話，妳想叫妹妹把電視音量轉大一些。

也是那天下午，妳從妹妹口中意外得知：「那家賣米粉湯的，早就收了啊——」妳不知道妹妹，憑什麼用「早就」這一個詞彙；坐在沙發上的妹妹，切了一小塊黑森林蛋糕，停在嘴邊，輪廓銳利、散發香甜氣息的巧克力葉片，掉落在妹妹白皙有著細緻橫紋的膝蓋上，妹妹像是感覺不到春夏秋冬，頻頻切換似的繼續說道：「聽說是因為那家店的老闆娘過世了。」

「怎麼死的？」妳不服氣問道。

「癌症吧？」妹妹撇開頭，望向電視，將蛋糕塞入嘴中。

妳捏住報紙的邊角，想問妹妹可不可口。

K

「妳胃口真好，不是才吃過午餐？」走出蒸餃店，他調侃道。

妳拉了拉沾上小米粥的衣襬，抖出砂糖的氣味，心想他是不是發現自己，腰間的贅肉從褲頭擠出，甚至貼上牛仔褲冰冷的金屬鈕釦；遮掩的同時，妳不由得感到奇妙，這些問題，當自己在他面前赤身裸裎的時候，分明連半秒鐘都沒有浮現腦海，可為什麼一旦穿上衣服戴上琳瑯配件，和他挽著手肩頭相銜走在大街上的時候，卻會忍不住在意起這些事來呢？在意身材的胖瘦，在意眼妝口紅的濃淡——

妳發現自己，再也無法把自己當作一樣純粹的工具。

失去了那第三個，不在同一條道路上的點以後，像是失去條紋的斑馬，失去斑點的梅花鹿，過去的石膏假面，裂痕層層疊疊浮現一如琉璃內裡；妳十分害怕，並只能把自己逼迫到害怕的極限——害怕倘若剩下的那一點，真的不是自己的延伸，那麼自己久長以來，所費盡心力盤據的這一點，到底算是什麼？

「今天一大早，連隔壁鄰居的狗都還沒叫，我就把庭院裡的盆栽，全都處理掉了。」妳冷不防出聲說道。

他先是愣了一下，才吞吞吐吐問道：「為什麼？妳不喜歡花花草草？」

「容易招來蚊蟲。」妳原本想這麼回答，卻沒有太大把握，心想會不會一回到家，客廳的桌腳、廚房的椅背、臥室床內的彈簧，就都被螞蟻啃食殆盡；於是妳如此許願：「我想種其他植物。」

他沒有將這個話題延伸下去，領著妳走進一家店。

「為什麼帶我來這裡？」

「當然是帶妳來辦手機，難不成來買車輪餅嗎？」

坐在櫃檯後方的女店員站起身來，擠出笑容，或許是玻璃門外，午後日光太暖和，嘴巴以外的部分，滿是睏意。

「我喜歡奶油口味的。」妳硬是接續說道：「外頭的紅豆餡不好吃，不是口感沙沙的，就是沒有煮透。」

「我不吃鹹的。」

「我也是。」妳悄聲答道。

後來他買了一支最新型的智慧型手機給妳，起先妳想婉拒，但他堅持，說這樣才能隨時找到妳；妳說這型號功能太多，太複雜，自己無法充分利用，未免浪費，不如索性買最便宜的一款，能隨時被他找到就好。

「她會賺錢，我又比她更會賺，這麼多錢，坦白說，要是不花在這裡，我還真的想不到能花在哪裡了。」他的說法很幽默，說服了妳；提著摺線銳利硬挺的紙袋，妳尾隨他，只落後半步，踏出店門口，妳想不起上一回，收到男人的禮物，是什麼時候，只記得兒子，在今年的母親節，為自己親手做了一張卡片，妳好奇這張和去年設計類似的卡片，美術老師會打幾分。

「還好你沒有買蛋糕。」妳笑著對兒子說道，將仔細裹好粉、拍去多餘屑末的豬排，小心翼翼滑入油鍋。

站在廚房門口的兒子，挪了挪書包背帶，瞥了一眼擱在地板角落紅白塑膠袋裡的茄子，浸潤在陰暗裡頭的紫色，看起來更像是金屬；兒子收回視線，愣愣點了點頭，緩慢答道：「外面的蛋糕沒有妳做的好吃。」

妳緩慢吞了一口唾沫，從喉頭深處，感到一股杏仁般若有似無的甜味，逐漸擴散開來，香氣逐漸充滿整個口腔，甚至鼻頭上的黑頭粉刺都膨脹起來。

妳想他會帶自己走向方才停車的位置，開往某間汽車旅館，卻忽地一拐，轉入另一個方向，妳一臉詫異，他抹了抹下顎，搶先說妳們女生不都喜歡這樣，妳皺眉追問喜歡哪樣，他轉移話題說先去買手機殼，妳再追問為什麼不在剛才那間手機店買就好，還可以順便殺價要求折扣，他拉住打算轉身的妳宛如一支舞蹈延伸出的另一隻手臂，說裡頭的手機殼樣式太少，而且大多時候還比外頭攤販貴上一、兩百塊。

他依舊牽住妳的手，妳晃動手中的紙袋，節奏愈來愈快，弧度優美，比起蹺蹺板的僵硬，更近於鞦韆的隨興。

妳聽見嘻嘻笑聲，以為真的走回國小時，自己嬌小的身體，每天放學，都跑到遊樂場，窩在其他學童間，輪流溜滑梯，或者站在一旁的樹蔭底下，看著那兩架永遠輪不到自己搖盪的鞦韆，一張一張皺起的笑臉迅速更替，留下的殘影重疊在另一張面孔，鐵鍊摩擦出嘎嘎嘎嘎刺耳的聲響，妳最害怕的事，接連發生，夕陽分寸融化，孩子一個個衝向父母的懷抱，像是方糖融入咖啡瞬間消失，嘻嘻笑聲消失，周遭靜寂無聲，連一片落葉也不肯驚擾，妳蹲在和原先樹蔭連成一大片的陰影裡頭，緊緊扣住膝蓋，指頭用力摩擦腳踝，期待沒有人來接自己，回到那個每個孩子，都迫不及待飛奔回去的地方——嘻嘻笑聲忽地出現，妳扎實嚇了一跳，四處張望索尋，是不是有另一個和自己一樣，分明有母親卻無法同住，有父親卻強暴自己，有妹妹卻不能打從心底疼愛，這樣的一個孩子。

妳看見炙烈的日光，被周遭店家大片大片的玻璃反射，令一切只能更加明亮，街道上，年輕情侶來來去去，年紀至少比他和妳少上兩輪；那些穿著鮮豔的少年少女，像是不在意被發現似的，不時瞄向妳和他，竊竊私語，甚或溢出布丁底部糖漿一般，充滿化學氣息的甜膩笑聲。

妳試圖從他的掌握中掙脫，他卻沒有鬆手的打算。

妳繼續嘗試，他卻只是平靜說道：「這裡沒有任何我們認識的人。」

妳微笑，將頭髮撩至耳後，輕輕按了按眼角。

他帶妳拐進巷弄，熟門熟路，妳開始懷疑他或許不是第一次來，他在一個擺滿手機殼的攤位停下腳步，顏色絢麗駁雜，造型五花八門一如百鬼夜行，坐在高腳椅上的少女正低垂頭，小心翼翼掐捏著宛如玳瑁龜殼一般厚重粉亮的假指甲，眼睛抬也沒抬，便突然出聲問需要什麼隨便挑，妳愣了一下，鬆開他的手，慌忙打開紙盒摳出手機，少女接過去瞧了瞧，低低啐了一聲，隨手一指：「有的款式都在這裡了。」

妳挑揀一陣，始終沒有看到合適的，見妳的頭愈來愈歪斜，他瞅著少女說道：「只有這些？種類這麼少？」

化著濃妝的少女終於抬起眼，像是快承受不住眼影、假睫毛以及濃稠的睫毛膏，眼神慵懶，不耐煩抓了抓乾燥的臉頰：「拜託——手機那麼新，我這邊選擇已經算很多了耶。」儘管一臉嫌惡，聲音依舊嬌嗔，像是連在睡夢中，都強迫自己習慣，發出這樣的語調。

「就這個好了。」妳趕緊說道，從架子上隨手取下一個。

他接過，立刻掛了回去，牽起妳的手：「與其勉強自己挑一個，不如以後再買。」還沒離開攤位，他就放聲說道，少女又啐了一聲，似乎叨念了什麼不堪入耳的字眼，妳覺得低俗，反過來拉住他加快腳步。

Q

走了將近十五分鐘，妳和他背後汗濕一片如暗下的草原，他帶妳來到一家離鬧區有段距離的咖啡廳。

至此妳才確定，日落以後，妳和他，才會進入下一個步驟。

一旦確定了他的想法，妳的心情隨之篤定，將一直以來緊繃著的肌肉，從後頸、腰椎、以至於往兩側脅下延伸，拆開一只紙鶴似的，一寸寸放鬆開來。

「你怎麼知道這間咖啡店？」

他掏出手機，敲了敲液晶螢幕：「在女兒臉書那裡看到的。」妳自然不知道他說了謊，只一心忖度不知道兒子有沒有臉書，如果有的話，有了智慧型手機的自己，是不是就能多一條途徑。

但自己該如何解釋，擁有比兒子更新型的智慧型手機——

服務生來到桌邊，遞出菜單，妳一接過，還沒翻開，便問他：「你女兒推薦什麼？」

服務生輕聲說待會兒過來點餐，轉身離去。

「草莓卡士達奶油鬆餅。」他俐落答道，險些一股腦兒脫口說出，自己的女兒其實沒有臉書，這些全是從她那裡學來的知識：「熱可可據說使用的是純正可可豆——妳有看到櫃檯旁的那台機器嗎？裡頭在攪拌的，就是熱可可。」

「那機器看起來很貴。」妳有感而發，一覺醒來，驚訝發現原來，什麼東西都可以計價。

「幸好我們只是喝熱可可，不必連機器也一起吃下去。」

妳輕巧笑了一聲，翻開菜單。

「妳知道嗎——」他拖長尾音，等待妳，從菜單裡抬起眼來，才往下說道：「妳的笑容很特別。」

回到櫃檯的服務生，提起一壺添了幾片檸檬，看起來格外清沁的冰開水，往這邊走來，他和妳的杯子，水還有七分滿，兩三顆冰塊，服務生背對妳和他，為走道另一側座位的客人添水；那是一對約莫三十出頭，打扮成熟的女人，綁著俐落馬尾的女人正在滑平板電腦，另一個雙頰有著淺褐色雀斑的女人，則專注看著對方，雙掌圈住咖啡杯細細啜飲，忽地皺起眉頭，喊住剛側過身的服務生要了糖，馬尾女人這才從平板電腦裡揚起尖銳凸出的下顎，輕輕擺頭對服務生說不用了，瞥向對方將自己的糖包緩緩推過去，說我不用我的給妳吧。

服務生再度離去，妳以為他，打算來一段言情式的開場白，於是挑起眉尾，順勢問道：「哪裡特別？」緊接著適時揚起嘴角。

他雙眼圓睜，身子靠向餐桌，桌腳刮磨地板，發出細微震動，仔細盯著妳的臉孔，像是素描一般認真，於是把妳真的，當成了一幅畫一樣，和自己商量一般說道：「好像被拆解開來，可以寫成說明書一樣，先是扯動臉部肌肉，接著咧開嘴巴，最後才小心翼翼發出聲音——」頓了一下，企圖找出結論，他繼續和自己琢磨，細聲咕噥道：「那種表情，如果叫做『笑容』，那麼……從『笑容』裡，所發出的聲音——無論如何，都只能稱之為『笑聲』了吧？」

「為什麼我覺得自己，被你說得哭笑不得。」語畢妳縮起脖子，土撥鼠似的鑽躲入菜單，在心底念著香蕉巧克力鬆餅、水果季節鬆餅、黑糖麻糬鬆餅、宇治金時鬆餅——

但他遲遲沒有笑出聲來，即使是現在，已經不流行的罐頭笑聲也好。

妳不禁好奇，兒子知不知道什麼是「罐頭笑聲」？畢竟他沒吃過幾次罐頭，畢竟連當初自己以為永遠不會改變的西門町，都已經面目全非。譬如在妳還不害怕一個人，來到這個地方的時候，那棟中華商場也還沒被拆毀的時候，妳記得自己喜歡曬著陽光，走在通往商場的天橋上，偶爾在一旁賣書或者飾品的攤販停下腳步，頻頻翻弄賞玩，弄得店家幾乎惱火，卻從來不掏出一塊錢，買任何東西。

快步走下階梯，在洶湧人群中，妳瞥見一張熟悉的臉孔，那是妹妹，妹妹穿著最容易弄髒的白色洋裝，一名少年蹦蹦跳跳出現，蜻蜓一般點了妹妹的肩膀一下，妹妹一轉過身，少年便立刻將臉湊近，讓妹妹的嘴唇從自己的臉頰擦過。

妹妹身體往後一縮，按住嘴唇，用力往少年的肩膀拍了一下，嘴裡絮絮叨叨像是在埋怨對方，雙頰卻泛起紅暈；少年牽起妹妹的手，往人群中走去，不知道為什麼，或許是內建的機制，妳反射性邁開步伐，趕緊跟了過去彷彿面前出現另一組入射角極大極為陡斜的階梯。

妳買了票，尾隨兩人進了電影院，《梁山伯與祝英台》，儘管和現在一樣，這裡到處都是電影院，但和現在不一樣的是，那時候的電影海報，全是手繪的，看起來格外具有震撼力，也比現在歡愉生動許多。

妳坐在他們斜後方的座位，完全不知道那部電影到底演了些什麼，這一整段時間，妳的注意力，全集中在妹妹身上，妹妹不時側過身子，和身旁的少年低聲說話，接著兩人身體細細抖顫，像是偷聽到什麼笑話一樣，像是在看笑話一樣，像是一隻被翻過身的甲蟲一樣——妳試圖湊近，卻理所當然被隔絕在外，場景忽地轉換，畫面突然大亮像是一把掀開窗簾，電影銀幕散發出來的弧狀光芒，照拂在妹妹紅潤的臉上，妳目不轉睛，妹妹的唇角陡然上揚，延展出相當好看的弧度，像是倒掛的彩虹，那一瞬間，與其說是「笑容」，襲上妳心頭的，第一個念頭卻是「幸福」。

那天回家，從二樓房間窗口望出去，妳下樓，進廚房倒了一杯八分滿的溫開水，來到客廳，喀嗒——門打開，妳抽了報紙坐下，若無其事詢問在玄關一手撐扶壁面，一手脫下鞋子的妹妹，今天去了哪裡？妹妹換上室內拖鞋撩了一下頭髮，臉頰通紅殘留著白晝的體溫，若無其事回答和同學去東區逛街，緊接著俐落說出一個在自己和母親口中，頻繁出現的名字甚至描述對方今天的穿著，詳細的答覆，讓妳一時間必須使勁，抓緊杯身強忍住笑。

妹妹說自己先上樓放東西，踩著小碎步從妳身旁走過，妳說冰箱裡的蛋糕再不吃就要過期了喔，妹妹抿唇幸福了一下答好待會兒立刻吃掉。

妹妹啪啪啪啪上樓，直到後來，妹妹還是沒有跟妳坦白，自己交往的對象，其實是妳班上的學藝股長。

學藝股長的臉孔，霎時狠狠砸入妳的腦海，濺起獠牙一般森白水花的那一瞬間，妳愕然發現，不只是妹妹，自己同樣說了謊。

年幼時期，已經被強暴無數次的妳，根本不害怕被強暴，之所以害怕來這個地方，只是因為妳不想讓自己，去面對那樣一個，比金剛石更堅硬的事實——妳再也無法將自己塞回，二十幾年前的那副軀殼。

J

「妳還想點什麼其他的嗎？」他垂頭，啜了一口熱拿鐵，微微瞇細眼睛，上頭的拉花被輕輕扭擰開來。

像是壞掉的玩具，妳搖擺著頭顱，持起刀叉，手腕凹折的弧度，像是天鵝汲水，悠然瞥了一眼窗外，收回視線，看向他反問道：「倒是你，不點三明治……漢堡，還是美式薯條嗎？現在和以前不一樣，像這樣的店，大概都只提供馬鈴薯吧？想吃番薯，還得去鹽酥雞攤才買得到呢。」

「妳想吃？」

「鹽酥雞？」

他笑了笑，挪了挪身子：「三明治、漢堡，或者美式薯條？」

「我剛不是搖頭了嗎？」

他和妳陷入沉默。

但沒多久，妳捏緊刀叉，切了一塊鬆餅，切斷鬆餅的瞬間，施力過猛，刀子和餐盤刮磨，發出刺耳高頻的聲響，像是用美工刀割裂ＣＤ。

隔壁桌的馬尾女人，從平板電腦裡扭過頭，大剌剌瞥了妳一眼；妳輕輕晃動肩頭，將鬆餅被切除開來的部位，移到另一張小圓盤上，先是抹上鵝黃色的卡士達奶油，接著堆上兩顆紅豔豔的草莓，心滿意足似的，又抹了一層卡士達奶油，才抿了抿嘴唇，推到他面前。

圓形的鬆餅，缺了一角，妳想起從前玩的某種掌上型遊戲機。

他抓起叉子，幾乎是用撈的，將鬆餅直截塞入口中，其中一顆草莓，鮮嫩的尖端裸露在外。

「妳怎麼不吃？」將那最後一抹新鮮顏色吸進去，他一面咀嚼，一面問道。

妳撩了一下頭髮，確認耳朵後方，像是埋著一個人起伏柔軟的丘陵還在：「可能習慣先等別人吃飽了吧。」

「妳那麼擅長烹飪，一般外頭餐廳的料理，恐怕都不合妳的胃口吧？」他躺入椅中，瞄了盤中的渣漬一眼。

「其實已經很長一段時間，沒有像這樣，在外面用餐了。」

「不好意思。」

妳笑了笑：「為什麼要道歉？」

「帶妳吃這種東西。」他報以相同的笑容。

妳切了一小塊，送入嘴裡，咀嚼了幾口，趁著香精的氣味，尚未完全擴散開來，趕緊吞嚥下去：「我不是一開始就會煮菜，是結婚以後，覺得必要，才決定認真學習。」

「『必要』？」他手肘抵住扶手，拄著臉頰調侃道：「妳該不會真的相信那一套，『要抓住男人的心，就要先抓住男人的胃』吧？」

妳沒有回應，將他的小圓盤拖回自己面前，倒帶似的，又切了一塊。

良久，妳才啟齒：「一旦踏入婚姻，女人就容易變得死心眼，既然無法放棄，就只好什麼方法都去嘗試了。」

「那麼踏入婚姻的男人呢？」

「婚姻是用來保障女人的。」

又陷入片刻沉默，妳將餐盤推回他面前。

「不過……我很慶幸自己學會了烹飪……」冷不防，妳斜傾著頭自白，懼光似的瞇細眼睛，望向窗外人潮逐漸，洶湧起來的街景，語氣悠緩說道：「要不是這樣，我就沒有藉口待在那個家裡，全心全意，安心當一個家庭主婦；要不是這樣，我就不能在兒子身上，製造多一點點的證據——即使他的生命不是我賦予的，但是至今為止，他的每一寸骨骼每一寸血肉，確確實實，都是我照料出來的。」

他抹了抹下顎，搖了搖頭，一臉無可奈何似的咧嘴笑道：「看來妳的數學老師沒有把妳教好，還記得吧，沒有最前面的『1』，就算後面有再多『0』，都是沒有任何意義的喔。」

妳怔愣著，像是荒原上的唯一一株樹，即使風用力颳過，也不曉得該往哪個方向搖擺，望向對面的他，索性扳斷自己的手腳，妳將手中的刀叉按在桌面，嘴角被風箏往上拉：「真奇妙，你們男人就是可以若無其事，說出那樣殘忍的話。」

「妳們女人又何嘗不是？」故技重施，他撈起鬆餅塞入嘴裡，一顆沾滿卡士達奶油的草莓掉了出來，砸在玻璃桌面上，濕糊糊一片。

面對他的質疑，妳沒有絲毫猶豫：「至少我們要傷人的時候，心中是清楚篤定的。」

「不談這些事了。」他嚥下口中，一團血肉模糊的鬆餅，逕自下了結論：「這些事，不應該在這裡談。」隨即掐起桌面上的草莓，粉紅色的汁液從傷口汩汩滲出，沿著他拇指的弧度往下流淌，浸潤了虎口。

10

妳和他躺在床上，微彎的手肘，略微碰觸。

這是一家距離妳家，車程不到五分鐘的汽車旅館，經營了好一段時日，妳偶爾經過，偶爾撞見一輛車正好駛出，曾短暫困惑，會到這裡來的，究竟都是些什麼樣的人？

這種困惑，並不挾帶任何質疑，抑或價值評斷的意味，妳只是單純，懷持好奇，像是一個科學家，看待另一個世界般的浩瀚宇宙的眼光。

「木棉花都開了。」他說話的時候，房間頓時寬敞了一些，甚至可以聞到一股若有似無的清香。

這時候，妳沒有應聲。

妳捏住被單邊角，往上拉了拉，蓋住自己的肚子，大概是因為潮濕的緣故，質地比想像中冰涼許多，纖維從肌膚刮過的瞬間，妳感覺自己的身體，產生改變，或者至少，變得比上一次更加肥沃。

妳別過頭，望向房間窗口，像是從擦拭乾淨的車窗望出去，高聳的木棉花，無視於周遭磚石圍牆的阻攔，攀越而出，手腳逕自往四周延展開來，往夜空延展而去，至於極限，觸動神經一般，輕巧吊懸於末梢，木棉花綻放猶如水面一盞盞蓮花燈漂浮，緩緩流往長河盡頭，鮮豔的光芒暈染開來，猶如一顆顆星體，混沌天空裡的座標，而夜色終於，抑制不住那些明亮的色彩，距離渾圓宛如原點的月亮，也只有一段指節的空間。

他將車子，停在第一次見面的學校附近，妳壓低頭，嘀咕道：「上次來的時候，這些花都還沒開呢……」

他沒有回應，逕自說出那間汽車旅館的店名，要妳下車。

喀嗒——妳解開安全帶，擔心被認出，妳要求他，等自己下車五分鐘後，才可以熄火。

「還是我們乾脆在車裡做就好了？」妳反手扣住車門，門把的那一瞬間，他咧嘴問道，從纖塵不染的照後鏡裡頭，妳看見他那雙和輕佻語氣截然不同，無辜的眼睛，忽地覺得這男人才是柴犬。

「我辦不到。」移開視線，妳認真說道，瞥了一眼車上的時間，望向前方的玻璃，剛好和一名身穿米白色粗麻背心，正遛著黃金獵犬的歐吉桑對上視線，倉促撇開頭。

他笑了起來，妳卻只聽見喉結滾動的聲音，不由得心想如果自己，也有那一樣東西，至今為止的命運，會不會有所不同。

「開玩笑的。」他斷然說道，接著又念了一次那間汽車旅館的店名，指示妳該怎麼走。

妳望向他，車內比想像中更陰暗，妳本能瞇細眼睛，企圖看清楚一切，發現那張臉的輪廓竟然改變，妳看見上半身赤裸，裸露在被單外的父親，身上一圈一圈茶漬似的或深或淺的褐色斑點，妳不敢意識到自己嬌小的，身軀有多麼空闊，掛著蚊帳整個狹窄潮濕的房間，只有父親喉結上下拉扯摩擦皮肉的聲響，蘊含其中的力道甚至比當初自己的去留更強勁，妳似乎覺得冷而細細抖顫，卻不敢移動寸毫，只能繃緊指頭想像如果是多年以後，擅長廚藝的那個妳，就可以用刀面拍碎蒜頭似的，扳開父親的嘴巴，掏拔出那顆明顯得過分的喉結，用力拍碎——這樣的想像，令妳像是滲出腥刺氣味的汁液般感到欣悅，可當意識回過頭來，撞上妳的眼瞼，妳眨眼妳無論如何，也無法把自己裝入那副嬌小鈴鐺一般不小心就會發出聲響的身軀，於是妳只好離開，背過身去的剎那感覺父親的胳臂就要延展過來，妳似乎覺得泫然欲泣，妳卻只是用食指緊緊抵住自己被咬破鮮血淋漓的嘴唇，用力睜大眼睛，額頭緊緊抵住額頭，像是一對姊妹，時光相距二十幾年的鏡影，妳想說不能哭。

早已經輸了就沒有輸贏的問題。

只要不要奢望活得精采，人要活下去，從來不是一件難事。

「我知道。」不等他說完，妳撂下這句話，手腕使勁，扳開門把，扭過身，準備下車；他忽地，拉住妳的手，妳嚇了一跳，以為自己還沒開始就已經做錯了什麼。

他放下手煞車，緩緩踩下油門，妳驚呼一聲，趕緊縮回身子，將車門重新關上。妳瞅著他的側臉，斥責他的舉動太危險，他抹了抹下顎，沒有反省的意思，笑了一聲，逕自說道：「妳真的是第一次去啊？既然叫做『汽車旅館』，當然可以把汽車開進去——」

「所以你不是第一次？」躺入椅背，重新扣上安全帶，喀——妳問道。

那時候，他沒有應聲。

「木棉花啊，以前大學後門種了一整排呢……」咕噥著，他翻過身，床面震動了一下像是釣上一尾魚，年輪蛋糕似的，被單被他的身體捲了過去，妳的下體猛地竄上一陣涼風，妳冷不防想起以前在百貨公司的廚具專櫃，買的那副蒜茸鉗，要價不菲，根據店員推薦的說法，可以有效壓碎大蒜、辣椒或者橄欖之類的食材，擊破當中的細胞壁，散發出更加濃郁的風味，可為什麼自己才用了幾次，就把那工具收了起來，又收到了哪裡去呢——妳陷入骨牌思索，他拄著臉頰，皮肉扯擰開來，注視著妳悠悠問道：「妳會不會很好奇，為什麼那天晚上，我會出現在那座操場？那裡明明和我住的地方，隔著一段不算遠的距離。」

「你是不是很想吸菸？」

妳突如其來的回應，讓他怔愣半晌，才回過神來，追趕似的反問：「妳怎麼知道？」

「因為你一直用拇指摳食指和中指。」妳皺了一下右眼眼角，似乎那裡就要長出一顆痣。

「沒關係，我已經戒菸很久了。」他接著又說道：「妳可以去當偵探。」

「女人是天生的偵探。」模仿他，妳同樣側過身子，像是試探自己的表情似的，拄著臉頰，話中有話說道：「在這裡，總可以談『這些事』了吧？」

他掀開被單，抓了抓胸膛，白皙的肌膚很快，燃起一小片火焰，口吻半是揶揄，半是諷刺：「所以一群女人聚在一塊兒，就可以開徵信社了？」話一說完，他又不自覺摳起了指頭。

「因為孩子嗎？」瞄了一眼，像是發現走錯路，妳忽地折返原先的話題。

「妳怎麼知道？」他已經習慣，幾乎是反射性回應，接著才意會過來她的意思。

這樣的默契，他已經很久沒有感受到。

就在那份感受，宛如擁有無數根觸手的蜈蚣，背著燦爛日光，沿著陰涼泥土地迅速朝自己爬過來，冷不防爬上腳背、腳踝、滑過粗壯的小腿肚，緊接著攀過留有一道疤痕的膝蓋、近來益發鬆弛的大腿內側、發脹的睪丸以及腰際，而後猛力擺動搔過肚臍刮過乳頭摳過喉結幾乎要掀起下顎的皮肉，反彈的肉身打在鼻梁左側軀體一扭外殼散射金屬光澤宛如一陣突起的旋風要捲入眼中——

像是抄起一把菜刀猛力切下，他才意識到原來蜈蚣，即使不是一種金屬，也算是一種骨肉，甚至，一種食材，妳說道：「就算我沒有那個『1』，但是這至少，是我可以付出的其中一個『0』。」妳如此自嘲。

他停止摳抓，緩慢攤開手心，垂眼注視著上頭，宛如麻繩交纏的掌紋。

據說人的一生，從誕生在這世界上的那一刻起，都被包含其中。

他舔了舔嘴唇，思忖倘若真是如此，那麼所謂的「掌握」，就是一個既虛假卻又無法逃脫的字眼。

「還是我去幫你買一包？這附近有一家便利商店。」搭帳篷似的，妳霍然撐起上半身，膝蓋蜷縮，坐了起來。

「沒關係。」他身子前傾，握住妳的腳踝，一面說一面加重力道：「就算真的要買，也不必去便利商店——妳以為這裡只有賣保險套嗎？」

妳皺了一下眉頭：「我不知道，反正我不需要。」妳覺得疼，卻又不想叫他放開，如果就這樣被捏斷——妳想起小時候的幻想，闔上故事書以後，心想若是把自己雙腳腳踝的骨頭折斷，將殘留的部分，綁在一起，是不是就可以成為美人魚？不，即使不美也沒關係，是不是有可能成為人魚呢？

但即使當時妳的手，可以握住自己的腳踝，卻遲遲提不起勇氣，像是一旦真的提起，整個世界就會傾斜——妳不知道自己究竟交換了什麼，卻大半輩子都發不出聲音。

他笑出聲來，聲音響亮，充滿整個房間，像是定音鼓一般震動，發出低沉渾厚的共鳴，妳突然想掏出自己體內，最鋒利的一塊骨頭，切開他的身體，看看裡頭是不是藏著什麼樂器。

妳不覺得自己殘忍，反倒是一種善良有益健康的想像式報復，因為國小合唱比賽，妳總是被老師排除在外，那時候妳內心十分抗拒，認為自己怎麼可以，和那個口水流不停在桌面聚集一灘積水的男生，一起晾坐在座位上呢——

忽然間，發聲練習結束，所有音響消失，季節由夏入秋，在妳意識到他收住笑容的剎那，他挺直上半身，揚起胳膊，上臂肌肉氣球似的遽然膨脹，鞦韆從高處陡然盪下如一把斧頭，像是關上開關，妳眼前眩然一黑，以為會有誰捧著插滿蠟燭火光茂盛幾乎要熱融的奶油布丁夾心蛋糕照亮自己的臉孔高歌現身，妳甚至可以想像一片片片片猶如花瓣一般擺在上頭渾身沾裹糖漿一閃一閃亮晶晶的橘子色水蜜桃排成什麼形狀，啪——他用力摑了妳一巴掌。

妳重重往床上砸去，破碎不了不如一只玻璃瓶。

將妳翻轉過來，正對自己，他跪坐在妳面前，用大腿鉗住妳的腰際，他攫起妳的頭髮，像是提起一顆被砍斷、滾落在沙地上的頭顱，湊近妳無法靠自己力量闔起的眼睛低吼道：「沒有子宮的妳，還會害怕被強暴嗎——」

啪——

啪——

啪——

啪——

他不停不停不停掌摑妳，彷彿想將躲在妳體內的，某個人驅趕出來。

妳開始在意節拍，會不會只要跟上，就能蹦蹦跳跳上台，成為眾多面孔當中的一分子？或許是疼痛過於真實，反倒顯得不大踏實，妳曾短暫回來，卻又不禁抽離開來，想像自己，若是身處隔壁房間，聽到這樣的聲響，恐怕會以為這房間滿是蚊子，身旁的誰已然酣睡，鼻息節奏穩定，妳試圖跟著呼吸，像是一種復健，而當妳專注觀察自己的呼吸，幾乎忘了隔壁房間的事，那些「膚蟻」似乎真的，在自己的，皮和肉之間的夾層，產下了安靜的卵，並且在適當的溫度中，漸次孵化，可奇怪的是，卻遲遲沒有成為下一代「膚蟻」，而是隔壁房間一樣，萬千隻蚊子，顫動著細小透薄宛如小精靈一般的翅膀，合唱重新開始，緊緊貼附著妳的每一寸身軀，卻意外好心，為妳留下，最後一個部位。

「那份恐懼，是十幾歲的我，殘留在現在的我體內的。」妳說，像是從座位上，倏然站起身。

他霎時停下，像是抓住一支木槳，在妳以為一切終於結束的那一瞬間，又狠狠搧了妳一巴掌，這一次，力道猛烈，像是他的整隻手臂，都要塞入妳的臉孔裡頭。

木槳戳破湖心，湖水龜裂，船停在岸邊，經受一波又一波，細微的抵抗，鑲嵌雲朵的寶石鬆動砸落湖中，金色的漆一塊塊剝離，亮起的空間被一一關上，水面很快破鏡重圓，天色大暗。

「妳被妳爸爸、還有、還有隔壁那男人強暴了那麼多次，難道還會有感覺嗎——」他無法克制猙獰咧笑，將扔遠的妳又一次扯向自己，喘息斷聲道，如果在診所，妳想他或許可以，抓起剪刀：「妳不是說妳……在那過程中，已經、已經死過一遍又一遍、一遍又一遍——」他冷笑一聲，噴出灰白色的唾沫，針頭一般刺扎妳透薄的眼皮：「死了就死了……死了就死了，怎麼可能、怎麼可能有人可以、有權利、憑什麼死過一遍又一遍——」

那只是一個譬喻，妳不理解他怎麼可以、有權利、憑什麼比自己激動——妳抓住他的背，指甲緩緩陷入，想要反駁，忽然間，他鬆開妳的頭髮，像是失去平衡一樣，身體往前傾斜，當妳意會過來的時候，發現他將自己緊緊抱在懷中。

妳緩緩放鬆力道，像是走下一把梯子，手沿著他背部的輪廓滑動，在即將剝離的那一瞬間，妳清醒過來，咬牙支撐，十指交扣宛如螃蟹體內黑綠色的鰓，抵在他含蓄的尾椎，指甲緩緩，陷入自己的手背，彷彿一旦收手，便會風鈴一般，成串扯出他的骨頭：「或者應該說，那過程，和自殺沒什麼兩樣。」妳將自己的頭顱，輕輕擺在他厚實肩膀的隆起處，說話的時候，刻意牙齒打顫，製造出明顯的震動：「我曾經自殺，嘗試過好幾次好幾次，卻總是失敗。」

妳突如其來的自白，比起訝異，他感到好奇：「為什麼？」

「因為我怕死。」妳坦率說道：「我害怕肉體決然的靜止。」

他鬆開妳，妳也同時鬆開他。

妳和他對坐，彷彿眼中的彼此，不僅僅只是赤裸。

「被他們強暴的時候，就像是嘗試自殺——」妳低垂頭，再抬起的時候，眼睛一閃一閃，緩緩說道：「一開始，害怕真的就這樣死去……但久而久之，我發現、發現那其實是一種，防止自我崩毀的防禦機制——這樣一想以後，我突然對於自殺，以及當時所遭遇的一切，儘管談不上什麼釋懷，更遑論原諒，但確確實實，我確確實實，像是終於掌握到一些什麼，稍稍感到了安心。」

9

他徹底停下，像是一具標本。

妳推開他，坐在床沿，靜靜倒了一杯水，時間沿著水流的弧度，靜靜散出光芒。

他側過身，從擱在床頭櫃的珍珠魚皮公事包裡，翻出一樣東西，躺在手裡，在陰暗中，反射出海瓜子一般的光澤；緊接著他翻回身，從另一端，四肢並用，迅迅速速爬向妳，扳住妳的膝蓋，妳渾身抽搐了一下，當作軸心，他將妳旋向自己像轉動風車，猝不及防，妳來不及驚呼，手中的杯子脫飛，時間灑裂開來，重重砸在地板上，卻只是一聲單調悶響，沒有破碎，他抓住妳的腳踝，將妳拖往自己的下腹部，妳的背部，被單的褶皺層層疊疊如土石走位，妳的大拇指指尖，口哨急促擦過他的陰莖，手風琴似的一節一節漸次舒張開來，他將妳鬆垮的小腿肚，壓枕在自己毛髮濃密的大腿上，喀——清亮一聲，突然剪起指甲。

「你隨身帶著那種東西？」妳反手撐住床面，維持在能和他相望的角度。

他垂眼，專注盯著妳的腳趾：「當兵養成的習慣，為了提防軍糾。」

妳忍不住彈琴一般，一鍵一鍵娑動著腳趾：「軍糾？」

他按住妳的腳趾，一剎那，妳似乎聽見母親趿著拖鞋，啪嗒啪嗒啪嗒啪嗒，從廚房衝出，將雙手往琴鍵上用力一壓，發出既詭異，又難以容忍的混沌聲響，他偏著頭向妳解釋：「大概類似學校裡的糾察隊……在路上專門抓阿兵哥違規。」

妳伸長脖子張望，才想起這房間，連一扇窗戶也沒有：「聽說晚上不能剪指甲。」

他抬眼注視著妳：「妳爸媽都過世了不是嗎？」

「你知道還有另一種說法嗎？」

他低回頭：「怎麼說？」

妳扭頭瞥了一眼床頭櫃上的時鐘，十一點剛過，妳實在好奇，等不到母親的兒子，會不會焦急心慌，甚至嚎啕大哭，儘管妳從未見過如此失控的兒子，即使那個時候也沒有——妳凹折身軀，往前俯，按住他的手，將他手裡的指甲剪摳過來，並順勢抓握了一下他的手，指尖戳入他柔軟溫熱的掌心，似乎自己的指甲就要融化，妳突然好奇人類的指甲到底有什麼作用：「讓我幫你剪，我就告訴你。」

他的手，和妳垂墜的乳房，只隔著靜電的距離。

喀——

喀——

喀——

妳細心為他修剪指甲。

他耐心等待妳的答案。

妳沒有望向他，低垂著頭解釋：「有一種說法，說晚上十一點到凌晨一點不能剪指甲喔。」

他用空出的另一隻手，抹了抹下顎調侃道：「這麼嚴格？」

「你知道這時辰叫做什麼嗎？」妳逕自往前說。

他咧嘴訕笑，搖了搖頭：「我連自己的生辰八字都背不起來。」摳了摳大腿內側的一小塊紅腫。

「看來你的國文老師，也沒有把你教好。」妳暫停剪裁，抬頭凝視著他，復又低回頭，放下指甲剪，在他的掌心裡，寫了一個無聲無響的字。他問妳寫了些什麼，妳沒回答，垂著頸子，重新撿起指甲剪，重新硬冷抵住他的指腹，指尖受到擠壓逐漸發白，宛如摺起的襯衫幾個鐘頭以後的地平線：「子時，這段時間對應的時辰，叫做『子時』，指甲的『指』，同樣諧音『子』，所以在這時辰剪指甲——據說會絕子絕孫。」

一具被橫放的沙漏，時間瞬間停止：「我只是讓妳見不到已故父母的最後一面，妳卻要讓我絕子絕孫？」一地心震鳴地表傾斜，一面揶揄，他的手一面緩緩伸出，指背柔嫩濕潤的汗毛抽長感受益發清晰宛若觸手，耐心摩擦妳的腳踝內側，渾身肌膚最為細緻堪比嬰兒腿足的部位，就在迸裂聲愈鑽愈深愈爬愈近，霧結成冰化融為水陰影終將散碎開來現出原形的那一瞬間——

「你不是有一個女兒嗎？」

喀——

8

今天已經過了。

又或者，正確來說，又是今天了。

「明明沒什麼錢，小時候，卻常養些奇奇怪怪的東西。」妳忽地開口，對趴在自己身體上的他說道。

「是嗎？妳養過什麼？」當他說話的時候，妳可以清晰感受到他的，骨頭在自己身上來回輾動，妳記起以往，那個仍然是一家三口的時光，為了烹調印度風味烤雞，特地買了一個石製的研磨缽，在裡頭放入薑、蒜頭、黑胡椒、小茴香、一小撮鹽夢壽美，最後，再加入一大匙煙燻過的紅椒粉，用研磨棒仔細研磨，散發出來的香氣，像是一支現代舞，肌肉賁充力道強勁而迷人，妳想起一部好幾年前，在電視上看到的印度電影，一貫的寶萊塢風格，跳舞載歌熱鬧華麗；而後再加入原味優格、少許檸檬汁和兩大匙橄欖油，攪拌均勻，徒手沾抹在雞肉上，放進烤箱烤一個鐘頭左右。因為無法接受雞肉，當時妳竟然異想天開，用鵝肉替代，妳早已經忘記當初的評價如何，但在那過程中，妳確實心滿意足。

妳接著記起自己，那一陣子熱衷橄欖油，甚至還堅持，非得用最好的初榨橄欖油不可；後來妳才知道，也有些人將初榨橄欖油，稱為「處女橄欖油」。妳忽然好奇，為什麼許多食材，經常冠上「處女」這個詞彙？例如「處女蟳」、「處女雞」，甚至還有「處女蛋」，妳曾經在天母見到一間義大利餐廳，打著「特地選用處女蛋」的招牌，企圖吸引女性客群上門光顧，說是「處女蛋」營養價值極高，可以養顏美容。似乎無論什麼東西，無論本質如何，只要和「處女」沾上邊邊角角，就能提高些價值，多撈一些油水。

「睡著了？」他問道，妳感受猜測這是第幾根肋骨摩擦。

「只是在想『處女』的事。」不知怎地，這句話脫口而出。

「妳是處女座？」他似乎避重就輕。

「男人是不是都喜歡處女？」

「不一定吧，有些男人可能比較喜歡妓女。」

他的骨頭持續，來回壓輾妳的身體，妳像是數著花瓣，一不小心眨眼，就忘記數到第幾片。最後只好感受末梢輕微的拉扯，一瓣一瓣摘去。

妳試圖將這種感覺，當作一種能力一樣，牢牢記住，疑惑如果將他的血肉統統剝除殆盡，自己是不是還能認出，只剩下一副骨頭的他——如果真的，能指認出來，真的能藉由一副骨骸，認出一個人，這是不是，是不是就是愛了呢？

妳試圖專注，雙手往他的後背繞去，用指尖搓揉他臀部和緩凸出的薦骨，妳試圖專注卻抬眼瞥見倒映在天花板鏡頂中的自己和他，肢體告訴妳分明是身材壯碩的他壓著自己，但此刻卻有更多更多妳從未意識到的感官介入，讓妳一時間成為自身所有意念的主宰，內向式的靈神，相信自己脫離這個世界的常軌，貼黏在天花板上，散發出難以抗衡的巨大引力，讓他騰空浮起，嵌入自己的懷裡。

冷不防，他將自己，從妳身上俐落拔開，好像這才是鐵打的事實，骨頭的餘溫，車痕般殘留在妳的肌表，妳的眼角細細抽搐，他和妳並肩仰躺著，天花板像是存在一幅美麗的風景。

「不如妳告訴我，女人喜不喜歡處男？」妳沒回應，他逕自延續。

妳吞了一口口水，發現人躺著的時候，吞嚥突然變得那樣困難：「處男就表示，我是對方第一個女人——」

第一個女人——

「妳聽過『印記行為』嗎？」他出聲，妳搖了搖頭，感覺髮梢扎刺著他的臉頰，他斜睨了妳一眼，妳散開的髮絲像是柵欄一根一根，直直豎立在他眼前，他繼續解釋：「那是一個奧地利的動物行為學家，所提出的理論，內容大概是在說，剛出生的雛鳥，會將第一個看到的移動物體——視為『父母』。」

「將第一個看到的移動物體……視為……『父母』？」

「所以我猜啊……或許人們之所以嚮往處女和處男，除了肉體之外的部分，一定還存在著其他理由。」

「存在著……其他理由……」妳咕噥著，像是在猶豫該出哪張牌。

橋牌是去日本的時候學會的——「兩人橋」，意味著兩個人就可以成立的遊戲，也被稱為「蜜月橋」；第一次聽到這說法，妳覺得荒謬，心想怎麼可能出來度蜜月，還玩撲克牌，可坐在後方貌似大學生的情侶，確確實實和空服員要了兩副撲克牌，空服員也順手送了妳一副。

六月底，京都梅雨說來就來，夜晚無處可去，殺死蜘蛛後，妳沒問屍體的去向，撲克牌膠膜被拆了開來。妳第一次玩，規則記不熟悉，總記不住哪一款花色才是王牌，不斷犯錯，不斷被催促，一時慌了手腳頓生八肢一般乏術分身，冷不防發現髮尖殘留著，方才沒沖洗乾淨，水銀似的細屑泡沫，往浴室瞥了一眼，門虛掩，留著一隻眼睛的寬度，妳害怕出現另一隻蜘蛛，或者比蜘蛛更具威脅的事物——妳忘記後來如何收場，大概沒輸沒贏，只記得單調雨聲滴滴答答，滴滴答答始終沒停。

「好了，妳還沒回答我——妳養過什麼？」弄亂妳腦中的牌，他翻過身，再一次，壓住妳的身體，妳的乳房受到強烈擠壓，裡頭的脂肪，一時間往肺部用力推簇，緊上喉頭，妳突然喘不過氣來。

「蠶寶寶……寄居蟹……」妳擠出一絲聲音，哽咽著，他沒有察覺異狀，歷經漫長一天，下顎冒出的鬍碴宛如砂紙，打磨妳的腋下；妳頓了一下，斜傾著頭思索，突然想起什麼眼睛一亮，用力吐出一口氣，打通渾身經絡一般得意說道：「我想起來了，我還曾經偷偷養過福壽螺——」

「福、壽、螺？」他撐起身子，肚腹的肉，宛如拽起的桌巾頓時鬆垮往下垂墜，妳想起那口外形圓潤，質地厚實堅毅的鐘；而他卻彷彿聞到水溝腥臭味，皺起眉頭，咬著妳不放，又重複了一遍：「福、壽、螺？」

妳忍俊不禁：「我妹知道的時候，也是這種表情。」妳可以繼續提起妹妹。

「難不成我要說——福壽螺！」霎時，他擠壓嗓子，拉扯兩頰肌肉，眉開眼笑，聲音突然變得又細又尖，妳猛地顫了一下，他疲軟的陰莖再度打氣充血，摳了摳妳的大腿內側。

「其實看起來和一般蝸牛沒什麼兩樣，只是體型大一點。」妳捏了捏他的側頸，青紫色血管閃電似的抽搐了一下。

「那妳為什麼不乾脆養蝸牛算了？」他似乎就是無法接受福壽螺。

妳一臉困擾，心想福壽螺又不是福祿壽，搖了搖頭回答：「養蝸牛的話，會被我媽吃掉。」

「妳媽這麼新潮？那時候就會煮法國料理了？」

「我媽小時候住在鄉下，每次大雨過後，三合院前的廣場，總會出現一大堆、真的是一大堆蝸牛——」說到這裡，宛如置身於那未曾到過，超現實一般的現場，妳促狹笑了笑又說：「我媽說，蝸牛一受到驚嚇，就會立刻縮回殼裡喔，不管怎麼叫，不出來就是不出來，她和其他兄弟姊妹，就會去路邊或田埂裡撿石塊，敲碎蝸牛，然後扔入柴火灰燼裡和一和。」

「灰燼？那不會很髒嗎？丟進那裡頭做什麼？」

「我也這麼說過喔！但其實，一點都不髒，真的一點都不髒……那些灰燼，能夠去除蝸牛身上的黏液，讓蝸牛的身體變得非常乾爽，我猜大概就和你在當兵時，用痱子粉的感覺很類似吧——」他咧嘴，妳發出聲音：「然後把那些去除黏液的蝸牛裹粉油炸沾胡椒鹽，或者加一把九層塔大火快炒做成三杯口味，聽說吃起來很有嚼勁——」分明說到興頭上，妳卻忽地臉色一沉，兀自嘀咕道：「不過……早知道那時候……還是應該養蝸牛……」

「什麼意思？」他追問。

「沒什麼。」妳沒料想他會聽到，更沒料想他竟然會追問，妳將自己的那句話，當作毫無意義的呻吟，兀自問道：「你知道那個時候，我為什麼會想養福壽螺嗎？」

「我不知道。」他順著妳的話說道：「我只知道福壽螺是害蟲。」

「蝸牛也是。」妳反駁。

他聳了一下肩頭，撇了撇嘴角：「但是至少，蝸牛能吃，重點是不難吃，不像福壽螺，一點兒用處也沒有。」

「她的卵很漂亮喔。」妳的那聲喔，很輕很軟。

「卵？能吃嗎？」

「你肚子餓了啊？這裡既然有賣保險套、賣香菸，該不會也賣牛肉麵吧？」不清楚他是嘲諷，抑或打從心底疑惑，妳索性自以為幽默。

「我沒有養過任何東西。」他面無表情回答，忽然間，他面無表情，只是定定注視著妳，妳甚至無法確定那句話，那些聲音，是不是他發出來的；妳被那雙火鉗一般的眼睛，緊緊抓住，感覺自己像是被扔入竹籠中的螃蟹，試圖往上攀爬，往外脫逃，才發現自己只是眾多美味的骨頭之一，即使斷了螯瞎了眼睛也無能為力——

即使斷了螯瞎了眼睛也能復原：「真的？為什麼？」深深吸了一口氣，感受胸骨和肋骨摩擦，妳熱切問道。

「我媽有些敏感，她不喜歡家裡，出現除了人以外的東西。」

「人以外的東西？」妳重複了一遍，並試圖在腦海中，勾勒出「人以外的東西」，甚至岔路出去，心想方才壓著自己的，精確說來不是肋骨，而是更前端的胸骨；妳想起高三聯考不久前的自己，那時候還不知道懷孕，只是經常覺得不舒服，藉故生理期到保健室休息，護士阿姨往往不見人影，不曉得又去哪個處室串門子，陪伴自己的，總是只有那具安安靜靜，略微斂起下顎，佇立在窗邊的骨骼模型，被那雙巨大空洞的眼窩注視著，不知道為什麼，妳總是能安心閉上眼睛，一不小心就陷入深沉的睡眠。

但妳清晰記得，每當自己失去意識的前一刻，內心總會閃過一個念頭，一個深切的提問——為什麼會這麼做呢——他不禁想起自己床底下，那個被狠狠踩扁像被毀容的餅乾紙盒；以及更早之前，父親養的那隻瑪塔蛇頸龜。某天，父親從學校回來，而自己正坐在客廳的水藍色塑膠板凳上，就著窗邊尚未徹底耗竭的夕光寫自然作業；發現水族箱空無一物，父親一臉慌張，內內外外，來來回回奔走無數趟，到處尋找那隻瑪塔蛇頸龜的蹤跡，並且揚聲頻頻叫喚：「阿芙、阿芙——妳躲在哪裡啊？」父親叫得十分親暱，一開始，他對這樣的父親感到新鮮，甚至完全忘記作業的事，直到父親瞪向自己，逼近他，質問他究竟把阿芙藏到哪裡去了，久久他一句話也答不出來，只是緊緊抓住鉛筆捏出一層汗水，心臟像是高高揚起的鞦韆，忽地鬆手，重重往下一盪，對一切失去興致，只覺得好滑稽啊。

然後他聽見，母親細微的拖鞋聲，從廚房門口，往流理臺拖行過去，他想起母親，下午叫自己去廚房吃點心的時候，一隻肥大的蟑螂，正巧從排水孔猛然竄出，晶亮的排水孔像是柵欄，他想像裡頭關著千奇百怪的生物，厭惡其他物種的母親，立刻脫下右腳拖鞋，顫顫巍巍蹲下身子，打太鼓似的，用力將那隻蟑螂打扁再打扁：「烏龜怕鐵鎚，蟑螂怕拖鞋——」剛洗完手，坐在椅子上的他，快速搖擺懸空的雙腳，一面拍手一面興奮念道。

現在的他，突然明白過來，那時隔天一大清早，自己在家周圍怎麼找，都找不到的那支鐵鎚，究竟放在哪裡。

這樣自己就沒辦法敲碎水族箱了，他忍不住想。

就在他忍不住，眨眼的剎那，妳率先從過去，馳奔了回來，聲音比晨曦還明亮：「你都不知道，福壽螺的卵可漂亮了，顏色鮮豔，一顆顆黏貼在一塊兒，外形渾圓飽滿，簡直像是粉紅色的珍珠。」

「妳這麼形容，倒是讓我聯想到蔓越莓。」他的口吻比妳更清爽，季節水果沙拉對上法式田螺溫沙拉。

「你也很會形容，形狀倒是有些類似，但更鮮豔一點。」妳試圖超越，例如添上一小把烘烤過的松子，或者刨幾片剛挖出來的黑松露。

「還更鮮豔？那不會看起來很假嗎？」

「你真的很會形容。」

7

那時候，或許是時間太多，比起現在，他經常擁有許多浪漫的幻想。例如夜空裡的星星，說不定比這地方的人口還多。

忽地，有人按住他的肩膀，儘管隔著一層衣服，仍能感覺到對方的手掌異常粗糙。是老A，比連長更資深的老士官長。

「老A，不要嚇我。」

「在幹嘛？睡不著看星星啊？」老A渾身酒氣，雙頰潮紅，粗聲粗氣說道，側頸的青筋血管是平日的兩倍粗，大概剛從營外找小姐剃頭回來。

「這是在金門服役的唯一福利。」

「還有外島加給——」

「哪能跟你們比，你們還有三節獎勵。」

老A加重力道，他感覺自己的身體逐漸傾斜：「說得也是，不過你們這些義務役，本來就是來來去去，沒道理在你們身上花那麼多錢——」說到這裡，老A往後頭的安全士官桌掃視過去，衛哨趕緊別開頭，但為時已晚，老A劈頭吼道：「看什麼，小心我禁你們假——」接著又扭回頭，湊近他，擠壓嗓子，發出鬣狗一般的聲音說道：「陪我去大門查哨吧——」

他和老A沿著石板戰備道並肩而行，四周暗得連少了一根手指也無法察覺，吱吱吱吱——肥大老鼠尖叫著，從兩人面前迅速竄過，草叢沙沙作響；老A的酒還沒醒，走起路來搖搖晃晃，不時摩擦他的肩頭。老A和他差不多高，身材甚至比他健壯厚實，某次外出吃宵夜，他意外得知原來老A屬蛇，和父親年紀相同。

大門衛哨意外精神抖擻，少了樂趣的老A難掩落寞，隨便數落了他們幾句便離開，大門衛哨偷偷向他道謝——離開兵舍前，他向安全士官使了個眼色，暗示對方趕緊通知大門。

他打了個濕潤的呵欠：「年輕人，想睡啦？」和一般感到自卑，喜歡調侃別人年齡的中年人一樣，老A揶揄問道，用手肘戳了一下他的側腹，敲到骨頭，讓他頓時一陣反胃。

「昨天趕了一整晚報告，早上到太武山開會，中午趕回來，下午又帶人去水頭碼頭出公差，幾乎沒什麼時間休息。」

「走這邊——」老A忽地拽住他的臂膀，他愣了一下，那不是通往兵舍的方向，老A抽出口袋裡的手電筒，打亮自己的臉孔，咧出一口黃牙，賊笑道：「順便巡一下庫房吧，上次那個少根筋的經理士，忘記鎖糧秣庫房，被我禁了一個星期的假。」

行李庫房，高價庫房，兩人來到糧秣庫房外，老A往鎖頭照了照，他伸手抓住，用力扯了扯，發出金屬特有的刮磨聲響，削去一層皮似的分外清冷。

「再來是工具庫房——」他話還沒說完，老A遞出一樣東西到他面前，他怔愣看著。

「這是我自己捲的菸草。」老A說道，他接過去，含在嘴裡，老A抽出打火機，幫他點了火，儘管第一次抽，他沒有嗆到，駕輕就熟，只是覺得眼睛又刺又熱；老A關上手電筒，也跟著抽了起來，他想從遠方望來，兩人大概像是夜空裡的兩顆紅亮禍星。

他率先抽完，捽在滲出薄薄一層水氣的泥土地上，用力擰動腳踝踩熄：「走吧，待會兒工具庫房還是打開來看一下——」

他的臂膀，又一次被拽住，他扭過頭，後頸突然被掐住，還來不及反應過來，身子被重重往下一壓，突如其來的衝擊，讓他整個人雙腿一軟，失去平衡跪了下來，膝蓋推出土堤，老A撇頭吐掉香菸，用騰出的另一隻手，扯下自己的褲頭，挺勃的陰莖倏然彈出，搧在他的臉頰上。

炙熱的溫度，讓他眼睛一眨：「你在發什麼呆？」ㄤ的臉孔出現，「八」字形的頸子兩側淌著晶亮的汗水。

「你遲到了。」

「不好意思，沒有追上公車。」ㄤ一面調整氣息，嘴邊一面冒出一團一團白煙，據說這是今年入冬以來，最強的一波寒流。

他從口袋裡掏出手帕：「把汗擦一擦，快要段考了，我可不想到時候被你傳染。」迅速擦了一下ㄤ的額頭，他將手帕遞到ㄤ面前。

ㄤ笑著接了過來：「不好意思，快考試了還找你出來。」

「沒關係，反正我也不常來這裡。」嚴格挑剔，他知道自己文不對題，這是作文大忌。

「那我們趕緊挑一挑回去吧！」ㄤ看起來很興奮。

兩人捱擠在人群中，因為是禮拜天，再加上聖誕節將至，西門町比往常熱鬧壅塞許多；三岔口的位置，擺了一台臨時架設的摩天輪，燈光五彩繽紛，咿咿呀呀播放走調的兒歌，許多孩子圈圍在四周，爸爸媽媽牽著他們的小手，幫他們調整從頸子上滑落的針織圍巾；不只如此，每個店家或裝潢布置噴上麋鹿圖樣、或推出節慶折扣燭光晚餐，竭盡所能、使出渾身解數，就是非得和聖誕節沾上些邊邊角角不可，即便騙不了孩子，也要騙騙學生，騙騙情人。

「要買什麼好呢？」ㄊ猶豫的樣子很滑稽，下顎到喉嚨一帶的肌肉線條很銳利，他想起母親為雞放血時，大概也是從那地方落刀於是，他別開頭，卻又在櫥窗裡看見ㄊ的倒影，滑稽的倒影會是什麼呢——他不知道自己的脖子還能往哪個方向擺動閃躲，他忽然疑惑為什麼所有的遊樂設施都在固定的範圍內運作，ㄊ定定看著自己。

「送給誰的？」他用力撐著眼眶，注視著玻璃上的ㄊ問道。

ㄊ走到他身旁，壓低頸子，往櫥窗內看了看：「都好貴啊——」接著收回視線，注視著窗子裡，正看著自己的他，抓了抓臉頰，上頭留下明晰的爪痕：「我……我沒跟你說過嗎？」ㄊ俐落說出一個名字，是隔壁班的康樂股長，去年獲得全國高中運動會女子標槍項目亞軍。

他抬起手臂，往裡頭一指：「要進去看看嗎？」

ㄊ摳了摳背包的背帶，語氣躊躇：「這間店的東西，應該都差不多……應該都差不多這個價錢吧？我……我想……」

「既然是要告白，總不能太寒酸吧？」

「你好像很了解——曾經告白過？怎麼從沒聽你提起？」

他扭過頭，握緊拳頭，往ㄊ的肩頭用力捶了一下，他擠出渾身力氣，沒有留情，因為若不狠下心來打擊，玩笑就成了撒嬌，蹺蹺板就再也玩不下去。

將一、二樓整整逛了三圈，仔細挑選後，ㄊ一手抓著烏龜布偶的腿，一手拎著小狗布偶的耳朵，高高舉在胸口前，問他哪一個好？他說兩個都差不多，隨手抓了一個鑰匙圈，逕自往樓下走去。

ㄤ在櫃檯結帳，將皮夾反覆開開闔闔，忽地望向他。

他注視著ㄤ的臉龐，不只一次如此想像，英挺的眉毛是翅膀，鼻子是銳利的鳥喙，眼睛至鼻梁一帶則是強健的鳥身——ㄤ那整副面孔，簡直就像是一隻展翅朝自己俯衝而來的鷹隼。

「可以——可以借我五十塊嗎？」ㄤ皺起臉孔，朝他喊道：「我下禮拜——下下禮拜就還。」

他回過神來，從口袋裡掏出一百塊，塞到ㄤ手裡：「我先出去等。」

「外面很冷吧？」

沒有理會ㄤ，他提著裝著鑰匙圈的塑膠袋，推開門，風鈴叮噹叮噹，一個人來到店外。

耳垂幾乎要被凍僵，他拉了拉衣領，走下沾黏了陳年嘔吐物的階梯；他又拉了拉衣領，往三岔口瞥去，人潮同樣洶湧，遠方的摩天輪同樣轉動，刺耳的音樂沒有被時間切碎，夜晚沒有鳥群。

他掏出袋中的鑰匙圈，仔細翻動，那是一輛以保時捷為範本的模型，作工粗糙，上色也不均勻，簡直像出過一場車禍，他正忍不住笑，就聽見幽微的笑聲，他抬起頭，一名頭髮雜亂的中年男子，不知何時站在自己身前，衝著他咧開嘴，露出滿口一閃一閃亮晶晶的金牙銀牙，問他要不要，他疑惑，反問男子要不要什麼，男子湊近他，嘴咧得更開，又問了一次要不要，他聞到一股濃厚的味道，他瞬間明白過來，男子持續笑著，他將手上的鑰匙圈，狠狠往對方眼睛砸去，男子哀嚎一聲，往後跌坐在地上像個小孩，四周路人紛紛投以困惑目光，他吸吮牙齦，向男子吐了一口口水，拔腿狂奔，朝街弄的另一端跑去。

直到停下腳步，他才發現自己，來到獅子林商業大樓後方。

根據幾個經常在西門町一帶，出沒的同學的說法，這棟建築物，在日本殖民時代，原本是一座寺廟，全名是「真宗大谷派本願寺台北別院」，也叫做「東本願寺」，聽說——容易撞鬼。尢不服氣追問寺廟和撞鬼有什麼關聯？他調侃尢又不是國文小老師，自己才是，同學才接著解釋，因為那地方，在白色恐怖時期，曾經被國民政府當作刑場。

「那個——」

他被突如其來的聲音嚇了一跳，幾乎要尖叫出來。

他望向聲源，繃住嘴角定睛一看，站在渾身坑坑疤疤沾滿黏厚汙垢的白鐵垃圾筒旁的，是一名穿著紅黑蘇格蘭短裙，留著一頭長髮的少女；少女的髮尾分岔，挑染的顏色近乎褪落，使得髮質更顯粗劣，看起來和她的臉色一樣極不健康。

或許是看出他臉上的驚恐，少女咕噥道：「對、對不起……我……我不是故意要嚇你的……」少女的眼窩深陷，顏色暗淡的眼珠子，像是要被周圍濃稠宛如義式crema的黑眼圈給吞沒下去：「我的裙子裡面……沒有……沒有穿內褲喔……什麼、什麼都沒有……」

他愣了一下，意會過來少女想表達什麼。

「一千就好。」少女豎起食指，像是指向夜空，見他依然沒有回應，少女決定再主動一些：「還是我……還是我找我朋友過來，雙飛算你……算你一千五就好——」

隔天一早，還沒踏進校門口，尢便從馬路另一端，朝他狂奔，動作粗魯劇烈，好像整個路面都要翻轉過來。

尢喘氣問他，昨晚到底發生了什麼事？一團團白煙一拳拳敲擊他的顴骨，為什麼突然不見你人影？猶豫大半夜想打電話去你家確認，又怕、怕會不會真的出了什麼意外——他拉了拉被尢吹亂的衣領，屏住呼吸，高聲揶揄尢真是，一個膽小如鼠的人，這樣肯定會告白失敗；尢的臉頰立刻漲紅，搭上他的肩膀將他一把扯向自己摀住他的嘴要他保密，卻又旋即忍不住勾勒，兩人未來的畫面，盤算高中一畢業就先去服役，再回來念大學，畢業後立刻結婚存錢買房生一窩小孩。

他沒有告訴ㄤ，你們高中一畢業就會分手。

就如同他沒有告訴ㄤ，那天晚上，後來到底發生了什麼事一樣。

6

妳向他介紹自己，養的寵物：「這叫做『膚蟻』，皮膚的膚，螞蟻的蟻。」妳指著自己暗褐色的，乳暈周圍，顏色較為清淺，豆大的雞皮疙瘩。

「會產卵嗎？」他問了一個出乎妳意料的問題。

「你想幫我養嗎？」妳似乎也是。

他伸出舌頭，食蟻獸一般，試探性用濕黏舌尖舔了舔，妳感覺那些螞蟻就要，擺動銳利的觸手，穿勾破自己的肌膚：「我想吃。」他說起初妳以為，聽錯背脊猛地一揪扎實束起，他促狹笑了一下，用嘴唇輕輕摩擦著妳膨脹，宛如蠶豆的乳頭：「法國有魚子醬，中國古代，則有『蟻子醬』喔——所謂的蟻子，就是螞蟻的卵。」

妳怔愣半晌，不確定自己日後，如果有機會的話，敢不敢吃魚子醬。

「看來你的國文老師，還是有教會你一些東西。」

「輪到妳表現了。」他的頭顱，忽地從妳胸腹一帶的凹谷升起，感受重量消失的那瞬間妳感到一陣惚恍，像是看見憑空懸浮的頭顱——雙眼圓睜的飛頭蠻，緩緩向自己別過頭來，在半空中他大幅度翻過身軀，像是一條走錯房間彈出水面的魚，躺了下來，後腦杓嵌入妳猶如緩坡的下體，妳感到一股灼熱，一寸一寸放鬆肌肉，確認了自己的頭顱，仍然和自己的身體相連：「輪到妳表現了。」他說話的時候，細刺的頭髮在妳的恥毛上下來回，摩娑像是好朋友一樣，無論上課放學去廁所，都非得手牽著手。

妳悄悄繃緊尾椎，扳起上半身，用手掌覆蓋他的眼睛，他的眼睫毛很長，妳感覺自己早已經被安排好的一生，被劃割得凌凌亂亂：「剛才不是提到晚上的禁忌……你知道嗎，日本有一句俗諺，意思是白天的蜘蛛絕對不能殺，晚上的蜘蛛即使長得再像父母，也必須殺掉。」

「這是什麼道理？」他笑了起來，妳手背的青筋細細抽搐：「而且怎麼可能有蜘蛛長得像人？」

「怎麼不可能？有一種蜘蛛，就叫做『人面蜘蛛』啊——」冷不防，妳掀開他的眼睛，像一朵雲壓低臉，興致勃勃繼續說道：「不只這樣，也有『人面魚』、『人面蝙蝠』，還有一種螃蟹——叫做『人面蟹』。」

「妳乾脆說還有『人面犬』算了。」畏光似的，他忍不住瞇眼調侃道。

妳伸出手，提琴揉弦一般，手勢輕柔搓了搓他的睪丸，正色說道：「據說早上的蜘蛛會帶來客人，晚上的蜘蛛則會招引盜賊。」

像是被自己的話噎著，他艱難吞了一口口水：「這跟數學有什麼關係？」

「和他去日本度蜜月的時候，聽他從旅館老闆娘那裡轉述的——」妳停止搓弄，抓起落在枕頭旁的指甲剪：「因為我晚上沐浴時，在浴室角落，發現了一隻大蜘蛛。」

他不再說話，像是在賭氣。

妳悠悠記起，據說築地市場再過不久就要拆遷，想起散發出濃厚體味的年輕老闆，在自己面前徒手撈起那隻高腳蟹，顛反過來逼近妳的眼睛，要妳看，甲殼裡灌滿密密麻麻暗紅色寶石似的蟹卵，妳驚呼，高腳蟹舉起螯猛地朝粗黑指節劈揮過來，妳再驚呼，老闆笑出聲來，語言不同，笑聲聽起來像是一個一個字，幾乎快串成一句話——看似堅硬銳利的蟹螯，出乎意料柔軟，橡膠玩具一樣，年輕老闆隨意一摳便鬆脫開來。

妳將他的手拉回來，將其他指頭的指甲，一一修剪乾淨。

「當兵的時候，有發生什麼好玩的事嗎？」

5

「妳在想什麼？」

「在想明天早餐，該煮些什麼才好。」

「不是才剛吃飽嗎？」

「你果然沒當過家庭主婦。」

「妳兒子喜歡吃什麼？」

「他不大挑食。」

「兒子啊……有兒子……是不是一件很好的事呢？」

「什麼意思？」

「我曾經想，如果自己生的是兒子，而不是女兒，我和孩子的關係，會不會比現在親暱一些？就好像——」

「就好像我兒子和他一樣。」

「一樣嗎？」

「你其實比自己想像中更愛你的女兒。」

「我只是想，這麼一來，是不是就可以讓她變得寂寞呢？」

「就好像我一樣。」

「但後來，我打消了這個念頭。」

「為什麼？」

「妳有沒有想像過，如果自己還有子宮，如果自己和他做愛，如果自己真的擁有——擁有所謂的『親生骨肉』，一切是不是，是不是就不會發展到現在這個地步？然而，到了那個或許比現在更好的時候，妳還有辦法打從心底，真正、真正愛著現在這個，和自己毫無血緣關係的兒子嗎？」

「你怎麼不問我，到那個時候，我還是不是能愛著他？」

「這就是我的意思。」

「什麼意思？」

「『愛情』也好，『親情』也罷，所有的『情感』，都只是一個階段，一旦耗竭，一旦走完，就什麼都沒有了。」

「我覺得你小看了『母愛』——或者太小看，我不明白的『父愛』。」

「我指的不是『天賦』，而是身在制度中的，『人』的極限——所有『情感』，在文明社會中，都已經被制約、被劃分了，我們只是按照自身所處的位置、被看待的身分，去做符合所有人期待的事、提供相應的價值，甚或收取相應的報酬，然後再以同樣的眼光，去期待、去要求接下來的另一批人，也滿足自己曾經背負的種種期待，那個時候，『愛』已經不是『自然』。」

「那麼……到你口中的『那個時候』，那樣的『愛』，會是什麼？你又為什麼要和她在一起？為什麼要和我在一起？如果這一切，這一切都只是為了抵達你所謂的盡頭，耗盡一段路程而已——」

啪——他用力呼了妳一巴掌，抓起披掛在床尾的西裝褲，抽出人工皮革皮帶，跨坐在妳身上，綳緊鬆贅的小腿肚，牢牢鉗鎖住妳的腰際，銳利的指甲碎片，打破的窗子一般刺入妳，柔軟如乳酪的背部，他用皮帶勒住妳的脖子，逐漸增強力道，妳感到痛苦，臉色蒼白，呼吸斷斷續續，眼眶中有沸滾的淚水，他俯低身子，乳頭像是兩隻觸手，朝妳的乳房爬去，妳脹大的雞皮疙瘩在等待一顆一顆細小的拳頭，妳忽地明白自己之所以被摘去子宮，創造那樣一個寬闊的空間，並不是為了讓那些螞蟻，肆無忌憚建築起一座蟻巢將自己由內向外耗竭殆盡，他將顴骨緊緊緊嵌入妳豐腴多汁的，臉頰嘴唇一掀一闔，電掣風馳摩擦妳的下顎，像是走入一副巨大的骨骸妳在自己的骨頭間燃起凶猛大火蟻群狂急四散開來恍如洪水奔瀉，走到盡頭就只能回頭走到盡頭就只能回頭，緩緩說道——

「讓我在妳體內射精，我就告訴妳答案。」

4

妳徹夜未歸。

3

「為什麼人到了一定的年齡，就會一直回想起過去的事，而且一次比一次清晰。」

「大概和跑步一樣吧。」

「什麼意思？」

「你不好奇嗎？為什麼跑操場的時候，總是逆時鐘跑？」

來不及思考，甚至來不及回答，他在駕駛座上，醒了過來。

「累了吧？」坐在副駕駛座上的她，斜睨著他問道，語氣聽不出情緒：「我看你精神也不好，還是我們改天再來？」

他用力搓揉眼睛，感覺眼白的血管迸爆開來：「沒關係，反正是該做的事，還是早點處理。」

「是嗎？」她輕描淡寫說道，不是附和，只是示意自己聽到他的說明：「不過，我還挺意外的。」

「意外什麼？」他鬆開手，感覺眼底炙熱，雙眼火紅。

「原來你爸還活著。」沒有冒犯的意思，她只是直率說出自己的想法，接著掀開皮包，掏出小鏡子。

「為什麼這麼說？」

身子略微蜷縮，她照了照小鏡子：「我沒聽你提起過他。」

「妳不也沒提過妳爸媽嗎？」

「也是。」頓了一下，她偏著頭答道，笑了笑，露出小巧的虎牙，忽地瞥向他，啪——一聲闔上鏡蓋：「不過我媽還活著喔。」

就是這個笑容，令當時的他目不轉睛。

還記得，某個由春轉夏的夜晚，他在信義區會計師事務所工作的朋友，難得打電話給他，他調侃了對方居然還記得自己，朋友說快別消遣他了，話鋒一轉說好久沒見忙季剛結束，要不要出來一塊兒喝一杯？他們約在南京東路上的某間燒烤店。

因為臨時有病人上門，那晚他遲到了將近半個小時，搭計程車趕赴，才剛拉開玻璃門，還沒走進去，人聲轟轟傾洩而出；一踏進店裡，濃烈香氣立刻撲鼻而來。他環視店內，尋找熟悉的臉孔，忽然聽見激烈的爭吵聲，他扭頭望去，發現正是朋友那一桌；朋友對面，坐著一名打扮時髦的女人，鬈髮蓬鬆的弧度十分優雅，髮色挑染講究像是隻波斯貓，彷彿只是站在這裡，就能聞到一股淡淡的香氣。

謾罵聲再度響徹，引起其他桌的好奇，波斯貓女人皺起臉，衝著一名彪形大漢厲聲喊道，說到激動處，甚至站起身來；他猶豫該不該靠過去，店員被衝突吸引過去忘記他的存在，朋友發現趕緊揮手招呼他過來。他一臉尷尬，來到朋友身後，波斯貓女人瞄了他一眼，立刻別開頭，繼續惡狠狠瞪著那彪形大漢，他小聲詢問朋友，才知道原來是她看見那彪形大漢，偷吃朋友女友的豆腐，氣不過拽住要對方賠禮道歉；他這才發現朋友身旁，靠內側的座位，坐著一個看起來像蘆筍的女人，蘆筍女人一面扯拉朋友的襯衫衣袖，一面瞥向波斯貓女人小聲嘀咕要她不要再追究下去，大家都在看呢——

當事人不堅持，事情也就不了了之，那天聚會結束，踏出燒烤店，朋友挽著女友往路邊那輛黑色休旅車走去，一身酒氣的她說要搭末班車回家，隨便揮了揮手含糊和他道了再見旋即就要背過身去，見她還是鼓脹著雙頰，一臉氣呼呼的模樣，他不由得脫口出聲，喊住了她：「那個——」

「叮咚，謝謝光臨——」

自動門很有禮貌，他請她吃冰棒，啪——還沒走下階梯，她忙不迭拆開包裝：「萬歲！是我最喜歡的蘇打口味——」她的眼珠子，倒映著蘇打冰棒，湛藍色的光芒，縮起脖子像貓試探了一下，才小心翼翼咬了一口。

她瞇起眼睛，露出小巧的虎牙笑了。

不是波斯，是虎斑啊——他不禁想著，握在手裡的冰棒，在袋中快速融化。

「叮咚，謝謝光臨——」幾名從便利商店走出來的青少年小混混，拎著一大袋罐裝飲料和一大袋零嘴經過，見她穿著入時，不禁吹口哨、甚至出口搭訕，想佔她便宜，正當他急切思考該如何應對或者索性一如往常保持沉默忍耐忍耐就會過去的時候，只見她冷不防揮動胳臂，將吃到一半的冰棒，砸向右耳穿著銀環帶頭的那一名少年，惡狠狠瞪著他們，咧開虎牙低吼，像隻真正的老虎那樣。

他目不轉睛。

叩叩叩——

有那麼一瞬間，他以為自己睜著眼睛睡著了。

叩叩叩——

他試圖睜開眼睛，眼皮卻異常沉重，像是被誰捉弄，偷偷掛了好幾顆砝碼，他只好將指頭伸進去，以眼瞼當作支點，把一扇故障的門撬開似的，用力繃緊指節。

叩叩叩——叩叩叩——叩叩叩——叩叩叩——叩叩叩——

玻璃像是卷積雲，浮現一小片一小片魚鱗狀的反光，薄冰似乎快被鑿破，像是沒將眼睛縫牢，線段逐一斷裂脫落，他從眼皮間虛掩的縫隙，俄羅斯藍貓一般瞄了出去，她的臉驟然浮現，像是擲入水中的西瓜，在副駕駛座旁的壓克力板外，用像是觀察昆蟲的平板表情注視著自己。

果然是她。要是確定對方在家，非敲到對方來應門不可的個性——他思忖著感到自己從指尖嘴角髮梢一寸寸蜷曲清醒過來。

他持續覷探將自己眼底所剩一小道光芒堵住的她，時間在她身上彷彿從來不起任何作用。她的嘴巴動了起來，表情稍微活潑了一點，緊接著終於發現他遲遲沒有回應，她試圖拉動門把，指頭卻被彈了回去，於是又不耐煩，叩叩叩——叩叩叩——叩叩叩——叩叩叩——叩叩叩——叩叩叩——敲起了窗戶。

在這樣穩定幾乎和脈搏重疊的節奏裡，他幾乎又要闔上眼睛。

他想起女兒剛出生時的表情。

也是這樣皺著臉，看不見眼睛；他抱著女兒，和其他丈夫其他父親一樣，踩著小碎步來到她身邊，將女兒湊到她面前，輕聲說道：「妳想看一看吧？這是我們的女兒喔——」

她睜開惺忪的雙眼，像是困惑到底發生了什麼事一樣，皺著眉頭，他繼續說道：「妳想抱一下嗎？啊——」忽地，他驚呼一聲，趕緊反悔，將女兒收了回來：「我之前看過一本書，裡面提到媽媽不可以抱剛出生的小孩。」

隔壁床正抱著孩子玩哄的婦女，一臉著急，忍不住插嘴問道：「有——有這種說法嗎？為、為什麼？」

頓了一下，他扭過頭，咧嘴說道：「聽說這樣孩子會比較不好帶，容易哭鬧或生病。」

他感覺到有人按住自己的手背，他的指頭陷入女兒柔軟的背中，她挺起上半身，繃緊的手指像是堅硬的腿足，試圖摳開他的雙臂，將女兒抱過去；他身子前傾，最終鬆開手，手臂內側留下鮮紅的爪痕，感覺女兒像是被放在竹簍裡，放入湍流不息的泠泠河水中，一轉眼，就從河面的這一端，遙迢流到了彼岸：「沒關係。」從這個角度，他看不見她的表情，只是他聽見她，如此輕聲說道。

一切看起來是如此甜蜜，閉上眼睛甚至能聽見蜜蜂叢聚——

叩叩叩叩叩——

這一次，他很快明白，這聲響的由來。

但他始終不明白，自己為什麼一點兒都不焦急。

非但不焦急，反而從心底深處，湧現起一股篤定的安心感，像是構築一座顛倒銳角刺往地心的深塔，永遠不必害怕崩塌，他好像隱隱約約明白一個道理，原來所謂的「入土為安」，當中冀求的「安」，並不是為了死者。

就在她扔棄沙發的那天，三月底，乍暖還寒，同學會辦在飯店buffet，他從同學口中，得知尢的死訊。

他一臉尷尬，但很快收拾乾淨。

「你不知道這件事？」

他搖了搖頭，指頭被白蝦眼睛周圍的利刺扎到，他含了含指頭，促狹說道：「高中畢業，入伍前一起吃過飯，之後就沒有什麼聯絡了。」

「我記得，他入伍前的那次聚會我也在——」

「退伍後，他參加聯考，成績還不錯，我是說以他在高中的表現來看——」

「你怎麼知道？」他垂頸咬了一口，蝦肉扎實彈舌，讓他的聲音聽起來，像是咬到舌頭。

「他念大學的時候，我們還滿常一起吃飯逛街看電影什麼的。」

後來有幾個同學，坐到這一桌，話題立刻轉開，眾人聊起誰想換工作，誰準備明年結婚，誰生了幾個小孩，又誰升官調職，誰打算移民去紐西蘭、新加坡或中國大陸。

為了填補尢，從自己腦海中死去後的空間，他提議去咖啡廳續攤，由自己買單，同學立刻揶揄他到底拔了多少顆牙，他笑說比起拔牙，裝假牙賺更多。

「聽說是自殺。」

「不是聽說，就是自殺，我還留著那張剪報。」

聽著同學口中侃侃談論的尢，他不禁開始懷疑，你們說的那個人，真的，是尢嗎？那些人，在高中時期，和尢根本沒有任何交集互動吧？有一兩個可能同班三年和尢說的話十根手指頭就能數算出來——他甚至懷疑如果尢，還活著的話，還活著坐在自己身旁的話，或許根本叫不出這桌人的名字。

「而且他後來改名了，啊——不只改名，連姓都改了。」

「為什麼？」

「大概是父母親離婚了吧？」

「搞不好是想改運！」

「都已經成年了，改名就算了，還改姓幹嘛——有意義嗎？」

啊啊，這樣的話，見到面的話，就不能叫他ㄤ了——啊啊，我在想什麼，根本再也見不到面了——他想著一些無關緊要不痛不癢的問題。

「怎麼死的？」他的聲音，比杯子裡的水面還平靜。

「你真的不知道啊？你們以前不是很要好嗎？還是我記錯了？」

他沒有回應，只是緊緊握住水杯，制止水面顫動。

「在車內燒炭自殺。」

那天他和幾個同學，搭某同學的便車，一同前往台中高鐵站，坐在副駕駛座上，他拄著臉頰，和倒映在車窗上的，自己十分靠近；其中一人起頭打開話匣子，他們談起某支股票，又接龍似的理所當然說到某種產業即將興起，他們問他的意見，他說自己只是個牙醫，不玩股票。

「這輛車不便宜吧？」他配合話題說道。

「差不多是一般上班族四年的薪水吧？」

他原本打算笑一聲接著開玩笑說四年大學都可以畢業了呢，才張開嘴巴，對方便調侃道：

「所以我絕對不會在這輛車裡燒炭自殺。」

他睜開眼睛，就像是已經睜開過無數次每次早晨而無須細想這是第幾次睜開眼睛，她還是站在那裡，像是一台忘記關上卻永遠不會收播的頻道，他突然懷念想看卻沒有東西可看的童年時光，眼睛空白，腦袋也空白，日子又慢又長，自己從沙發上醒來，看見她坐在廚房靠窗的高腳椅上，日光從後方照來，四隻腳顯得格外纖細，將她的輪廓沖淡稀釋，而女兒乖順低垂著頭背對著她，她撈起女兒柔順細緻的髮絲，緩緩扭動手腕的同時，將那些往四周流淌開來的頭髮，綁成一條一條優美的雙股辮子。

一瞬間，他覺得所謂的「死不瞑目」，肯定也存在著另一種的意義。

他轉過身，想往客廳走去，卻發現自己身在玄關，書包的背帶咬入窄小的肩膀，身後的燦亮日光消失，只有面前從天花板垂落的麻繩，像是從天堂扔下一樣靜靜散發出含蓄的光輝，他感受不到自己雙腿，接著感受不到雙手，一開始像是癱瘓，但後來連臉孔都沒有知覺，所有器官也跟著停擺，時間像是眼前的這一雙腿，懸浮在半空中，無處著力，再也無法往前走動；而一雙漆黑的眼睛，儘管黑曜石一般安然鑲嵌在臉孔上，卻也像是懸浮著似的始終抓不到焦距。

地板上一灘積水，卻連一個客廳的倒影，都無法容納進去，他的牙齦充血，用力繃緊齒列，忍住將鏡子狠狠踏碎製造巨大聲響將一切掩蓋過去的衝動，畢竟這是自己記憶中的母親，曾說過的，最大聲的一句話。

他像是最後一次睜開眼睛，扭動鑰匙，發動引擎，身軀砰砰砰砰細微震動，按下開關，車窗緩緩降下。

她迫不及待伸長脖子，將頭探了進來，他扯住指尖，泡沫一般細小湧竄的衝動。

「不是說過好幾次了，不要把車停在這裡。」她只是這麼說：「這樣等一下我的車開不出去。」

2

妳提著塑膠袋進門，和不久以前一樣。

有時候覺得日子過得比翻臉還快，有時候又覺得比翻臉更難捱。

地平線睜開眼睛一般，緩緩亮了過來，妳原本思索該買什麼當宵夜，打了電話才發現原來那裡真的沒有賣牛肉麵，服務生以為妳嗑了藥，妳只是笑然後被他一把搶走電話用力掛斷，他笑得比妳更大聲，妳於是感到安心。

妳和他走在相距了五分鐘的人行道上，妳突然想起這裡距離自己的家很近，想告訴他不用開車送妳，妳的頸子才轉了八分之一圈，便聽見引擎發動的聲響，砰砰砰砰，妳的身體震動起來，他和妳開始培養默契。

砰——妳關上門，換了鞋子，這回走進裡頭的時候，小心翼翼避開了，鞋櫃上生鏽的鋼釘；妳繼續往裡頭走，沒有駕照的妳無端聯想，無法回頭的高速公路，妳想起搬來台北，和母親妹妹同住前的鄉間生活。

那時候，經常和村裡幾個歲數相當的孩子，打著赤腳，拔腿追在載滿甘蔗的水藍色小卡車後方，趁駕駛一不留神，偷偷抽走幾根；捨不得吃完，就埋在潮濕的土裡，彷彿大地就是自己的存錢筒一樣。

妳看見廚房的地板上，投射了一道細細長長的陰影，妳腦袋一空，只意識到日光十分傾斜。

妳繃緊自己的手臂，塑膠袋沙沙、沙沙發出雜訊，妳從洗衣間前面走過，妳看見烘碗機，再過去一些就是流理臺，再過去一些——妳穿過門框，看見倒映在晶亮水龍頭上的自己以前妳看見兒子，身材益發魁梧的兒子，趴在餐桌上，後頸的骨頭一階階凸出，像是冬天乾涸河底的石頭般圓潤，肩膀和背部伴隨呼吸的節奏，潮浪似的起伏規律。

「妳回來了？」兒子醒來，瞇細眼睛望向妳，妳一時間怔愣，懷疑兒子身上是不是延伸出透明的觸角。

「到樓上睡吧，不用設定鬧鐘，早餐好了我會叫你。」妳輕聲說道，妳知道自己今天的行程該如何安排，等兒子出門上課後，自己一樣出門，找工作，下午回家前，搭公車去一趟內湖花市。

妳知道自己想種些什麼了。

兒子一面揉著眼睛，一面走出廚房，妳靜靜注視著空無一人的門框，用指節按了按眼窩。聽著兒子一步一步往上走的聲響，妳一鼓作氣，將塑膠袋提起，啪——一聲擱在流理臺旁。

妳掀開袋口，裡頭是妳特地去早市買回來的雞，剁去雞頭的雞，沒有米粒一般的眼睛可以蒐集，頸子留下的空洞，像是一個井口，妳沒有好奇探頭進去，而是凹著指頭，刺戳進去，將整隻雞，一把勾出塑膠袋。

將雞壓在砧板上，妳抓持菜刀，抵住第一階，深呼吸一口氣，屏撐在沒有任何東西的喉頭，依舊感到吞嚥艱難，徐徐吁吐出來的同時，沿著脊柱用力劈剖開來；接著徒手扒去多餘的滑膩油脂，按住那一具被切割開來的肉身，緩緩闔上眼睛，緩緩加重掌心的力道，想像自己坐在一座蹺蹺板上，想像自己將所有重量，都往另一側集中，而自己就無可自拔往那一側傾斜過去——

啪——

清脆一聲，骨肉碎裂。

妳緩緩睜開眼睛，用手背摩擦了一下眼瞼，一股油腥的氣味登時刺入鼻腔，在清新宛如檸檬片開水的早晨裡，顯得格外真實；如果自己長得夠漂亮，或者更有笑點，或者跟某個製作人上床，或許就能在一個充滿鄉村風味的開放式廚房，主持烹飪節目，示範這道料理。

妳抿唇笑了笑，感覺前方的窗子緩緩拉敞開來，宛如一列正緩緩耗盡柴油的火車，每一寸的移動都暗示著更加決然的靜止；妳側過身，從架上取來一張白底周遭綴有粉紅色雛菊的骨瓷餐盤，盤底反射出一道光亮的軌跡，聚光燈一般，打在妳的臉上，妳的鼻頭滲出均勻油光像是忘記鋪墊紅地毯帶有希臘風情的石灰岩階梯，妳的黑頭粉刺看起來像是一顆一顆種子對於種種不確定妳感到些許擔心但旋即，被振翅鼓膀的海鳥給吸引過去，妳將那堆癱軟纏糾的骨肉俐落盛入盤中。

接著妳加入一大匙一大匙處女橄欖油，擠入檸檬汁前，削了些檸檬皮屑，再將大蒜和鼠尾草切剁細碎，最後添上鹽和辣椒粉，最後的最後，妳開始撫摸，先將醃料均勻塗抹開來，而後伴隨著指尖的力道，將醃料一寸寸推入每一寸骨肉。

一切就緒，妳將盤子擺入冰箱，瞥了一眼沾滿醃料，鮮紅醒目的雙手，妳走回流理臺，扳開水龍頭，順著水流的方向，妳的目光緩緩傾斜而下，忽然發現自己白皙略顯豐腴的手臂，聯接著一雙手背青筋浮凸血管粗大的手，受到注目的片刻肌肉狠狠抽搐了一下，一瞬間妳明白這是誰的手，水聲爬上指尖，溫度刺冷穿著睡衣的他，用力搓揉雙手水花濺濕衣襬，額頭擠出豌豆大的汗水，剛上小學三年級的女兒光著下半身，站在浴室門口身後聯接著一大片晃擺黑暗，用稚氣未脫的聲音說對不起爸爸我不是故意的，他咧開一嘴潔白牙齒擠出笑容說沒有關係，女兒問他是不是覺得自己只會惹麻煩，他擠出聲音說不會，女兒又問媽媽又跑去哪裡，他說學校畢業旅行她是導師必須跟著去，他想起更早之前女兒未滿一歲某夜突然高燒猛竄身上火紅一片，那時她剛好回宜蘭探望生病的母親，經過急診折騰一晚原來是玫瑰疹，她回來後調侃怎麼每次孩子交到他手上都會出狀況，他只是接受這樣的指責卻怎麼也想不起從前從前究竟還出過什麼狀況。

某天他和她起了爭執，女兒在他去掃墓的那天下午出了車禍，趕到醫院的時候她不在，他問女兒不是和她一起去買衣服，女兒閉上眼睛他只好當作麻醉還沒退，半小時後她匆匆趕到，他想對她生氣，但一見到她露出虎牙率先指責自己的樣子，他只是低聲說了一句：「妳吃了女兒的身體，好歹多負一點責任。」

什麼她的身體——不過就是一個髒兮兮的胎盤，你以為我稀罕啊？她高聲喊道，像是不怕被任何人聽到似的，她全身上下每一滴血每一寸骨每一塊肉都是我給的，都是我給的。

所以妳現在是在報復自己嗎——妳看見自己的手，離自己很遠，妳看見自己的手拉開冰箱，妳想阻止說還沒翻動更還沒經過一小時等候，香料依然是身外之物，那雙手聯接著的身體忽然間轉了過來；妳的手沒有抹了抹他的下顎，妳拉開椅子坐下，發現兒子坐在自己的右手邊，他的女兒則在對面落坐；妳的手拉開烤箱，妳短暫疑惑什麼時候，雞肉已經烤好，妳聞到四溢香氣他的手從妳的頸後滑過，妳的頭髮披散開來，妳的手沒有撩至耳後，丘陵溫熱而寂寞，而是將面前的骨肉撕扯開來，滾燙汁液沿著肌理迅速流淌，妳咬住牙關忍耐，緊緊抓住其中一個部位，宛如一個人岔開雙腳，頂天立地的三叉骨。

他的手尾隨而來，抓住另一隻纖細的腿足，妳沒有鬆開，他也是，妳急著許願，或許他也是，妳注視著自己的雙手，感受著他脈搏細小的跳動，想起第一次聽到許願骨傳說時自己嗤之以鼻的心情，質疑憑什麼只是折斷一根骨頭，就可以實現願望——要是真的這麼簡單，妳想追問的是，該折斷自己體內，哪個部位的骨頭，才可以讓願望實現？而自己的願望明明那麼簡單，為什麼非得殺死什麼才得以實現？

啪——

「希望家庭幸福美滿——」乀高聲笑道，折斷自己和妳，手中的許願骨。

妳總是慢一步。

他的手，從冰冷的骨頭鬆了開來，輕輕擱在桌上，妳低垂的視線，像是再也看不見自己的手，不禁想起他的說法，暗忖或許所謂的友情，也只是一段路程而已。

A

妳站在全身鏡前，將自己在生活中的皮，覆蓋在肉上，同時也就把骨頭，藏得更深了。

「你的暱稱要取什麼才好？」刻意瞥了一眼，擱在梳妝台上的智慧型手機，妳問道，享受微不足道的樂趣。

「陳牙醫診所就好了吧。」垂著頸子，腰間擠出褶皺，他坐在床沿，抱著自己的大腿套上羊毛襪子。

妳的語氣像是順時鐘，方向旋緊的螺絲釘：「那麼我呢？對了——你還不知道我叫什麼名字吧？」沒有回過頭，妳注視著鏡子裡的他，眼神熱切，像是更在乎注視著他的自己；他按住膝蓋，緩緩站起身來，妳這才恍然發現，他穿著那天前來弔唁，反射出斷斷續續光澤的黑色西裝，妳感到自己剛細細擦拭乾淨的下體，霎時又分泌出濃稠晶亮的蜂蜜。

「妳就是妳啊。」他說。

III

1

她坐在窗邊，由於體型纖細嬌小，即使抽到後排座位，也總是被老師換到第一個位置；可或許是角度的關係，靠窗的第一個座位，反倒成為整間教室，最為偏狹的位置，往常一站上講台，這地方就像是從視野中，被切割開來一樣，一個被劃滿粗黑斜線的荒原地帶。

數學老師正在發放上次模擬考的考卷，或許是近來發福的緣故，脖子像是被襯衫堅挺的衣領給牢牢掐住，擠出一圈褶皺；背後的黑板，寫著潦草幾行字，習慣性往左下方傾斜，像是三張被風吹歪的符咒：「最高分九十六，最低分三十一，平均分七十八，標準差十三」，力道強勁，碎裂的粉筆渣子，淤積在每個字最後一個筆劃的末梢。

在真正認識這一切之前，她曾經以為，「平均」，是一個十分美好均衡安穩的詞彙，譬如平均分七十八，用最直觀的方式理解，意味著經過分配以後，在最平衡的狀態下，全班四十三個人，每個人都得到七十八分；可實際的情況卻是，全班有一半的人低於那個數值，至於另一半則相反——思索至此，她忽地略微，張開嘴唇，發現將全班劃分成一半以後，還剩下一個人，而那個人，只能剛好是七十八分，低一分高一分都不行，那個人的存在，就像是蹺蹺板的支點，一旦產生偏移，重心便會隨之改變，世界勢必往其中一側傾斜。

感到踏實的瞬間，她輕聲吁出，一口氣，不對——她立刻將那一口氣倒抽回來，宛如海水猛地倒灌一般，她幾乎要被自己嗆死，下意識按抵胸口，脂肪黏土似的從指縫溢出，就要反過來包覆住自己的手，呼吸促急喉頭湧起一陣澀苦並以神經元傳導的速度往鼻腔擴散漫延，耳朵一陣嗡嗚她以為，竄長出一大叢攀親帶故的水藻，齒間氣泡接連細微迸裂，她愕然發現，那個結果，完完全全，完完全全可以相反過來，剛好得到七十八分的另一層涵義在於，即使少了那麼一個人，也不會產生任何影響。

宛如破水而出，打直腰桿，像是一件晾掛衣架的衣服，她垂眼注視，那張攤在自己桌上，用紅筆大剌剌，寫著九十六分的考卷，暈糊開來的墨水，幾乎將自己底下的名字塗蓋過去；手肘旁，沾了薄薄一層灰塵的草綠色窗簾輕輕款動，像是有誰躲在後頭，汗毛蘆葦一般豎起朦朧，擺晃似乎起了靜電，她聞到泥土特有的生腥味，時序齒輪似的向前喀喀喀喀轉動進入六月，蟬聲遠遠掛在遠方音響趨強忽又漸弱，被日光烘熱的風，從窗外徐徐吹入，雲朵蓬鬆一如臉頰，頻頻鼓動考卷的邊邊角角，像是在積攢力氣一樣，將考卷一寸一寸，一寸一寸往桌沿推去，即將滑落一如揚至頂點的鐘擺，只暫停轉瞬，鬆開力道盪下的那一剎那，她反射性伸出手，用力壓住像是制止裙襬翻掀，桌子因而發出聲響，細細震動了起來。

隔了一條走道的同學，沒有注意她的舉動，專心瞪著自己價值五十三分的考卷，她趕緊將考卷抽回來，抓起筆袋，蓋住自己的籌碼。

考卷分發完畢，數學老師要大家先看一看答錯的題目，試著自己訂正，扭頭瞥了一眼擱在黑板頂端，表面圓弧被擦拭晶亮的時鐘下午兩點二十七分，時鐘上方掛著被釘在十字架上的耶穌木像，轉折細緻的肌理像是真的隱隱反射光芒，十五分鐘以後，再開始檢討這一次考試需要注意的題型：「指定考科的時候或許會出現。」話一說完，數學老師重重踏下講台，彷彿擊鼓，洗石子地板瞬間彈跳了一下，同學動作整齊劃一，像是被敲斷頸骨一般，倏然垂下頭，緊接著傳來沙沙沙沙——筆尖迅速摩擦紙張的聲響，讓她不禁聯想到交響樂團裡，運弓一致拉扯整個音樂廳的小提琴手。

她往後一躺，靠著弧度柔和宛如低音譜記號的椅背，先是往外瞥了一眼，從方形的窗子看出去，連天空也是方形的，像是一張雲彩紙；忽然間，她不禁想起一個，連罐頭笑聲也幫不上忙的笑話，將視線捲收回來，再度繃緊腰桿，重新審視那份考卷。

證明題，答案正確，唯獨漏了倒數，第二條算式——只是漏了一道算式，就被扣了該題全部的分數，她繃緊尾椎和手肘思索，該不該向數學老師爭取至少，一半的分數。

只是缺少一個步驟，前面走過的路，都算是白費了——

這念頭從心底浮生，她霎時放鬆，渾身骨肉，坦然接受這個結果，像是專注維護一座蹺蹺板，似有若無的震顫，而和所有人一樣，將地球自轉的事實，只當作一件知識接受。

「媽媽那是什麼？爸爸那是什麼？爸爸那是什麼？爸爸那是什麼？」她自然不記得自己，年紀稚嫩的時候，所有發生的事；可儘管如此，確實和每個孩子一樣，所有事物，對剛睜開眼睛不久的她而言，都是嶄新的，宛如充滿果實迸裂開來的水滴一般的果香一樣，她短截的手指像是延展不出盆栽圍牆的幼芽，小幅度蠕動，急切捕捉，急切掌握，彷彿不那麼做的話，自己本來就瘦小的手，就會萎縮持續萎縮下去，直到連骨頭都變得比欒樹的葉梗還細脆。

忘了到自己幾歲的時候，總之察覺的當下，連緊緊壓痛腳後跟都來不及，已經成為鐵錚錚的事實——她發現世界上的事物，絕大多數都「固定」了，她懷念自己未曾經歷過的那段時光，例如當人們想表達榴槤的時候，只能描述那外形像是刺蝟一樣的水果；或者當人們想表達釋迦的時候，只能描述那外形像是釋迦牟尼頭顱一樣的水果。

人們藉由種種譬喻，一步步由想像，逼近再逼近現實，最終延伸、甚或創造出一個嶄新的詞彙。

光是想像那段無法確信，是否真實存在的時光，她就感到莫名感動，彷彿腳底下的土壤全都一瞬間液化似的。

但是那種權利，卻被剝奪了，被那些堵在自己存在的時間軸之前的人，給剝奪了——另一種聲音，像是一根不屬於自己的骨頭，猛地從側腹刺入肉身，起先以為是紳士式的握手寒暄，卻一寸寸深入宛如怪手挖掘，像是要和自己體內那些一同，生活了十七年的骨頭緊緊相擁。

「幸運的人，擁有能力；優秀的人，擁有權利。」無論她是否有足夠能力理解，身為簇擁在自己時間軸前的眾人之一，她的爸爸，曾經這麼說過，於是她不得不記得那時候，他修剪乾淨的指尖，剛好從橡膠按鍵上放鬆與其說放鬆，更貼近被其中自生的力道積攢反彈開來——那時候，她和爸爸，還會一起看電視，某個媽媽和高中同學聚會的夜晚，吃完晚餐寫完作業，她下樓，和爸爸一同窩在沙發裡，玻璃桌上，擱著一罐易開罐裝的汽水，剛從冰箱裡取出，壁面像是逐漸結凍的水面，儘管尚未摳開拉環，但每看一眼，多在意一些些，她便覺得易開罐試探似的，偷偷緩緩，向外撐開稍許，眼看大霧就要龜裂，她幾乎要摀住耳朵召喚，雷聲轟轟，臉頰紅通鼓脹宛如充滿氣泡，爸爸抓起遙控器，像是拉開拉環，一般決然切換頻道，卡通節目結束，知識性頻道的沉穩嗓音侃侃談及，三年前發現，且被認定是「小行星」的天體，在三年後的今天，被劃分為「矮行星」，並由國際天文聯盟，正式命名為「Eris」。

「Eris」，爸爸先是低聲重複了一遍，像是在叫喚一個遺忘許久的人名，而後想起對方面孔似的抿了抿唇，對她解釋「矮行星」，是一種新的分類。她知道什麼是「新」，但不明白什麼叫做「分類」？爸爸說人們因為無法，將某些事物歸納入既有的邏輯中，所以只好「創新」，她不明白，心想既然是新的，為什麼爸爸的口吻聽起來，顯得那樣無奈；爸爸又說根據「小行星」命名的常規，率先發現的人，可以為之命名，宇宙千萬顆小行星裡頭，有「台灣」、「鹿林」和「中壢」，甚至連去年夏天才爬過的「玉山」也有，包覆著地球的宇宙，可以想像成一顆「天球」，所有天體都是地面的投影對應——爸爸的說法，讓她聯想到一面，巨大的鏡子，她想起洗澡時喜歡對著起霧的鏡子擠弄鬼臉的自己，不禁興奮咯咯咯咯咯咯按住更嬌小的五臟六腑笑了起來，回答這樣聽起來爸爸口中的宇宙，根本和我們現在生活的世界沒什麼兩樣，爸爸突然沉默。

「我的名字是誰取的？」也許是不習慣爸爸沉默，又或者試圖填補沙發上，最後一個座位似的，這個問題，像是從排水孔柵欄擠出的蟑螂一般，從她嘴裡脫口迅速溜竄，尖銳腿足刮過下嘴唇，唇肉細微晃顫。

動能逐漸消耗，耗盡的瞬間，爸爸開始解釋「矮行星」是什麼，並說「Eris」的發現，連帶致使冥王星不再是九大行星之一。她好奇爸爸怎麼、怎麼可以，立刻理解新的分類，爸爸繼續演繹，說明擁有「發現」的能力，便擁有為「小行星」命名的資格；倘若擁有的是「權利」，則可以為「行星」、「矮行星」或者更多更多事物命名——甚至「重新定義」，行進至此爸爸，冷不防咧開嘴，露出一口白牙的同時，也露出那晚第一抹笑容，她沒有回頭卻直覺和掛在方窗外頭，宛如一幅靜物畫的月亮差不了多少；爸爸扭頭垂頸瞥了她一眼，眼睛瞇成兩勾倒懸的月亮，忽地攤開那大大的手掌，胡亂搓了搓自己的頭髮，話聲乾乾淨淨，接力說就和妳說的一樣這麼一來宇宙就跟我們所處的世界沒什麼兩樣。

她的身體當時沒有因為聽聞，冥王星的變故，而產生任何震動，像是身處不存在任何介質的宇宙中，每一樣事物都是獨立運作，彼此互不干涉。

在充滿好奇的，那時候，她曾經追問過爸爸，人若是毫無防備離開地球，會發生什麼事？爸爸說因為大氣壓力驟減的關係，人會爆炸，爆炸，她記得爸爸確實又重複了一遍。她不懂什麼是「爆炸」，爸爸用力鼓起臉頰，捏住衣服拉撐起來，說爆炸，就是這樣，肉體會不斷膨脹，最後像是充氣過分的氣球一樣，砰——這就是爆炸。

砰——在心底重複一遍，她還是不確定什麼是「爆炸」，但她確實，能在腦海中勾勒出氣球緩慢，破裂的畫面；記得上次，參加附近美國學校的園遊會，她看見一個小男孩，撿起地上的枯枝，偷偷刺破另一個小女孩手中的氣球，她還記得那顆氣球是無聊的紅色，可不知怎地，迸碎的瞬間，或許是聲響清晰立體的緣故，那見慣了的紅色一瞬間，竟然顯得格外鮮豔。

砰——她嚇了一跳，才發現自己，只是真的拉開汽水的拉環，她的嘴唇趕緊湊上去，口鼻竄上金屬特有的氣味，忽地發現沒有氣泡湧現，甚至連氣泡騷動的聲響也沒有，她試圖磨利耳朵，卻害怕聽到什麼不該聽聞的事物，她用力吸吮了一口，擾亂空氣試圖製造氣泡，或者氣泡騷動的聲響：「不要常喝汽水，容易蛀牙。」她鬆開牙齒，銀白色的齒痕，像是留在雪地上的腳印，她想回答好，痕跡愈來愈清淺像飄起下一場雪，來時的方向，將被覆蓋，氣泡卻陡地膨脹開來，塞住自己的喉頭，她想要壓痛腳後跟把自己壓入地底，怎麼感覺自己愈來愈像是一顆氣球。

那麼不夠幸運、不夠優秀的人，就註定只能活在，被別人劃定方方整整，宛如停車場一般的世界裡嗎——她忽地又折返那個人聲轟轟的園遊會，砰一聲爆炸的瞬間，想和那個小男孩一樣，彎身撿起骨頭一般，乾枯的樹枝；她想問爸爸，但是抬起眼的時候，爸爸不在，坐墊留下的爪痕被振翅的鳥翼沒收回去；她想舉手，向數學老師拋出這個問題，抬起手臂感覺快碰觸到天花板的那一剎那，上胳膊狠狠抽搐了一下，像是快抽筋，她立刻縮回手冷不防心想，數學老師大概聽不懂自己的問題，就和自己當初不明白矮行星，小行星甚至是行星，三者究竟有哪裡不同一樣，只會快步直直走來，再迅速轉身離去，在黑板上的落點，列出從自己口中拋出問題的拋物線軌跡，一道必須和誰交集，才有辦法得到固定數值的二次函數。

2

他的身後站著，三名和自己相同魁梧健壯的少年。

他扭頸，越過左肩頭，瞥了斜瀏海少年一眼，塗著厚重髮蠟的少年，立刻一個箭步往前，轉開門把，接著腿一伸，將門狠狠踹開；廁所的角落，一名和他們穿著同樣白襯衫制服的身影蜷縮，另一名戴著眼鏡的少年，像是強調自己同樣身在現場似的，將斜瀏海少年往後一扯，啐嘴一聲，逕自跨步往前，揪住那人的頭髮，往上一拔，動作的弧度末梢，挾帶泥土的生腥氣味，他想起一種名為「木樁刑」的極刑，據說是如此進行，先將木樁一端削利，再用刀割開犯人的肛門，由肛門直截摜入鉛筆一般的木樁，接著扳直木樁豎立，而後串在上頭的身體，便會猶如綁了鉛錘一般，被巨大的引力，一寸寸往下拉扯，而尖銳的木樁一寸寸一寸寸深入，勾破甚或刺穿體內各項臟器，最終從腋下、側頸、喉頭、口腔——技術不佳的劊子手，有時候也從讓木樁從對方胸口或背脊貫穿而出。

於是他冷不防，想起了伯勞鳥，人們往常以為，會將獵物串在樹枝上的伯勞鳥，是一種帶著炫耀意味、天性粗暴殘忍的動物，可卻忘了對於動物本身來說，並不存在「殘忍」這個概念；而那些自以為善良的人，自然也就不明白，伯勞鳥之所以那樣做，並非一心折磨獵物，也毫無示威的意思，純粹是自身的勾爪不夠銳利罷了——一張漲紅的臉孔，忽地攢入眼底，打斷他的思緒，幾乎要從他的後腦杓半途而廢穿出，臉頰圓潤蓬鬆空氣感充盈像是菠蘿麵包一般的少年，小小的眼睛宛如鳥眼宛如兩顆87％的水滴巧克力。

「不錯嘛，很乖嘛——」眼鏡少年擰嘴說道，表情猙獰，鬆開頭髮，拍了拍菠蘿麵包少年充滿彈性的臉頰。

「我……我很準時……還……還排到第一個……可、可不可以——」話沒還說完，菠蘿麵包猛地皺起臉，像是掉到地上被踩了一腳，原來是斜瀏海少年，不耐煩狠狠踢了菠蘿麵包的足脛一下，菠蘿麵包按住脛骨，失去重心，痛得一屁股坐了下來。

「不要浪費時間。」斜睨了斜瀏海少年一眼，像是排列骨牌一般，他字字均勻說道，對方的氣燄頓時收斂，匆匆往後一退；眼鏡少年見狀，獻寶似的，探出上半身，抿唇微笑從門外，接過一個印有超市圖案的霧白色塑膠袋，先是拉開袋口，讓他確認以後，才彎身揪住菠蘿麵包的衣領，將袋子湊到對方鼻尖。氣味強烈，菠蘿麵包怔愣半晌，終究忍不住好奇，抬眼瞥了袋內一眼，立刻摀住嘴巴猛然撇開頭，發出乾嘔聲，甚至一時間被自己的乾嘔嗆著，劇烈咳嗽，附著整具身軀的肉全都跟著晃動起來；一旁的少年咯咯，笑了起來，厚重的瀏海一掀一斂，一掀一斂，啪嗒啪嗒——清切聲響中，隱隱約約挾帶著細微嗡嗚，反射出爛燦日照底下甲殼，鞘翅翕動一般的光亮。

斜瀏海跳舞一般，扭動軀體踩著輕快步子，繞到菠蘿麵包身後，按住對方髮根拘謹柔軟的後頸，大腿往背部貼靠上去，重重往前一壓：「快吃啊——」菠蘿麵包的頭將整個袋口填滿，他恍恍惚看見菠蘿麵包，後腦杓髮漩裙襬似的一圈焦褐色感覺很美味的痕跡，或許過於專注的關係，他感覺自己像是從菠蘿麵包柔軟後腦杓攢入的木樁，像是打開對方街人家的二樓窗子一般從雙眼深處看見，塑膠袋裡裝滿面目模糊，散發出濃烈惡臭的餿水——

「快吃啊——」斜瀏海又喊了一聲。

「我……我不餓……中、中午——我中午吃很飽……」菠蘿麵包試圖抵抗，吃力扭過頭咕噥道。

「吃這麼飽啊——連這麼豐盛的菜色都沒有食欲？」眼鏡少年說道，推了一下眼鏡，忽地伸手拉開長褲拉鍊，脹實陰莖頓時彈了出來，眼鏡少年掐住菠蘿麵包的臉頰，手催發勁道，將對方的嘴巴撬開的同時，下半身往前挺，將堅韌挺直的陰莖，直接往裡頭塞去；菠蘿麵包臉孔焦黑，扭動身體掙扎，斜瀏海少年用力捶了一下對方看起來真的很柔軟的後腦杓，頭往下一沉的瞬間，眼鏡少年身子抽搐了一下，抿出笑容，綳緊的身體緩緩放鬆下來，菠蘿麵包的臉頰，像是氣球充氣一般愈來愈鼓，陷在層層疊疊肉裡的喉結咕嚕咕嚕泥水攪和扭擰一股打從胃袋打從心底強烈的排斥感受湧上將渾身骨骼鋼筋似的緊緊綑綁在一起，伴隨著壁虎斷尾一般的嗚咽聲，濃黃色液體從嘴唇兩側汩汩溢出像是半透明的拉鍊將那張臉孔切割瑣碎，菠蘿麵包沾濕的表情立刻塌垮癱軟，他覺得可惜，眼鏡少年將陰莖抽出來，將剩餘的尿液抖乾淨，在對方的臉頰上磨蹭擦拭後，才收回去。

菠蘿麵包痙攣似的，身子遽然一顫，掙脫斜瀏海的箝制，身子一彎，像是突然被對折起來，雙臂撐在大便斗兩側，嘩啦嘩啦像是從嘴裡排泄一般，將今天一整天吃的東西全吐了出來。

3

你喜歡寫詩。

正確來說，高中以前的你，喜歡寫詩。

你曾經寫過一首，名為〈遺憾〉的詩，還被刊登在校刊裡頭；儘管你現在只能躺在床上，軀幹四肢的神經——那些人肯定你的腦神經也是，都像是被連根拔抽走了一樣，什麼也感受不到，可你明明清清楚楚記得，那首詩的內容，是這樣的：

〈遺憾〉
如果能準確測量
龜裂的盡頭

朋友讀完以後，曾經斜傾著頭，一臉困惑問你，這首詩是不是還沒寫完？你咧嘴笑說，寫完了，這就是結局了。

你還是動也不動。

4

她先是縮起手，而後嚇了一跳。

隔了一條走道，坐在她右後方的同學，突然喊了她的名字。

「可以請妳關一下窗戶嗎？」戴著髮箍的Ｙ，瞇細眼睛，指了指窗子，身子微向前傾，輕聲說道；髮箍側邊，別著一個淺紫色的蝴蝶結，讓Ｙ整張臉的輪廓柔和不少。

五十三分的同學，依舊埋首在考卷中，她愣了一下，接著和數學老師對上視線，對方朝自己頭頂上的冷氣，努了努下顎，她看不見對方的喉結，揚起鐵鍬似的拉長自己的脖子，不得不抬起頭望去，看見葉扇像是衰老的人一般，緩緩左右擺動纖細的頸項，並不時發出骨骼摩擦的聲響，原來方才有同學向老師反應，下午太悶又熱想開冷氣。

啪——縮回頸子的同時，她拉上窗戶，一瞬間切斷，蟬聲掀起某個人的下顎一樣，食指輕輕一挑，俐落扳上半月扣的瞬間，原以為闔起的窗戶，向一旁推擠，壓榨出氣體洩漏，薄如蟬翼的細微聲響，似乎這才將最後一絲縫隙完全填充，徹底鎖上。

經過釘滿成績單的布告欄，繞了一圈，數學老師重新踏上講台，撿起粉筆，在黑板上寫下一道題目；她以為老師會和以往一樣，點名同學登台解答，但老師依舊背對著所有人，洋洋灑灑將算式一一列下。

宛如天文台的觀測望遠鏡，她的目光，以穩定的速度，往黑板右側移動；離自己最遠的一端，用挾帶著螢光的紅色粉筆，寫著斗大的「倒數二十一天」，或許是字體，過於巨大的關係，看起來有些幼稚滑稽，甚至不大真實，像是綴滿霓虹，廉價的色情廣告看板。

她不禁想起，兩年前，那時候，愚蠢的杜鵑花活動，還要再過一個月才會登場，率先迎來的，是眾人最喜歡的四月一號，愚人節；那天無聊的國文課，一結束，她們班立刻和隔壁班互換座位，當兩班的老師各自進入教室，發現往常熟悉的面孔全被更替，一時間還以為是自己走錯，抓起課本匆匆忙忙逃出教室，一臉狼狽的模樣，讓兩班同學頓時放聲大笑，聲音大到連其他班的老師同學，全都出來一探究竟。

解完一道題目後，垂下手，數學老師和自己接力似的，再度舉起手，她看見對方的腋下濕透，開始解答下一題，就這樣一個人，收斂雙臂擺動的幅度，逕自往前跑著，直至終點：「如果有看不懂的地方，可以舉手發問。」她想舉手，下課鐘響，她分神思索這聲音，什麼時候才會更換，尾音出現細微分岔，低了四分之一音。

低了四分之一音的生活，不會對生命產生巨大影響，畢竟要在交響樂一般的擾攘人生中，確切指出到底是哪一個部分哪一個段落出了問題，從來不是一件輕易的事；她太清楚於是，只是垂下手，手肘緊緊抵住桌面，橡皮筋似的拉扯著自己的耳垂。

班長沒有打算出聲喀喀喀埋頭滾壓立可帶，數學老師也沒有絲毫躊躇逗留，立刻跳下講台，皮鞋鞋跟從講台沿緣傾斜摳刮而過，木屑崩落，打開教室前門的瞬間，一股充滿水果香氣的熱風猛地灌入，一切煙消雲散，門邊的同學捏著筆抬起頭皺了一下眉頭，老師跨出門後立刻伸長上半身反手按住門板重重推上，卡榫匡一聲直截撞上凹槽，她縮了一下脖子，硬是將自己嵌了進去，敲出清冷靛藍色調的聲響，好像有什麼應聲，斷折也不稀奇。

「請大家趕快換體育服，下一節課在操場集合。」康樂股長高聲喊道。

緊接著引起一連串哀嚎和抱怨，一部分人說忘記這回事沒有帶體育服，一部分人則說為什麼都要指考了還要上體育課——康樂股長站起身來，說明待會兒要進行體適能測驗，是要呈交教育部的資料，並安撫大家，只會佔用第一堂課的時間，第二堂體育課大家就可以回教室自習；忽然間有人提議，不如拿以前測驗的成績稍微加減敷衍過去，更多人立刻附議，康樂股長無奈聳了聳肩，說是體育老師交代的，自己無權作主。

「沒有帶體育服的人，可以下次再測吧？」

「也只能這樣，不過等一下還是要一起到操場集合。」

「蛤——為什麼？」

「沒有為什麼，體育老師規定的，妳有看過哪一班，是這邊一群，那邊一群嗎？集體行動懂不懂啊。」

「真是浪費時間——」

「坐在窗邊的同學，可以幫忙拉一下窗簾嗎？」

「反正是女校，窗簾開著有什麼關係？」

「妳忘了還有男老師啊？」

「妳的意思是，如果沒有男老師的話，妳可以在走廊上換衣服？」

「不要隨便扭曲別人的意思。」

她拉上窗簾，這時候，已經脫下制服，只穿著一件胸罩的Y，見狀笑了笑說道：「那邊的窗簾用不著拉啦，這裡是四樓耶，又不會有人經過。」

她沒有應聲，站起身來的同時，提起袋子。

捏著鐵灰色百褶裙裙襬，Y不禁出聲喊住她：「妳要去哪裡？」

「換衣服。」她理所當然答道。

「換衣服？」

「換衣服。」

「所以我才問妳要去哪裡啊？」Y笑了一聲，岔了氣，追問的同時，撬開一扇門似的，俐落脫下裙子，內褲和胸罩的顏色不一樣。

「換衣服。」

兩人的對話，像是宇宙裡運行的天體，沿著既定的軌道，自顧自移動，永遠無法碰撞彼此。

停頓片刻，丫恍然大悟，抓了抓乳房上映出一小片月牙反光的飽滿青春痘：「妳從來不下水游泳，也從來不在教室跟大家一起換衣服——」像是發現什麼天大的祕密一樣，連皮鞋都已經脫下，只穿著內褲和胸罩的丫，兩眼圓睜離開座位，踩著黑黃相間的條紋襪子，步步朝她逼近：「妳該不會是害羞吧？」

同樣只穿著胸罩的五十三分同學，抓起體育服，一臉困惑插嘴道：「害羞什麼？又不是什麼都沒穿。」

「我倒是不介意什麼都沒穿。」丫朗聲說道，周遭傳來笑聲，和她不同，丫擁有能讓氣氛活絡起來的能力。

她沒有答腔，逕自往外頭走去，丫沒有追過來，似乎對她頓時失去了興致，她聽見丫對五十三分的同學尖聲說道：「妳身上好多痣啊，要小心喔——」她可以想像丫彎著身子，腰腹一帶的肌膚曲線滑水道似的光滑流暢，沒有一絲贅肉，將那雙紮著鐵格柵一般纖長眼睫毛的眼睛湊近，幾乎可以看清楚對方身上的肌理紋路，甚至雞皮疙瘩再膨脹一寸，就要抵上丫柔軟敏感的鼻尖。

「小心什麼？」

「小心癌症啊。」

「癌症？」

「黑色素瘤是皮膚癌中死亡率最高的一種。」

「真的假的？」

「騙妳有什麼好處？」

「我要叫我爸帶我去夜市點掉。」

ㄚ誇張笑了起來。

但沒有辦法，表姊的臉孔，搶先一步從喉嚨深處湧上，像是一張漂浮在水面上，剛好將整個井口，徹底填滿的表情；想起那個表情的瞬間，表姊那張白皙別緻的臉孔旋即往下一沉，四周黑暗蜂擁而上，她的輪廓起了濃稠的毛邊，視線宛如一把質地粗劣的剪刀——像是張電影海報，她看見表姊站在狹窄的巷子盡頭，兩側石磚牆夾住了她，座標軸一般的縫隙塞滿，濕亮反光閃爍的青苔，表姊似乎發現不對勁，側過頎長的身軀，臉孔被大幅度傾斜的陰影削去了大半，她看見一星火光，像是星星像是眼睛一眨一眨。

一樣是那麼有感染力，她也想趁著自己的意識，還來不及追上的時候，趕緊擠著喉嚨笑出來。

緊綳的巷弄鬆開了手，表姊朝自己揮了揮手，她手上抓著剛烤好的茭白筍，她繼續揮手，她走過去，走過去像是把雙腳浸入一灘積水，被打破的積水很快，又沿著自己的腳踝重新圓滿，她感覺冷，表姊鬆口將指間戳破精油球的薄荷味淡菸遞過來，她怔愣半晌，連一口也沒有抽，只是垂著小小的頭顱，剝開外殼附著黑褐痂疤，散發出焦香的茭白筍，咬了一口，細細咀嚼著。

纖維藤蔓一般纏繞她的牙齒，表姊哽咽一般笑了一聲，縮回手，仔細抽了一口，她感覺巷子瞬間收縮變得窄仄，她期待表姊表演魔術一樣朝自己吐出煙霧，但表姊只是朝自己跨近一步，菸灰斷裂的瞬間，用力踩住那些剛褪脫的皮殼，熱身一般，又像是打不開門鎖似的，來回扭擰著腳踝。

那年中秋過後，直到年底的聖誕節前夕，她才從媽媽口中得知，表姊過世的事，她感到訝異，抓著開罐器的媽媽說是淋巴癌，發現太晚，已經來不及了；她問媽媽什麼是淋巴癌，媽媽手腕猛地用力，喀一聲咬出一個小孔回答是一種很嚴重的病；她問媽媽為什麼表姊會得這種病，媽媽手腕一上一下喀喀喀喀喀喀喀喀喀說沒有為什麼，人活著和死掉都沒什麼道理；她聽不懂只好繼續追問為什麼人活著和死掉都沒什麼道理，媽媽扭頭瞅著她說她問題太多，她想起掉落在自己鞋尖上暈抹開來顏色變得清淺彷彿滲入了大拇指指甲的菸灰最後問，這麼一來自己會不會和表姊一樣得淋巴癌，媽媽咧嘴笑了笑別回頭，提起手腕扳開罐頭，貓咪一樣，舔了舔金屬蓋油亮的背部。

「再等一下就可以吃晚餐了，妳先去看卡通吧。」媽媽說道，將空了的罐頭扔入垃圾筒，她聽到排水孔，金屬柵欄共鳴似的細細嗡響著。

她離開廚房，不由得心想，若是當初，自己接過表姊手中的香菸，狠狠抽那麼一口，燻得滿眼都是淚水，表姊會不會就不會死了呢——沒有任何邏輯，她就是無法控制自己不這樣揣測。

她也是後來，後來才意識到，自己之所以從小時候開始，就對數學抱持著強烈的好奇和興趣，或許是因為，很長一段時間，她一直以為「08癌」，是一種和數字有關的疾病。

5

「鎖起來了。」斜瀏海少年扭頭說道，緊接著，又別回去，不死心轉了轉門把，聽見喀嗒喀嗒、喀嗒喀嗒，震動手腕，乾燥拘謹的抵抗聲響。

「哭夭，花樣真多。」眼鏡少年輕笑一聲，唇角拉弓，從口袋掏出一枚十元硬幣，往後踮退半步，蹲低身子，用錢幣卡住喇叭鎖的鎖孔，突然停頓一下，歪著頭，揚起眉尾，不解對另一頭調侃道：「搞不懂，真的搞不懂現在的孩子在想什麼——既然你都已經來報到了，為什麼不乾脆一點開門面對……婆婆媽媽，搞這些有的沒的花樣到底想幹什麼啊？哭夭，搞不懂你在想什麼，真的，都到了這個節骨眼，到底還有什麼好掙扎的啊？你開門告訴我好不好——你開門告訴我好不好啊——」一面提高音調，宛如齒輪運作，一面緩緩轉動掐在指尖的錢幣。

眼鏡少年的手，冷不防被另一隻更巨大的手按住。

他搖了搖頭，不發一語，將眼鏡少年一把推倒在地，忽地抬起腳，兩條褲管立刻充血鼓實，踩住門把當作支點，下一秒，高大身軀宛如老鷹展翅霎時騰空揚起，另一腳一揚一跨，便輕鬆躍入另一側。

顧不得狼狽，眼鏡少年手舞足蹈，趕緊爬起身來，和斜瀏海少年相視咧嘴，一個箭步湊往前去，將耳朵緊緊貼上鐵灰色塑料門，像是從那扇門借來的器官。

還剩下最後一間廁所。

6

〈心境〉

在自己心中
找到一個安靜的瓷器
每一次深呼吸
空氣變形的同時
也說服自己站立的軸心
仍有溫度靠攏

一如抹去的灰塵
在遙遠的地方產生
令人感到怯弱的靜電

你擠壓下顎，試圖看一看自己的腳尖，卻只能看見，覆蓋在胸前，潔白刺眼的被單；你起初有些激動，直到想起自己國中時寫的詩，才稍稍平靜了下來。

你揚起嘴角，忽地幽幽笑了，心想從前如此靈活的雙腳，哪裡料想得到有一天，竟然會癱在這裡，像是一雙擱在筷枕上的筷子一樣。你輕輕閉起眼睛，聽到啪嗒啪嗒——踏踩在泥土地上，厚實沒有回響的腳步聲，回想起小時候，無論自己有沒有犯錯，母親一不高興，總會抄起門後那根鴨舌頭似的細長竹鞭，狠狠朝自己的小腿肚揮去，一道一道烏青帶血的纖細印子，像是人們口中喊著的我是為了你好我是為了你好我是為了你好；現在想來，你從那時候開始，就已經練習走在時代潮流的尖端，除了早在踢踏舞在台灣風行之前，你就已經跳了好幾年這件事以外——

高二結束的那年暑假，你讓某個護校的女生懷孕，對方在滿三個月的那天準時告訴你，你頓時像是發現自己床底下寶貝的存錢筒，原來是顆炸彈一樣慌了手腳，畢竟你在學校，是即使明目張膽作弊，也沒有人會相信的模範生。

那女生未滿十六，但這不是當時的你，真正擔心的問題，你問她發現的時候怎麼沒有立刻告訴自己，她嬌嗔回答懷孕要滿三個月才能跟別人說，你更慌了，追問她該不會打算生下孩子？她像是含了一大把碎玻璃似的亮晶晶笑出聲來，搖了搖頭說怎麼可能我還有大好人生，你終於笑了露出一口白牙說自己也是。

你繼續追問她，打算怎麼「處理」那樣東西，儘管早已打定主意，可聽到的當下，她不免怔愣了一下，覺得「處理」這個字眼，實在沒有真實感；她摸了摸弧度溫柔的肚子，繼續笑著，問你知不知道三個月以後，這、樣、東、西，已經不能稱為「胚胎」，而應該叫做「胎兒」，這時候的胎兒，眼睛、嘴巴、內耳、消化系統，甚至連大腦都開始發育了，臉部的特徵也逐漸浮現，而且因為胎兒的皮膚是透明的，因此能清楚看到裡頭，纖細如根的血管，緩慢生成的各種臟器，例如肝臟、胃腸，以及心臟——

心臟？你嘀咕了一聲，吸了一口杯口擠滿冰塊的冰紅茶，覺得新鮮，已經有心臟了啊，你再度嘀咕著，宛如擦拭乾淨的瓷磚，她的神情益發明朗，興高采烈說還不只這樣呢，雖然骨骼和關節都還在發育，但是已經可以隱隱約約看出肋骨的形狀喔，甚至再過一段時間，等外生殖器分化完畢，就可以辨認出胎兒的性別了——她描述的種種細節，彷彿是在對一個準備被生下來的胎兒說話。

「妳沒有打算生下來吧？」你鬆開嘴唇，被冰塊夾住的吸管，直挺挺像支旗桿，憂心忡忡問道。

戳了戳冰涼的杯壁，她縮回指尖，緩緩搖了搖頭，動作看起來十分堅定，她彎著嘴唇，抬起眼，瞅著你答道：「你說錯了，孩子已經生下來了——」你皺著眉頭一臉困惑，吸管上一圈齒痕，像是一條斷斷續續的虛線，她頓了一下接續話音說道：「我們現在要做的，是殺了這孩子。」

你想起大學畢業，和幾個死黨去泰國玩，勾肩搭背從夜店踉蹌出來，滿身汗水酒氣，眼裡的路全都是歪的斜的分岔出去的只差沒腸子一般扭曲飄浮劇烈翻轉過來；沿著人行道步行吹風醒酒，在路邊攤吃到一種名為「鴨仔蛋」的小吃，當時以為是泰國在地特色料理，多年後才從學校同事口中得知那其實源自於越南、菲律賓一帶。

後來兩岸日趨開放，到中國旅遊的機會大幅增加，在江浙地區，你也曾嚐過一道類似「鴨仔蛋」的小吃，叫做「活珠子」，用的食材，是孵化七天左右的草雞胚胎。由於囊胚尚未發育完全，看起來呈現半透明狀，宛如珍珠，所以才有一個這麼詩意的名稱。常見的吃法，是放入滾水煮熟，直截蘸鹽食用；而後注重口感、強調調味和國際接軌以後，也出現剝殼油煎的料理方式，或者多了海鹽、抹茶鹽、玫瑰鹽以及紫蘇梅鹽等其他選擇。

當時的你，見怪不怪，畢竟已經吃了無數顆，尚未孵化的雞鴨胚胎——有些甚至只差破殼而出幾乎已具備雛鳥的姿態；但某天夜裡，你忽然間想起，那個夜晚，自己隻身來到台北的第一個夜晚，洗完澡後，你關了燈，曲起雙膝蜷縮在床上，你彷彿回到第一次，剝開鴨仔蛋的瞬間。你沒料到會是這樣暴露的食物，和裡頭無法睜開眼敷裹一層灰白色透薄瞬膜的小東西朦朧打照面，被邊角銳利的碎裂蛋殼勾動，對方似乎半瞇著眼睛就要睜開，你覺得自己就要和那小東西對上視線，你搶走朋友手中的湯匙，將那小東西的小巧腦袋攪碎，你吃了一大口，感覺吃到了一點點羽毛，一點點骨頭細屑。

你沒有絲毫愧疚感，感覺這就和母親吃掉孩子的胎盤，是相同的道理——

未竟的話音裡，你的右腳踝，被一隻冰冷的手扣住，看見一雙異常炯亮的眼珠子燐光鬼火似的飄浮在半空中，那一剎那，還來不及反應過來，已經從床上硬是被扯了下來；像是被一把剁下，隨手扔掉的多餘部分，你重重摔在地上，體型瘦弱，以為骨頭險些從皮肉穿出，今天放學一陣大雨，讓地面到現在還是冰冷濡濕，怕弄髒衣服捱母親罵，你急著站起來，才發現母親就站在自己面前，你不知道自己做錯了什麼，只記得自己和上次一樣考了第一名，你張開顫抖的嘴唇試圖說些什麼，可竹鞭已經劈哩啪啦等不及落下，比下午的那場雷陣雨更驟更兇。

你記得母親告訴自己，父親死訊的那一天，你拿著聯絡簿到房間，想請母親簽名，看到父親筆跡的那一瞬間，平日強悍的母親，失聲痛哭，表情猙獰，整張臉孔像是快要碎裂開來一樣；你從沒見過這樣的母親，母親搧了你一巴掌，將你推倒在地，用力刺戳著你的額頭厲聲吼道都是你害的，都是你害的，都是你八字不好剋死你爸爸——那是年僅八歲的你，第一次知道，原來有些人什麼事都不用做，就可以殺死人；原來有些人光是誕生在這個世上，就是一種罪孽。

你抓著聯絡簿，退出只剩下母親的陰暗臥房，決定把寫有爸爸名字的部分統統撕掉，關上門前，你看見母親像是自己在學校裡欺負的女孩一樣，只因為被掐捏大腿而哭哭啼啼；那一剎那，你緊緊閉上眼睛，緊緊扣住自己的膝蓋，忽然間明白過來——人打從一出生，就是孩子，卻得花上一輩子的時間努力，學習當父母。

你注視即使高舉鐵鎚用力敲砸，也不會產生些微角度的膝蓋，如此心想。

7

和夏天不一樣，天氣潮濕燠熱，場面擁擠人聲喧騰，總覺得躺在棺材裡，被稱作「死者」的物種，隨時都會掀亮眼睛，膝蓋繃緊發力，狠狠踹開門，一臉不耐粗聲埋怨你們，到底在吵些什麼——活脫脫就是一齣鬧劇。

和夏天不一樣，冬天的喪禮，是真正的喪禮。

喪禮的真正涵義在於，拉上「生」與「死」之間的鐵柵門，儘管仍然可以瞇起一隻眼睛，隨時從縫隙窺探另一側，卻再也無法將對方，視作擺放於同一個世界的模型。

她和其他同學一樣，在高度一致的草地上伸展軀體，日光宛如一大塊壓克力板，從上頭用力壓下，將每張臉孔壓得又扁又長，眼睛無法完全睜開，然而世界還是世界本來的模樣，沒有因此變得畸形。

康樂股長站在前方指揮，一個口令，一個動作，比教室前的花圃還整齊，風一吹過，連凹折的弧度都相同。

穿著貼身運動背心、露出結實臂膀的體育老師，從另一端現身，手指頭勾著葡萄紫水壺，腋下夾著比基尼黃資料夾，橫越藍寶堅尼藍的ＰＵ跑道，緩緩走了過來，在亮燦的粼粼陽光裡，泛著金屬光澤的滑質背心，讓他的身體擺動時，看起來像是一尾從湖面彈竄而出的魚；而他每踏出一步，和地面撞擊的瞬間，大腿內側的肌肉，就會緊緊扯動一下，突然繃出的銳利線條筆直，讓她想起很久很久以前放風箏時，深深陷入自己掌肉裡幾乎要切斷手掌的線段。

測驗開始，和工廠一樣程序井然，現今流行的字眼之一，ＳＯＰ——體前彎，立定跳遠，最後是八百公尺跑步。國小四年級，春季校外教學，曾經安排到宜蘭的罐頭工廠參觀，她起先滿懷期待，一心以為要去參觀的是水蜜桃罐頭工廠，沒想到卻是專門製作海底雞的罐頭工廠，後來經由工廠經理介紹，才知道台灣的水果罐頭工廠，例如水蜜桃和鳳梨，絕大部分早在好幾年前，就已經外移到馬來西亞、柬埔寨或越南等其他東南亞國家。

「海底雞又不是雞。」還記得當時難掩失落的她，忍不住嘀咕抱怨。

「海豚也不是豬啊。」站在她右肩頭後方，綁著馬尾的女同學，立刻將臉搭上她的肩窩說道，她被對方的體溫嚇了一跳，咬破嘴唇，她幾乎忘記人的體溫和觸感，原來生得這副模樣。

「進入最後一圈記得舉手。」體育老師提醒道。

撥了撥後腦杓草皮一般的短髮，她迅速點了點頭，活絡膝蓋關節，站上起跑線，和其他選手並肩；灰白色的界線，橫躺在自己鞋尖前方，她希望聽見扎扎實實的槍聲，希望深呼吸一口氣讓煙硝味鑿傷自己的肺泡，但什麼也沒有，連鏽鈍的哨音也沒有——她感覺自己奔跑了起來，感覺自己變得愈來愈單薄，從顴骨用力輾過的風，非但沒有讓身體冷卻下來，反倒使得臉頰更為灼熱。

她感覺自己在衝撞一面巨大的壓克力板，感覺只有自己的模樣是畸形的。

「剛製作好的罐頭，不能馬上吃。」

「為什麼？」

前額頭髮，已經全禿光的經理，瞇眼微笑說明：「因為裡頭的醬汁，還沒有完全滲透進去、還沒有入味，放置一到三個月以後，才是最佳的賞味時機。」

「那麼如果超過三個月呢？」

「小妹妹，妳好喜歡問問題啊——叔叔最喜歡好學的小孩了。」說著，經理彎下腰，往她手裡，塞了一瓶鋁箔包柳橙果汁；她起初想拒絕，但老師和同學起鬨，只好靦腆收下。

「謝謝……」她嘀咕著，心想海底雞罐頭工廠也沒有那麼不好。

「超過三個月，風味會改變。」

她沒有料到經理，會繼續回答自己的問題。

「三個月、半年、一年、兩年，甚至是三年——隨著時間的推移，罐頭的風味會持續改變。」

「好神奇——」她不禁脫口喊出，險些把手裡的果汁給擠爆，感受到果汁往上衝竄搏動，像是掐住的其實，是一顆小小的心臟的那一瞬間——

「很神奇吧——」抹了抹光亮的額頭，經理接續說道：「明明已經被封了起來，卻像是仍然活著。」

啊——

砰——

先是撞擊聲，緊接著是一連串尖叫聲。

然後她才回過神來，轉頭的剎那，她的耳垂，從爸爸垂下的手，修剪乾淨的指尖，迅速擦過，劇烈擺動的同時，她感覺自己似乎踏上一座鞦韆，還來不及抓緊鐵鍊，整個世界都跟著盪晃了起來。

重新對焦，她看見一輛老舊的摩托車，撞上擺在鐵柵門口兩側的保麗龍飲料塔，摩托車前方的置物籃，整個翻轉過來，像是斷了脖子一樣，只憑藉著透薄的皮肉顫巍巍吊懸著；繽紛飲料塔裡頭的鋁鐵罐四散，滾落在地，大部分肢體扭曲臉孔凹陷，有幾罐甚至索性迸裂開來，香甜的汁液汩汩流出，水泥地面拉開一條條拉鍊似的一片濕亮。

三姑像是嗅找松露的母豬一般，皺著臉，蹭到媽媽身旁，低聲說道：「又是隔壁那個瘋子——」

「什麼是瘋子？」她抬頭望著三姑問道。

「就是腦筋不正常的人。」三姑頓時怔愣了住，爸爸立刻解釋道。

三姑連忙點頭附和：「對對對，就是腦筋不正常的人。」

「為什麼他的腦筋會不正常？」她指著被眾人團團圍起，穿著黑色鬆垮背心的歐吉桑問道。

「每個人多多少少都有一點不正常。」媽媽插嘴道。

「聽說以前不會這樣，好像還是校長退休呢。」

「校長？」

「記得是國小校長。」三姑轉述以前，從二姑那裡聽來的小道消息：「自從他養的那隻狗——品種好像是柯基犬，叫阿健，很像人名吧，整天叫個不停，二姊常在電話裡跟我抱怨，阿健吵得她連午覺都不能好好睡。總之，阿健被毒死以後，他就變成這個樣子；據說一開始，只是輕微的精神恍惚，但最近情況愈來愈嚴重了，只要見到哪一家在辦喪事，就會跑過去鬧。」

「我去找二姊，叫她乾脆報警算了。」媽媽撇嘴說道：「連人死了都不一定難過了，不過就是死了一條狗而已。」

「沒必要為這種事打擾二姊，那人等一下就會離開了。」爸爸說道：「我們還是先去上香吧。」

爸爸牽著她往裡頭走，站定位後，抬頭她往前望去，和待在相框另一側，那個不像是表姊的少女，冷不防對上視線；她不由得好奇，杵在那裡頭，往外看的時候，會是什麼感覺。

她沒有閉上眼睛，只是睜睜注視著那張臉孔，並忍不住忖度那晚，在巷弄裡的少女，真的是表姊嗎？會不會是在那晚，表姊就被調包了，其實死的人，死的人是這個少女，而不是表姊呢——彷彿能聽到骨頭彼此摩擦幾乎要長高要龜裂開來的聲響，她想把這件事喊出來，告訴大家不用再為這個陌生人哀悼傷心，可以去把另一個飲料塔撕拆開來舉杯歡慶，她握緊自己的手腕，用力憋忍住，想第一個告訴二姑這個好消息，張望四周卻遲遲找不到她，媽媽抓著蛤蜊一般紅藍響板似的清亮喊了兩聲二姊二姊，一個雙頰凹陷體型乾癟的女人扭過頭開著嘴唇，話從媽媽口中說出妳瘦了一大圈，她睜睜看著這個一點兒都不像是二姑的女人，這個女人毫無預警噴出眼淚，豆大的淚珠凸透鏡一樣讓她一時間以為掉出來的是眼珠，不像是二姑的女人別回頭對著壓克力板另一側不像是表姊的少女嚎啕大哭，她覺得荒謬可沒有大批動物闖入，感覺自己像是一個走錯喪禮的人。

不像是二姑的女人，將不像是表姊的少女，當作自己的女兒一般哭泣，她對於自己逐漸對這一切，不感到荒謬感到膽怯，這是她第一次明白，什麼叫做撕心裂肺，感覺眼底逐漸潮濕，眼前霧茫茫夕陽融化似的血紅一片——她不自覺抬起頭，望向媽媽，看見她打了個飽滿的呵欠，她知道媽媽一直一直很累，決定不告訴任何人，關於認錯人走錯喪禮的事，決定把這些人，都當作自己的親人。

或許是早餐喝了兩杯牛奶的緣故，她忽然想上廁所，拉了拉媽媽新潮大衣的衣襬，還沒開口爸爸就說趕緊去吧憋尿對身體不好，她鬆開質料舒服的大衣，繃緊大腿扭扭捏捏走向房子，進屋前她扭頭，看見爸爸媽媽和其他姑姑，圍坐在大紅圓桌邊摺紙蓮花，若不是才剛見過表姊的最後一面，她還以為又是回爺爺家吃年夜飯的日子，這麼一想，農曆新年也快到了，不曉得這一次二姑一家人，會不會回來呢——

她扭上水龍頭，放鬆腳尖，將力道平均分配給整個腳掌。

砰——

從洗手間出來，門還沒關上，她聽見一聲爆炸似的巨響。

聲音來自二樓，周遭安靜，彷彿方才的聲音不是真的，她匍匐著，像是尚未進化的物種，弓起背脊四肢並用，偷偷摸摸爬上樓去；沿著壁紙的花紋前進，她看見表姊臥室的房門半掩，她小心翼翼趨近，輕輕推開，一樣物件碎裂，靜靜攤在貼木地板中央。

儘管面目全非，但她仍然立刻辨認出來，那是表姊去歐洲遊學，到瑞士滑雪時買回來的鐘，名稱很有意思，叫做「空氣鐘」；顧名思義，不需要上發條，也不需要裝電池，和人一樣，只要自然呼吸，就得以持續運轉下去，折合台幣，據說要價十多萬，她記得很清楚，因為表姊向自己炫耀過好幾次。

站在滿地晶亮碎玻璃，以及四散金屬零件中的，是和現在的表姊一樣，肉身平靜，骨頭沒有一絲顫抖的二姑。

睜睜看著這樣的二姑，她冷不防想起習慣睡午覺的媽媽，上個月某個爸爸不在家的週末，媽媽吃完便當後直接上樓，準備小睡片刻；她將便當盒洗乾淨後，拆開爸爸新買給她的粉蠟筆，在客廳塗鴉，填滿一整片大海，她抬頭看了一眼客廳牆上，媽媽和同事到德國旅遊買的咕咕鐘，已經過了三點半，平常這時候，媽媽早已經出門，她歪著頭豎耳傾聽，一片死寂，她感到些微欣喜，翻開新的一頁，抓起綠色粉蠟筆，準備畫一幅初春草原，筆尖剛抵住畫紙，她聽見媽媽，用力打開房門，緊接著咚咚、咚咚、咚咚，一連串急促的腳步聲，媽媽對著掛在樓梯旁沾著一點一點灰白汙漬的鏡子，撩了撩頭髮，一面套上合身的針織外套，一面抱怨鬧鐘的電池怎麼會剛好沒電——轉過身，媽媽像是沒有注意到她，踩過一片柔軟草原似的，小碎步往玄關走去。

咕咕、咕咕——布穀鳥探出頭來叫著，她鬆了一口氣，扭頭望過去，心想若是自己能飛上那個地方，或許就可以吸引所有人的目光，每次布穀鳥現身報時，儘管再尋常不過，每個人還是會反射性，被聲響吸引過去；那份彷彿被制約的心情，讓她不由得往前追索，記起爺爺家裡，掛在斑駁牆上的那座機械鐘，每隔一段時間，總會罷工休止，這時候，就必須踏上鋼釘斜竄而出，裂縫中爬滿螞蟻的木梯，上緊發條，甚或塗些潤滑油保養，才能像是裝上人工關節一樣，重新站起身來，繼續往前走。

她清晰記得，那座鐘的表面，有兩個圓孔，一個掌管鐘擺，一個主宰鐘響，只要遺漏其中一個，時間就會產生缺憾；在這過程中，她最喜歡的一個步驟——也是最後一個步驟，每當爺爺上好兩邊的發條以後，手便會往下方的鐘擺，俐落自然一撥，金黃色的鐘擺，這才喀、喀、喀、喀，緩緩左右擺動起來，而自己嬌小的身影，也在盪晃的鐘擺中時現時滅，聽著催眠一般的穩定節奏，她往常像是忘了時間也同時被時間忘了一樣，佇立在掛鐘底下，緊緊盯著掛鐘，滿心期待鐘響。

上完發條後的第一聲鐘響，她總是覺得格外清澈，連瀰漫在周遭的塵埃，也像是充滿活力的孢子，或者下一秒鐘即將孵化的半透明蛋卵。

壓抑不斷膨脹變得益發透明的想像，她不禁踏踏實實折返念頭，心想人還是像這樣才好，用不著空氣，也用不著電池，只要真真切切卡緊發條，喀喀喀喀順時針旋轉幾圈，就可以簡便活過來。

冷不防，二姑扭過頭來，一雙眼睛像是突然探出頭來發出叫聲的布穀鳥。

她的心臟，忽地被緊緊掐住，一股恐懼直竄而上，扗住喉頭，發現原來看似抽象的「時間」，其實是由一堆冰冷的金屬，所架構出來的——銀白色托盤上，二姑和二姑丈小心翼翼翻動，將剩餘的表姊一一夾出，呈現墨綠色的細瘦骨頭，稍一使勁便無聲碎裂開來，掉回灰燼中，拉起窗簾似的，揚起一小片朦朧煙霧。

對當時年紀稚幼的她而言，難以想像身材窈窕穠纖合度的軀體，剝除層層血肉以後，就只剩下這些，這些就是表姊至今為止，在這個世界累積的時間。

殘留餘溫的骨骸，看起來和時間一樣冰冷，她隱隱約約明白，所謂的「死」，就是用自己的骨頭，在另一個人的血肉裡，搭起一座小小的建築。

站在爸爸媽媽身後的她，明白了這個道理。

她按住自己的胸口。

啊——

她聽見尖叫聲。

她懷疑是不是當年，自己來不及喊出的聲音，終於追到了此時此刻此地此身，自己的意識裡呢——

一名同學渾身乏力，忽然間昏倒在地，周圍的同學，趕緊衝上前去，忍不住細聲尖叫，體育老師要大家退後退後退後，讓出空間，並開始進行急救；有同學臉孔發白毫無血色彷彿下一秒也要昏厥，也有同學嘀咕這樣可以先回教室自習了吧，但她像是沒發現這一切似的，持續往前奔跑，跨過方才攔在鞋尖前的，那條灰白色起跑線。

8

遇到ㄨ以前，他一直以為牡蠣就是生蠔。

「正確來說，應該相反過來。」

「你是說，生蠔才是牡蠣？」ㄨ還沒回答，倒是他忍不住接著又問道：「那蚵仔又算什麼？前陣子新聞不是才報導過，有些吃到飽餐廳的buffet，用比較肥滿的蚵仔充當生蠔，打算瞞混過去。」

ㄨ背倚著走廊的灰白牆面，用大拇指反手按了按眼角的淚痣，微笑說道：「生蠔和蚵仔的中文學名，都是『牡蠣』，兩者的分別，簡單舉例，在法國的brasserie裡，那些可以生食的『牡蠣』，叫做生蠔；至於台灣中南部沿海常見，利用棚架養殖，必須煮熟殺菌才可以吃的『牡蠣』，則被稱為蚵仔。」

「你的意思是，雖然都是『牡蠣』，可是因為生長的環境不一樣，而擁有不一樣的名稱？」

簡直就像是截然不同的物種——

「就是這個意思——」見他終於理解，ㄨ的聲音爽朗清脆宛如彈指，話顯然尚未說完，大拇指鬆開眼角通紅，痣似乎脹大一些快睜了開來：「就好比一個母親所生的雙胞胎，卻交給不同的人養育一樣。」

他點頭附和道：「是啊，命運真的大不相同，明明同樣是牡蠣，生蠔一端上桌就人人爭搶。」

「沒辦法，因為生蠔養殖困難，成本高，多吃點才能撈本。」

「你怎麼知道這麼多？」他總是很佩服ㄨ，和每個成長過程中的人一樣，都曾經崇拜某個親暱的對象。

「我們家每年寒暑假都會出國，因為我爸特別喜歡法國，已經去了七次，每次去都一定要吃海鮮拼盤。法國人平常看起來散漫慵懶，可是一旦吃起東西，比德國人還嚴謹，光是吃一頓飯，旁邊的銀盤上，就擺了刀子、鉗子、破殼器、海鮮鎚、尾端可當作湯匙使用的龍蝦長柄叉，還有一根細細長長，像是縫針一樣用來挑海螺的器具；剛端上來的時候，我還跟我爸開玩笑說，現在該不會是要動手術吧——」

像是真的看見，那一整盤，銀亮刺眼的餐具，他不禁打了個寒顫。

ㄨ側過身子，手肘拄著牆垣說道：「一般觀光客，總是喜歡在生蠔裡，加一大堆調味料說可以去腥；又或者附庸風雅說什麼蘸點紅酒醋才是正統吃法；但其實品質控管良好的生蠔，根本不會產生腥味，不添任何佐料直接入口，才能嚐出真正的風味——飽滿肥厚的肉身，抽光空氣一樣，呼嚕一聲滑過喉頭後，再來一杯Ürziger Würzgarten出產的Riesling，真的是一大享受。」說到這裡，ㄨ瞇細眼睛，上半身幾乎懸空，情不自禁仰起頭，喉結樹瘤一般，從纖細的脖子結結實實凸出盯住他——他想起媽媽每次端魚上桌，紅燒黃魚也好，清蒸鱸魚也罷，一落坐，總是先將兩丸魚眼睛挖出來，剩下黑洞洞的眼窩直視著自己；他想撇開頭，看見只有在廚房裡，才會眨動眼睛的媽媽，抿住嘴角，指揮棒似的開闔檜木筷子，俐落剝除魚肉，夾入他的碗中。

「Riesling？」他緩慢眨了一下眼睛，怔愣望向ㄨ，喉嚨上瞅著自己不放的眼珠子，重複一遍，發音不大標準，甚至無能確定這到底，是哪一國語言。

「是一種起源於德國的甜白酒，當中的酸味格外明顯，在所有白酒中，我覺得特別適合搭配海鮮。」ㄨ斂起倒金字塔似的下顎，定定看著他解釋道。

「要是能吃到珍珠就賺到了呢。」他開朗說道。

「別太天真了——」ㄨ忍俊不禁，像是想起什麼笑話。

「怎麼了？」他壓低臉孔，好奇追問。

「沒什麼，只是突然覺得有些荒謬，雖然很多人喜歡珍珠，但說到底，那就和人體內的結石沒什麼兩樣。」

「按照你這種說法，舍利子也一樣荒謬了？」

「我從來不相信那種東西。」

今時今日的他，想起三年前，剛進入這所高中時，和ㄨ的這段對話內容，第一個浮現腦海的念頭，是最後兩人，同時提到的詞彙——「荒謬」。

畢竟對這個世界而言，「生蠔」和「蚵仔」的分別，一點兒都不重要，說到底，即使牠們都是「牡蠣」，也不能代表什麼，終究只是死法不同而已。

他不知道倘若自己，身為牡蠣，該如何抉擇，一種是在水深火熱中以各種可能的方式死去，一種是生吞活剝乾淨俐落——在不知不覺之中，他已經不再相信自己體內確確實實有一顆珍珠正緩慢成形，而寧可相信每個人都只是懷抱著一顆虛幻的珍珠，才能夠欺哄自己相信這個世界裡的粼粼波光和七彩日照都是真實的對映。

他像是切斷章魚的觸手一般，相信這一切和當年的ㄨ無關。

即使ㄨ已經做出了抉擇。

ㄨ死去的那一晚，他正在準備模擬考，英文範圍告一段落，他打算休息片刻，從書架上抽出爸爸，為了替自己補充額外知識而訂的醫藥雜誌；注視著繽紛熱鬧的封面，他忽地感到荒謬，縱然爸爸已經過世將近一個月，這份雜誌，在未來兩年半內，仍會每個月每個月準時送來。

他心想除非地球毀滅，否則大概沒有任何事，能阻止一份雜誌的投遞。

他翻開雜誌，一個有趣的名詞映入眼底，「章魚抓」，這是韓國竹嶼一帶離島的當地說法；若換作台灣，則是「鬼壓床」，但兩者指的，其實是同一件事——「肌肉痙攣」，一種因為精神壓力，而導致身體機能失常的狀況。

他曾經看過一部距今約莫十年的港片，黑色幽默的調子，裡頭也提到「鬼壓床」，那是他第一次聽到這種說法，情節已經皺縮剝落大半，然而他始終清楚記得，其中一段對話：女主角對剛死了老公的媽媽說這肯定是鬼壓床家裡肯定鬧鬼趕緊找道士來驅邪，媽媽對剛死了爸爸的女主角說我們連債主都不上門了怎麼可能有鬼，女主角靈機一動激動叫喊一定是爸爸回來了一定是爸爸回來了，媽媽立刻點菸狠狠抽了一口啐舌說怎麼可能妳爸連活著都不碰我了做鬼只會更風流——

他噗哧一笑，將心中的鬼，暫且揮撣開來，覺得「章魚抓」這說法，倒也貼切，因為章魚獵捕的方式，就是用那八隻強而有力的觸手，緊緊綑綁住對方，直到筋疲力竭為止；但又不免轉念心想，這說法過於可愛，容易讓人低估這症狀所引發的恐懼感——明明是自己的身體，卻忽然動彈不得。

光是想像，他的指尖就忍不住細細顫抖。

他想起某回，在電視上看到一個旅遊節目，介紹韓國的江原道。在台灣，上班族加班結束後，經常會到百元熱炒店吃宵夜大吐苦水——和ㄨ去信義區看午夜場電影時，他就曾在那一帶，見過不少襯衫衣襬外露邋遢，滿臉通紅嘴裡胡亂碎語像是念咒的白領階級；至於在韓國，海產餐廳則是最佳選擇，那晚的節目，介紹了好幾道料理，其中令他印象深刻的，是這兩道，活章魚和蠶蛹。尤其是活章魚，剛切好的章魚片，一段一段細細蠕動著，像是仍掙扎把握終將不斷流逝的細小生命一般。

慣常的吃法，會先蘸一蘸麻油、再撒一點拍打過的白芝麻，最後用帶水珠的新鮮生菜包捲起來；一聽到導遊壓低聲嗓故作效果提及，曾有人被章魚切片的吸盤，貼住呼吸道，整個喉嚨被堵住，因而窒息身亡，主持人頓時出戲，導遊連忙擠出笑容說是開玩笑的啦要他還是多蘸一點香氣十足的麻油。

他回過神來，目光無來由聚焦在「竹嶼」上頭，覺得陌生，又無來由接連想起，另一座島，位於沖繩一帶的石垣島。

那是在半年前，一則鬧得沸沸揚揚的新聞，一艘由基隆港出發，開往石垣島的遊輪，在航行中出了意外，整艘船沉沒太平洋；當時不只是台灣，鄰近國家例如日本、韓國，甚至連中國，都立即派遣搜救隊加入救援，然而出航時四百二十三人的浩大旅程，最終只有寥寥三十七人生還。事情剛爆發那段時間，各台新聞焦點，自然全落在這上頭；包括ㄨ，無論上下課，只要一有空，便會拿出手機追蹤報導。他感到好奇，因為那畢竟是距離他們好遠好遠的事，即使想表示關心，都不禁懷疑會不會太做作，後來他才從ㄨ口中得知，原來他有一個阿姨，也在那艘遊輪上，原本打算要搭那艘遊輪到石垣島和在日本京都出差的姨丈會合。

他不合時宜悠悠想起矗立在湖面上的金閣寺，之前曾聽ㄨ評論那外觀漆色金得像是假的。

結果ㄨ的阿姨遲遲沒有下落。

當時的他，始終無能理解，為什麼電視新聞裡的那群如蟻攢動的家屬，會拚命喊著「死要見屍」；他試著將自己代入角色，想像立場，還是不能明白這件事——

對他而言，抱持著「必然破滅的幻想」，總比「幻想破滅」，更安慰一些——「悲觀式的積極」，他發現自己至少藉由那樁慘劇，學到一項重要的能力。

某天和ㄨ到書局買參考書，ㄨ說上禮拜週末，他們家族一大群人，搭遊覽車一起到基隆港去。他抽出一本參考書，翻沒幾頁又塞回書架，沒有追問，心想大概是去基隆港招魂——那時候，他爸爸還活著，他對於鬼魂一事的種種儀式和步驟還不熟悉；ㄨ似乎沒有期待他的回應，逕自開口說他們帶了西瓜過去。

「西瓜？」閃過他腦海的第一個問題，居然不是為什麼要帶西瓜過去？而是為什麼選擇帶西瓜而不是鳳梨芭樂或者火龍果？

「這是我爸爸說的習俗——」ㄨ屏住話音，聲音聽起來挾帶潮浪碎裂頂點細微的水花渣沫：「據說從前捕魚人家，每逢遭遇海難，若是遲遲找不到屍體，便會往海裡扔擲西瓜，看西瓜從哪個地方浮上來，屍體就沉在那裡。」

那天夜裡，他看見一群人，每個人的懷裡都抱著，一顆豎著一條條黑色柵欄的西瓜，排著整齊的隊伍，緩緩前進，緩緩步上堤防，他們在堤防上，形成一道虛線，轉向銀灰色的天空，接著是鐵灰色的大海，他們沒有數數，卻十分有默契同時拋出西瓜，數百顆西瓜，在半空中停頓一秒，立刻重重墜下，砲彈似的將海面炸出一個個坑洞，但和他們不一樣，海面很快事過境遷，他們相信再等待片刻以後自己也將如此——

他和他們一樣，屏息以待。

忽地，他看見海面隱隱約約，浮現陰影，有什麼東西從底下浮起，並不斷往眼眶逼近，起初是一個，而後愈來愈多，數十、數百，甚至數千——陰影愈來愈大，渾圓的輪廓益發鮮明，他興奮到無能喘息——

當他意識到這數量，遠遠多過於投入的西瓜之際，天空突然大亮，海水頓時變得澄澈透明，他看見打破玻璃一般海面的，不是西瓜，而是一顆顆後腦杓，不知道喉結該往上抽還是往下扯的瞬間，嘩啦細微一聲，幽幽音響重疊，上千顆頭顱同時翻轉過來，上千張臉孔直截正對著他，而每一雙眼睛都眨也不眨眼睫毛沾著水光，炯炯盯著自己。

ㄨ說他們最後，還是沒有找到阿姨。

ㄨ說那些人只是在乎保險金而已。

那時候，他還是很崇拜ㄨ，突然很想和ㄨ一起，嗑掉一整顆西瓜。

他闔上雜誌，四肢並用爬上床，迅速縮到牆角；他曲起腿，閉起眼睛，扣住自己雙腳冰冷的腳踝，想起日本漁民，在捕抓到章魚以後，會將章魚放入一個名為「蛸壺」的特殊容器裡。一旦放進去，章魚就再也無法靠自己的力量逃出；他起先以為章魚是因為恐懼，可後來他改變想法，認為是那裡頭的黑暗，給予章魚熟悉的安心感。

睜開眼睛的時候，眼前一片黑暗。

9

你實在不想繼續思索關於這雙腿的事。

〈方式〉
沒有人逼迫
你砍掉一條腿
那些缺了腳的書桌
產生一種新的
詮釋方式
舊的傾斜仍然持續
困惑擺盪的
時候是不是可以
有人不會受傷

你想起自己曾聽過一個，很美的字眼，「幻肢」，意思是指失去四肢，或者身體某一部分的人，感覺失去的部位，依然附著在軀幹上；而有時候，實際上不存在的「幻肢」，甚至會引發劇烈疼痛，稱為「幻痛」——第一次聽聞，你覺得荒謬，倘若疼痛，是確確實實感受到的，又憑什麼將之視為「幻覺」？只因為引發疼痛的地方，並不存在任何實際的器官。

所以有時候，你會閉起眼睛，像是撿拾散落的碎紙花，想像自己從指尖、腳趾頭，身體的任何細微末節之處，開始一一蠕動，按住床面鼓起上臂的肌肉，緩緩撐起身子坐起身來，甚至起身走動，扭開門把來到燦白反光的走廊——你想像自己又和從前一樣，主宰著自己整副身軀。

你緩緩睜開眼睛，發現一切如常，在頸子極其有限的擺動幅度中，你斜睨著窗子，即使天色暗下，上頭也照映不出自己的身影——你望向你最好的朋友天花板，座標軸乾乾淨淨；你想起一種精神療法，據說為了根治「幻痛」，發明一種名為「鏡箱」的設備，可以讓一個失去右臂的人，藉由虛擬投影，「看見」自己實際上是左臂的右臂，並藉由控制這隻「實際上不存在的手」，舒緩疼痛，進一步減輕「幻肢」患者的症狀，最終達到「切除幻肢」的目標。

你覺得這是個更美的字眼，你始終記得那一瞬間，擠壓胸骨的劇烈感動，原來真的有辦法，能夠切除根本不存在的事物。

10

她搭上一一二〇號公車，下課時間的公車，擠滿人群，她記得以前常在文章中讀到，許多人習慣用「擠沙丁魚」，來形容這樣的情景；除了感到疲乏、了無新意外，她進一步感到困惑，不明白「沙丁魚」到底是什麼魚?後來才知道，這是來自英國的一句諺語：「It was packed like sardines.」

但她還是不明白沙丁魚是什麼魚。

她思索該如何更動譬喻，才能搭上台灣近年來興起的「在地風」，這種思維邏輯，讓她在回過神來的瞬間，覺得自己有點像是蒐集笑話的補教界名師。

她抓緊手中的吊環，讓自己忍住笑，吊環的皮帶和橫桿摩擦，要是沒有戴著耳機的話，恐怕會掀起一大片雞皮疙瘩。

公車停下，古亭捷運站，嗶嗶、嗶嗶、嗶嗶、嗶嗶——人們接連下車，正稍稍感到放鬆，鎖骨沉入體內的同時，卻出乎意料，湧進更多人；她踉蹌一步，硬是被推向窗邊，將吊環換至右手，她的左肩頭抵住玻璃，外頭張貼廣告，點描派畫風一般，一顆顆雞皮疙瘩似的斑點遮掩住她，她覺得自己像一則色盲測驗題，斜睨著那些緊緊推擠在一塊兒狀似親暱骨肉相貼的人，始終無法理解，為什麼這地點明明設有捷運站，這些人還是選擇擠公車。

第一次搭捷運，目的地是淡水，經過圓山大飯店時，她想起爸爸，是這麼譬喻的，爸爸說捷運就像是城市的主動脈，而公車則像是微血管，可以深入身體的細節；那時候的她，睜大眼睛頻頻點頭覺得佩服，可若是現在，她大概只會定定看著牆壁上宛如壁虎爬過的纖細裂痕，回答那麼這座城市應該快暴斃了吧。

好不容易維持的平衡，發生變動，一個蓄著鬍碴，頭髮油膩的中年男子忽地起身，將座位讓給站在自己右前方，一名體型矮胖的白髮老人，老人笑著點頭道謝，一塞進座位，立刻垂下眼，將身後的背包轉到面前，擱在大腿上抱緊。

中年男子移動，到她的右側，空氣中瀰漫著一股油耗味，伴隨著公車一次又一次，不得已的晃動，對方丘陵一般的胸膛，不斷磨蹭她的手肘。她可以感覺到，埋藏在那層皮肉底下，團結的肥厚脂肪。她曾在爸爸訂的醫學雜誌中，讀到一種叫做「男性女乳症」的病症；看到這名詞的瞬間，她還以為這是一種精神疾病——以為這就和絕大多數的鄉野傳奇、靈異怪談，甚或都市傳說一樣，都是源自於某種心理上無法自處無法排解的困境，進而導致身體上的改變，而人們一旦被身體的驟變所迷惑，甚至感到驚懼，又或者無法正視自己怯弱無能的部分，往往便會穿鑿附會，利用荒謬的說辭，為自己開脫。

當她回過神來，中年男子已經稍微改變了角度，鬆開吊環，猿猴似的高舉雙臂抓住橫桿，巧妙利用人群，像是不得已移動一樣，將身子轉向，整個人由正面，直截貼往她的胸前——夾在對方粗壯雙臂之間的她，像是一時間和公車上的所有人隔絕開來，像是被鎖進一個置物間裡頭。對方皮帶的黃銅色金屬扣頭，伴隨著公車不得已的晃動，細細摩擦她的裙子的摺痕，即使穿著深咖啡色POLO衫，她依然可以勾勒出中年男子乳頭的形狀，甚至可以看見乳暈周遭從衣服纖維間穿過，猶如植物氣根深入土層一般，延伸而出的毛髮。

就像是爸爸左背上的那顆痣一樣。

她記得爸爸第一次，帶自己到水上樂園，當爸爸將自己背起來的時候，她在爸爸寬厚的背上，看見那顆飽滿，宛如綠豆發芽一般帶著幾根細毛的痣。她忍不住伸出小手捏住毛髮，試圖拉拔，爸爸扭過頭，看向身後的她，咧嘴笑說不要太用力，小心把那顆痣給扯了下來，她嘟嘴追問為什麼不可以把那顆痣扯下來？爸爸一臉正色回答因為那顆痣連接著爸爸的心臟啊，拔起那顆痣的同時，爸爸的心臟也會被扯出來喔。

那時候的她自然不明白，爸爸為什麼會吐出這麼荒謬的說辭。

同樣荒謬的事，還有一件，小時候，打從自己有意識以來，她最常被問到的一個問題就是：「妳比較喜歡爸爸？還是比較喜歡媽媽？」她總是不知道該怎麼回答，無法理解為什麼自己非得在兩人之間選擇一個？直到某天下午，她坐在客廳看卡通吃冰棒，爸爸從二樓下來，揉著眼睛似乎剛睡完午覺，穿著開襟襯衫的爸爸拐進廚房，離開時也拆了一支冰棒，湛藍宛如地中海的蘇打口味，爸爸在自己身旁坐了下來，將自己連帶往下細微拉扯，和自己一起收看卡通，就在裡頭的主角飛躍而起即將變身的那一剎那，忽然間爸爸出聲，問她如果只是如果爸爸媽媽離婚的話，妳想要跟著誰？她以為自己，一定是在作夢，畢竟當自己在沙發上醒來時，電視螢幕和窗外天色一併黑著，手中的冰棒和爸爸消失無蹤連融化的痕跡都找不到，只有抱枕上，那一灘顏色深暗的口水印子，空山新雨後——不由得想起前些時候背起的詩詞，她舔了舔乾燥的嘴唇，口腔裡找不到一絲甜膩的氣味。

喀喀喀喀——她的肩膀細細抽搐了一下，不知道從什麼時候開始，她發現自己，格外容易注意到某些聲響，尤其每當身處熱鬧吵雜的環境中，總能像是篩子一樣，將其餘聲響過濾，只留下那些最細微的部分。譬如此刻此時，她聽見那名白髮老人，緩緩拉開背包，像是攀爬一座山，拉鍊沿著齒痕的弧度，一階一階走動的聲響。白髮老人愈是試圖放輕腳步，她愈是難以忽略，她像是咧開嘴一樣將眼角咧得更開；中年男子繃緊手臂內側的肌肉，肌肉鼓脹隆起，坡度柔和質地平滑，還映照著些許光澤亮緞，宛如閉起眼睛時，包裹住眼珠子的，那層透薄細緻的皮肉。

白髮老人原本濕濡灰濛的眼睛，頓時亮起，像是返老還童似的。見到這樣的改變，她忍不住踮起腳尖，想看仔細，公車晃動更顯劇烈，中年男子的雙臂貼上她的身體，宛如夾娃娃機的金屬勾爪，在那個嶄新非常彷彿連吊牌都還沒剪下的背包裡她看見，無數張和自己年紀相仿的少女臉孔，在那一剎那，她知道自己和她們擁有相同青春的身體，知道自己與她們除此之外還有更多部位彼此相連，她們就像是同一株植物，在泥土底不斷分岔開來的鬚根一樣。

她想起國中時的自己，那時候的她，希望成為一名畫家，這是打從小時候開始，就懷持著的夢想；她沒有告訴過任何人，畢竟夢想這種事，也沒有任何人幫得上忙。

她在許多畫家的畫作裡，看過裸體畫，覺得那些肉身逼真得像是來自另一個時空的幽靈，而學校裡的老師也親切告訴她們，從現在開始，她們的身體會產生極多極大的改變，必須好好認識自己的身體，才有辦法接納自己，喜歡自己。後來她在某本畫冊中，看到一幅畫，正著看是裝滿水果的如常靜物畫，可若是顛倒過來，立刻變成一張以蔬果構成臉孔的人物畫像；也弄不清是感動還是震驚，那天夜裡，等爸媽都睡了以後，她小心翼翼鎖上門，開啟檯燈，就著一小圈光亮，一一脫去衣褲，直到全身鏡中的自己，赤身裸體。

那是她第一次，認真觀察自己的軀體，或許是太認真了，感覺裸裎肉身的每一寸肌膚，都靈敏得不像是自己的，似乎隨時都會剝落脫離往窗台爬去，像是濃密花叢裡被驚擾的蝴蝶群一般輕顫驟然飛散；她依依不捨，暫且側過身子撇開頭去，抓起素描本和鉛筆，開始勾勒鏡中女體的輪廓。

香瓜頭顱，楊桃眼睛，枇杷鼻子，百香果臉頰，櫻桃耳垂；接連芒果脖子，牛番茄胸部，荔枝乳頭；肚腹則是拼貼鳳梨、榴槤和火龍果，充滿熱帶風情，似乎隨時都會套上綴著流蘇的草裙，扭腰擺臀來一段肚皮舞——她不禁停下筆，短促笑了一下，力道失控，筆尖斷折，她轉身換了另一枝鉛筆，掌肉一片黑漬。

當她再度正視自己，她的目光，聚焦在陰部，不自覺將手裡的筆桿，愈抓愈緊，始終找不到靈感，直到她扭動身軀的瞬間，看見輕輕擺動的陰毛，反射出金屬一般的光亮，她才用力咧開嘴角。

她移開筆尖，瞇細眼睛，彷彿感受涼快的微風，從蔓葉之間輕盈穿過，最後她的陰部，長滿密密麻麻的桑葚，連上頭凸出的細小顆粒的細微反光，她也仔仔細細描繪下來；她始終相信，所謂的繪畫，就是在時間不斷往前推移理所當然往前推移的軸線上，捕捉某一個片段某一個剎那，所引發並且從心底浮掠而過的光澤。

鬆開筆桿似的，她一一放鬆渾身骨骼和肌肉，像是冰川化解苔原綠草如茵，感覺自己藉由這幅素描，完完整整認識了一個人，就在心滿意足，準備闔上素描本的那一瞬間，她忽地扳住石灰岩牆垣，像是在抵抗另一個人一般表情嚴肅，臉孔繃出一條一條粗實纖維幾乎要榨出汁來；她抬頭，眨了眨眼睛，接著定定注視著鏡子裡頭，那個站在自己房間裡有著，香瓜頭顱楊桃眼睛枇杷鼻子百香果臉頰櫻桃耳垂芒果脖子牛番茄胸部荔枝乳頭鳳梨榴槤火龍果肚腹——搖身一變，變身成水果人的自己。

她注視良久，久到足以懷疑自己，為什麼還不趕緊上床就寢，眼睛底下隱隱約約浮現香蕉眼袋，她終於明白，這幅畫還缺少一個部位。

她在左胸口的地方，畫上一個顛倒的西洋梨。

她聽到摩擦衣服的瑣碎聲響，她聞到弧度拉至滿弓的香氣，舌尖甚至有清爽的甜味宛如瓢蟲娑爬一般細刺擴散開來。一切終於足夠逼真，足以讓對面的那個人，鼓動全身上下每一寸汁液飽滿的肢體，朝這邊一步一步，一步一步走過來。

斷折的筆尖，無聲掉落，在花樣繁複的針織地毯上，連原本的黑色都看不出來，她在明白如何愛自己的同時，意識到自己的極限。

11

溫暖的，毛茸茸的——這是他心底，頓時浮現的兩個形容詞。

他猜測是老鼠從自己後方的衣襬，竄上了背脊。

他不確定，該不該睜開眼睛。

他記得軍訓課時，教官曾敘述一則趣聞，說是從前在金門當排長，兵舍環境差，夏天蚊蟲漫天，冬天老鼠橫行，連計程車在馬路上都能輾死老鼠；某日一大清早，阿兵哥一覺起來，發現自己的雙腳十根腳趾頭，居然被啃得一乾二淨，只剩下潔白的骨頭，從肥厚的腳掌突兀岔出，形狀細長，尖端銳利略微勾起，看起來和鐵耙子沒什麼兩樣。

他試著在腦海中，勾勒出教官描述的情景，不禁皺起眉頭困惑，因為他愕然發現，去除了皮肉以後，只剩下俐落骨頭的腳，自己竟然無從辨別，到底是不是人類。

他緩緩睜開眼睛，感受大概是老鼠的東西，繞過背脊，迅速從腰際的髖骨滑過，爬上他的肚腹橫膈險些塞進自己的肚臍，緊接著胸口和乳頭感受到爪子輕巧摳抓，從領口竄出的瞬間，柔韌的尾巴蘆葦一般搖擺搔拂他的下顎刮過未剃淨的粗礪鬍碴似乎還殘留細屑毛皮。

眼前沉黑，和閉上眼睛相同，他持續等待，持續收集每一寸細小的感受，感受肌膚上的細緻毛髮受到引力吸引頻頻扯動，而後是肌膚遭到撕裂齧咬不知道該形容刺癢或者疼痛逐漸握緊拳頭似的愈來愈劇烈扎實的感受。

他覺得這是自己應受的報應。

ㄨ死去的前一天，擔任值日生的他，將所有曬得顏色盡褪的窗簾一一拉上，又將空無一物的黑板仔仔細細擦拭乾淨後，走出教室；在走廊盡頭，撞見正巧從廁所出來的英文老師，穿著一身粉紅色套裝河馬一般的英文老師撩了一下頭髮伸長脖子詢問怎麼沒見到ㄨ，他嚇了一跳往後一瞥，才意會過來英文老師說的是怎麼沒見到ㄨ，你們不是無論什麼時候總走在一塊兒？英文老師又說他們兩人的鼻翼對稱宛如蝶翅輕收斂疊。他扭回頭答覆ㄨ報名的補習班最近進入最後衝刺階段，一下課就得去趕公車，英文老師說你們看起來就像是親兄弟一樣。他摸了摸太陽穴旁濕軟的青春痘咧嘴辯稱兩人的長相明明截然不同，而且ㄨ的體型單薄、皮膚白皙，簡直跟骷髏沒什麼兩樣。蝴蝶撲動，英文老師凹折了一下，那塗抹摻混亮粉透明唇蜜的嘴答腔就是因為這樣才會覺得兩人像是親兄弟呀。他感覺兩人的對話，就像是一列毫無喘息空間逕自往前馳奔的火車，只能硬著頭皮不斷不斷追趕不斷不斷將鐵軌接連鋪續上去。

他知道自己必須找個方式結束。

「我要回家了。」他說道。

「也是，還是早點回家陪你媽比較好。」英文老師點了點頭，眼睛泛出淚光，體貼說道。

他微笑他知道英文老師只是在他身上，看到自身情緒的反映。

他人是鏡子。

人們因為他人，所引發的喜怒哀樂，其實並不是源自於對方的際遇，而是在那各種各樣不同的生命切面和角度中，或反射或折射自身的心境。

他是直到爸爸死去以後，才明白這層道理。

「謝謝老師。」

他舉起手示意，走下樓梯。

天色像是泡了水的毛巾，又暗又沉重，他沒有走向校門口，而是往學校後方的垃圾回收場走去。

二月底，這學期剛開始不久，導師在某回班會中提及，最近垃圾回收場出現很多老鼠，學校打算成立「滅鼠小組」，參加的人會記兩次小功；擔任衛生股長的他，自然義不容辭，立刻舉手報名參加，ㄨ當然也是。

滅鼠小組開會時，決定了幾個方案，討論出負責採購的人以後，又將二十個小組員，兩人一組分成十組，兩個禮拜輪班一次。

他理所當然和ㄨ同組，那天放學後，他和ㄨ到五金雜貨行，購買捕鼠網；ㄨ這輩子，從沒見過捕鼠網，甚至連聽也沒聽過——ㄨ問他怎麼知道這東西？又追問這東西該怎麼使用啊？他笑說真不明白ㄨ，到底為什麼會參加滅鼠小組。

紫色杜鵑花開的那一天，剛好輪到他和ㄨ值勤，放學鐘響，他幫擔任值日生的ㄨ關窗戶、拉起窗簾，ㄨ則用濕抹布將黑板徹底擦拭乾淨，望著像是大雨過後的柏油路面一般閃閃發亮的黑板，ㄨ突然感嘆說自己很羨慕黑板，他愣了一下說好好的人不當，當什麼黑板啊？ㄨ回答黑板無論被寫上什麼被畫上什麼，都可以輕易擦掉好像從來不曾存在，隨時都可以折返可以歸零的人生，不是很值得羨慕嗎？他搖了搖頭一臉不置可否的模樣，ㄨ耐心等待他的回應，他抓住拉繩，唰一聲——拉起最後一面窗簾，教室瞬間暗下，他說自己對於ㄨ口中，黑板一樣的人生，實際上是感到恐懼的，因為黑板對自己而言，就是一種一心只追求正確答案的工具。

鎖上教室的門，他和ㄨ在前往垃圾回收場的途中，撞見開著紅色國產小轎車的英文老師，英文老師喊住ㄨ和他，熱情道再見，並謝謝ㄨ寒假時，特地從洛杉磯寄來的明信片，她很喜歡；ㄨ

笑說老師太客氣了，今年指考一結束，會立刻飛往新加坡，到時候再寄明信片給她。

英文老師問ㄨ和他怎麼還不回家？ㄨ笑說要去抓老鼠，英文老師的臉孔，像是被鐵鎚用力敲擊，又像是爆破的建築物似的，瞬間以鼻頭為軸心崩落塌陷；扳下手煞車，踩動油門的那一剎那，她撂下一句ㄨ和他的感情真好，情同手足，他望著小轎車屁股，兩顆像是瞪著這邊看的紅色眼睛，印象清晰，當時她使用了一個相當煽情的字眼。

為了加快速度，讓ㄨ來得及補習，兩人決定分頭進行，他從手提袋裡，掏出一副手套給ㄨ，再交給他一個黑色大型垃圾袋，讓他去把回收場左半邊的捕鼠網回收；自己則拎著手套和垃圾袋往右半側走去。

他蹲了下來，湊到捕鼠網前，垂眼注視，牢牢貼黏在上頭，眼睛小巧鼻頭玲瓏整張臉孔含蓄到扭曲糾結的老鼠；不只如此，老鼠豐腴的肉身也因為強力沾黏而擺出靦腆性感的姿態。

他將連接著厚重老鼠的捕鼠網，一一拾起，扔入垃圾袋，遭受強烈擠壓的瞬間，似乎能聽見吱吱吱吱——幽微的尖叫聲，他抓了抓太陽穴旁的青春痘，一不小心摳破，脂肪混雜血液，像是添加醬油的芥末一般，暈化開來，氣味黏稠，紫色杜鵑花彷彿又緩慢綻放一叢。

他回到垃圾回收場，卻遲遲等不到ㄨ回來。

他扭頭張望，曬著後腦杓的夕陽，此刻已經被埋入地底，他不由得心想，ㄨ該不會早就處理好，一個人離開了吧——一想到這裡，他就不得不像是抓緊花束拉起窗簾一般，將百褶裙似的垃圾袋口一褶一褶收起勒進掌心，往左半邊邁開腳步。

當他看見ㄨ縮在陰暗角落的背影，他立刻定住，在心底狠狠罵了自己一聲。

他咧開笑容重新朝ㄨ跨出步伐，並喊出聲來調侃ㄨ讀書不是一向講求效率嗎？ㄨ埋著頭沒有回應，他先是發現ㄨ的鬢角鱗片一般閃閃發光，接著發現ㄨ的手臂ㄨ的後頸ㄨ的背脊淌滿汗水，不只背心濕透，連外面的白襯衫也變得透明，緊緊貼黏著他的身體，他感覺自己像是隔著一扇被雨水割裂的車窗，伴隨著若有似無的高音窺探赤身裸體的ㄨ，夕陽一般的顏色清晰逼真，彷彿能聞到ㄨ獨有的牧草一樣的清新體味。

他放輕腳步，緩緩走到ㄨ的身後。

他看見ㄨ套著橘色橡膠手套，顯得異常肥厚宛如水腫的手指頭上，掛撈著一隻皮肉分離，血肉模糊，甚至一小截骨頭從背部橫穿而出，不能再是其他只能是老鼠的東西。

像是蛤蜊一般，他張著嘴唇，不知道這樣的情景，到底該經歷些什麼，才得以造就——忽然間，ㄨ扭過身軀，兩眼失神，抬頭怔愣望向他，問他為什麼會變成這個樣子？他問ㄨ為什麼會變成這個樣子，ㄨ回答自己試圖把老鼠拔下來，卻發現他們之間，實在過於緊密，不服輸增加力道的那一瞬間，整隻老鼠就像是香蕉一般，輕而易舉皮肉分離。他問為什麼ㄨ不乾脆，把捕鼠網扔掉就好？ㄨ這才恍然大悟回答因為他剛才使用的字眼是「回收」。他只好說都是自己的錯。

ㄨ死後，老鼠依舊好好活著。

他一個人，成為一組。

他隻身來到垃圾回收場，四隻老鼠，捱擠在同一張捕鼠網上，看起來十分勉強，宛如一張拽著彼此的胳膊，硬是要合照留影的相片。

他蹲下來，抓住其中最小的一隻，試圖扯動，稚嫩老鼠發出吱吱叫聲，他繃緊手肘，吱吱，拉弓一般緩緩扯動，吱吱，老鼠腹部的皮毛緊緊黏在網子上，血液膿汁汩汩滲出，流速濃稠曲折，即使隔著顏色明亮的橡膠手套，他仍可以清清楚楚感受到老鼠纖細的骨頭，像是一輛撞得稀爛鋼筋外露的車，在自己的手中一寸一寸逐漸扭攪產生更多角度變得詭異畸形；他看見另外三隻老鼠，或許是擔心接下來自己的遭遇，試圖斂起下顎窺覷這隻細微蠕動掙扎的幼小老鼠，尾巴擦過手背的那一剎那，他倏然蜷起手，用力握住拳頭，迸折碎裂的骨頭銳利刺穿老鼠的小巧內臟和稚嫩血肉宛如一朵反方向內怒放的花在他內縮的掌心裡引發一場，極其袖珍並且寧靜的爆炸。

他不禁思忖，人怎麼可以和老鼠一樣，死得如此輕易。

他脫下橡膠手套，將剩餘的東西，全塞進垃圾袋。

走出校門口的時候，一道人影，動作迅速像隻老鼠，冷不防竄到他面前。

「我等你好久了。」一名踩著厚跟鞋的少女，嬌嗔說道。

12

你覺得奇怪，即使身體不能動了，但有些地方，卻持續生長下去。

基隆的天空，總是灰濛濛的，你想起自己，曾經寫過這樣一首詩。

〈住〉

我每天都活在棺材裡。

那是你有生以來，意識到的第一首詩，你不敢給任何人看，起初以為害怕別人評論這不是詩；後來才明白過來，自己真正害怕的是倘若，有第二個人見證，就不得不成為事實。

你想起某些國家，冬季來臨時，夜晚總會變得格外漫長，而那段時間，自殺率也會隨著夜晚漸長而逐步攀升；那時每晚躺在床上，你經常忍不住想像，清晨時分，村落裡的各戶人家，會一一推開家門，像是夢遊看不見彼此似的，穿著整齊的衣裝緩步而行，來到弄不清海天界線的礁石岸邊，而後像是打水漂一般，將自己傾斜擲拋出去，直至落水的瞬間，才恍然意識，自己無法反彈，到底不如一顆石頭。

然後石沉大海。

再後來，年紀稍長以後，你才明白，是這片幾乎比天空，更骯髒的海，拯救了自己——或者至少，拯救了當時的自己。

別人總說你長得像父親，但其實你已經記不得父親的模樣，家裡一張照片也沒有，你也隱隱約約知道不能向母親開口；於是你只能找來一面母親拋棄，表面龜裂甚至邊角碎塊剝落的鏡子，避開母親，就著不知打哪兒偷來的光，看一看別人口中的父親的樣子。

你從來沒有問過母親，父親到底去了哪裡，你想或許，就和其他同學的父親一樣，出海捕魚，而海是那樣遼闊，總有捕也捕不完的魚。

再後來，當你的雙腳，粗壯到足以走到任何地方以後，你曾問過母親，是不是後悔當初，沒能多生一些孩子，至少當中，或許會出現一個比自己還孝順的孩子；你的母親，還是和當年一樣，坐在門邊俐落剝去蝦殼，只是手腕已經瘦得幾乎快比那條竹鞭還細，母親說歹命人毋通想遮爾濟，你不敢再問下去。

再後來，母親去世，你不再回去那個潮濕菌絲遍布的地方。海還是海，你在山的另一側，展開新的生活。

那時候，能相遇的管道太少，第一次見到她，是經人介紹。

不知怎地，第一次見面，你便脫口問她，未來想生幾個孩子，彷彿你們已經結縭，而所有人都祝福你們永結同心；她倒也大方，絲毫不覺得突兀，回答愈多愈好，知道你是獨生子時，她難掩訝異，大眼圓睜，宛如牛頸上的銅鈴，水亮就要發出聲音——畢竟那時候，幾乎每戶人家的孩子，隨隨便便都超過五根手指頭，更別說只生一個孩子了。

你不再提及母親，追問她為什麼想生很多很多孩子？她笑了回答大概是因為母親的緣故，她說母親生了八個孩子，前半生最常掛在嘴邊的話，就是如果未來每個孩子，每個月都給她五佰元的生活費，那麼自己下半輩子，就什麼都不用做，可以舒舒服服享清福。

「多牛踏無糞。」你下意識接了這句母親，往常掛在嘴邊的話，好像埋入土裡的母親，偷偷躲進了你的身體。

她聽不懂台語，問你剛才說了什麼，你搖頭說沒有，什麼也沒有，喝了一口十分漫長的水，喉結抽搐，將水往下扯動的瞬間，幫浦似的你感覺，彷彿也把埋在心底的母親，稍稍拉拔提撐了起來。

再後來，你們結婚。

而那時候的你，已經不寫詩，很久很久了。

可即使你，終於住在一個，截然不同的地方，娶了一個妻子，也生了很多孩子，有時候，在領先意識睜開眼睛怔愣望著窗簾明亮的另一側的前一剎那，會不由自主想起那首詩。

你忽地有一種和現在一樣，哪裡都去不了的心情。

像是他們一個接著一個從當年的海底，悠悠挾帶氣泡，倏然浮上水面。

13

大廳電梯前，擠滿一顆顆人頭，遠遠看去，簡直像是一座亂葬崗。

她轉身走向逃生出口。

逃生出口陰陰暗暗，她的腳步聲產生細微回音，像是有另一個人跟蹤自己；她知道是錯覺，可以想像那些頭顱的爸媽，如何耳提面命要他們千萬不要走這個地方，即使萬不得已也千萬千萬不要一個人走。

她來到位於辦公大樓，第十九層的理化補習班，混在人群裡頭，她草草簽了名，立刻擠開眾人，回頭往逃生出口溜去。

一離開辦公大樓，她瞥了一眼手機，還有一些時間，抬眼望去，兩側夾著牆面瓷磚龜裂的老舊大樓，和車站另一側的光景截然不同，沾黏濃痰檳榔渣甚至失禁屎尿宛如癩痢膿瘡遍布的狹窄道路上簇滿學生，身穿顏色款式各異的制服宛如戰國時代烽火連天的紛雜旗幟，三三兩兩叢聚在一塊兒，又像極了一窩一窩不同種屬的昆蟲，使用著只有自己，才有辦法辨別並且接納的表達方式；在服飾店的落地窗裡，她看見同樣，穿著制服的自己，收起手機撇開頭，走了出去，走向對街轉角招牌，明亮的便利商店。

叮咚——一名頭髮俐落短截，襯衫制服衣襬攤露在外頭的少年，買了一包菸和一條巧克力夾心餅來到櫃檯，綁著馬尾的中年婦女店員沒有多說一句話，默默收了錢，她背過身，從架上抓了個鮮奶油螺旋麵包，看起來像是一隻巨大的寄居蟹，叮咚少年將發票隨手塞入愛心捐獻箱，走出便利商店，她掏出錢包找出數字剛好的零錢，接著她來到窗邊，側身滑入單人高腳椅，拆開包裝膜的瞬間餘光瞥向一旁，發現Ｙ換下制服一身T恤牛仔褲就坐在自己身邊雙腿岔開呼嚕呼嚕大口吸著當歸鴨泡麵，她沒有問Ｙ是不是同樣蹺了補習班，咬了一口麵包，大量的乳白色奶油內餡立刻從裂口團團擠出，幾乎要塗花她的臉，她嚇了一跳鼻頭滲出油光，Ｙ停下竹筷搧了搧泛紅的雙頰說天氣好熱，思樂冰買一送一。

她拿出手機，確認地址後，走進那棟大廈。

她走進電梯，按了八樓，門抖了一下正準備關上，一隻手忽地竄出，拿捏力道，不鏽鋼灰銀電梯門輕巧夾了一下，那隻指節粗大分明的手，旋即彈了開來，一名蓄著蔓延至兩鬢將整張臉圈圍起來鬍碴長度均勻的男子大步跨入，彷彿無視她的存在，對於方才所引發的驚擾，沒有絲毫歉意，逕自抬起胳臂戳了一下，數字已經亮起的八樓，他將手插入西裝褲口袋，手肘彎曲的角度，看起來隨興慵懶，門緩緩闔起，力道拿捏準確，像是含抿雙唇，瀕臨極限，卻始終沒有碰撞出踏實的聲響，她心想這樣下去的話，這扇門永遠下不了決心，夾不斷任何人的手。

儘管沒有名為「鏡子」的存在，可電梯的金屬材質，映射光亮，從四面八方困住兩人，她感覺自己像是被鎖在一個，由鏡子打造而成的房間，她和男子因此無所遁形；她只好將注意力，集中在男子厚實隆起的背影，黑色西裝精緻細節講究，瞇起眼睛仔細一瞧能發現上頭浮現淺色的斜格條紋，版型新潮剪裁合度，像是擁有生命具備自我意識一般，攀附服貼著他的身體，從肩膀、胳膊、腰際，一路往下到大腿、臀部，甚至是小腿肚的肌肉曲線，都像是一幅炭筆素描似的，勾勒清清楚楚彷彿指尖，稍一碰觸對方的體溫就會搭橋迅速行軍過來一樣。

她忽然被自己嚇了一跳。

發現自己已經很久，沒有像這樣，觀察一個人的身體；或者應該這麼說，自己已經很久，沒有和另一個人，如此緊密相處。

她想起很久以前，變身成水果人的，隔天一早醒來，窗簾闔著日光滲透艱難宛如沉浮在接近水面一寸的地帶，掀開涼被光著身子，將自己晾在全身鏡前，發現裡頭只是一具普通的血肉之軀，她緩慢吁出一口氣，覺得牆上只是掛著一幅客觀來說，長相算是平易近人的少女肖像畫；她頓時有一股衝動，想拉開書桌最底下那層抽屜，翻出藏在白鐵鉛筆盒中的打火機。

像是未攪勻的奶粉，白鐵鉛筆盒上頭，結出一塊一塊鏽斑，像是遭到隕石撞擊一般坑洞凹凸。她沒有嘗試扳開，只是放回原位，推回原位，退回原位，好像已經擦燃打火機，青藍色焰火弧度拉展開來的瞬間，大拇指的皮肉因此紅腫細屑剝落；再過一兩年升上高中以後，某個假日午後，她會到黃昏市場買一條才死去不久，眼珠子尚未混濁的鯖魚，就得以回想起當初掀起的透薄皮肉，就如同此刻此時穿著橡膠手套坐在塑膠板凳上岔開雙腿的攤販抓持菜刀俐落刮剃魚鱗一樣。

她換上制服，往一樓走去。

一進廚房，她頓時怔愣住，恍惚望著坐在靠近，廚房門口的「那樣東西」，之所以用「那樣東西」來代稱，是因為她不確定，那到底是「什麼東西」；可若是從座位，以及攤在餐桌上的報紙版面判斷起來，「這樣東西」，確實是爸爸沒錯——她捏緊裙襬，讓自己冷靜下來，就像是自己一直以來練習的那樣，重新審視眼前的「東西」：皇蛾頭顱，藍蜻蜓眉毛，豆金龜眼睛，日本暮蟬鼻子，光肩星天牛耳朵，犀牛蟑螂嘴唇，長毛蜘蛛鷹脖子；往前跨一步，薄翅螳螂喉結，竹節蟲鎖骨，七星瓢蟲乳頭，蝦殼椿象腹肌，乳白斑燈蛾下腹；她踮起腳尖，觸角腿足陰影遮掩籠蓋，她幾乎要讓自己騰空飄浮，最終只能踏踏實實，再往前滑一步，看見那隻無比巨大的獨角仙，攀附在足絲蟻陰毛的最深處，眼底一熱的瞬間，那隻天生背對著自己的獨角仙，像是靈機一動也想看一看她的臉似的，頭部仰起的剎那，才猛地想起自己沒有肩頸，金屬一般堅硬的頭角，已經將那團昆蟲叢生應該是「爸爸的東西」，從椅子上驟然支撐起來。

她扭過頭，想高聲喚呼媽媽媽媽，讓她也看一看充滿驚喜像是第一次吃熔岩巧克力敲破的外殼流淌出香濃汁液的爸爸——

她幾乎要發出聲音，聲帶急速震動，氣體高頻摩擦齒列，卻只是怔愣掀翻嘴唇，像是一扇被硬是撬開，扭曲變形的門，連細微扯晃刮磨關節發出纖維一般的粗糙咿呀聲也沒有；站在流理臺前的媽媽，後腦杓是一隻巨大鮮紅的帝王蟹，伸展堅硬粗長節次分明的腿足，像是被風吹散開來在半空中停格的髮絲，宛如音樂盒上的芭蕾舞者，媽媽以固定的速度緩緩轉過身，帝王蟹頭顱表面，攀附著白對蝦眉毛，水晶蝦眼睛，海姑蝦鼻梁，斷溝龍蝦頸子，纖細平坦的玫瑰蝦肚腹，陰部則是正在脫殼的日本蜘蛛蟹，半透明的甲殼就要脫落，她看見理應剛硬如鐵條的臂螯腿足，居然長出濃密柔韌的絨毛，伴隨著從流理臺前敞開的窗子，宛如一隻巨大透明的抹香鯨灌注掀起的風勢，海藻似的款款搖曳擺動，她看見在那嶄新光滑花色斑斕的甲殼上，看見一顆顆眼睛睜開，倏然浮現一張人臉。

她扭頭，一步便跨出廚房，匆匆上樓，試圖將方才，看到的一切一切全畫下來，興奮抓緊筆桿幾乎要將內芯的木炭條燒成灰燼——直到爸爸上樓敲門問自己怎麼還不下樓吃早餐是不是身體不舒服的時候，陰暗的房間裡，畫紙卻還是像畫紙一樣，一片灰白。

和同齡的大多數國中少女一樣，她很快提振起精神，偏著頭困惑爸爸的腳是什麼昆蟲，她豎起耳朵感覺肥滿的櫻桃細微晃動，試圖捕捉，卻已經走遠；抱持著這一回，肯定要更仔細體會更仔細觀察的心態，她開門下樓，捏著手指輕點著腳步踩進廚房，發現爸爸坐在靠近廚房門口的座位看報紙，媽媽站在流理臺前背對著自己使勁吸吮柳丁。

從那天以後，就如同努力的時候沒有告訴任何人，她默默放棄了成為畫家的夢想。

她認為自己對於這個世界，或許缺乏充沛持久的想像力，這樣的人，是不可能成為畫家的；於是她決定，以成為漫畫家努力，認為只要認真生活，應該就可以成為漫畫家了吧——她一面咀嚼著吐司，一面為自己設定了新的目標，而感到雀躍。

那麼，如果當初的夢想，真的延續至今，自己會為此時此刻的情況，設計什麼樣的結尾呢——像是懲罰，又像是給自己的考驗似的，她冷不防浮現了這個念頭。

叮——

電梯門開，遲遲沒有人離開。

她杵愣好一會兒，才發現那男人緊緊，壓住按鍵，手背筋絡抽搐，彷彿藏著好幾隻即將孵化的蟲，讓她先出去。

她含蓄說了聲謝謝，走了出去，從男子身旁經過時，肩頭從他的手臂輕巧擦過，對方驚呼一聲，她先是覺得大驚小怪，撇嘴不耐扭過頭愣然，發現自己的肩頭凸出銳利的倒鉤，不只勾破男子的西裝，連裡頭的襯衫，甚至結實鼓脹的肱二頭肌也被割破，皮開肉綻頓時噴出大量鮮血——她以為應該要這樣發展，然而向外翻掀的皮肉，卻像是拉開的窗簾一般自然垂掛，她情不自禁向前傾往那傷口內裡探去，男子忽地雙腿一軟，彷彿縫匠肌、臀大肌闊、筋膜張肌甚至是比目魚肌瞬間全都萎縮，像是被刺破的氣球，男子雙膝重重砸在地板上，眼神空洞渾身癱軟在地只剩皮囊，就在她半蹲下來的瞬間，從方才被自己勾破的傷口，滾出了一顆外形小巧的蛋，形狀說大不大，說小不小，介在雞蛋和鵝蛋之間，她蹲下來，湊近那顆蛋，忽然間，她聽到細微摩擦聲，另一顆蛋滾了出來，接著是下一顆下一顆再下一顆，一轉眼，無數顆蛋已經從電梯擴散到走廊上去，一路往逃生出口繁殖滋長，她無法理解這一切到底是怎麼回事，喀啦——這一次，她聽見若有似無的破裂聲。

她感到前所未有的恐懼。

喀啦，喀啦，喀啦，喀啦——

咚——電梯門在她面前關上。

徹底關上前，走廊上的男子側身，往電梯裡頭的她瞥了一眼，大概是覺得她的行徑詭異。

回過神來，她趕緊按下開啟鍵，但為時已晚，電梯往上攀爬。

她知道自己得再等上一段時間。

14

他在台北車站前下了公車。

號誌燈無聲轉換，橫越斑馬線，他看見忠孝西路一段上，那塊閒置已久的空地，終於掀起波浪，圍起了初春綠鐵皮牆。

儘管離家，還有一大段路要走，你已經想起，回家途中，會經過的兩個十字路口。第一個位於國小附近的十字路口，建了一座搭有屋頂的天橋，他曾經在上面親眼目睹三次車禍——由於標示不清，責任總是難以歸屬；再加上後來，發生國小學童在天橋上遭到遊民猥褻等事件，陸陸續續加裝了三台監視器。至於第二個十字路口，靠近機車待轉區的轉角處，那裡的建築物蓋了又拆，拆了又蓋，反反覆覆好幾回，易主無數次，一會兒是韓系生活百貨，一會兒是日式涮涮鍋，還曾經開過服飾店、書局、寵物店，甚至是當鋪，種類五花八門，其中經營最久的，要屬連鎖美式複合式餐廳，但也撐不過一年。

美式複合式餐廳拆除以後，一如往常，很快又豎起新的骨架，蓋起新的建築物。那段敲擊出繁複金屬聲響的時間，每次放學回家，和爸爸一起收看棒球比賽時，他總是滿心期待和爸爸，討論不曉得這一次會開什麼店？爸爸問他希望開什麼店，他想也沒想，反射神經靈敏喊道運動用品店，爸爸笑說他回答真快，他笑著靦腆坦承，那地方每次倒店，自己總是如此期盼。他反問爸爸的願望，爸爸忖度半晌，嘀咕說花店感覺不錯，他用手肘戳了戳爸爸的胳膊，瞄了瞄廚房揶揄要是爸爸再買盆栽回來媽媽又要生氣了；爸爸抓了抓肚腩解釋不是，那種悠悠哉哉的園藝店，而是新潮繽紛的花店，他忽地想起媽媽的生日在九月，處女座，幸運花是大理花，心想如果真的開了間花店，該有多好。

那段討論過後，不久他發現一件事，發現那棟建築物很久沒有動靜，像是迷路的孩子一樣，不知道該往哪個方向走，索性鬧起彆扭乾脆不長大了；圈在外頭的鐵皮牆甚至被塗鴉，噴上好幾個潦草斗大色彩炸裂如花繽紛的字，他左偏右拐，來回擰動頸子幾乎要扭到，卻始終無法辨識那些圖樣，他覺得很像從前小時候鬧肚子，媽媽燒給自己喝的符仔水。

他又耐心等待了一段時間，終於忍不住，問爸爸有沒有發現，那棟才剛打完地基搭起鋼筋的建築物，似乎已經停工很久很久？爸爸訂正那根本還不能算是建築物，他問那算是什麼？爸爸想了想回答，什麼都不算，媽媽突然出聲捧著水果拼盤據說那建商捲款逃跑，沒有經費所以才蓋不下去，爸爸問媽媽怎麼知道這麼詳細，媽媽說是ㄟ來家裡時告訴自己的，爸爸問ㄟ最近好不好，媽媽訝異爸爸怎麼突然提起ㄟ，他也是，雙尖叉子上的水梨切片塗上一層蠟似的滲出晶亮汁液，爸爸回答最近在學校附近便利商店買咖啡的時候瞥見ㄟ的身影，媽媽應聲大概是去那裡見客戶吧，接續說今年的保費又要提高。

從那晚以後，每次放學，經過那棟不能算是建築物可若不算是建築物又不能再算是其他的「那樣東西」，他總會不由自主停下腳步，耗費比以往更漫長的時間，停留以及注視。

那種彷彿沉積岩，耐心積攢時光的心情，讓他想起自己幼稚園大班，喜歡的一個女生，剛開始他沒有意識到，自己喜歡她，兩人只是和其他孩子一樣，經常一塊兒嬉戲玩耍，一起盪鞦韆，玩蹺蹺板的時候堅持坐在彼此對面，直到那女生因為爸爸工作，必須舉家搬到台南，幼稚園幫她辦歡送會那天，她趁著四下無人，在教室陰暗彷彿劃滿斜線的後方，啄了一下他的臉頰。

她離開，這座城市的那天，一大清早他起床，趁著爸爸熟睡，媽媽一如往常在廚房，忙著準備早餐，躡手躡腳溜了出去；他在腦海中，模擬過這場景無數次，想像身軀瘦小的自己，躲在纏滿生鏽鐵絲的電線桿後方，偷偷目送穿著米白色洋裝的她走出家門，牽著媽媽的手坐上子彈一般黃銅色休旅車後座，默默注視著這個畫面的自己，他感覺自己渾身散發出成熟的果香，有種熱帶風情海島的寬闊感。

然而，真實的劇情是，當他頂著毒辣的日頭幾乎要被壓入黑黏黏的柏油，拽著迷路的心慌走走停停來到她住的社區，真的躲到和自己差不多纖細的電線桿後頭頂上的房仲廣告啪嗒啪嗒不斷掀翻，等上大半天，坪數地點聯絡電話都背了起來，衣服內褲全都濕透想把自己抓在手裡用力擰乾，建築物始終沉默；最後，他的肚子實在太餓感覺自己的身體萎縮到只剩下二分之一，只好放棄，沿著來時的路折返，老老實實捱了媽媽一頓罵，大口喝著現榨的鳳梨果汁的時候，爸爸打著濕潤的呵欠下樓，才從媽媽口中得知，那女生一家人，昨晚已經離開。

原來自己守著的，是一棟早已經人去樓空，不能算是「家」的建築物啊——他覺得自己很笨，就像老師說的那樣。

撐著雨傘，站在雨中，豆大的水珠撞擊，傘骨頻頻震動；爸爸和ㄨ死後，這棟不能算是建築物可若不算是建築物又不能再算是其他的「那樣東西」，還是矗立在原地，沒有絲毫傾斜；他感覺忠心感覺，雨水就要打穿傘的臉，像是新聞報導不肯離開主人病榻的狗，可下一瞬間他感覺，這就像是一具被砍去頭骨的巨大骷髏，他心想或許是那些削去割下剜走這骷髏血肉的人，恐懼遭到報復，才將頭顱帶走——他肯定，正因為如此，看起來明明明，這麼痛苦的骷髏，才會動也不動，靜靜佇立任由僅剩的一切被雨水一寸寸澆灼成黑色，彷彿等待，那麼一個人，宛如哪吒一般，剔除自身的血肉，將自己飽滿填充召喚回來的一天。

傾斜的雨絲，像是透明的爪子，積極摳抓他的肌膚，他感覺自己龜裂開來逐漸變成劃滿這整座城市的眾多斜線之一，他應該要想起媽媽熬的醬汁濃稠充滿美國南部鄉村風味的手撕豬肉漢堡；他想起一則都市傳說，某對交往已久論及婚嫁的情侶，男方發現女方出軌，將第三者約到自己擔任設計師的建築工地談判，爭執纏鬥中反被殺害，屍體被扔進混凝土攪拌機裡頭。後來，建案如期完工，和死去的男人的設計一模一樣，是一棟美麗簡約的公寓大廈，一名擔任會計師的單身女子，入住十二樓其中一戶。某天夜半，喝得醺醉的女會計師，從夜店回來，黑白切似的和男公關做完愛後，立刻趕走對方；迷迷糊糊睡去，冷不防，有人從身後摟抱住自己，她睜開眼睛，起初以為是男公關不肯離開，不耐煩扭過頭，發現堵在眼前的，是一張陌生男子的臉孔，臉上塗抹水泥似的僵硬沒有一絲表情，她半是困惑半是訝異，直到她發現對方的身體，從牆上延伸出來的那瞬間，還來不及發出尖叫，男子像是見到自己深愛的女子似的，將她抱得更緊更緊，拉往牆壁發誓永遠都不會放開。

雨水恢復單調的節奏，直直落下聲音滴滴答答，穩定得彷彿雨水是從地上相反過來往天空落下一般，他心想如果，這則都市傳說不僅僅是一種集體式的精神恐慌，不僅僅是將人們心理狀態扭曲折射對應現實後的一種詮釋，他好想好想，把爸爸和ㄨ的屍體，統統扔進尚未存在的混凝土攪拌機中，將他們徹底絞碎，等待自己，終究有那麼一天，搬出那個「家」，來到這裡，展開新的生活以後，每當自己關上門，身穿質料透薄的T恤，背脊一格格舒張開來往後嵌緊，原本冰冷一如薄冰的壁面，便會一寸寸龜裂融化一寸寸變得溫暖柔軟，就可以召喚出他們就可以從後頭緊緊擁抱住自己。

感到身體劇烈晃動的同時，有誰咕噥啐罵一聲，他往後匆匆一瞥，爸爸和ㄨ被牆壁吞吃回去，雨水雨傘屋瓦鋼筋甚至是他方才抵住的那面牆，剎那間拆解開來，一部分捲入夜空，一部分灌進排水孔，他感到深深地心的堅硬以及遙遠宇宙外星球的寂靜，一個人所引發的引力是如此微不足道，他不確定是自己發抖，或者腳底下的石磚細微震顫，他發現自己，杵在人行道入口，對洶湧隊伍行進的路線造成阻礙。

他低聲說了句對不起，沒有接收的對象，夜空清朗，似乎就要擠出星星，又望了一眼，困圍在乾乾淨淨的鐵皮牆裡，那棟還沒真正建起，充滿無限可能的建築物，心想即使傳說都是真的，也於事無補，爸爸已經火化，而ㄨ血肉模糊屍骨無存。

叮咚——他跨進便利商店，採光明亮，像是在同一條路上，反反覆覆來回折返，他不斷思索，如果那天晚上，自己堅持去買ＬＥＤ燈的話，爸爸會不會就不會死了呢？死的人會不會是自己呢？而爸爸就會代替自己現在佔據的這個存在的空間輪廓而世界只是矮一點寬一點並沒有什麼不同——明知道假設性的問題，無法改變任何事，他想起「假設」對於科學的重要性，或許人生同樣如此，他心想，原本打算買些東西墊墊肚子，卻下意識抓了幾樣，爸爸平常會買的東西。爸爸曾對他說：「這個世界，是由數字組成的。」他一直無法理解這是什麼意思，並且辯稱這就是自己數學不好的原因；直到爸爸死去以後，他才豁然開朗，相信世界真的是由數字組成的。

最顯而易見的就是，世界上所有東西，都可以標價。

店員嗶嗶俐落結帳，他注視著螢幕上不斷跳動累加的數字。

傷害可以。

死亡也可以。

爸爸的車禍意外，理賠八百萬，在市中心，連一個套房都買不起。

他後來想想也對，畢竟即使自己，將來努力大半輩子，努力活到爸爸兩倍長度的生命，大概也買不起。

這麼一想，他忽地認為，先前會隨隨便便將「從這個家搬出去」，這種想法放在心上的自己，真的還只是個孩子。

15

曾養過一隻狗，名字已經忘了，你只記得母親，見到自己抱回那隻流浪狗的時候，一如往常，絲毫不掩飾自己的情緒，臉像是哈巴狗一樣，立刻反感皺了起來。

那時你正準備考大學，覺得心煩意亂，堅持一定要養這隻狗，母親也只好接受。每次母親幫那隻狗洗澡，總是比削番薯還粗魯，先用鐵鍊將狗的脖子勒緊，固定在水龍頭上，抓著橘色水管朝狗頭猛沖，刺得眼睛都瞇了起來哀鳴浸入水聲，左搓右揉，你覺得母親刷洗碗盤要溫柔許多。

你總是忍不住向母親抱怨，要母親溫柔一些，母親就會往那隻狗骨頭浮凸的側腹使勁拍好幾下，回說要不然你自己來洗，對畜牲是要多溫柔——你就會撂下一句我要去念書了，趕緊溜回房間。後來你南下，到台北念專科學校，剛入學不久，某個和室友划拳拚酒的夜晚，母親打電話到宿舍找你，你嚇了一跳以為發生什麼事，母親說，那隻狗死了，你打了個飽嗝，味道腥臭，第一個念頭是母親果然受不了那隻狗，趁著自己離家立刻殺了牠。

隔天你蹺課回家，一回到家，你以為自己宿醉未醒，發現母親，居然幫那隻狗弄了一座墳，坡度溫柔的丘陵頂端，還豎起一塊簡陋的木板，不識字的母親，只能在木板上塗鴉一隻小狗，模樣傳神但很醜很醜，母親後來不再碰葷食，而你到現在，還是想不起牠的名字。

〈溫柔〉
雲在移動
天空看起來很痛
我在移動

離開家，回到宿舍房間，你翻開筆記本，裡頭是你從國中作業紙上，謄抄過來的詩；有那麼一瞬間，你以為自己剩餘的人生，都必須倚賴這本詩集活下去。

你試圖回想，是什麼原因，讓自己不再寫詩。你終於想起來，因為自己不再相信文字，擁有改變現實的力量；被創造出來的文字，和所有被創造出來的東西一樣，都只是一種「工具」——而一旦將文字，視為將自己的想法，傳達給另一個人的「工具」以後，他發現對於生活中的一切，只剩下描述，不再存有任何多餘的想像。於是他告訴自己，作為一個平常人，和作為一個詩人相同重要。

專科時期，和大多數血氣方剛的男孩子一樣，對異性充滿強烈的好奇，甚或渴望。地軸傾斜，換季一樣，你陸陸續續交了幾個女朋友，你開始產生困惑，不明白為什麼每次分手，對方總是哭哭啼啼，後來才曉得，女人交往時，期待的是言情小說式的海枯石爛；而對於男人來說，偵探小說式的愛情，才足夠吸引人，儘管最後到底會找到真相，但抵達終點前，能夠盡情揮霍任意迂迴，迷路誤導或者繞段遠路都在情理之中。

就這樣，你一路撿拾，一路丟棄，專科畢業服役退伍進入學校任教，愕然發現朋友圈裡，只剩下自己隻身一人。

你始終不明白，當初為什麼會被她吸引，回過神來的時候，已經和她結婚，已經和她生下了四個孩子；看著你們一家六口的合照，你有時候，會忽然間明白過來，這和自己當初放棄寫詩的理由，是相同的。

你覺得自己可以安心入睡，精神飽滿醒來，載孩子上學以後，站上講台面對那一群朝氣勃發的莘莘學子，這就是自己可以把握的人生。

你覺得自己可以就這樣，順順利利活下去。

某回期末考剛結束，學校同事規劃暑假旅行，五天四夜馬來西亞之旅。對於偶爾分岔出去，終究復又匯流的路，你難掩雀躍，車速比平常快了一公里，步伐也比平常寬了六公分，踏進家門的那一瞬間，和她一同出遊的情景，立刻在你眼前勾勒成形。

上次兩人去沖繩，回國不久，意外懷了第四胎，一晃眼，那孩子已經三歲，除了哭嚎，還會喊爸爸媽媽。

一進廚房，你和她提起出國的事，扭緊水龍頭，她斷然拒絕，你拉開椅子坐下，說可以把孩子託給丈母娘照顧，她也很久沒見到他們了，她沒有停頓說這樣不好吧太麻煩別人了。你悠悠回想起，第一次見面，她問過自己的夢想，你回答老師，她疑惑笑說那不是你現在在做的工作嗎，你回答沒錯；你反問她的夢想，她說自己想當導遊，英日語皆通接下來想學西班牙文，你笑說男人雖然生理上抗拒不了青春活潑的個性可實際心理上很怕娶到喜歡到處溜達的女人。

望著站在流理臺前，她的背影，正在挑揀菜葉，骨感的肩頭細微晃動，你懷疑現在的她，別說五十音了，可能連二十六個英文字母，都無法完整背出。

你一陣恍惚，困惑人怎麼可以，產生這麼大的轉變，忽地想抓起一把像是從尺骨延伸而出的鐵鎚，往那人的後腦杓猛力敲擊，砸成波光粼粼的碎塊，覺得那只是鏡像，光學反射所虛構出來的，一個和她相同卻同時相反的人——你想起曾在報章上，看過的一篇自稱兩性專家的專欄，上頭提及一種說法，認為男女在家庭中的權利不對等，家庭困住了女人，限制女人在社會中的發展和成就；那時你覺得有幾分道理，可你現在認為，是女人自個兒愈來愈往家裡頭縮，而不是男人總喜歡往門外跑。

於是你說不去馬來西亞了，客廳的兒童床傳來哭聲，你心想剛進門時怎麼沒發現他躺在那裡，她鬆開手，轉過身的同時抹了抹圍裙，你站起身來，說我來就好，她抿緊嘴唇，點了個頭，你有些懷念第一次見面時，她不小心弄倒水杯，撕裂空氣一般的失聲驚呼，那聲音像是迴盪在狹窄的井口中，弄不清是先聽到聲響還是肌膚感受到細小敲撞。你往客廳走去，她扳開瓦斯爐你聽見焰火，一瓣一瓣順時針旋開的細緻聲音，心想倘若把所謂的「家」，當作支點的話，男人和女人——或者你和她，確確實實是往不同的方向，愈走愈遠；可即使如此，只要足夠細膩，足夠小心，依舊能維持那個名為「家」的平衡。

16

有人喊了她的名字，她扭頭，望向電梯，框在裡頭的四個人，其中一個低垂眼神操作按鍵；另外兩個漲紅著臉朝自己用力揮了揮手；最後一個則怔愣回望雙手插入口袋吐出一句簡短的加油再見。

電梯門闔上，她插入鑰匙，逆時針旋轉三圈，起初俐落順暢，直到進入最後半圈，觸感明顯改變，她稍微增加力道，硬是輾了過去，喀嗒——像是用鉗子壓碎蟹螯，聲響乾脆清冷，她扭開門。

和走廊上制式的ＬＥＤ燈光不同，房內的間接照明，顯得光線格外柔和；不只是光亮，一踏進屋裡，一股淡淡清香隨即瓢蟲似的搔抓著鼻腔。她關上門，上了鎖，順手撩起防盜鍊，而後垂腕放開；轉身往裡頭走去，繞過玻璃櫃後，在客廳的方木桌上，看見一台粉紅色的精油水氣機，宛如舊時的柴油火車煙囪，抵抗鐵軌拉扯的同時，噴吐出一團一團煙霧。

她將書包擱在草綠色沙發上，熟練似的進廚房倒了杯半滿的水，一口飲盡，接著往那扇虛掩著的房門走去，她輕輕推開：「妳來了嗎？」男子的聲音，蓋過咿呀——金屬卡榫摩擦的聲響。

一踏進房門，她先是瞥了躺在床上身蓋棉被的男子一眼，而後四處張望，掃視了整個房間一圈：「怎麼這麼普通？你不是第一次嗎？」最後她的目光，重新聚焦在男子身上，連自己也沒察覺似的，微偏著頭問道。

「是第一次……」男子眼神瞥向一旁，躊躇了好一會兒，才靦腆答道。

「我剛在走廊遇到他們，他們不是來布置的嗎？」

「是我……是我叫他們不要布置的……」

「為什麼？這……不是你的第一次嗎？」她咬住舌尖，險些脫口說出這也是我的第一次。

「我……我希望……希望自然一點……」

啪搭——她關上房門，差點按下鎖。

沒有應聲，她緩緩走向男子，經過書桌時，順勢將椅子拖了過來，在床邊坐下；男子才張開嘴唇，她忽地伸出手，像是揪住某個人的衣領似的緊抓被單，男子喉結像是迴力車似的迅速上下拉扯咕嚕嚕嚕又宛如冷不防鬆開手——的水桶往石井底墜落喀答答答轉動木製滑輪嘩啦啦啦一把掀了開來。

「這是什麼？」她定定看著男子問道。

「他們說衣服妳會幫我脫，是前……前——」

「前戲。」她接續說道，神情自若補述道：「這是重要環節之一——」頓了一下又說：「我是問你，為什麼會穿這種衣服？」

男子身上，套著一件寬鬆的SNOOPY睡衣，沙灘一般的米白底色上，躺著無數隻正在睡覺的

SNOOPY，她一時間忍不住，像是在玩找碴遊戲似的，一一瞪著每一隻安然入夢的SNOOPY，想找出之間的差異，狠狠揪出本尊，嚇出他的五臟六腑。

「這是睡衣啊……」男子一臉困惑，垂眼只能看見自己的胸口，顯然不明白她的意思。

她注視著男子，良久不發一語，嘴角泛起淡淡笑容，男子莞爾說她笑起來很好看，她頓了一下眼神閃動似乎有些畏怯，為了不讓男子發現，她繃緊牙關，伸手揪住男子的衣領，指尖發抖解開第一顆鈕釦，男子剎那僵住笑容，像是希望自己能從口中伸出一隻手按住她的胳臂似的張大嘴巴：「等、等一下——」

她放鬆力道，卻沒有放開男子的衣領，直盯著那雙剔透乾淨，一如彈珠的眼睛。

男子緩慢眨了眨眼睛，吞了一口口水說道：「可、可以放音樂嗎？」

「看來你還是有些情調。」她說，她鬆開手，意味深長，又瞥了一眼睡衣上頭的SNOOPY，覺得那一瞬間，萬花筒散裂開來似的其中一隻，迅速閉闔眼睛偷覷了自己一眼。

她推開椅子，四隻椅腳紮綁拼布保護套，厚重宛如馬蹄；她緩緩站起身來，走向擺放一旁木櫃上的音響：「現在還用音響聽音樂的人不多了。」她嘀咕著，揀起整齊疊在音響上的ＣＤ，像是確認手牌似的一張一張，俐落抽換，在其中一張，她忽地停下，彷彿是張極為稀罕的王牌，上頭的白皙臉孔熟悉，她思索半晌，終於想起這封面，和貼在自己房間牆上的那張海報一模一樣，她反手舉起ＣＤ塑膠盒一道反光傾斜注入問你聽過這團體啊？見他遲遲沒應聲以為只剩下自己一人扭頭一瞥才發現，從他那個角度甚至看不見自己投影在牆上的陰影。

「就放音響裡那張吧，從第三首開始放。」男子的聲音，聽不出情緒，她懷疑那是因為自己看不到他臉孔的緣故。

她研究了好一會兒，才知道該怎麼操作，音樂宛如攀藤植物，緩慢生長伸展四肢蔓延開來。

她回到男子身旁：「這是你的興趣嗎？聽音樂。」按撫著柔軟床墊，坐了下來。

「其實我更喜歡跳舞。」男子說道，見她愣了住，他反倒一臉促狹，趕緊夾細眼睛自圓其說：「開、開玩笑的——以前讀高中的時候，我參加過合唱團。」

她鬆開拄在床沿的手，掌肉通紅：「你喜歡唱歌？」

「唱得很難聽……」男子又露出靦腆的笑容，她好想幫他搔一搔，鼻頭或者顴骨都好，他逕自接續說道：「我擔任的是鋼琴伴奏。」

瞥了一眼男子，修剪乾淨的指甲，她躺入椅背，發現男子的臉孔，從眼眶滑開，旋即又挺直背脊擺回正中央：「我也參加過合唱團。」

「為什麼退出？」

她擠了擠唇角，沒有酒窩，想起當時的Y，也曾這樣問過自己：「因為我發現多我一個，或者少我一個，根本沒有什麼差別。」說出這句話的剎那，她想起自己當時，就是這樣回答Y的。

「妳是指『邊際效益』遞減？」

「『邊際效益』？」

「啊，不好意思，這是經濟學的術語，我大學念的是經濟系。」

「沒關係，是我會的還不夠多。」她坦率說道，表情淡漠，他忽地心想若是對折那張臉孔，說不定能完美重疊，像是拿一面鏡子沿著鼻梁嵌入。

間接照明將她的嘴唇襯托得粉紅鮮嫩，像是扭頭望向一枚被細長月光，釘住尖梢的身影，男子不由得追問道：「就只有——這個理由嗎？」

「還有一個。」她摸了摸後腦杓，均勻的短髮刺扎指腹彈動發出唰唰、唰唰的乾燥聲響，垂下手，壓住椅子，彷彿不那麼做的話，這個房間的引力就會頓時消散逸失，所有物件將和悠然響徹的音樂一樣飄浮起來；她像是一名體操選手要將自己從椅子上支撐起來一樣，直視著男子的眼睛，一字一字節拍穩定，清晰說道：「我覺得站在舞台上，和大家發出同樣的聲音，是一件非常非常愚蠢的事。」

「沒有任何聲音是相同的。」

她覺得厭煩，想高高舉起椅子，把音響把他的臉孔砸爛：「但是我們被迫發出相同的聲音。」她對這樣的自己感到畏怯。

「我的意思是，即使如此，仍然沒有任何聲音是相同的。」他的聲音明確，像是一個可以擱在窗台，也可以擺入玻璃櫃裡的容器。

「我們開始吧。」音樂轉換的同時她說道，鬆開所有手，事物仍然好好位於原處，她用比方才多一分的氣力，抓住他舒爽的領口，一連解開四顆鈕釦，他單薄乾燥的胸膛赤裸，骨頭輪廓鮮明銳利，整副肉身彷彿被空氣的重量，壓得喘不過氣來，原本放在胸口正中央的，半裸耶穌銀製十字架，隨著她掀開衣物的弧度拉展開來，往一旁滑去，從他乾癟如碎麥的乳頭刮過，埋入皮肉鬆弛的腋下。

「你有信仰？」

「妳是不是在想，就是我的神，把我變成這樣的？」

「沒有，我沒有這麼想，只是我念的是天主教學校。」

「妳也——」

「沒有。」她搶先答道：「我沒有信仰，因為我始終想不明白一些問題。」

「什麼問題？」

「例如為什麼梅瑟選擇將紅海分成兩半，而不是賦予那些，願意追隨自己的以色列人，擁有漂浮在水面上的能力呢？」

「很特別的切入點，我從來沒想過這個問題，應該說，我一直不認為那會是個問題。」

「所有神話，都是一種寓言，一種對於真相的扭曲或者折射，因此我想無論是《聖經》、《可蘭經》或者《梨俱吠陀》，其實都蘊含著相同的邏輯——」她頓了一下，繼續說道：「最後我只能，試圖自己解答自己的問題，梅瑟之所以這麼做，真正的目的，是為了殺死那些，和自己想法不同的埃及人。」

「妳的想法很偏激。」

像是沒聽見男子對自己的評論，她一股腦兒說道：「還有『諾厄方舟』的記載，也曾讓我感到困惑，如果上帝真心想用洪水毀滅世界，讓世界淨化歸零，那麼又為什麼，為什麼要讓諾厄帶著一雄一雌的動物上船？」

「因為有罪的是人類。」男子立刻答腔。

她輕輕搖了搖頭，又搖了搖頭，說道：「對於這件事，我的理解是，物種的延續，遠比世界毀滅重要。」

「物種的延續，遠比世界毀滅重要——」

「最近蟬一直在叫。」忽然間，她仰起頭，望向躲在窗簾後頭的窗子，幽幽說道，像是走進另一個房間，和另一個人見面開啟一個新的話題。

「青蛙也是。」他說。

「城市裡根本聽不到青蛙在叫。」換她說。

「離開學校以後，我也不曾聽見蟬叫了。」

「你知道蟬為什麼要叫嗎？」

「跟青蛙叫的道理一樣吧。」

「只有雄青蛙會叫呢。」

「蟬也是。」

「我以前曾經想過，為什麼蟬和青蛙，不會交配呢？」

「因為是完全不一樣的物種吧？」

「沒錯，一個物種發出的訊號，只有另一個同樣的物種，才有辦法接受，才有辦法解讀。」說到這裡，她身子不自覺向前傾，睜大眼睛說道：「你不覺得這是一件很神奇很神奇，比什麼劃開紅海、世界洪水更像是神蹟的事嗎？」

「怎麼說？」他想像自己，若是好手好腳四肢健全，或許會輕啜一口摩卡奇諾，擱下馬克杯，舔一舔沾上唇角的泡沫，躺入弧度柔軟宛如某種動物項背的椅中。

「你試著閉起眼睛想像——」她輕聲說道，並且等待男子按照自己的要求，緩緩闔上眼睛，像是闔上一本書，她俯低身子，湊到他耳邊，將聲音削得更為透薄：「想像你聽見了，聽見了這世界上，百萬千萬種不同的物種，發出無數種不同的聲音——現在，世界充滿了無數種聲音，充滿了無數種聲音，而在那些聲音中，全都蘊含著『我愛你』的意義，在這個充滿無數句我愛你我愛你我愛你我愛你我愛你我愛你的擾攘世界裡，卻只有，只有那樣一個存在，能夠準確指認出其中一份心意。」

17

他離開便利商店。

走過兩條街，他來到美式連鎖速食店，排隊排了將近十五分鐘，買了一杯美式熱咖啡。將方才在便利商店買的東西，重重按在桌上，他在窗邊的座位坐下，落地窗內外來去的人群，幾乎一半以上都是和自己一樣，身穿制服的學生。

就著開在塑膠蓋上的小孔，迅速吸吮了一口，不知道為什麼，每次喝美式咖啡，尤其是熱到足以燙熟舌頭的——嚥下喉的瞬間，他總是感覺鼻腔，嗆上一股濃烈菸味；他放下紙杯，用力擰了擰鼻頭，接著雙手圈住杯身，像是抱住某個人似的。

他看見斑馬線的另一端，一名穿著白襯衫的男子，身上扛著一個「八」字形的房屋廣告看板，滿臉油光汗水，一臉狼狽心虛的模樣，活脫脫像是從童話裡，誤闖入現實世界的撲克牌士兵。

叮咚——

遲疑了好幾秒鐘，他才從長褲口袋裡掏出手機。

贔屭：在發呆啊，怎麼都不說話（指）

螭首：在等妳上線（攤手）

贔屭：我上線了。

螭首：今天又被告白了。

贔屭：現在是在炫耀嗎？

螭首：沒有，純粹想表達困擾。

贔屭：你一定長得很好看吧？

螭首：不只臉好看，（無炫耀意味）胸鎖乳突肌、胸大肌、腹斜肌、肱二頭肌、肱三頭肌——

贔屭：該不會連人魚線都有吧？

螭首：那叫做「腹內斜肌」，妳相信世界上有人魚嗎？

贔屭：我是無神論者。

螭首：人魚又不是神。

贔屭：我想表達的是，自己是一個實際的人（得意）

螭首：我有時候會想，如果今天，人類的骨骼和血肉，相反過來，是不是就沒有所謂的美醜呢？

贔屭：炫耀again？

螭首：（無言）

贔屭：好了，不鬧你了，所以你嚮往柏拉圖式的精神戀愛？

螭首：我以前一直以為柏拉圖的英文是Pluto。

贔屭：Plato。

螭首：我只是希望，這世界上，真的有一種「客觀的愛」。

贔屭：「客觀」的「愛」，感覺是一種相悖的概念。

螭首：妳明白我的意思。

贔屭：我明白，所以我們才能一直持續這樣的相處模式。

螭首：（笑）

贔屭：你的話，讓我想起以前，困擾自己許久的一個問題。

螭首：妳向來有很多問題。

贔屭：這是雙關嗎？（指）你明明不認識我。

螭首：我認識妳。

贔屭：好吧（攤手）

螭首：（笑）

贔屭：以前國小時，到同學家參加生日派對，對方家裡客廳，擺放一個好大的水族箱，裡頭養了好幾隻獨角仙。

螭首：我不喜歡獨角仙。

贔屭：（無視）那同學向我們介紹，說這隻是小加德滿都、那隻是小烏蘭巴托，還有小耶路撒冷、小斯德哥爾摩、小布宜諾斯艾利斯——每一隻，她都準確喊出名字。

螭首：所以呢？

贔屭：那時候，我很訝異，她怎麼認得出來，在我看來，每一隻都長得一模一樣。

螭首：她大概是獨角仙吧（遠目）

贔屭：有一段時間，我也這麼想過（認真）

螭首：她不是吧？

贔屭：廢話。我後來實在憋不住，某天放學攔住她，一問之下，才知道她每次都隨興亂喊，有時候小加德滿都會變成小巴拿馬城，小烏蘭巴托會變成小聖薩爾瓦多，甚至連小耶路撒冷都會變成小霍尼亞拉——

螭首：這麼隨興？

贔屭：她的回答，讓我開始思考兩件事。

螭首：哪兩件事？

贔屭：「昆蟲」——或者廣義來說，在我們看來，外形幾乎沒什麼分別的「生物」，究竟有沒有辦法認得彼此？

螭首：我想「生物」應該認得彼此，只是使用的方法，或許和「人類」不一樣。

贔屭：我覺得不是這樣。

螭首：妳的意思是，妳認為「生物」不認得彼此？

贔屭：不是不認得，而是沒有必要。我認為這就是「人類」，和其他生物最大的不同之處；「生物」最大的目的，在於繁衍後代，所有的性行為——交配，都是以這個為終極目標，但是人類不一樣，之所以能記住某個人的臉龐，記住某個人的身體，是因為「感情」。

螭首：我怎麼一直不知道，妳是一個這麼感性的人。

贔屭：我只是試圖，給自己一個自己能接受的答案。

螭首：所以妳認為，「人類」若是有一天，變成外骨骼的生物，例如變得和「昆蟲」一樣，所謂的「感情」就不存在了嗎？

贔屭：到了那個時候，到底算是「人類」，還是另一種「稱為人類」的生物？

螭首：這又是新的問題嗎？

贔屭：其實用不著想像骨骼和血肉，真的相反過來，我們現在身處的世界，就存在著「外骨骼」。

螭首：「外骨骼」？

贔屭：你可以嘗試看看，打個比方，若是一個從小時候開始，就一直稱呼父親續弦為「阿姨」的孩子，即使一家人朝夕相處生活，那孩子一輩子也無法將那女人視為自己的「媽媽」。

螭首：然後呢？那又怎麼樣？我該如何嘗試？

贔屭：從今天開始，你可以在自己心中，用「她」取代「媽媽」，用「他」取代「爸爸」，一段時間過去以後，有一天，你會愕然發現，自己再也認不出他們，甚至無法付出感情。

螭首：不可能，這說法太荒謬了。

贔屭：可這不就是我們今天一開始，你所提到的，「客觀的愛」嗎？

18

因果報應，愈老你只能愈相信。

大多時候，你感到慶幸，自己是藉由別人生命的缺損，理解信仰究竟有多麼銳利。

你感覺自己，像是一部即將耗盡燃料的車，機能逐一下降，零件逐一冷卻，你覺得奇怪，貪生怕死的自己，居然沒有對這一切，感到絲毫恐懼，彷彿只是在等待某個朋友，扭開門，從後方探出頭來，伸長脖子，用嘶啞的聲音，朝自己喊道：「快走吧——」

你只能勇敢了，像是一個已經勇敢的人那樣，某天醒來你發現自己，連發抖這件事都辦不到，你覺得自己此時此刻，才叫做無堅不摧，金剛不壞之身。

〈盡頭〉
在鏡子裡頭
掛起另一面鏡子
直到自己抵達很遠
很遠的地方

你豎起耳朵，房間靜寂，像是有誰在牆上，塗上一層又一層油漆，你想起前些時候，在隔壁床上，嚥下最後一口氣的鄰居；在你們還有能力用簡單的，字句溝通時，你們會一起聊往事看電視，那小巧四方的窗子，就是你們接觸世界，勉強身為社會一分子的最後管道。

新聞正在報導一樁安養院的醜聞，螢幕畫面時而晃動時而傾斜，你和鄰居搖頭擺腦看見，一個身形和自己差不多，瘦骨嶙峋的老人，渾身被扒得精光，蜷縮在表面坑坑疤疤，邊角翻掀起來銳利的白鐵飯桌上；一名穿著圍裙套著橡膠手套的中年婦女，站在老人身側，一手抓著水管，一手將老人翻來推去，彷彿老人只是一團沒有意識的爛肉——不，你那時候抓緊膝蓋心想，要是那女人對待的是屍體，說不定還會嚴肅莊重一些，害怕被那些看不見的事物報復；人們總是這樣，鄙視看得見得以掌握的東西。

老人似乎感覺很不舒服，臉皺縮更像骷髏，四肢懸空掙扎宛如沖上岩岸的漂流木，女人瞪大眼睛，用力按了一下老人乾癟，幾近凹陷下去的頭顱；接著又伸掌往老人胸口狠狠一拍，聽見清亮聲響的那一瞬間，分不清是皮肉震動空氣的聲響或者胸骨肋骨擠壓扳斷彼此，你劇烈抖了一下，鄰居問你是不是覺得冷要不要按鈴叫人來把溫度調高一些，你搖頭齒列風鈴一般細微而快速敲撞回答不用不用，而後你聽見笑聲，畫面再度晃動傾斜得更厲害，你這才意識到有另一個人——有另一個人存在，身處畫面之外。女人看向這裡，咧開一口被菸燻黃的牙齒，持續用水柱攻擊老人，手往老人下體搓揉抓擰，水花飛濺開來，灰灰白白宛如雜訊，有誰興奮細聲笑了起來，女人的臉孔一寸寸揪皺起來像是順時針旋轉旋轉旋轉旋轉的螺絲。

你張開嘴巴，喉嚨澀啞，像是想幫那個躺在濕冷砧板上，身軀金屬一般晶亮光澤的老人，擠出最後一絲力氣將自己支撐起來似的說些什麼——可是最後，你也笑了起來。

「她們才沒有那麼溫柔。」你聽見鄰居，小小聲說道。

你立刻像是對準，照像機鏡頭一樣，好端端坐著，在雕工講究的黑檀木椅上，維持良好的姿態。

啪嚓——

大女兒出嫁時，你很感動，像是每一個將女兒嫁出去的父親。

過沒多久，二女兒也嫁了出去，你還是感動，只是幅度遞減，因為你知道這終究是時間的問題而已；二女兒出嫁不久，妻子過世，三年後，三女兒結婚，大女兒二女兒和小兒子都沒有出席，你以為只剩下自己隻身一人的場合，一切會像是當初第一次擔任主婚人一樣，情緒激動澎湃甚至眼眶濕潤就要掉出眼淚來，可你只是覺得鬆了一口氣，彷彿終於得到自己想要的東西。

日子就這樣，等速等間距一一過去，在得知小兒子結婚的消息前，你先是從三女兒口中，得到大女兒生下第一胎的喜訊——準確來說，應該是第二胎；聽三女兒說大女兒懷第一胎的時候，死產，說得白話一些，就是胎死腹中，查不出原因。

三女兒掛斷電話，你嘀咕著生了啊生了啊，然而你最先想到的，或許和大多數父親不同；你想到的，不是自己當了外公，而是女兒終於，也成為別人的父母。

你本來就不是妻子，不是容易和孩子，親暱互動的那種角色，因此當孩子成為父母的瞬間，你忽然發現，自己和他們，處於對等的關係，而這樣的關係，讓你感覺陌生的同時，感到彷彿遙遠以前就已經準備好的疲乏。

你來到房間，雙人床窄得像是棺材，拉開抽屜，裡頭堆滿鋼筆，那些是從前你買來，預備獎勵孩子們用的：擔任班長、當選模範生、考試第一名，但後來剩下的，居然還這麼多——你搖了搖頭，又笑了笑，喀啦抓起其中一枝其餘喀啦喀啦喀啦一股腦兒全垮了下來，沙一長聲你緩緩推上抽屜，翻開書桌上的活頁紙，將渾圓的筆桿，緊緊抓牢手中，碰觸到紙張的那一瞬間，墨水從刀鋒一般的筆尖迅速溢出，漫漶汩汩湧竄，像是一座連一滴雨水都無法容納的湖，濃稠漆黑的湖水藤蔓一般朝四周蔓延開來，將你從腳踝一寸寸往手肘肩頸喉頭眼睛淹沒。

光線一點一點消失像是死去的星星，你記起自己一筆一劃，寫在紅包袋上的「永結同心」，你發現他們的所作所為，只是和自己一模一樣，像是一種比基因更為純粹的繼承；你一直都清楚，兒女之所以，一心盡快擁有自己的家，並不是因為嚮往家庭，而是因為唯有成為別人的父母，才可以不再是誰的子女。

沙一長聲蓋上被單，你不禁心想，所謂的骨肉，原來只是這樣。

自己此時此刻的，這副身軀，就是最好的譬喻，你感覺體內的骨頭，正一寸寸將自己的血肉吸吮吞噬，你恍然明白過來，讓自己變得蒼冷衰老的，從來不是時間。

19

她起身，拽住拉繩，將窗簾拉開，接著又將百葉窗收上，底下的城市閃動各種光亮，像是一張合成照片，一旦閉起眼睛，全世界就只剩下這房間裡的音樂；她轉身，回到座位上，男子問她會不會口渴停頓半秒，意會過來趕緊解釋自己不是雙關嫌她嘮叨多話，她毫不在意延續先前的話題說道：「你聽過『獅虎』和『虎獅』嗎？」

「是獅子和老虎交配後的物種吧？」

「你懂很多嘛，不是經濟系的嗎？」

「高中念的是第三類組。」

「那麼『獅獅虎』和『虎獅虎』呢？」

男子扭了扭下顎說道：「沒有，我是經濟系的啊——」說到這裡，他忍俊不禁，嘲笑自己似的笑出聲來，過了好一會兒，才終於憋耐住，咬了咬下嘴唇咕噥道：「不好意思，因為妳好像是在說相聲。」

「沒關係，我也這麼覺得。」她挑了挑眉，坦率說道，但沒有回以貼心的笑容，逕自又說：「那是將『獅虎』進一步，和雄獅或者雄虎交配，然而每經歷一層不同物種之間的交配，所產生新物種的存活率，就會大幅度降低，甚至……不具備生育能力，說到底，一個物種能不能成立，最大的關鍵，還是在於——是不是有辦法繁衍後代。」

進行到這裡，男子終於明白，她想表達的意思：明白她從來沒有離開，那個話題。

「妳看過丹頂鶴跳舞嗎？」

男子突如其來，分岔出去的問題，讓她怔愣，良久無言以對，腦海頓時猶如反射著眩目日光的皚皚雪地一般，空白一片。

「在這之前，在我變成這樣之前，我曾經到日本自助旅行過。」他說道，音質乾淨，雪化作水。

「你會日文？」

他點了點頭，略微噘起嘴應聲：「因為我——」

「是經濟系的——」她搶先說道，兩人停頓片刻，相視莞爾，或許是突然察覺，自己已經很長一段時間，沒有像這樣注視以及被注視了，她罕見眼神閃躲開來，聲音略發哽咽說道：「去、去日本哪裡？」

「釧路。」

「釧路？」

「位於北海道。」

「去那麼冷的地方做什麼？吃帝王蟹嗎？」

她的思緒，像是脫去甲殼的螃蟹，突然抽離開來，折返回那副嬌小的身軀裡頭。

國中二年級，她遲遲沒有等到叛逆的情緒，某個盛夏夜晚，爸爸參加牙醫公會和社區聯合舉辦的慈善募款音樂會，她這才知道爸爸竟然會彈吉他，原本也想跟去想問爸爸會不會唱歌，但媽媽一如往常，跟爸爸說自己下禮拜要考試，怕成績跟不上，而她要留在家裡陪自己溫習，幫自己削水果。

爸爸的車剛駛出家門，她轉身走到樓梯口，媽媽喊住她，沒有讓媽媽繼續往下說她頭也沒回答如果爸爸打電話回來自己會說媽媽在洗澡，她抓住扶手，將自己往上提撐起來的剎那，媽媽說不是這樣，至少今晚不是這樣嗎她冷不防心想掏出又壓抑小小期盼宛如炭烤攤前擺出各式各樣小巧晶瑩的內臟，媽媽抬頭撩了一下頭髮，要她上樓，換件衣服，陪自己去一個地方。

坐在駕駛座上的媽媽，俐落打了方向燈，啪嚓啪嚓啪嚓啪嚓，箭頭閃動，媽媽瞇起眼睛低低咕噥了一句這傢伙到底會不會開車，轉動方向盤時候用力踩下油門，速度陡然增快的同時，她抓緊安全帶，銳利的邊緣陷入掌心，像是想在手上割出，一痕嶄新的道路，沒有問媽媽要帶自己去哪裡，她心中的音調愈來愈高，像是在陡峭岩壁上找不到下一塊石頭，喉嚨幾乎就要負荷不了，哪裡都好她心想，哪裡都好。

裝著母女兩人的小轎車，逐漸駛離市中心，她有些緊張，開始在心中默背課文，媽媽喀嗒瀟灑解開安全帶，扭開廣播，車內頓時擁擠了起來，她像是被抱住一般逐一鬆開關節肌肉舒緩下來；廣告時間，介紹本週新歌排行榜，五四三二——即將倒數完畢揭曉冠軍，像是扳起開關，慢慢停止的風扇，車慢慢減速，在一棟兩層樓的透天厝前徹底靜止，媽媽開門下車，她頓了一下才手足無措趕忙跟著下車，卻發現自己動彈不得四肢懸空掙扎抖動，慌張了好一會兒，媽媽忽地扳開車門彎身探進車內一雙大眼和她相對，媽媽笑聲清脆明亮說她安全帶還沒解開當然哪裡都去不了。

砰媽媽關上車門，她的身體震動了一下，感覺五臟六腑像是被放入一個過於空闊的容器裡，發出匡啷匡啷的聲響。

匡啷匡啷、匡啷匡啷——

她尾隨媽媽走向，那棟透天厝的門口，房子外觀看起來十分老舊，周身爬滿裂痕；她下意識壓低身子，甚至想舉起手遮住頭，總覺得褪色的瓷磚，隨時都會脫落。

媽媽從小牛皮赭色手提包裡掏出鑰匙，取出的時候，沒有絲毫碰撞聲，媽媽向來將所有鑰匙分開——喀啦，手腕一扭，鎖打開來，聲音鬆弛；媽媽按下門把，推開門，屋子裡頭，比郊外的夜晚更漆黑，媽媽逕自，跨大步伐往內走去，在聲音的纖細末梢她倉促跟上，彷彿身後的微光在自己背上燃燒起來；媽媽開了燈，客廳亮起，光線昏黃，時間似乎被倒退了一小段，爸爸還沒回來，媽媽下班後買了照燒雞腿便當上頭還綴點了生動的白芝麻；媽媽將手提包擱在木椅上，紋路粗黑曲折交錯宛如一條條河流；媽媽往樓上走去，一連串動作俐落自然她心想什麼時候才到盡頭，她細瘦的腳還是扳了開來，她重新摩擦生熱召喚回起初的好奇心，媽媽已經拐過樓梯間，看不見背影，她連忙趕上那道轉折，彷彿一旦拐了過去，便會蔓生出無窮盡的階梯，她想起那幅錯覺藝術中不知道往上爬或者向下走怎麼也出不去的建築物，想起那一隻接著一隻模樣相同沿著巨大的莫比烏斯帶攀爬以為走向內裡卻又從外頭出現的巨大火紅螞蟻，如果螞蟻也會失落也會憤怒說不定會用纖細脆薄的腿足撕裂那條緞帶，她還是心想到底該怎麼做才是最好，人生應該像是蜈蚣一路直通的軀幹或者，宛如煙火爆裂蒲公英迸射開來的數十數百隻，躍躍欲試不斷踢踏蠕動連看不見的空氣都急切回應的腿足。

她又一次看見媽媽的背影，停在一扇門前，門籠罩在陰影中看不出質地，客廳的餘溫就要消逸，她看見自己逼近蛋糕倒映上頭油光的臉孔，吹熄燭火的瞬間奶油泡沫一般飛濺，光芒頓時收縮雙肩被大幅度陡然暗下的空間往後扳動，媽媽打開門一座小小的佛堂宛如，一把撐開的傘擎入眼底一枚小小的身影縮跪在擺設木雕佛像前的蒲團上，她先是聽見錄音帶喀啦喀啦轉動的聲響，接著才是悠悠播放的佛經一圈一圈她想起法螺殼上的螺旋耳裡嗡嗡嗚嗚，媽媽說叫外婆於是她叫外婆，外婆沒有理會媽媽和她，繼續低喃誦經像是一旦中斷就無法銜接下去的圓周率，她訝異外婆原來還活著。

注視著插在鍍金香爐裡的三炷香，煙霧纖細拘謹，她想起很小很小的時候，在自己還不用天天窩在書桌前的時候，有一次媽媽，也和今晚一樣，趁著爸爸不在家，帶自己出來。計程車停在山腳，媽媽給了司機叔叔一張一千塊大鈔旋即關上車門，媽媽牽著自己，一步一步往山裡走去，路燈燈光幽微，周遭益發陰暗，手的溫度她已經忘了，只記得一路上一台機車一輛腳踏車也沒有，空氣空空蕩蕩刮過柏油路面，曲折的山路氣味濃稠，她們經過一座墓墳，青苔石碑上橫擺著三根點燃的香菸，像是三隻盯著這裡看的紅色眼睛，她晃動媽媽的手，問她為什麼，媽媽搖了搖頭說自己也不曉得。

灰燼宛如溢出的湖水，將香菸一口一口，一口一口浸潤，媽媽搖了搖她的手，說我們，回家吧，帶著自己折返。

媽媽說我們回家吧。

她注視著外婆的背影，明白媽媽想傳達給自己的意思，覺得自己果然是這個女人的孫女，這個女人的女兒。

她甚至覺得這是在爸爸媽媽相愛以前，精子和卵子結合以前，在自己存在以前，就已經決定好的事。

妳知道為什麼抽出菸盒的香菸，塞不回菸盒裡嗎——

她看見表姊，側臉的輪廓，銳利像是一把剪刀。

20

贔屭：所以你不會結婚？

螭首：怎麼會突然沒頭沒腦說這種話？

贔屭：我只是在想，要是你始終沒有遇到，自己所謂的「客觀的愛」呢？

螭首：我會結婚，我渴望家庭。

贔屭：要是始終沒有遇到你所謂的「客觀的愛」呢？要是始終沒有遇到你所謂的「客觀的愛」呢？要是始終沒有遇到你所謂的「客觀的愛」呢？要是始終沒有遇到你所謂的「客觀的愛」呢？要是始終沒有遇到你所謂的「客觀的愛」呢？要是始終沒有遇到你所謂的「客觀的愛」呢？要是始終沒有遇到你所謂的「客觀的愛」呢？要是始終沒有遇到你所謂的「客觀的愛」呢？要是始終沒有遇到你所謂的「客觀的愛」呢？要是始終沒有遇到你所謂的「客觀的愛」呢？要是始終沒有遇到你所謂的「客觀的愛」呢？

螭首：我會結婚，我渴望家庭。

贔屭：你的年紀明明跟我一樣，卻說渴望家庭，會不會太荒謬了？

螭首：妳不想結婚？

贔屭：為什麼會這麼問？

螭首：從妳剛才的語氣推測起來，妳好像很瞧不起家庭。

贔屭：不會，因為家庭對我而言，是活下去的必需品。

螭首：必需品？

贔屭：現在的我，是為了父母而活著，但是總有一天，他們會死，而我會繼續活著。到那個時候，我只能和另一個人，藉由成為某個人或者某些人的父母，才有辦法持續活下去。

21

燒完的骨頭
全成為如今的石木
搭建於髮尖上的
理智的人叫做閣樓

你想起一件事，那是隔壁鄰居，還活著的時候。

想起那件事的剎那，你有些困惑，不明白最近為什麼，會一直想起那些關於鄰居的事；後來你稍微釋懷，明白或許是因為隔壁床位，已經閒置太久，你按捺不住小小的期盼，懷揣著小小的好奇，想看看接下來會是什麼樣的人，搬來和自己作伴。

那天午後，鋒面帶來的雨水，將天空暈染一片烏黑，黯黯黮黮，窗外淅瀝淅瀝，你可以聽到水珠碰撞葉片，將葉片壓下的同時，反彈碎裂的清涼音響，窗子唰一長聲被拉上的瞬間，周遭突然變得極端安靜，你剛覺得冷，鄰居打了個噴嚏，被自己吵醒，坐起身來，眼角堆滿黏液，瞥了你一眼，你一如往常撇頭盯著霧白的玻璃窗戶，鄰居摸了摸床頭邊的櫃子，抓來遙控器，打開電視。

你扭回頭，和鄰居像是一對老夫老妻。

新聞提及，昨晚ＮＡＳＡ發現一顆小行星，從距離地球十七萬公里處擦過，險些撞上地球，帶來極為嚴重的災害；鄰居嗤之以鼻冷笑，說不過就是一顆星星而已有什麼好怕，彷彿這裡還有第三個人一樣，接著高聲說台南距離台北三百公里，十七萬公里這麼遠是在窮緊張什麼——你有時候，對鄰居的知識水平感到苦惱，踟躕該不該糾正對方星星是恆星和小行星截然不同，甚至懷疑鄰居可能連恐龍都以為是杜撰出來的故事。

新聞又說，若是直接撞上地球，威力約莫是廣島原子彈的十幾倍，一座城市轉眼灰飛煙滅；若是小行星的規模再大一些，甚至可能導致人類就此滅絕。

世界末日——你從沒想過，可以從鄰居口中聽到，這麼有水準的發言。

你想稱讚鄰居，不得不承認自己，確實發生了一些改變，變得比以往更有同情心，你轉過頭望向對方，正準備開口。

「要是那個什麼小行星的，真的撞上就好了。」鄰居收起戲謔的態度，幽幽說道，混濁的眼珠子上，靜靜倒映著新聞模擬的撞擊畫面。

22

「看丹頂鶴。」一瞬間，男子的聲音，和記憶中的，表姊沉穩的聲線緊緊縫合在一塊兒，宛如一件遭逢暴雨的輕便雨衣。

只是接續他的話，她反射性應聲：「丹頂鶴？」不想讓對方發現，自己有時候，不在這裡，畢竟這是他的第一次。

也是自己的。

「搭ＳＬ冬之濕原號，是現在很罕見的蒸汽火車呢。」男子眼神炯炯，語氣益發昂揚，她以為他就要握住自己的手，甚至坐起身來。

「ＳＬ？」

見她困惑，男子補充說明道：「『Steam Locomotive』，『蒸汽火車』的意思，妳該不會以為是『Save and Load』吧？」

「我不玩遊戲的。」她否認。

「手機遊戲也沒玩？」

「沒有。」

「妳總有一天會玩的。」

不想繼續談論這個話題，她忽地跳回正題，今晚已經不知道是第幾次，抓住他的衣領，幾乎要擰醒上頭的SNOOPY：「可以繼續前戲了吧？」

「我覺得我們方才討論的話題，比較像是前戲。」男子微笑說道，她這才發現自己已經不曉得，播到了第幾首歌，總覺得有些熟悉，想了想，似乎又截然不同——或者當真在不知不覺中，已經播完一輪，從頭開始。

她想起和媽媽回到那棟透天厝，整理外婆的東西，覺得太安靜，她按下錄音機，以為能聽見當年的佛經，卻發出一連串鋸齒狀，喀啦喀啦磨牙似的聲響，她嚇了一跳，擔心被樓下的媽媽發現，趕緊拔掉電源線。

她按下按鈕，打開錄音機的卡帶槽，掐住錄音帶，試圖從錄音機取出，沒料到裡頭的磁帶被狠狠咬住，從沒見過錄音帶的她，失去耐心用力一拔，將裡頭柔軟的骨頭一連串拉扯了出來——她猛然想起，幼稚園大班，某回爸爸參加同學會，媽媽帶自己回去看爺爺的時候，媽媽買了爺爺最喜歡吃的青蟹，說是處女蟳；還將二姑宅配來的柿餅，轉送一部分給近年來牙口不佳的爺爺。

爺爺立刻抓了一塊柿餅喜孜孜啃著，媽媽將處女蟳冰入冰箱，從廚房出來說差不多該回去了，爺爺說有東西要給她，將剩下的柿餅胡亂吞下肚後，起身的同時拆下假牙，年幼的她以為那是魔法，爺爺將一只紅包塞到她小小的手裡，力道之大染上一抹紅暈，一背過身走出爺爺家門，立刻被媽媽接了過去。

那天夜裡，爸爸媽媽規矩並肩躺在雙人床上，蜷縮著身軀，她將手伸進自己嘴裡，捏住小巧的牙齒，使勁往外拉拔，卻怎麼也無法和爺爺一樣，將整副牙齒取出來；嘗試十幾分鐘，臉快抽筋下巴快脫臼雙頰痠麻失去知覺，抽開手還是只有黏答答濕糊糊的口水，從手心沿著手腕一路往手肘流淌，在床單上留下一塊一塊汙漬。

發現她的指甲略微顫抖，男子調侃說道：「妳不用這麼緊張，可以把自己想像成是一名驗屍官。」

「你還活著，我充其量是持刀醫生。」

男子擰住嘴唇，不再說話，她將剩下的釦子一一解開。

23

聶贏：我覺得很可笑，就是因為想說實話，我才會，到這裡來，但是我現在，卻一直迴避。

螭首：迴避什麼？

贔屭：我已經不怕他們死了。我已經不怕家人死去，因為我甚至已經，能夠想像他們死去以後，自己感到多麼自由。

螭首：所以結論是，妳不會結婚，而且真的瞧不起家庭。

贔屭：我沒有瞧不起任何事物，只是明白了一件事，明白所有父母親，在成為「父母」之前，都是「孩子」。

螭首：這不是廢話嗎？所以呢？妳到底想表達什麼（指）

贔屭：所有父母，在成為父母之前，都是孩子。

螭首：我知道妳的意思。所以呢？

贔屭：所以如果自己，不成為父母親，是永遠無法原諒他們的。

24

一些分岔了的叫做
階梯然後你走
一座只有筆直道路的迷宮
我在盡頭守候

25

她將男子的睡衣、睡褲一一脫下，細心摺出銳利線條後，擱在一旁的櫃子上。

男子說隨便摺一摺就好，反正待會兒還要穿。

她沒理會，戳了戳睡衣上SNOOPY黑棗一般的鼻頭，走回床邊，緩緩坐了下來，垂眼注視躺在床上，渾身赤裸的男子；或許是因為頸部以下癱瘓的緣故，男子四肢的肌肉萎縮，像是被拔去羽毛的鳥類，骨頭分明，令他從外觀看起來，比資料上登記的年齡要年長個五、六歲左右。

見男子忽然間，閉口沉默不語，她說道：「你會害羞？」尾音上揚，可面無表情，似乎這會兒前戲才正式開始。

男子沒有應聲，眼睫毛如羽翅斂起，掩低眼神，將注意力集中在自己的鼻頭上，她這才注意到，在他的左側鼻翼上，有一顆小巧，顏色清淺的痣。

「用不著害羞。」彷彿被他專注的眼神所吸引，她凝視著那顆痣輕聲說道：「在美國，有一種說法，叫做『birthday suit』，你知道是什麼意思嗎？」

「『生日的衣服』？」儘管知道不可能，男子依舊下意識脫口回答。

她搖了搖頭，瞇細眼睛：「『赤身裸體』。」一面答道，她的指尖一面，沿著男子幾乎能勾勒出內臟輪廓的乾癟肚腹，緩緩往下拖曳；質地粗糙的陰毛，針葉林一般穿過她的指縫，刮下的皮屑摩擦的瑣細聲響讓她隔著胸罩和制服的乳頭像是即將被掐出的魚眼珠突起周圍一圈反光濕亮，放了一根牙籤似的她撐著眼眶眨也不眨，手掌包覆住他癱軟陰莖的同時，定定看著他說：「所以這副肉身，雖然溫熱實在，但其實不過是我們在這世界，誕生時披搭上的一件衣服而已。」

男子逐漸放鬆了下來，半闔著眼睛呢喃道：「妳的聲音，有一種懷舊感，會讓人聯想到錄音帶。」頓了一下，他像是猛地想起什麼似的，睜大了眼睛，驚呼道：「啊——妳的年紀，應該不知道什麼是錄音帶吧？」

她沒有回答，一手搓揉著他的陰莖，宛如試圖摸索出藏在當中的骨頭，另一手則粗魯摳抓著他的胸膛、肩頸，以至於冒出顆粒狀粗硬鬍碴的下顎一帶：「可以問你一個問題嗎？」

男子想答應，卻不小心岔了氣，發出呻吟，他的臉頰霎時漲紅，賭氣一般將頭撇向牆壁。

她沒有追究，專注於自己的問題：「你真的住在這裡嗎？」

男子停頓半晌，習慣了她在自己這副肉身製造，出來的震動以後，他回過頭反問道：「為什麼這樣問？」

沒有停止動作，她稍微抬起頭，環視了整個房間一周：「感覺這房間很女性化。」

「房間也有性別啊？」男子笑了一聲，聲音清脆，不等她回應便率先說道：「這地方是我姊租的。」

她原本想跟男子討論，關於房間性別的話題，可不知怎地，垂下肩頭打消了念頭，回到正題：「所以這是你向你姊借來的地方?她知道你今天要在這裡做什麼嗎?」

「她知道，而且這地方，不是借來的——」男子頓了一下，略微瞇細眼睛，輕輕搖了搖頭，而後定定看著她，糾正道：「我住在這裡。」

她恍然大悟，冷不防，咧開嘴，露出燦爛的笑容：「該不會是因為你姊的緣故——」見男子不解，她只好把話說完：「你才會癱瘓吧？」

「妳為什麼會這樣想？」男子依舊睜著圓滾滾的眼睛，直盯著她問，語氣誠懇，讓她怔愣半晌，遲遲答不上話；見她表情不知所措，男子莞爾一笑，笑容有些靦腆，彷彿是自己的過錯一樣：「是因為車禍，對方酒後駕車。」她看著那抹笑容，心想倘若他的手臂，能按照自己的想法，自由移動的話，大概會一面說，一面用指頭搔摳自己的鼻翼、臉頰，或者下顎，也說不定。

「我沒有那個意思。」

「妳就是那個意思。」男子斷然的口吻，出乎意料強勢，令她再度愣住，不知道該怎麼面對他的另一面，見氣氛有異，他連忙答腔：「妳——妳不要誤會，我沒有指責妳的意思，我、我只是覺得，妳似乎有一些……有一些我不能理解的……奇妙的想法。」話才說到一半，男子在自己有限的擺動幅度中，微傾著脖子，表示困惑。

「我不喜歡這種試探性的說法。」她用力握緊他勃挺的陰莖。

「不好意思，我也只能表達到這個地步。」他感覺自己的意識益發清醒，感覺渾身骨頭被一寸寸磨利，就要從這副靜物畫一般的肉體迸射而出，反過來主宰自己接下來的人生——而那會有多麼美好，他不敢想像也不確定該如何勾勒。

她感到厭煩，像是周圍飛繞著無數隻蒼蠅，像是要將那小小肉身裡的纖細骨骼一股腦兒擠出來似的，使勁攫緊：「你真正的想法是認為，在我的觀念裡，家人之間，是因為歉疚，才能為彼此付出，甚至容忍彼此。」

宛如猛然掀開窗簾，男子的眼睛，以及臉孔頓時一亮，情不自禁，斂起下顎脫口連聲答道：「對、對、對我就是這個意思——」緊接著才意識到自己，說了些什麼失禮的話，趕忙抿緊嘴唇。

她正色答道：「你不必介意。」並且心想倘若男子，可以像是個正常人一樣自在活動，大聲喊道的同時，肯定會激動到拉聳臂膀，把自己的大腿拍得通紅腫脹甚或搧自己一巴掌：「我可以問你，為什麼會這樣認為嗎？」

「之所以有這種想法，一定是因為妳自己，先對家人感到了愧疚。」男子似乎沒有正面回答問題。

「我不知道自己能不能滿足他們的期待。」她坦率說道，她對自己的誠實有些訝異，而更訝異的部分在於，她發現自己並非無法，承認這件事，而是根本沒有人問過自己。

「我剛剛話還沒說完。」男子的聲音舒緩，她感覺手中的陰莖，就要反過來擁抱自己的手。

「什麼話？」

「搭乘ＳＬ冬之濕原號的事。」男子說道，房裡的音樂成為和音，她坐上一列噴吐出團團霧白蒸汽的火車，往雪地的盡頭馳奔，黑色的火車頭黑色的車廂，像是被早已經鋪好的鐵軌，往前拖拉扯動，像是從潔白雪地中，橫切過去的一道海溝，她聽見合唱深處，火山隱隱震動，男子喉結往上一抽：「在釧路濕原，有一條名為『雪裡川』的河流，因為水溫較高，即使到了冬天，也不容易結冰，因此成為丹頂鶴絕佳的棲息地。」聽著他的描述，她不知不覺中，閉上了眼睛，看見純白的雪地上，一點一點浮現，頭頂著一片豔紅色彩，身形纖細姿態優雅的丹頂鶴，停棲在蘆葦搖曳的湖畔，展開羽翼的瞬間：「二、三月之交，丹頂鶴會進行所謂的『鶴舞』，也就是生物除了聲音以外，另一種求偶、確認彼此關係的方式；那時候，到處都可以看見兩兩成對的丹頂鶴，或繞著彼此打轉，或展翅、或曲身、或俯首或揚頸，那是很令人感動的互動——」她感覺自己一睜開眼睛，長久以來的心情，就會化成一條雪裡川，流淌的同時，也將所有一切牽繫連貫起來；她的身體細細顫抖，像是肩頭堆滿積雪就要崩落，她知道一切還沒結束，可怎麼歌就要唱完了呢她將自己的掌肉往他的龜頭推擠，光滑的部分讓她想起法式烤田螺前端那一小片必須拔去的甲殼：「但在樹葉悉數凋零光禿禿只剩下尖銳樹枝放眼望去像是一大片骷髏的樹林裡，我隱隱約約看見一道身影，湊近一瞧，發現那居然是一隻丹頂鶴，一隻落單的丹頂鶴——獨自佇立，在那映著日光雪色的空間裡頭，有那麼一瞬間，我覺得那是只有自己，才能看見的景象，卻又忍不住心想為什麼，為什麼這隻丹頂鶴，不和其他人一樣，去找另一個人呢？」

「大概就和我先前說的一樣吧。」她答道，喉嚨沒有想像中乾澀，她睜開眼睛，眼睛還是眼睛，歌還是繼續唱下去：「能解讀出自己訊號的另一個人，已經不存在了，又或者打從一開始，就沒有那樣一個人。」

「妳知道我後來做了什麼事嗎？」男子語畢，又抿出她剛踏入房間時，那種靦腆的笑容。

「該不會跑去跟那隻丹頂鶴跳舞吧？」儘管是第一次見面，不知怎地，她覺得這是他會做的事。

他的目光，雖然往她的眼底投射過來，但她一時間感覺到，他其實是想從自己的眼睛裡，找到自己的表情，像是終於對好焦距，他的聲音清晰明亮：「我拍下了那隻丹頂鶴，很美很美。」

26

將還剩下一半的美式咖啡和方才在便利商店買的東西統統塞進垃圾筒，推開厚重的玻璃門，室內戶外的溫差，讓他感覺清爽舒暢，宛如掐碎了一層殼。

他離開美式速食連鎖店。

走過巨大明亮的百貨公司，他站在張貼了補習班廣告的公車站牌前，等待公車，周遭身處同樣處境的人，全低垂著頭瞪大了眼睛滑弄手機，他不由得心想這些人會不會，和自己下載相同的ＡＰＰ？這樣想著，他站在臉孔，散發著瑩亮光芒的人群中，感覺自己像是巨大蜂巢裡的其中一格，互不干擾的同時，又有一種難以言喻的親近。

他覺得誰跟誰都是鄰居。

公車駛入停車格，他和其他人一樣，踩著拘謹促狹的步子，像是在跳一首不熟悉的舞蹈，搖搖晃晃上車。

後方空著一整排座位，儘管還要再等待一段，時間才會抵達，車門噗哧——關上，他抓住吊環，橡膠吊帶繃緊肌膚一般細緻泛著光澤；公車再度開動，起步的瞬間，他的身軀被往後甩開，他清醒過來，使勁拽緊，像是一場拔河，肌肉鼓脹擠壓骨骼，他明確感覺自己一寸寸長大，而這副皮肉很快，很快又要裂開。

他掏出手機，打開筆記本，寫下：「**六月七號，天氣陰，今天和朋友討論到一個問題，對方認為『父母』和『子女』，就像是兩種截然不同的物種，彼此無法理解，也無法相愛。對方問了我的想法，我回答我們的暱稱不是已經說明一切了嗎？**」

27

拔出一顆顆牙齒
掏空一副如塔
如深井的軀體

鄰居說自己死後，好想回鄉下老家啊。

你想起方才討論的話題，和自己研究起若是小行星真的撞上地球，造成世界末日所帶來的種種可能。

你心想或許人類會就此滅絕，而漫長的時間軸，終究會迸生新的方式延續下去，畢竟「時間」不會因為「人類」物種的滅絕，停止或者消失。你認為到那時候，一定會出現另一個物種，成為地球新的主宰；而到那時候，那嶄新的物種，勢必會出現不同繁衍後代的方式，對於婚姻配偶親子之間的定義，也將會大不相同——你忽然間，難以繼續想像，那樣一個嶄新的世界，到底能如何運轉下去，那幾乎是比地球自轉更艱難的問題；忽然間你想起怎麼都沒有人關心，被地球傷害的另一顆星體，或許也摧毀了某一種，對方視之為「整個世界」的核心社會體系。

你對自己的憐憫感到厭煩。

你不耐煩答腔想回去，就回去啊。

鄰居說人生走到了，這地步，活著或死了，都差不了多少，說到這裡，鄰居忽地噤聲，靦腆一笑，似乎是意會過來，擔心你以為自己在嘲諷人；於是鄰居接著補充人一旦老了，就沒辦法給自己做任何決定。

你頻頻點頭笑說活著和死了真的一樣。

鄰居這才放心笑開，一張鬆垮垮的臉伴隨身體抖動，接續說對孩子來說，恐怕不一樣吧。

你笑說豈止不一樣，肯定差很多很多。

你回憶起那段想像荒誕的日子，總想像自己的頭顱，能和這副身軀分離，振動著翅膀一般的細長耳朵，飛出那扇窗子，像是顆氣球，傾斜橫越城市上頭的天空，從遠處試圖辨認一些人的臉孔即使認錯——你們繼續高聲笑著，接力一般笑著，不敢產生任何間隙，音質明朗，音律協調，像是等待孩子回家過年說不用帶什麼伴手禮的老妻老夫，天地皆為靜物。

28

「我跟我姊，長得很像，我們都長得像我爸。」男子遲遲沒有射精，她沒有放棄，他盯著天花板，出神呢喃道：「這件事讓我媽很沮喪。」

只差沒施肥，她持續翻弄他的陰莖，動作勤快，先前好不容易硬挺起來的陰莖，此刻不曉得為什麼，又委靡垂軟了下去，她用另一隻手的手背，著急輾碎從太陽穴擠出的汗珠：「即使你長得和誰都不像，那些人依舊能在任何地方，找出你們之間的共通點，例如學業，例如音樂天分，或者只是身高體型，甚至只是一顆痣的位置——因為『家人』就是註定，要被所有人認定是一體的名詞。」

「但是我什麼都找不到。」他搖了搖下顎，眼神落寞：「無論是學業、音樂天分、身高體型或者，一顆痣的位置，我和我姊，就是找不到和媽媽的共通點。」

「你可以專心一點嗎？」她希望他能把握自己的第一次，甚至險些對他脫口吼出：「這是很重要的問題嗎——這是比你第一次高潮第一次射精還重要的問題嗎？」

「但是後來，我終於、終於找到了一個共通點，我和媽媽之間的共通點。」像是沒聽見她的聲音，感受不到她的撫弄一般，他逕自說道：「因為那場車禍意外，我才知道自己是ＡＢ型——即使我們都知道，自己體內的血液，本來就是一半來自爸爸，一半來自媽媽，但是那麼鮮明的血型，讓躺在病床上，軀幹無力四肢無感的我，清清楚楚意識到，從前自己在媽媽體內，而如今某部分的媽媽，確確實實反過來，存在我的身體裡。」

感到不耐煩，她忽地直截將內褲，從裙底脫下，一把扔在地上：「你想進來嗎？」她爬上床，跨坐在男子裸裎的身上。

「我想我的身體，可能無法承受妳的重量——」男子抬起眼，注視著她揶揄自己，見她沒有反應，以為她誤會了什麼：「妳別誤會，妳很瘦，只是我連一隻螞蟻都殺不死。」

「我明白你的意思。」她爬下床，整了整裙襬，站在床邊，垂眼看著地板：「對不起。」

「應該是我要說對不起。」

「你可以再申請一次。」她還是沒有看著他，細聲說道：「我會跟他們說，這一次不算，你還是有五次的額度。」

「謝謝。」他老老實實道了謝，她這才抬起頭來，注視著他，他像是覺得癢似的，皺了皺鼻頭說道：「妳可以跟我形容，女生的那裡，是什麼樣子嗎？」頓了一下，他繼續說道：「我曾經看過一部電影，裡頭說像是一朵花；看過一本小說，又說像是鮑魚，妳覺得呢？如果是妳，會怎麼譬喻？」

她以為自己，早已經忘記了，卻像是準備了好久好久，立刻脫口回答：「山竹。」她想起，那張素描畫，以及站在畫外鏡內的自己：「你吃過山竹嗎？剝開以後，就是那模樣。」

「山竹啊……我以前很喜歡吃呢……」

「是指癱瘓以前嗎？」

男子小幅度搖了搖頭：「更久以前。」搶在她張口啟齒前，他率先說道：「時間不早了，妳差不多該回去了吧？」

她點了點頭，走向櫃子，將摺好的睡衣，重新攤展開來，為他細心穿上，再將鈕釦一一扣起，最後蓋上棉被，不小心蒙住了口鼻趕緊拉下，他微笑；男子問她可不可以幫忙把音樂關掉，她說好，原本想問他可不可以借自己那張獨立樂團的ＣＤ，但她沒有；她穿上內褲，抓了抓後腦杓的短髮，道了句晚安也收下一聲晚安，算是銀貨兩訖，轉身走向房門，抓住門把拉開門，她倏然停住，大幅度轉身：「我可以……可以問你最後一個問題嗎？」男子苦笑，一副「真是拿妳沒辦法」的表情，艱難點了點頭以後，她定定注視著他，緩緩說道：「你是不是，同樣倚賴著自己的殘疾，給家人帶來沉重負擔的愧疚感，所以才有辦法咬牙忍耐著，活到現在呢？」

29

他下了公車，學生悠遊卡顯示負額。

來到第一個十字路口，叮咚——他走進便利商店，掏出鈔票和悠遊卡，原本想儲值，想了想，將悠遊卡收回皮夾，到架上抓了一顆明太子御飯糰、肉鬆麵包和奶酥菠蘿、一罐高鈣牛奶，最後又抓了一條杏仁口味的巧克力棒。

他坐到窗邊的座位，拆開塑膠膜，咬了一大口飯糰，抬起頭的瞬間，看見ㄨ的臉孔，那顆淚痣飽滿，像是一顆真的眼淚。

爸爸頭七過後，某天下午，他約ㄨ放學後留在學校，說有重要的事要跟他商量；ㄨ一臉憂心忡忡，自從他爸爸過世以後，ㄨ始終擔心他的情緒，儘管還要補習，但ㄨ立刻答應。

放學後，ㄨ依約來到廁所外的洗手台，他沒出現，反倒是五名不熟識的男同學忽地現身，將自己團團圍起，ㄨ大感意外的時候，已經被拖進廁所。

他們雞姦了ㄨ，並且拍下了ㄨ的裸照。

他們甚至在臉書成立非公開社團，將那些照片上傳，邀請ㄨ加入，以此威脅他供給金錢。

得知ㄨ死訊的那天，他正在準備模擬考。

ㄨ是怎麼死的呢？他很快從新聞報導得知。

信義線開通不到半年，第一場意外，就是ㄨ造成的。

他忍不住心想，ㄨ到底是靠著一己之力，讓時間暫停了極為短暫的片刻。

站在電視機前，新聞上出現ㄨ的名字，黃底白色粗框，看起來很陌生，他無端感到荒謬，想起小學升上中年級以前，某天下午，布丁才吃到一半，黑色糖漿都還沒被翻攪起來，自己曾慌慌張張跑進廚房，對媽媽大聲喊著電視死了電視死了——媽媽扭頭笑了笑抹了抹手拆下圍裙慢條斯理來到客廳，抓起遙控器朝電視按了按，見沒反應拆開遙控器將後頭的電池位置互換，又朝電視按了按還是沒醒，他扯著媽媽的衣襬喊著電視死了電視死了，媽媽摸了摸他的頭，從抽屜拿出一包電池，對他說這東西叫做「電池」，放進去，電視就會復活過來喔。

若不是連ㄨ的食指和無名指都無法分辨，他好想將ㄨ那副逐漸冰冷，益發僵硬的肉體，拖進那間廁所，將門反鎖將他倒懸吊上問號一般的鐵鉤像是撕下獸皮一樣將ㄨ的衣褲一鼓作氣扒下，接著打開那個擱在教室後方，專門用來裝回收廢電池的罐子，像是將硬幣投入存錢筒一般，無論大小，將裡頭的電池一顆一顆一顆一顆塞進ㄨ的肛門，再用力搖晃ㄨ的身體，希望效果趕緊蔓延至全身血脈。

ㄨ白皙的肉體，在他面前細細轉動，指著地板的髮漩，小幅度劃著圓圈，他想起自己，第一次，到ㄨ家玩的情景，那時候，暑假才剛開始，他搭乘捷運，到ㄨ位於內湖的家，看到ㄨ住處的第一眼，他差點脫口喊出ㄨ公館；由於和其他朋友約好今年暑假七月底，一起到墾丁玩，他和ㄨ決定，耍些心機偷跑，先將膚色晾曬金黃。吃過點心，他跟著ㄨ搭乘電梯，爬上逃生出口，來到頂樓，張開躺椅，脫得精光，為彼此均勻抹上助曬乳。

正是因為彼此過於熟悉，第一次看到彼此的裸體時，那份違和感，反倒顯得益發強烈，ㄨ目不轉睛注視著他肌肉勻稱的美好肉體，說好期待墾丁那片湛藍的大海。

那天回家，他立刻窩進臥房，反鎖房門，脫去衣褲，在廁所自慰後，走到全身鏡前；他從書桌取來便條紙，俐落撕下，一張又一張，在自己的嘴巴貼上「蛤蜊」，鼻子貼上「牡蠣」，耳朵貼上「貽貝」，脖子貼上「海螺」，接著又在膨脹的乳頭貼上「海膽」，肚腹「海龜」，肚臍「寄居蟹」。

最後，他的目光，聚焦在自己「珊瑚礁」陰毛叢聚的下體，怔視許久，才剛射完精的陰莖，又逐漸堅韌，重新勃起，他像是第一個發現，原來日光裡藏著七彩虹光的人，在那條筆直的道路，貼上用黑色簽字筆寫著「象拔蚌」的便條紙。

ㄨ屍骨無存的隔天，在他腦海中，也跟著面目模糊，像是一座冰雕，一層一層不斷融化縮小。

那是一個天氣明朗的週末，他獨自一人，騎著腳踏車來到學校，用從游泳校隊隊長那裡搶來的鑰匙，溜進了游泳池；他脫得一絲不掛，沒有穿泳褲，赤裸跳入泳池，水花沒有在半空中稍作停留，立刻砸回水面，聲響清脆立體，卻沒有留下任何痕跡。

伸展四肢，他漂浮在水面上，大塊大塊的日光，穿過玻璃屋頂，被剖成一絲一絲纖細的光芒，他感覺自己彷彿漂浮在銀白色的宇宙中，被強大的力量支撐起來，他感覺自己的身體，彷彿回到當年，去墾丁浮潛之前的那面鏡子，身體頓時化作牡蠣貽貝海螺海膽海龜寄居蟹珊瑚礁象拔蚌，而從四周包覆著自己的水流宛如血液一般，從皮肉和骨骼之間穿過，像是一把透明鋒利的刀，利用巧勁將一切柔軟分離開來，牡蠣貽貝海螺海膽海龜寄居蟹珊瑚礁象拔蚌四散開來往八方優游遠去，他感覺自己被溫柔切割，欣慰這還是一種離開的方式。

後來沒有人，在他面前提起，ㄨ的事，因為他不久前才死了爸爸，和ㄨ情同手足。

他這時候才覺得，他們情同手足。

他抹去沾滿臉孔的水珠，眨動眼睛的那一剎那，ㄨ的臉孔已經融化，被驟然打亮的車燈蒸發。

他埋著頭，狼吞虎嚥，將桌上所有食物，一股腦兒全塞進嘴巴，咀嚼困難，擁擠到牙齒快要被擠歪。

30

你在水面上發光
像是在地獄裡
一棟優美的建築著火

31

她回到家裡，空無一人。

32

宛如琴鍵爬階，夜涼如水，他流暢踏下便利商店前的階梯，差點踩到皺著一張臉，看起來似乎是哈密瓜口味的口香糖。

避開後，他調整了一下肩膀上的書包，大步走過斑馬線。

在即將抵達第二個，十字路口的時候，他望見一道熟悉的身影。

「媽——」他想也沒想，便喊出聲來，聲音宛如一隻，在夜裡振翅的鳥一般響亮突兀。

身影停下腳步，緩緩回過頭，直勾勾注視著他。

他勾勒出媽媽的臉孔，啪嗒啪嗒——他小跑步靠近，將媽媽手上的塑膠袋接了過來，問媽媽買了什麼，媽媽回答「桃太郎」；他迫不及待，拉開塑膠袋，垂頭往裡頭一探，袋中裝著一個盆栽，枝節末梢，掛懸著圓潤飽滿，顏色比一般番茄，更為粉嫩的果實。

媽媽接著又說這是番茄的，其中一種品種，吃起來十分清爽順口。

他和媽媽並肩漫步，腳步自然，沒有誰被夜色推著往前走。

來到第二個十字路口，離家只剩下一小段路。

燈號無聲轉換，倒數開始，他深呼吸一口氣，鼓脹胸膛，踏上斑馬線的瞬間，愕然發現媽媽，沒有跟上；他連忙拖住腳步，扭過頭，望向媽媽，媽媽望向斜對角的路口，他的目光追隨過去，在視線的盡頭，怔愣了住。

鐵皮牆重新粉刷，上頭甚至掛起了簇新的鮮紅布條，只是如此簡單，毫不費力的改變，就讓內側看起來，原先猶如骸骨一般的廢墟，頓時變成了一座遊樂園。

「你覺得這一次，會開什麼店呢？」

他聽見媽媽，對自己這麼說。

33

34

她走上二樓，回到自己的房間。

她仔仔細細洗了澡，像是在拼拼圖一樣，嚴謹對待每一寸肌膚。

擦拭身體以後，踏出浴室，在海葵一般的絨毛腳踏墊上，默數了十秒鐘，她將房門反鎖。

她赤身裸體，來到全身鏡前，她伸手抓住鏡框，用力往一旁推去，玻璃碎裂開來卻沒有聲音，她不知道是牆壁太厚還是地毯太厚，她扭頭瞅著闔起的窗簾，中間垂直的縫隙筆直得教人心慌，她將手攤展開來，再縮了起來，將手勢磨利磨成一把真正的剪刀，走到窗邊撩起窗簾，在上頭剪出一隻又一隻黑色的蝴蝶，她退了一步拉開距離打量著那群宛如蝴蝶墓穴似的空洞，背過身，沒有發出任何聲響，在地毯上坐了下來，她蜷起腿雙臂扣住膝蓋，感受尾椎舒展開來，將頭埋入自己的懷中，從黑夜等到白晝。

醒寐之間，意識模糊朦朧，她不確定是不是聽見有誰扭開鎖走進門上了樓從自己的臥房前經過；她想起自己後來為什麼放棄成為漫畫家的夢想當她面對著活靈活現一格格畫面裡的人物卻不曉得該在那些氣泡一般的框框裡填上什麼話。

她感覺那些黑色的蝴蝶被日光一寸寸燒灼重新復活過來，她一直很害怕，在一個過於明亮寬敞的地方睜眼醒來，因為在那樣幸福的環境裡，她好害怕自己會真的問出那個問題：「我在哪裡？」

於是她選擇，一如往常睡去，明白一個人在這世界上，所能擁抱的，就剛剛好只有自己，這一身骨肉而已。

白晝愈靠愈近，像是一座忍耐不住終將溢出的湖水，周遭綴點的碎玻璃波光粼粼，日光灌入墓穴，讓她的肌膚變得白皙近乎透明，而那些翩翩起舞，散發著絢爛光芒折射出一小圈一小圈虹霓的蝴蝶，輕輕停歇在她的身上，將她整個人一寸一寸覆蓋了起來，像是埋在安靜紛落的雪中，考驗血肉化作沃土以後，經過漫長時間的考驗，骨頭是不是真的會迸發新芽。

國家圖書館預行編目資料

骨肉／游善鈞著. --初版. --臺北市:寶瓶文化, 2015. 08
面； 公分. --(Island；243)
ISBN 978-986-406-023-8 (平裝)

857. 7 104013114

island 243

骨肉

作者／游善鈞

發行人／張寶琴
社長兼總編輯／朱亞君
主編／張純玲・簡伊玲
編輯／賴逸娟・丁慧瑋
美術主編／林慧雯
校對／賴逸娟・陳佩伶・劉素芬・游善鈞
業務經理／李婉婷
企劃主任／艾青荷
財務主任／歐素琪 業務專員／林裕翔
出版者／寶瓶文化事業有限公司
地址／台北市110信義區基隆路一段180號8樓
電話／(02)27494988 傳真／(02)27495072
郵政劃撥／19446403 寶瓶文化事業有限公司
印刷廠／世和印製企業有限公司
總經銷／大和書報圖書股份有限公司 電話／(02)89902588
地址／新北市五股工業區五工五路2號 傳真／(02)22997900
E-mail／aquarius@udngroup.com

法律顧問／理律法律事務所陳長文律師、蔣大中律師
如有破損或裝訂錯誤，請寄回本公司更換
著作完成日期／二〇一五年
初版一刷日期／二〇一五年八月六日

ISBN／978-986-406-023-8
定價／三六〇元

AQUARIUS 寶瓶 文化事業

愛書人卡

感謝您熱心的為我們填寫，
對您的意見，我們會認真的加以參考，
希望寶瓶文化推出的每一本書，都能得到您的肯定與永遠的支持。

系列：Island243 **書名：骨肉**

1. 姓名：＿＿＿＿＿＿＿＿ 性別：□男 □女
2. 生日：＿＿年＿＿月＿＿日
3. 教育程度：□大學以上 □大學 □專科 □高中、高職 □高中職以下
4. 職業：＿＿＿＿＿＿＿
5. 聯絡地址：＿＿＿＿＿＿＿＿＿＿＿＿＿＿＿＿

   聯絡電話：＿＿＿＿＿＿＿＿ 手機：＿＿＿＿＿＿＿＿
6. E-mail信箱：＿＿＿＿＿＿＿＿＿＿＿＿＿＿

   □同意 □不同意 免費獲得寶瓶文化叢書訊息
7. 購買日期：＿＿ 年 ＿＿ 月 ＿＿日
8. 您得知本書的管道：□報紙／雜誌 □電視／電台 □親友介紹 □逛書店 □網路 □傳單／海報 □廣告 □其他
9. 您在哪裡買到本書：□書店，店名＿＿＿＿＿＿ □劃撥 □現場活動 □贈書 □網路購書，網站名稱：＿＿＿＿＿＿＿ □其他＿＿＿＿＿＿
10. 對本書的建議：（請填代號 1.滿意 2.尚可 3.再改進，請提供意見）

    內容：＿＿＿＿＿＿＿＿＿＿

    封面：＿＿＿＿＿＿＿＿＿＿

    編排：＿＿＿＿＿＿＿＿＿＿

    其他：＿＿＿＿＿＿＿＿＿＿

    綜合意見：＿＿＿＿＿＿＿＿＿＿＿＿＿＿＿＿＿＿＿＿
11. 希望我們未來出版哪一類的書籍：＿＿＿＿＿＿＿＿＿＿＿＿＿＿

讓文字與書寫的聲音大鳴大放

寶瓶文化事業股份有限公司

（請沿此虛線剪下）

廣 告 回 函
北區郵政管理局登記
證北台字15345號
免貼郵票

寶瓶文化事業股份有限公司　收

110台北市信義區基隆路一段180號8樓

8F,180 KEELUNG RD.,SEC.1,

TAIPEI.(110)TAIWAN R.O.C.

（請沿虛線對折後寄回，謝謝）